Daniel C. Dennett

Ellenbogenfreiheit

Neue Wissenschaftliche Bibliothek

Daniel C. Dennett

Ellenbogenfreiheit

Die wünschenswerten Formen von freiem Willen

Aus dem Englischen
von Uta Müller-Koch

BELTZ
Athenäum

Titel der englischen Originalausgabe von Oxford University Press
ELBOW ROOM

2. Auflage 1994 Beltz Athenäum Verlag, Weinheim

Druck und Bindung: Druckhaus „Thomas Müntzer“, Bad Langensalza
Printed in Germany
ISBN 3-89547-057-0

Dem Andenken an
Gilbert Ryle
gewidmet

Inhalt

Vorwort

Kurz nach dem Zweiten Weltkrieg wurde Gilbert Ryle gebeten, ein Buch zu schreiben, in dem er darlegen sollte, wie die neuen philosophischen Methoden über alte Probleme triumphierten:

„... es wurde Zeit, dachte ich, ein sich durchhaltendes Stück analytischer Zerlegearbeit, die sich auf einen bekannten und umfangreichen Gordischen Knoten richtet, darzustellen... Eine Zeitlang dachte ich, das Problem der Willensfreiheit sei der passendste Gordische Knoten; aber am Ende entschied ich mich für den Begriff des Geistes – obwohl der endgültige Titel des Buches mir erst in den Sinn kam, als die Drucker verlangten, mit dem Druck der ersten Seiten beginnen zu können." (Ryle 1970, S. 12).

Ellenbogenfreiheit ist natürlich nicht das Buch über Willensfreiheit, das Ryle geschrieben hätte, hätte er nicht ein verlockenderes Projekt gefunden, aber es zeigt seinen Einfluß – bis zu einem Grad, der mich oft verwundert hat. Bringt man diese Tatsache mit meiner unendlichen Bewunderung und Zuneigung für diesen Mann zusammen und mit meiner Freude, wieder nach Oxford eingeladen zu sein, um diese Gedanken über den freien Willen 1983 als John-Locke-Vorlesungen vorzutragen, dann kann man sehen, daß meine Entscheidung, dieses Buch dem Gedenken an meinen Doktorvater zu widmen, obwohl sie frei, rational und verantwortlich war, auch vorhersehbar und (in einem gewissen Sinn) sogar unausweichlich war. Ich hätte nicht anders handeln können.

Bei meinem eigenen Versuch, eine einheitliche Gruppe von Antworten auf die schwierigen Fragen über Willensfreiheit herauszuarbeiten, wurde mir von vielen geholfen, einschließlich vieler Philosophen, deren Arbeiten ich kritisiere. Besonderen Dank schulde ich Bo Dahlbohm und Douglas Hofstadter, die mich auf ihre sehr verschiedene Art von vielen falschen Spuren und Fallen wegführten, wie sie es in der Vergangenheit schon oft getan haben. Danken möchte ich auch Michael Berry, Gordon Brittan, Carl Castro, Pat Churchland, Tony Coady, Richard Dawkins, Richard Gregory, Laurie Kahn-Leavitt, Christopher Peacocke, Michael Ruse, Teddy Seidenfeld, Michael Slote, Sue Stafford und Andrew Woodfield. Hugo Bedau, John Mazzone und meine anderen Kollegen und Studenten an der Tufts Universität halfen ebenfalls mit konstruktiver Kritik und Vorschlägen.

Schließlich gilt mein Dank der Fakultät für Philosophie in Oxford für ihre freundliche Einladung und allen in Oxford für ihre großzügige Gastfreundschaft gegenüber mir und meiner Familie.

Daniel C. Dennett
Tufts University
Januar 1984

Kapitel I

Bitte keine Schreckgespenster

Der Philosoph ist derjenige, der einen Vortrag über das Henkerparadox* auf einem Symposium zur Todesstrafe hält.
James D. McCawley

1. Das ewige, fesselnde Problem

Die Vorstellung eines Fatums ist älter als die Philosophie selbst, und seit es dieses Fach gibt, haben Philosophen zu zeigen versucht, was an der Vorstellung falsch ist, daß unser Schicksal vor unserer Geburt besiegelt sei. Es erschien stets wichtig zu beweisen, daß wir nicht bloß unser Schicksal ausführen, sondern irgendwie unsere Wege selbst finden, Entscheidungen *treffen* – nicht bloß „Entscheidungen" in uns aufkommen lassen.

In der Frühzeit der griechischen Philosophie standen Überlegungen zur Kausalität im Brennpunkt der Aufmerksamkeit, und manche Philosophen begannen sich zu fragen, ob nicht alle physikalischen Ereignisse durch die Gesamtsumme aller vorausgegangenen Ereignisse verursacht oder determiniert werden. Wenn es so ist – wenn, wie wir sagen, der *Determinismus* wahr ist – dann müssen unsere Handlungen selbst, als physikalische Ereignisse, determiniert sein. Wenn der Determinismus wahr ist, dann ist jede unserer Taten und Entscheidungen, so scheint es, das unausweichliche Ergebnis der Summe der physischen Kräfte, die in dem Moment wirken, der wiederum das unausweichliche Ergebnis der Kräfte ist, die einen Augenblick zuvor wirkten, und so fort bis zum Anfang der Zeit.

Wie könnten wir dann frei sein? Die Epikureer, die überraschend moderne *Materialisten* waren (sie glaubten, daß das Bewußtsein aus materiellen Atomen zusammengesetzt sei genauso wie alles andere), versuchten, sich von dieser drohenden Gefahr der vorherbestimmten Wahl zu befreien, indem sie das System der allgemeinen Verursachung da und dort aufbrachen. Sie postulierten, daß Atome gelegentlich „zufällige Abweichungen" zeigen.

* Vgl. dazu den Artikel „Logical Paradoxes" in der *Encyclopedia of Philosophy*, hrsg. von Paul Edwards, New York und London 1967, bes. S. 51. (Anm. d. Übers.)

„Schließlich, wenn immer jede Bewegung verknüpft ist und aus der alten Bewegung immer wieder die neue in bestimmter Ordnung entsteht und die Urkörper nicht durch Abbiegen vom Wege einen Anfang der Bewegung machen, der die Gesetze des Fatums bräche, daß nicht Ursache auf Ursache folge seit unendlicher Zeit, woher kommt dann den lebenden Wesen über die ganze Welt hin, woher kommt, frage ich, dieser freie, vom Fatum losgerissene Wille...?" (Lukrez, *Über die Natur der Dinge*, Berlin 1972, II, Zeilen 250–255).

Die oft wiederholte Schwierigkeit bei diesem Lösungsvorschlag (und seinen moderneren Varianten) ist, daß, selbst wenn solche zufälligen Abweichungen passieren, sie anscheinend nicht dazu dienen können, uns die Art von freiem Willen zu verschaffen, die wir uns wünschen. Wenn ein Atom in meinem Gehirn plötzlich mit einer zufälligen Abweichung abdreht, muß es das „völlig grundlos" tun, und wenn dies mich veranlaßt, etwas Wichtiges zu beschließen oder zu entscheiden, bin ich vollkommen in der Gewalt dieser zufälligen Abweichungen. Zufällige Wahl, so blind und willkürlich wie der Fall eines Würfels oder die Drehung eines Glücksrads, scheint überhaupt nicht wünschenswerter zu sein als vorherbestimmte Wahl. In der Tat waren viele der Meinung, daß es *weniger* wünschenswert sei, und haben daraufhin verschiedene Möglichkeiten der Vereinbarung des freien Willens mit dem Determinismus vorgeschlagen (verschiedene Varianten des *Rekonziliationismus* oder, wie er häufiger genannt wird, des *Kompatibilismus*). Manche dieser Aussöhnungsversuche sind kaum attraktiver als die schreckliche Aussicht, die sie versperren sollten.

Die Stoiker z. B. behaupteten, daß eine gewisse Art von Freiheit darin gefunden werden könnte, daß man nicht gegen das Unvermeidliche ankämpft, sondern vielmehr seine Wünsche nach unten anpaßt, um seiner Lebenslage Rechnung zu tragen. Sie empfahlen eine Haltung weiser Resignation, die sie *Apatheia* nannten. Und obwohl man bedenken sollte, daß der Begriff während seiner etymologischen Reise bis zu unserer heutigen *Apathie* vereinfacht und negativ besetzt wurde, bleibt die Tatsache, daß die Stoiker ihre Lehre gerne mit Hilfe manch besonders depriminierender Metaphern erklärten. Jedem von uns ist eine Rolle in der Tragödie des Lebens zugewiesen, so versuchten sie klarzumachen, und es gibt für uns nichts anderes zu tun, als unsere vorgeschriebenen Zeilen so gut, wie wir können, aufzusagen; es gibt keinen Raum, um aus dem Stegreif zu sprechen. Oder man denke an einen angeleinten Hund, der hinter einem Wagen hergezogen wird; er kann friedlich hinterhertrotten oder sich widersetzen. In jedem Fall wird er am selben Bestimmungsort ankommen, aber wenn er sich in seine Bestimmung schickt und das Beste aus der Reise macht, genießt er eine gewisse Art von Freiheit. Mit einem Strick um den Hals durchs Leben geführt zu werden - was für eine Freiheit!

Seit mehr als zwei Jahrtausenden versuchen Philosophen, eine Lehre über den freien Willen zu entdecken, die sowohl attraktiver als auch auf rationalere Weise zu verteidigen ist als diese schrecklichen und nicht sehr anziehenden Anfänge. Es wird oft gesagt (was plausibel ist; aber ich frage mich, wie zutreffend es ist), daß mehr über den freien Willen geschrieben worden ist als über jedes andere philosophische Thema. Jeder Philosoph sollte sich wenigstens ein bißchen verunsichert fühlen, wenn er sieht, daß mit so viel Arbeit so wenig Fortschritt erreicht wurde.

Das Problem mit der Philosophie, sagen manche, ist, daß sie keine Wissenschaft ist; wenn sie wissenschaftlicher wäre, dann würde sie ihre lösbaren Probleme vollständig lösen und den Rest beiseitelegen. Das Problem mit der Philosophie, sagen andere, ist, daß sie versucht, Dinge „wissenschaftlich" zu sehen, die nur mit Mitteln der Kunst behandelt werden können. Wenn sie ihre Affäre mit der wissenschaftlichen Methode beenden würde, müßte sie ihre Projekte nicht länger in Begriffen vortragen, die das Scheitern garantieren. Das Problem mit der Philosophie ist, glaube ich, daß sie viel schwieriger ist, als es sich sowohl Wissenschaftler als auch Künstler vorstellen, denn sie teilt – notwendigerweise – die Zielvorstellungen und Methoden beider.

Es gibt unabweisbare philosophische Fragen - „Haben wir einen freien Willen?" ist eine davon –, die klare, wohlbegründete, folgerichtig hergeleitete Antworten verlangen. Wir sollten uns nicht mit verblümten, impressionistischen Antworten abfinden, wie attraktiv oder bewegend sie auch sein mögen. Aber die meisten Versuche, wirklich streng mit philosophischen Fragen umzugehen – und Fragen über die Willensfreiheit sind keine Ausnahme – verwickeln sich in die Probleme voreiliger Formalisierung. Es gibt eine Unzahl von bewußt technischen Arbeiten von Philosophen über das Problem des freien Willens, die, ironischerweise, nur von ästhetischem Interesse sind (für Kenner der Formelarchitektur oder des logischen Schattenboxens), weil sie einfach den Kontakt mit den wirklichen Problemen nicht herstellen können. Eine der Aufgabe angemessene Methode zu finden, ist das ewige erste Problem der Philosophie, und es gab nie einen weitgehenden Konsens über die richtige oder beste Methode. Jedes Buch über den freien Willen gibt ipso facto eine Erklärung über die Methode ab darüber, wie man sich dem Problem nähern sollte. Das vorliegende Buch wird sich in der unmittelbaren Folge dem Problem der Methode bewußter zuwenden. Meine Methode, die sich gleich in Aktion zeigt, nimmt die Wissenschaft sehr ernst, aber ihr Vorgehen ähnelt mehr dem der Kunst.

Zu meiner Studentenzeit dachte ich, ich würde Bildhauer werden, und ich wandte mich mit mehr Energie Holz- und Steinblöcken zu als der Philosophie oder auch der Wissenschaft. Während ich an diesem Buch arbeitete, kam es mir in den Sinn, daß ich die Methoden, die ich im Atelier entwikkelte, nicht aufgegeben, sondern einfach das Medium ausgetauscht hätte. Anders als ein Zeichner, der jede Linie mit dem ersten Strich des Zeichenstiftes gleich richtig treffen muß, hat der Bildhauer den Luxus, so lange kleine Stückchen abschlagen und schleifen zu können, bis die Linien und Oberflächen genau richtig aussehen. Zuerst bearbeitet man den Block grob, wobei man ab und zu einen Schritt zurückgeht und ihn argwöhnisch anschaut, um sicherzugehen, daß man sich dem anvisierten Endprodukt nähert. Erst nachdem der Block die richtigen Proportionen angenommen hat, kehrt man zu jeder einzelnen rohen, groben Oberfläche zurück und investiert sehr viel Arbeit, um die feinen Details genauso hinzukriegen.

Manchen Philosophen ist diese Methode, wenn sie sie in der Philosophie antreffen, sehr unsympathisch. Sie haben keine Geduld mit flüchtig entworfenen Lösungen und wollen von Anfang an nichts anderes sehen als scharfe, klare Kanten. Ich strebe nach dem gleichen Endprodukt wie sie, ziehe aber ihre Strategie in Zweifel. Es ist einfach zu schwierig in der Philosophie, gleich den richtigen Start zu erwischen, und nirgends sind die Risiken ihrer Strategie deutlicher zu sehen als in der philosophischen Literatur über Willensfreiheit, die übersät ist mit brillanten, aber nutzlosen Fragmenten. Es ist eines der Themen dieses Buches, daß beim Problem des freien Willens wenig Fortschritte gemacht worden sind, weil die Philosophen einfach die Gestalt der Hauptsache nicht mehr sehen konnten, wenn sie sich in das Thema „freier Wille" stürzten, um definitiv anzugeben, was sie bei ihrer etwas kurzsichtigen Betrachtung für die wichtigen Teile des Problems hielten.

Aus dem groben Marmorblock des Problems entstehen ein hervorragend ausgearbeitetes Gesicht und ein paar sehr schön polierte Hände und Füße – aber für die Ellenbogen wurde kein Platz gelassen. Die meiste Arbeit in diesem Buch wird im groben Bearbeiten der Gestalt von denjenigen Teilen bestehen, die die Philosophen gewöhnlich mit einer Katzenwäsche hinter sich lassen.

Es wird oft bemerkt, daß das Problem der Willensfreiheit ein einzigartig verpflichtendes oder sogar fesselndes philosophisches Problem ist: Menschen, die sonst überhaupt keinen Geschmack an der Philosophie finden, können dazu gebracht werden, sehr gründlich über das Problem nachzudenken, und sie können wirklich geplagt werden von der Vorstellung, daß die Antworten auf die Fragen sich als „die falschen" herausstellen könnten.

Warum finden Menschen das Problem der Willensfreiheit fesselnd? Teilweise sicherlich, weil es tiefgehende und zentrale Fragen über unsere Stellung im Universum berührt, über die „conditio humana", wie man so schön sagt. Aber auch deshalb, so werde ich argumentieren, weil die Philosophen eine Menge von wirklich schreckenerregenden Gespenstern[1] heraufbeschworen und dann – ganz zu Unrecht – unterschwellig suggeriert haben, das Problem des freien Willens bestehe darin herauszufinden, ob irgendwelche dieser Schreckensgespenster wirklich existieren.

Dies hat dazu beigetragen, daß es bei diesem Problem an Fortschritten mangelt, weil sich die Philosophen, teilweise weil sie Opfer ihrer eigenen Angstmacherei geworden sind und teilweise weil sie die selbstgebastelte Dringlichkeit benutzt haben, um die Entwicklung metaphysischer Systeme und Theorien zu „motivieren", eine Reihe von unerreichbaren Zielen gesetzt haben: die Erfindung unmöglicher philosophischer Talismane, die die nicht vorhandenen Übel abwehren sollen.

Ich möchte nicht unterstellen, daß die Philosophen absichtlich und wissentlich die Glut der Angst geschürt oder daß sie die Angst unredlich ausgeschlachtet haben, um eine Pseudomotivation für ihre metaphysischen Fingerübungen zu geben. Wir Philosophen sind eher die Opfer als die Täter der heraufbeschworenen Illusionen. Schließlich sind wir ja die wichtigste eigentlich angesprochene Leserschaft für die Literatur, die sich unschuldig verschwört, um die Fehldeutungen in die Welt zu setzen. Und unsere Komplizenschaft, durch die das Leben der Fehler verlängert wird, rührt teilweise her von dem natürlichen und im Grunde allgemeinen Wunsch, sich an einem Projekt zu beteiligen, dessen Wichtigkeit auch Zuschauern klargemacht werden kann. Wenn dies dazu führt, bestimmte Dinge hier und da zu überdramatisieren, ein paar Kontraste hervorzuheben und ein paar Grenzen zu verschärfen, dann tun wir nur, was jeder andere in seinem eigenen Arbeitsbereich auch tut.

Man beachte zum Beispiel, daß eine meiner Anfangsprämissen – daß die Menschen sich sehr stark für den freien Willen interessieren –, unter meinen Händen bereits eine vertraute Übertreibung erfahren hat. Es ist ja nicht so, als ob sich *jeder* auf die gleiche Weise dafür interessierte, einen freien Willen zu haben, wie sich jeder dafür interessiert, etwa Schmerzen zu vermeiden oder Liebe zu finden. Wir sollten uns an den Luxus unserer eigenen Teilnahme an dieser Erörterung erinnern. Die meisten Menschen – 99 Prozent und noch mehr, zweifellos – waren und sind immer zu beschäftigt damit, am Leben zu bleiben und sich in schwierigen Umständen durchzuschlagen, als daß sie Zeit fänden oder Lust hätten, sich mit Willensfreiheit auseinanderzusetzen. Politische Freiheit ist für viele von ihnen eine größere Sache, aber die metaphysische Freiheit ist es einfach nicht wert, daß man

1 „A sort of hobgoblin ... supposed to devour naughty children; hence, generally, any imaginary being invoked by nurses to frighten children." *(Oxford Shorter English Dictionary).*

sich um sie kümmert. Wie Dewey einmal sagte: „Was die Menschen im Namen der Freiheit hoch geachtet haben und wofür sie gekämpft haben, ist verschiedenartig und komplex – aber sicher war es nie eine metaphysische Freiheit des Willens.“ (Dewey 1922, S. 303).

Die meisten anderen Menschen haben sich also über den freien Willen noch nicht den Kopf zerbrochen. Für uns (lieber Leser) ist es aber beruhigend, glauben zu können, daß wir dank unserer Muße und intellektuellen Neigungen ihre mißliche Lage genauer betrachtet haben als sie. Das mag wahr sein. Aber wir sollten vorsichtig sein, wenn es darum geht, unsere ganz spontanen und gegenseitig anerkannten Intuitionen – daß das Problem der Willensfreiheit eine der ganz großen Fragen ist – ungeprüft zu akzeptieren. Denn wir sind eine selbstausgewählte Gruppe. Besonders ist zu beachten, daß die Willensfreiheit ein fast ausschließlich abendländisches Thema ist. Könnten wir irregeleitet sein? Könnte es sein, daß wir nur *denken*, der freie Wille sei von Bedeutung? Heißt das, daß uns die Frage auch außerhalb des Vorlesungssaales, außerhalb unserer beruflichen Aktivitäten oder mitternächtlicher Diskussionsrunden in Bann hält? Wie Ryle einmal bemerkt, haben wir alle unsere fatalistischen Momente: „Obwohl wir wissen, was es heißt, diese Vorstellung zu haben, sind wir immer noch unbeeindruckt von ihr. Wir sind keine heimlichen Eiferer für sie oder gegen sie.“ (Ryle 1954, S. 28). Fatalismus ist nach Ryle „keine der brennenden Fragen“, und dasselbe kann man von der weitergehenden Frage der Willensfreiheit sagen. Aber man kann sie sicherlich als ein brennendes Problem darstellen.

Wenn der freie Wille von Bedeutung ist, muß es daran liegen, daß es schrecklich wäre, ihn nicht zu haben, und es muß einige Gründe dafür geben zu bezweifeln, daß wir ihn haben. Wovor fürchten wir uns? Wir fürchten uns davor, keinen freien Willen zu haben. Aber wovor fürchten wir uns genau? Und warum? Jeder, dem vor der Aussicht graut, keinen freien Willen zu haben, muß irgendeine Ahnung davon haben, *wie schrecklich diese Lage wäre.* Und in der Tat sind in der Literatur eine Menge von Analogien zu finden: Keinen freien Willen zu haben, wäre so ähnlich wie im Gefängnis oder hypnotisiert oder gelähmt oder eine Puppe zu sein oder ... (die Aufzählung ließe sich beliebig fortsetzen).

Ich glaube nicht, daß diese Analogien bloß nützliche Illustrationen sind, bloß plastische Erläuterungsmittel. Ich glaube, sie gehören zum Ursprung des Problems. Hätten wir sie nicht, um die philosophischen Diskussionen zu verankern, würde das Problem der Willensfreiheit wegdriften und wäre bestenfalls noch eine kuriose Frage, um Metaphysiker und Problemkrämer zu verwirren. Ein Aspekt davon läßt sich leicht erkennen. Angenommen, ein Philosoph würde behaupten, das Problem des freien Willens gelöst zu haben; dann könnte ein Laie sagen: „Lindert denn deine ‚Lösung‘ meine

Sorgen? Wenn nicht, dann ist sie, gleichgültig was sie sonst noch ist, keine Lösung für das, was ich das Problem des freien Willens zu nennen gelehrt wurde." Wenn wir uns von der Tradition leiten lassen, dann ist das Problem der Willensfreiheit wesentlich eines, um das wir uns Gedanken machen. Gedanken über den Willen, die von bloß esoterischem Interesse sind, sind gerade nicht *das* Problem des freien Willens, wie faszinierend sie auch für manche Spezialisten sein mögen.

Aber es ist mehr daran als das. Die Ängste verankern das Problem der Willensfreiheit nicht nur, sie bilden auch seinen Gehalt und gestalten die Dynamik der Argumentation und der Untersuchung. Eines meiner Themen wird sein, daß das „klassische", „traditionelle" philosophische Problem der Willensfreiheit in weit höherem Ausmaß ein Kunstprodukt traditioneller Methoden und Voreingenommenheiten der Philosophen ist als bisher angenommen.

Ich schlage vor, die Rolle dieser Ängste zu untersuchen und dabei manche – doch nicht wirklich alle – der Befürchtungen und Verwirrungen, die sich miteinander verschwören und „das Problem der Willensfreiheit" schaffen, bloßzustellen und dadurch aufzulösen. Das Problem wird sich als ein falsch benanntes und nutzloses Amalgam von übereilten Problem*stellungen* und selbstgeschaffener Panik herausstellen, als falscher Vorwand für viel anderweitig motivierte Systembildung und metaphysisches Flickwerk.

Es gibt einige unzweifelhaft schreckliche Dinge in unserer Erfahrung, und wenn wir fürchten, daß wir keinen freien Willen haben, dann ist es immer deswegen, weil wir fürchten, daß etwas, das einem dieser schrecklichen Dinge in relevanter Hinsicht ähnelt, unser Schicksal ist. Nur deshalb, weil wir diese mißliche Lage genau kennen und befürchten, daß etwas ähnliches unser Los sein könnte, kümmern wir uns überhaupt um den freien Willen.

Ich werde eine Liste dieser Schreckgespenster vorlegen und sie kurz analysieren. Jedes von ihnen spielt eine Rolle in der traditionellen Diskussion über den freien Willen. Keines davon ist in allen Varianten leicht zu verjagen, aber wenn wir die Ängste untersuchen, dann mag das dazu führen, daß ein paar davon verschwinden. Das heißt (wie Mutter immer sagte): Wenn wir ihnen mutig in die Augen sehen (und unsere Augen nie auch nur ein bißchen abwenden und nie so geschäftig werden und Theorien erfinden), dann können wir feststellen, daß manche von ihnen bloß Erdichtungen unserer Phantasie sind. Wenn wir uns an die Schreckgespenster am Anfang zurückerinnern, dann werden wir in der Lage sein, ihre Schatten in den Untersuchungen weiterer Fragen in den folgenden Kapiteln auszumachen.

In seinem Buch „Der Begriff des Geistes" versuchte Ryle, indem er uns schockierte oder beschämte, uns eine schlechte Denkgewohnheit dadurch zu nehmen, daß er die Taktik benützte, die von ihm angegriffene Ansicht

„mit absichtlicher Geringschätzung als (das) ‚Dogma vom Gespenst in der Maschine' " zu bezeichnen[2]. Wenn ich von diesen Schreckgespenstern rede, rede ich auf ähnliche Weise mit absichtlicher Respektlosigkeit (und einer Spur von Karikatur in diesem ersten Kapitel). Denn ich bin der Auffassung, daß diese Metaphern die meiste Arbeit beim Vorantreiben des Problems der Willensfreiheit hinter den Kulissen geleistet haben und daß sie nicht im geringsten den Respekt und den Einfluß verdienen, derer sie sich gewöhnlich erfreuen. Meine Absicht ist also, die Sensibilität ihnen gegenüber zu verstärken und ihren traditionellen Ruhm mit meinen pejorativen Charakterisierungen auszuhöhlen. Einmal ruhiggestellt, werden sie in den folgenden Kapiteln mit einer mehr chirurgischen Einstellung angegangen werden.

2. Die Butzemänner

Die ersten der Schreckgespenster sind in ganz wörtlichem Sinn Butze*männer* – Butzemenschen, wenn Sie darauf bestehen –, denn sie werden als Handelnde aufgefaßt, die mit uns in der Kontrolle über unsere Körper wetteifern, die mit uns konkurrieren, die Interessen haben, welche den unseren zuwiderlaufen oder wenigstens unabhängig von ihnen sind. Diese gräßlichen Gesellen werden von den Philosophen oft als Miesmacher benützt und auf die Bühne geholt, wann immer die Angst nachläßt, wann immer die Dringlichkeit des behandelten Themas zweifelhaft wird. Wenn Verwickeltheit auf Verwickeltheit folgt, beginnt der Leser zu gähnen und unruhig zu werden, aber er wird schnell wiederbelebt mit einer andeutungsweisen Analogie: „Das aber wäre so, als ob Sie sich in den Klauen von ... befänden".

Der unsichtbare Gefängniswärter: Gefängnisse sind schrecklich. Gefängnisse sollten gemieden werden. Jemand, der das nicht versteht, gehört nicht zu *uns*. Wenn Gefängnisse also etwas Schlechtes sind, womit kontrastieren sie dann? Wenn man nicht im Gefängnis ist, ist man frei (in einem wichti-

---

2 (Ryle 1949, S. 13). Die Taktik war nicht ganz narrensicher. Der Neurophysiologe Sir John Eccles stellte in seinen Waynflete Vorlesungen 1952 am Magdalen College in Oxford seine modernisierte Version des Cartesianischen Interaktionismus vor und schloß seine Rede mit einer Bemerkung, von der er offenbar annahm, sie sei eine geziemende Verbeugung vor dem Waynflete Professor für Philosophie: „Wenn man die ausdrucksstarke Terminologie von Ryle verwendet, bedient das ‚Gespenst' eine ‚Maschine', nicht aus Seilen und Rollen, Ventilen und Rohren, sondern aus mikroskopischen raumzeitlichen Aktivitätsmustern im Neuronengeflecht... Es scheint fast so, als ob das die Art von Maschine ist, die ein ‚Gespenst' bedienen kann..." (Eccles 1953, S. 285).

gen Sinne), und jeder von uns kann sich dankbar klarmachen, wie froh wir sind, nicht im Gefängnis zu sein. „Aha!“ sagt der Angstmacher. „Was macht Sie so sicher, daß Sie nicht im Gefängnis sind?“ Manchmal ist es offensichtlich, daß man im Gefängnis ist; aber manchmal ist es das nicht. Ein durchtriebener Gefängniswärter mag die stählernen Stäbe in den Fensterrahmen verstecken und Pseudo-Türen an den Wänden anbringen (wenn man eine öffnen würde, sähe man die Steinwand dahinter). Es könnte einige Zeit dauern, bis der Gefangene merkt, daß er im Gefängnis ist.

Sind Sie *sicher*, daß Sie nicht in einer Art Gefängnis sind?[3] Hier ist man eingeladen, eine Reihe von Übergängen in Betracht zu ziehen, die uns von offensichtlichen Gefängnissen zu verschleierten (aber trotzdem fürchterlichen) Gefängnissen bringen, bis zu völlig unsichtbaren und unentdeckbaren (aber trotzdem fürchterlichen?) Gefängnissen. Nehmen wir ein Reh im Magdalen College Park. Ist es eingesperrt? Ja, aber es ist nicht schlimm. Das Gehege ist ziemlich groß. Angenommen wir setzen das Reh in ein noch größeres Gehege – den New Forest mit einem Zaun rundherum. Wäre das Reh immer noch eingesperrt? Mir wurde gesagt, daß im Staat Maine das Rotwild sich während seines Lebens nie weiter als fünf Meilen von seinem Geburtsort wegbewegt. Wenn eine Umzäunung außerhalb der normalen uneingeschränkten Grenzen der Wanderungen, die ein Reh zu seinen Lebzeiten unternimmt, angelegt werden würde, wäre das eingezäunte Reh eingesperrt? Vielleicht; aber zu beachten ist, daß es für unsere Intuitionen einen Unterschied darstellt, ob *jemand* die Umzäunung angelegt hat. Fühlen Sie sich auf dem Planeten Erde eingesperrt – so wie Napoleon auf Elba festhing? Es ist eine Sache, auf Elba geboren zu werden und zu leben und eine andere, *von jemandem* nach Elba gebracht und dort festgehalten zu werden. Ein Gefängnis ohne einen Gefängniswärter ist kein Gefängnis. Ob es ein unangenehmer Aufenthalt ist oder nicht, hängt von anderen Faktoren ab; es hängt schlicht davon ab, wie (wenn überhaupt) die Lebensmöglichkeiten der Bewohner eingeschränkt werden.

Der ruchlose Neurochirurg: Wie würden Sie es finden, wenn jemand Sie festbände und Elektroden in ihr Gehirn einsetzte und dann jeden Ihrer Gedanken und jede Ihrer Handlungen kontrollierte, indem er Knöpfe auf der dazugehörigen Bedienungstastatur drückt? Nehmen wir zum Beispiel die ganz typische Heraufbeschwörung dieses Bösewichts durch Fischer (1982): Der ominöse Dr. Black, der im Gehirn des armen Jones die Dinge

3 Berlin (1954, S. 68) sagt, „obwohl alle seine Ketten mit Blumen überdeckt sind und trotz seines Zur-Schau-Stellens von noblem Stoizismus und Glanz und Weite seines kosmischen Entwurfs, stellt der Determinismus trotz allem das Universum als ein Gefängnis dar.“

so arrangiert, daß Black „die Aktivitäten von Jones kontrollieren (kann). Jones weiß unterdessen nichts davon". Zuerst können wir fragen, – wie wir es immer tun sollten – warum wird dieser andere rivalisierende *Handelnde* eingeführt? Wozu Dr. Black ins Spiel bringen? Könnte das Beispiel nicht genausogut funktionieren, wenn etwa Jones einen Gehirntumor hätte, der seltsame Ergebnisse produzierte? Was Fischers Vision schrecklicher macht, ist, daß Jones' Kontrolle seiner eigenen Aktivitäten von einem anderen Handelnden, Dr. Black, an sich gerissen wurde.

Ein Tumor könnte im Gehirn von jemandem dies und das verursachen, und es wäre wirklich furchtbar, einen entkräftenden Gehirntumor zu haben, aber es würde einen schrecklich gewitzten Tumor verlangen, wenn er jemandes Gehirn *kontrollieren* sollte.

Varianten des ruchlosen Neurochirurgen sind der häßliche Hypnotiseur und der gebieterische Puppenspieler. Wir alle kennen auftretende Hypnotiseure, (wir glauben sie jedenfalls zu kennen;) und besonders schauerlich ist, daß sie anders als der ruchlose Neurochirurg vielleicht keine physikalische Spur ihres Einflusses hinterlassen. Erinnern wir uns, daß von Jones angenommen wurde, daß er nichts von Dr. Blacks Intervention merkt – ein wichtiger Punkt, zu dem wir in späteren Kapiteln zurückkommen. Aber noch heimtückischer sind Hypnotiseure, die ihre Opfer vor einem Publikum zur Schau stellen: Sie zeigen Sie als Opfer, um Sie vor Leuten lächerlich zu machen, die in einer wünschenswerteren Lage sind. Es „hilft", wenn Sie sich ihr Gelächter vorstellen, wenn ihnen Ihre Misere vorgeführt wird. Der gebieterische Puppenspieler ist ein wenig anders, denn man kann ihn sich so vorstellen, daß er Ihre groben *Bewegungen* trotz Ihrer *Anstrengungen* und *Wünsche* kontrolliert. In den Klauen des gebieterischen Puppenspielers können Sie vergebens kämpfen, wie der Hund der Stoiker, und Sie können wenigstens hoffen, Ihre Verweigerung aus Gewissensgründen dem Publikum zu zeigen, indem Sie sich in ein Stirnrunzeln oder Wimmern flüchten, eine Tröstung, die den Opfern des Hypnotiseurs offenkundig unmöglich ist.

Wir haben noch nie eine wirkliche menschliche Puppe gesehen, aber wir alle wissen von der Sklaverei und wissen, daß es eine schreckliche Situation ist, wenn man sich überhaupt irgendetwas Schreckliches vorstellen kann. Was würden Sie lieber sein wollen: der Zombie von Dr. Svengali oder die bemitleidenswerte menschliche Puppe? Wären Sie lieber ein Sklave oder ein Gefangener? Dies sind alles etwas unterschiedliche Schicksale, jedes auf seine Weise furchtbar, aber es gibt noch andere Bösewichte, die man fürchten muß.

Das kosmische Kind, dessen Puppen wir sind: Nozick schreibt: „Ohne freien Willen scheinen wir eingeschränkt zu sein, bloßes Spielzeug äußerer Kräfte" (Nozick 1981, S. 291). Wie unwürdig, ein bloßes Spielzeug zu sein,

ein Zeitvertreib. Aber wie könnte man das Spielzeug einer bloß unpersönlichen Macht sein? Es kann kein Spielzeug geben ohne Spieler. Und Spieler sind nicht einfach Handelnde; sie sind verspielte, kindliche Handelnde. (Es wird nirgends nahegelegt, es als herabwürdigend zu sehen, wenn man sich selbst als *Werkzeug* Gottes begreift – viele Evangelisten drücken das ebenfalls aus).

Stanislaw Lem untersucht – und verwirft – die vertraute philosophische Annahme, daß wir bloßes Spielzeug seien, in seiner Kurzgeschichte „Die siebente Reise oder wie Trurls Vollkommenheit zum Bösen führte" (Lem 1983), und eine herrliche Parodie auf diese klassische philosophische Horrorgeschichte findet man in Tom Robbins' Roman „Even Cowgirls Get the Blues":

„Dieses Jahr zu Weihnachten schenkte Julian Sissy ein Tiroler Miniaturdorf. Das handwerkliche Können war bemerkenswert.

Es gab eine kleine Kathedrale, deren bunte Fensterglasscheiben aus dem Sonnenlicht Fruchtsalat machten. Es gab einen Marktplatz und einen Biergarten. Der Biergarten wurde Samstag abends ziemlich laut. Es gab eine Bäckerei, die immer nach heißem Brot und Strudel duftete. Es gab ein Rathaus und eine Polizeiwache, teilweise im Querschnitt, wo das gewöhnliche Maß an Amtsschimmel und Korruption gezeigt wurde. Es gab kleine Tiroler in fein bestickten Lederhosen, und, unter den Lederhosen, Genitalien von gleich feiner Kunstfertigkeit. Es gab Skigeschäfte und viele andere interessante Dinge einschließlich eines Waisenhauses. Das Waisenhaus war dazu bestimmt, jeden Weihnachtsabend Feuer zu fangen und niederzubrennen. Die Waisen stürzten in den Schnee, ihre Nachthemdchen in Flammen. Furchtbar. Jedesmal um die zweite Woche im Januar kam ein Feuerinspektor, stöberte durch die Ruinen und murmelte: ‚Hätten sie nur auf mich gehört, dann wären diese Kinder heute noch am Leben' ". (Robbins 1976, S. 191 f.).

Das handwerkliche Können in diesem Abschnitt ist selber bemerkenswert. Beachten Sie, wie die Wiederholung des Waisenhausdramas Jahr um Jahr (die Nietzsches Idee der ewigen Wiederkehr – daß alles, was geschah, wieder und wieder geschehen wird – widerhallen läßt) die kleine Welt jeder wirklichen Bedeutung zu berauben scheint. Aber warum genau sollte es die Wiederholung vom Jammern des Feuerinspektors sein, was alles so hohl klingen läßt?

Wenn wir genauer hinsehen, was damit impliziert wird, so würden wir vielleicht den Trick finden, der den Absatz „funktionieren" läßt. Bauen die kleinen Tiroler das Waisenhaus selber wieder auf oder gibt es einen ‚VON-VORNE'-Knopf in diesem Miniaturdorf? Wo kommen die neuen Waisenkinder her? Oder werden die „toten" wieder „lebendig"? Wie wir sehen werden, zeigt eine genaue Untersuchung solcher Phantasiegeschichten oft, daß die eigentliche Arbeit von einem versteckten Merkmal in dem Beispiel geleistet wird, das für die philosophische These, die durch seine Beschwörung angeblich motiviert werden soll, vollkommen irrelevant ist.

Der böswillige Gedankenleser: Dieser Handelnde ist wesentlich ein Gegenspieler, aber er verursacht oder kontrolliert Ihre Bewegung nicht; er sieht sie nur voraus und verhindert sie. Mit diesem Kameraden zu knobeln, ist hoffnungslos, denn da er Ihre Gewohnheiten genau kennt und weiß, welcher Strategie Sie folgen, kann er im voraus sehen, welchen Zug Sie machen wollen und kontert immer erfolgreich (Hofstadter 1982 a). Wenn Sie nur Ihr Gehirn vor ihm schützen könnten! Wenn Sie nur eine Strategie der Unvorhersagbarkeit finden könnten, die gegen seine Berechnungen sicher wäre! Dann wären Sie nicht so machtlos, so verwundbar in dem Spiel des Lebens. Voraussagen sind auf eine spezielle Weise wichtig, wenn man auf sie gesetzt hat, wenn sie nicht bloß Aussagen im Futur sind, sondern eher Wetten, die man vielleicht wahr *machen* und die ein Gegner vielleicht falsch machen möchte. Im wirklichen Leben gerät man oft in Konkurrenz mit anderen Leuten und selbst mit anderen Organismen (beim Überlisten von Ratten und Moskitos zum Beispiel), aber gegen wen wettet man im kosmischen Spiel des Lebens?

Ich kann nicht beweisen, daß keiner der Butzemänner in dieser Liste von Bösewichten wirklich existiert, ebensowenig wie ich beweisen kann, daß der Teufel oder der Nikolaus nicht existieren. Aber ich bin darauf vorbereitet, ein ernstes Gesicht zu machen und jedem, der eine Versicherung braucht, zu beweisen, daß es absolut keinen Beleg für die Annahme gibt, daß irgendeiner dieser schrecklichen Akteure existiert. Aber wenn einer davon existierte – dann natürlich gnade uns Gott! Ein Schrank mit einem Geist darinnen ist etwas Schreckliches, aber ein Schrank, der genauso wie ein Schrank mit einem Geist darinnen ist (bloß daß der Geist fehlt), ist nichts, was man fürchten muß; so erhalten wir etwas, das sich als nützliche Daumenregel erweisen kann: Wann immer Sie einen *Butzemann* in einem philosophischen Beispiel entdecken, prüfen Sie nach, ob dieser schreckenerregende Akteur, der bestimmt erfunden ist, wirklich die ganze Arbeit macht.

3. Sphexhaftigkeit und andere Sorgen

Es gibt andere Ängste, die das Problem des freien Willens nähren, und keine personifizierten Gegenstände haben. Manche Leute meinen, daß, wenn der Determinismus wahr wäre, es etwas „Mechanisches" an unseren Entscheidungsprozessen geben müßte, was wir bedauern würden. Wir könnten keine freien Handelnden sein, sondern nur *Automaten,* insektenartig in unserem Verhalten. Betrachten wir die Schlupfwespe, *sphex ichneumoneus:*

„Wenn die Zeit des Eierlegens gekommen ist, gräbt die Wespe Sphex zu diesem Zweck ein Erdloch und sucht sich eine Grille aus, sticht sie, so daß die Grille gelähmt, aber nicht tot ist. Sie schleppt die Grille in das Erdloch, legt ihre Eier an ihr entlang, macht das Erdloch zu, dann fliegt sie weg und kehrt nie wieder. Zur fälligen Zeit schlüpfen die Wespenlarven aus den Eiern und fressen die gelähmte Grille auf, die nicht verfault ist, da sie in dem Wespen-äquivalenten Zustand des Tiefgefroren-Seins gehalten wurde. Für das menschliche Verständnis zeigt eine solche ausgetüftelt organisierte und offenkundig zweckmäßige Gewohnheit einen überzeugenden Anflug von Logik und Bedachtsamkeit – solange, bis weitere Details untersucht werden. Zum Beispiel hat die Wespe die Gewohnheit, die gelähmte Grille zu dem Erdloch zu bringen, sie am Rand liegen zu lassen, in das Loch hineinzukriechen, um zu sehen, ob alles in Ordnung ist, herauszukommen und die Grille dann einzugraben. Wird die Grille um ein paar Zentimeter verschoben, während die Wespe innen ihre vorläufige Inspizierung vornimmt, wird die Wespe, wenn sie aus dem Erdloch herauskommt, die Grille zuerst zurück zum Rand bringen, aber nicht in das Erdloch zerren, und sie wird dann die vorbereitende Prozedur wiederholen und in das Erdloch kriechen, um zu sehen, ob alles in Ordnung ist. Wenn die Grille wieder ein paar Zentimeter weggeschoben wird, während die Wespe drinnen ist, wird sie die Grille noch einmal zum Rand bringen und wieder in das Erdloch kriechen zur letzten Überprüfung. Die Wespe kommt nie auf die Idee, die Grille direkt hineinzuzerren. Bei einer Gelegenheit wurde diese Prozedur 40 mal wiederholt immer mit dem gleichen Ergebnis." (Wooldridge 1963, S. 82)[4].

Die arme Wespe ist demaskiert, sie ist kein freier Handelnder, sondern angewiesen auf simple, physikalische Ursachen, die sie unausweichlich zu ihren Zuständen und Aktivitäten drängen durch Merkmale der Umgebung, die außerhalb ihrer Kontrolle liegen. In „Can Creativity be Mechanized?" hat Hofstadter vorgeschlagen, daß wir diese niederschmetternde Eigenschaft, die von der Wespe so deutlich dargestellt wird, *Sphexhaftigkeit* nennen. Eine der mächtigsten Tendenzen in der Literatur über den freien Willen ist die Angst vor Sphexhaftigkeit.

Wir sind viel klüger als Sphex, Gott sei Dank, aber gerade wenn wir dankbar darüber nachdenken, fragt der Angstmacher wieder: „Was macht Sie so sicher, daß Sie nicht sphexhaft sind – wenigstens ein kleines bißchen?" Würde es nicht einfach aus dem materialistischen Determinismus folgen, daß menschliche Wesen, als physikalische Organismen so ausgefallen wie auch immer, in genau dem gleichen Maß Einwirkungen der Umgebung, die auf sie niederregnen, ausgeliefert sind? Der gottgleiche Biologe beugt sich hinab und schafft eine kleine lokale Änderung in der Welt der

4 Die gleiche Passage taucht auch in Wooldridge 1968 auf. Für eine Erklärung anderer philosophisch interessanter Merkmale des Wespenverhaltens siehe Dawkins 1980: „Good Strategy or Evolutionary Stable Strategy?".

Wespe und enthüllt dabei ihr bewußtloses, mechanisches Dasein; könnte eine höhere Intelligenz, die auf uns herunterschaut, nicht einen ähnlichen, wenn auch differenzierteren Trick finden, der uns demaskiert? Selbst wenn wir uns daran erinnern, daß es, soweit wir wissen, keine solche Super-Handelnden da oben gibt, die dazu bestimmt sind, unser Leben zu durchkreuzen, ist die bloße prinzipielle Möglichkeit, daß wir auf diese Weise unvollkommen und verwundbar sind, besonders erschütternd.

Beachten Sie die Parallele zwischen der Angst vor dem unsichtbaren Gefängniswärter und der Angst vor Sphexhaftigkeit. Man beginnt mit einem einfachen, klaren Fall von etwas Schrecklichem (wirklich im Gefängnis zu sein oder *genauso* wie eine Wespe zu sein) und läßt dann die Schrecklichkeit einsickern und räumt dann ein, daß im eigenen Fall die Sache viel komplexer ist – meist zu komplex, um sie sich vorstellen zu können – aber immer noch in wichtiger Hinsicht ähnlich. Dann erbt vermutlich unser eigener Fall die Schrecklichkeit dank der Kette von Ähnlichkeiten. Aber ist das wirklich so?

Hier möchte ich auf eine gefährliche Eigenart philosophischer Praxis hinweisen, die in diesem Buch eine besondere Untersuchung erfährt: die absichtliche Übervereinfachung von Aufgaben, die von dem Vorstellungsvermögen der Philosophen ausgeführt werden soll. Eine verbreitete Strategie in der Philosophie ist es, eine bestimmte Art von Gedankenexperimenten zu bilden, die ich eine *Intuitionenpumpe* nenne (Dennett 1980 und Hofstadter und Dennett 1981). Solche Gedankenexperimente (im Gegensatz zu denjenigen Galileis oder Einsteins zum Beispiel) sind *nicht* dazu gedacht, strenge Argumente, die Konklusionen aus Prämissen beweisen, zu illustrieren. Eher sollen eine Reihe von phantasiereichen Reflexionen im Leser hervorgerufen werden, die letztlich keine formale Konklusion erreichen, sondern ein Gebot der „Intuition". Intuitionenpumpen sind schlauerweise so aufgebaut, daß sie die Aufmerksamkeit des Lesers auf „die wichtigen" Merkmale konzentrieren und den Leser davon abhalten, in den schwer zu verfolgenden Details steckenzubleiben. Daran ist im Prinzip nichts falsch. Eine der höchsten Berufungen der Philosophie ist es in der Tat, Wege zu finden, um Menschen zu helfen, den Wald zu sehen und nicht bloß die Bäume. Aber Intuitionenpumpen werden oft mißbraucht, wenn auch selten absichtlich.

Der häufigste Mißbrauch ist vielleicht, daß man ein Ergebnis ableitet – ein tiefgefühltes intuitives Urteil – aus der besonderen Einfachheit des vorgestellten Falles und gerade nicht aus dem wirklichen Gehalt des Beispiels, das so einfach und klar dargelegt wurde. Könnte es nicht so sein, daß das Schicksal der Wespe nicht deswegen zu furchtbar ist, weil ihre Handlungen und „Entscheidungen" *verursacht* werden, sondern weil sie so *einfach* verursacht werden? Wenn es so ist, dann kann der anerkannte Unterschied zwischen dem Gegenstand unserer Intuitionenpumpe und uns –

unserer Komplexität – verhindern, daß wir die Schrecklichkeit, die wir in dem einfachen Fall sehen, erben. Vielleicht sollten wir lachen, nicht erschaudern; vielleicht ist diese Intuitionenpumpe genauso wie die Alptraumschlange, die ihren Schwanz verschlingt und das so lange macht, bis sie sich vollständig selbst aufgefressen hat.

Aber das wird nur eine detaillierte Untersuchung ergeben. Sind wir sphexhaft? Sind wir in wichtiger Hinsicht sphexhaft? Wir kennen sicher einige Menschen, die es sind: Hochgradig Geisteskranke, Zurückgebliebene, Hirngeschädigte. (Zum Beispiel beschreibt Whitaker (1976) eine hirngeschädigte Frau, die überhaupt keine Sprache mehr verstehen konnte, die aber alles genau nachäffte, was zu ihr gesagt wurde – bis auf die grammatikalischen Fehler, die sie immer korrigierte!) Viele erschütternde Experimente von Psychologen scheinen etwas über die Dimension unserer Sphexhaftigkeit zu enthüllen: Milgrims klassische Horrorgeschichte über die gehorsamen Folterer (Milgrim 1974), Experimente über menschliche Irrationalität von Kahneman, Tversky und vielen anderen (Kahneman, Slovic und Tversky 1982)[5], und natürlich die berühmten, wenn auch nicht offiziell anerkannten Anekdoten über Studenten, die Skinners wirksame Konditionierungstechnik anwandten, um ihre Psychologieprofessoren dazu zu bringen, sich während der Vorlesung am Ohr zu kratzen (Brewer 1974). Das wahrscheinliche Ausmaß unserer Sphexhaftigkeit wird ein zentrales Thema des zweiten Kapitels sein.

Das verschwindende Selbst: Ein anderes Merkmal, das in der Geschichte von der Wespe im Hintergrund lauert, ist jenes schauerliche Gefühl, das man oft bekommt, wenn man Insekten und andere niedere Tiere beobachtet oder etwas über sie erfährt: Diese ganze geschäftige Aktivität, aber *es ist niemand zu Hause!* Wir betrachten eine Welt, die scheinbar klug konstruiert, dann aber von ihrem Konstrukteur verlassen worden ist. Die Ameisen und Bienen und sogar die Fische und Vögel sie „bewegen sich nur wie Räder im Getriebe“. *Sie* verstehen nicht oder schatzen nicht richtig ein, was

---

5 Milgram fand heraus, daß ein ausreichend „institutioneller“ Hintergrund bei vielen, anscheinend normalen Menschen erschreckend willfähriges Verhalten hervorrufen kann: Versuchspersonen wurden als „Forschungsassistenten“ eingeführt und gebeten, „Versuchspersonen“ (in Wirklichkeit Schauspielern) offensichtlich schwere Elektroschocks zu verabreichen als Teil eines Trainingsprogramms. Kahneman und Tversky haben in einer Reihe von Experimenten gezeigt, wie selbst gewiefte Forscher durch elementare Trugschlüsse beim induktiven Schlußfolgern oft getäuscht werden können, so etwa durch den Spieler-Trugschluß (wenn der Kopf am häufigsten nach oben gekommen ist, wird es mehr und mehr wahrscheinlich, daß beim nächsten Wurf die Zahl nach oben kommt). Eine bedeutende philosophische Diskussion und einen Überblick über die Literatur zu Experimenten findet man in Cohen 1981 und Kyburg 1983.

sie eigentlich machen, und auch in ihrer Nachbarschaft ist kein verstehendes Selbst zu finden. Das ist die Angst vor dem unglaublichen verschwindenden Selbst.

Wiederum scheinen wir klare Fälle zu kennen, die zwischen Insekten, Fischen und uns selbst liegen. Geisteskranke und Hirngeschädigte zum Beispiel werden offenbar mitunter ganz zutreffend so beschrieben, daß sie kein Selbst haben, daß sie lebendig und beseelt sind, aber keine Seele besitzen. Wenn wir unsere mentalen Aktivitäten von „zu nahe" betrachten, tritt oft dasselbe Phänomen des Verschwindens ein. Wie Mozart einmal von seinen musikalischen Einfällen sagte: „Woher und wie kommen sie? Ich weiß es nicht, und *ich habe nichts damit zu tun.*"[6] (Hervorhebung hinzugefügt). Wenn der Determinismus wahr ist, so scheint es, dann gibt es für unser Selbst keine Ellenbogenfreiheit und keine Arbeit, die es tun kann. Können wir unser Selbst finden, oder ist die Wissenschaft auf der Schwelle zu zeigen, daß es *(wir?)* eine Illusion ist (sind) – so wie die Illusion, daß die Wespe ein Selbst ist (oder hat)?

Die Wissenschaft führt uns ins Innere der Dinge, und es ist nicht wahrscheinlich, daß die detaillierte, innere Ansicht unserer Gehirne, die uns die Wissenschaft liefert, irgendeine wiedererkennbare Version dessen enthüllt, was Descartes die *res cogitans* oder das denkende Ding nannte, das wir „aus Introspektion" so gut kennen. Wenn wir aber den Blick auf unser Selbst verlieren, sobald wir an wissenschaftlicher Objektivität gewinnen, was wird dann mit Liebe und Dankbarkeit (und Haß und Groll) geschehen?

„Was soll ich aber tun, wenn ich nicht einmal Bosheit habe? Infolge dieser verwünschten Gesetze der Erkenntnis unterwirft sich nämlich auch meine Bosheit der chemischen Zersetzung. Man sieht: das Ding hebt sich auf, die Vernunftgründe verdunsten, der Schuldige ist nicht zu finden, die Beleidigung bleibt nicht Beleidigung, sondern wird zum Fatum, zu einer Art Zahnschmerz, an dem niemand schuld ist, ..." (Dostojewski, *Aufzeichnungen aus dem Untergrund,* Darmstadt 1974, S. 448).

Das schreckliche Geheimnis: Die Wissenschaft scheint oft nahe daran zu sein, uns zu viel zu sagen, Pandoras Büchse zu öffnen und das eine oder andere schreckliche Geheimnis zu offenbaren; sobald wir es hören, lähmt es uns. Es lähmt uns, indem es eine Illusion zerschlägt, die für unser Weiterleben als Handelnde absolut notwendig ist. Unsere eigene Rationalität wird uns zugrunderichten, weil, haben wir erst einmal die Wahrheit gesehen, wir unfähig sein werden, uns selbst länger zu betrügen. Es ist leicht einzusehen, wie das schreckliche Geheimnis selbst vermutlich die Lähmung schafft, denn es geschieht wieder einmal in Analogie zu etwas, das oft passiert und

---

6 Siehe meine Diskussion zu Mozart, Poincaré und Kreativität in Dennett 1975.

das in der Tat lähmend und oft erschütternd sein kann. Angenommen etwa, wir verbringen den Tag in Oxford damit, über die entsprechenden Vorzüge der Restaurants in London zu debattieren und versuchen dann zu entscheiden, welches wir am Abend ausprobieren wollen. Dann erfahren wir, daß die Züge nicht fahren oder daß alle Restaurants an diesem Tag geschlossen sind oder daß wir in dem Raum in Oxford eingeschlossen sind oder daß es einfach zu spät ist, um nach London zu kommen. Wir haben gerade erfahren, daß dieses besondere Bemühen um Entscheidungsfindung äußerst zwecklos war. Es gab keine wirkliche Gelegenheit für uns zum Handeln; es gab keine wirklichen Alternativen, zwischen denen man entscheiden konnte. Wenn also die Wissenschaft uns zeigen könnte, daß es niemals wirklich irgendwelche Gelegenheiten gibt, würde uns das nicht – sollte uns das nicht – dazu bringen, Entscheidungen ganz und gar aufzugeben?

Wie Tolstoi in der letzten Zeile von „Krieg und Frieden" schreibt, „(Es ist) unumgänglich, sich von der ebenso vom Bewußtsein empfundenen Freiheit loszusagen und die von uns nicht wahrgenommene Abhängigkeit zu erkennen." Aber das wäre schrecklich, so scheint es, denn würde es nicht zu wahrhaft schlimmer und selbstzerstörerischer Resignation und Apathie führen? Denken wir zum Beispiel an die widerliche Resignation derjenigen, die den Nuklearkrieg als vollkommen unausweichlich betrachten und es folglich als nicht der Mühe wert erachten, daß man versucht, ihn zu verhindern. Sollten wir nicht die Verbreitung jeder Behauptung beklagen (selbst wenn sie wahr wäre – vielleicht besonders dann, wenn sie wahr ist), die diese Art von Einstellung bestärkt?

Was soll das schreckliche Geheimnis sein? Vielleicht ist es die Tatsache des Determinismus. (Oder die Tatsache des Indeterminismus!) Auf jeden Fall sollten wir es schleunigst an die Öffentlichkeit bringen, denn es impliziert, daß Freiheit eine Illusion ist. Zu beachten ist, daß wir nicht die Angst haben, eine bestimmte Aussage sei wahr, sondern daß sie – wahr oder falsch – geglaubt werden könnte. Wenn der Determinismus jetzt wahr ist, dann war es schließlich immer wahr. Während das Leben vieler Menschen in der Vergangenheit ziemlich furchtbar gewesen ist, haben viele andere ein Leben geführt, das lebenswert war – trotz der Tatsache, daß sie in einer deterministischen Welt gelebt haben. Die moderne Wissenschaft *macht* den Determinismus nicht wahr, selbst wenn sie diese Tatsache entdeckt; die Dinge werden also nicht zwangsläufig schlechter, außer daß der Glaube an den Determinismus eher als der Determinismus selbst die Katastrophe schafft.[7]

---

7 Siehe zum Beispiel Strawson 1962: „Welche Wirkungen hätte das Akzeptieren der Wahrheit einer generellen These des Determinismus auf diese reaktiven Einstellungen

Könnte die Entdeckung des Determinismus nicht nur unser eigenes Leben zerstören, sondern auch im nachhinein offenbaren, daß jedes frühere gute Leben nicht das war, was es für die, die es führten, zu sein schien? Manche Bilder in der philosophischen Literatur spielen mit dieser quälenden Vorstellung. Anscombe (1957, S. 6) erzählt uns von einer Vorlesung, in der Wittgenstein seine Zuhörer einlud, herabfallende Herbstblätter zu betrachten, die zu sich selbst sagen: „Nun fliege ich dorthin ... nun fliege ich dahin". Hobbes dachte sich eine ähnliche Phantasiegeschichte aus:

„Ein hölzerner Kreisel, der von den Burschen gepeitscht wird und manchmal an die eine Wand, manchmal an eine andere Wand gerät, sich manchmal dreht, manchmal Leuten gegen das Schienbein stößt, würde, wenn er gegenüber seiner eigenen Bewegung sensibel wäre, denken, er käme aus eigenem Willen voran, außer er fühlte, was ihn peitscht. Und ist ein Mensch irgendwie weiser, wenn er zu der einen Stelle um eine Wohltat, zu einer anderen um eine Abmachung rennt und die Welt damit belästigt, Irrtümer aufzuschreiben und Antworten zu verlangen, weil er glaubt, er täte es ohne einen anderen Grund als aus seinem eigenen Willen, und der nicht sieht, worin die Peitschenhiebe bestehen, die seinen Willen verursachen?" (Hobbes, *Werke*, hrsg. von Molesworth, Vol V., S. 55).

Manche Illusionen sind fast unwiderstehlich. Der Golfspieler sieht seinen Ball, wie er langsam auf das Loch zurollt. Er krümmt und verrenkt und bückt sich, als ob er den Ball dazu bringen wollte, seinen Kurs zu ändern, als ob seine Verrenkungen tatsächlich eine Veränderung bewirken könnten. Aber es ist natürlich zu spät. Es gibt einen Ausdruck für solche Possen: „body English"[8]. „Body English" ist immer nutzlos, manchmal komisch, manchmal ergreifend und oft unwiderstehlich. Womit die Wissenschaft uns droht, ist zu zeigen, daß all unser Streben letztlich nichts anderes als „body English" ist. Wäre es nicht furchtbar, wenn unsere ganze mentale Gymnastik, unsere Überlegungen und Bestrebungen und Entscheidungen und Kämpfe letztlich nichts anderes als „body English" wären? Sie wären es, wenn sie (wie unwiderstehlich auch immer) völlig unfähig wären, irgendeinen wirklichen Unterschied für die Resultate der Ereignisse, auf die es uns ankommt, nach sich zu ziehen. Dieses Schreckgespenst nimmt breiten Raum in den Diskussionen über den Fatalismus ein, aber das ist nicht sein einziger Jagdgrund. Für den Augenblick könnte es nützlich sein, „body

---

[unsere normalen zwischenmenschlichen ‚teilnehmenden' Haltungen wie Dankbarkeit und Groll], bzw. welche Wirkungen sollte es haben?"

8 Ich entdeckte in Oxford, daß dieser Ausdruck ein Amerikanismus ist, in England weitgehend unbekannt, wie sein Vorbild „putting English (on a ball)", was bedeutet, daß man einem Ball einen Drall versetzt. (Im Deutschen gibt es für beide Fälle keinen adäquaten Ausdruck, ich lasse sie deshalb unübersetzt. Anm. d. Übers.)

English“ etwas ganz Ähnlichem gegenüberzustellen, denn das könnte uns helfen, uns vor einer Angst zu retten.

Betrachten wir das Durchschwingen[9]. Dem Golfspieler wurde vom Golfprofi gesagt, er solle *seinen Kopf gebeugt lassen,* bis er seinen Schwung beendet hat. Doch wie kann das ein guter Rat sein? Der Ball verläßt das Ende des Schlagholzes mitten im Schwung, und nachdem er seine Reise begonnen hat, kann nichts mehr, was an der Abschlagstelle geschieht, diese Bahn verändern. Ist nicht die Aufmerksamkeit auf Details des Schwunges, die eintreten, nachdem der Ball das Schlagholz verlassen hat, bloß so etwas wie „body English“? Nicht unbedingt. Denn vielleicht ist dies die einzige Art und Weise, das Richtige bis zum Moment des Abschlages geschehen zu lassen: nach vorne zu schauen und ein entfernteres Ziel ins Auge zu fassen und sich auf seine Anstrengungen verlassen, das Ziel zu erreichen, um dadurch Körperbewegungen hervorzubringen, die genau die richtige Distanz mit genau der richtigen Geschwindigkeit überwinden lassen. Man wäre wirklich dumm, den Rat des Profis nicht zu beachten, bloß aufgrund des Argumentes, das oben gegeben wurde, daß es keinen Unterschied machen könnte. Es könnte den entscheidenden Unterschied machen. Manchmal besteht die einzige Möglichkeit, etwas zu erreichen, was man wirklich will, darin, daß man versucht, etwas anderes zu tun. (Diese Andeutungen werden im fünften und siebten Kapitel ausgebaut.)

Ich werde also Feuer mit Feuer bekämpfen. Der Angstmacher ruft das alltägliche Bild des „body English“ hervor und bringt uns dazu, den Schauder der Verwirrung oder der Angst in die metaphysische Sphäre des freien Willens zu übertragen. Ich entgegne mit dem alltäglichen Bild des Durchschwingens und frage, warum man nicht genausogut seine kongenialere Lehre auf den hohen metaphysischen Standpunkt übertragen kann. Aber es sollte einen besseren Weg geben, den man verfolgen kann, und es gibt einen. Es ist mehr oder weniger traditionelle philosophische Praxis, flott durch die Analogien zu einer Konklusion zu gelangen, die dann zum Ausgangspunkt für außerordentlich sorgfältige Theoriekonstruktion und Argumentation wird. Zum Beispiel wird als „offenkundig“ angenommen, daß die Art von freiem Willen, die wir alle wollen, so ist, daß man nur dann einen freien Willen hat, wenn man „auch anders hätte handeln können“, und dann wird große Sorgfalt und Energie darauf verwandt, die notwendigen und hinreichenden Bedingungen für diese Art von Vermögen oder Gelegenheit auszuformulieren.

Das bringt dann den seltsamen Wunsch in manchen Menschen hervor, es sollte sich als wahr herausstellen, daß aus jeder ihrer Handlungen, wenn

9 Vergleiche die kurze Diskussion des Durchschwingens in Nozick 1981, S. 311.

genau der gleiche physikalische Zustand wieder eintreten würde, irgendeine andere Handlung resultieren könnte. Viel Scharfsinn wurde auf den Versuch verwendet zu sagen, worauf diese These hinausläuft und wie ihre Chancen stehen, wahr zu sein, aber überraschend wenig Aufmerksamkeit wurde der Frage zuteil, warum sich jemand um dieses metaphysische Kann-Sein kümmern sollte – außer daß man den Leser daran „erinnert", daß, wenn es nicht wahr wäre, es dann so wäre, wie im Gefängnis, gelähmt, hypnotisiert zu sein, eine Wespe, eine Puppe, ein Spielzeug zu sein. Über die Anspielungen auf die schreckliche Alternative wird manchmal so flüchtig hinweggegangen, daß ganz offensichtliche Inkohärenzen übersehen werden – Inkohärenzen, die niemals die sorgfältige Aufmerksamkeit, die Philosophen ihrem eigentlichen Theoretisieren widmen, überdauern würden.

4. Überblick

Bisher habe ich nicht versucht, irgendetwas über den freien Willen zu beweisen. Stattdessen habe ich das Thema abgesteckt, unser Gespür für die Fragen etwas bearbeitet, die Aufmerksamkeit auf ein paar merkwürdige Merkmale des Rohmaterials gelenkt – eine verführerische Gestalt hier, eine Ader im Marmor dort. Ich war damit beschäftigt, die Aufmerksamkeit auf ein paar Weisen zu lenken, in denen das Problem des freien Willens zum großen Teil ein Kunstprodukt der dafür typischen Methoden sein *kann*, und dieses vorläufige Schärfen des Bewußtseins wird dabei nützlich sein, uns außerhalb einiger gewohnter Gleise zu halten, wenn wir das traditionelle Terrain durchqueren. Bevor wir das Ende erreicht haben, werden wir im Grunde genommen alle traditionellen Themen und Argumente in der Literatur über die Willensfreiheit abdecken; aber meine Methode wird sein, *dort langsam voranzugehen, wo andere schnell sind*, und mich beim vertrauten Analogisieren aufzuhalten, anstatt mich Hals über Kopf in Theoriekonstruktion und Widerlegung zu stürzen.

Eine ziemlich mächtige Institution von professioneller Unterdrückung hat die Wichtigkeit und den Einfluß von Intuitionenpumpen in der Entwicklung der Philosophie für uns unsichtbar gemacht. Nicht nur auf dem Gebiet des freien Willens waren Intuitionenpumpen die beherrschende Macht. Ich glaube, daß die Rückbesinnung auf die Geschichte der Philosophie zeigt, daß die großen Intuitionenpumpen überall die großen Bewegungskräfte waren. Denken wir an Platons Höhle, an Menon, der den Sklavenjungen Geometrie lehrt, Descartes' bösen Dämon und Hobbes' Naturzustand. Denken wir, in jüngerer Zeit, an Quines (1960) Linguisten, der versucht, „Gavagai" zu übersetzen, an Goodmans (1965) grot-blün-Rätsel,

Rawls' (1975) „Urzustand" und Farrells (1950) verlockende Frage darüber, wie es wäre, eine Fledermaus zu sein[10], ganz zu schweigen von Putnams (1975) berühmter Zwillingswelt und Searles noch berühmterem chinesischen Zimmer.

Man könnte sagen, diese Intuitionenpumpen seien die bleibenden Melodien der Philosophie, mit einer beständigen, einprägenden Kraft, so daß sich unsere Erstsemester noch ganz lebendig und richtig an sie erinnern, Jahre nachdem sie das verwickelte kontrapunktische Argument und die entsprechende Analyse vergessen haben. Eine gute Intuitionenpumpe ist robuster als irgendeine Variation darüber. (Wie viele Variationen über die Themen von Rawls „Urzustand" oder Putnams Zwillingswelt wurden schon vorgeführt?)

Intuitionenpumpen sind starke pädagogische Hilfsmittel. Von Descartes' „Cogito, ergo sum" – Gedankenexperiment wird allgemein angenommen, daß es logisch fragwürdig ist, wenn nicht sogar völlig verfehlt. Es hat Dutzende von Reinterpretationen und Verteidigungen hervorgerufen; viele Philosophieprofessoren würden diese Kommentare einfach beiseitelegen, während sie nicht im Traum daran dächten, Descartes' dramatische Idee vom Lehrplan zu streichen. Selbst große Intuitionenpumpen können genausosehr in die Irre leiten, wie sie instruieren können. Wenn wir zum Beispiel Descartes lehren, lehren wir typischerweise sein Gedankenexperiment nicht als Enthüllung der Wahrheit über die Erkenntnis – oder auch nur als Weg dazu. In der Tat werfen wir Descartes und seiner verführerischen Intuitionenpumpe in der Regel vor, daß sie die Philosophie in ein 300 Jahre dauerndes fruchtloses Unterfangen geführt hat. Bestenfalls sind wir ihm in derselben Weise dankbar, wie wir jemandem vielleicht dankbar sind, der uns die falsche Richtung wies, doch dessen Weisung uns in ein faszinierendes, unglückliches Abenteuer verwickelte, aus dem wir dann eine Menge lernten.

Die zentrale Rolle der Intuitionenpumpen in der Philosophie zeigt, daß die Philosophie keine Wissenschaft ist und dies auch vernünftigerweise

10 Ja, es war Farrell, der 1950 die philosophisch verführerische Frage stellte (und beantwortete), die durch Nagels klassischen Aufsatz „Wie ist es, eine Fledermaus zu sein?" berühmt wurde (Nagel 1979; wiederabgedruckt im englischen Original mit Kommentaren in Hofstadter und Dennett 1981). Farrells Diskussion dieser Frage erscheint in seinem immer aktuellen Aufsatz „Experience", der zuerst in *Mind* veröffentlicht wurde und dann in der sehr erfolgreichen Anthologie, die Chappell (1962) herausgegeben hat. Ich mache auf Farrells Vorrangigkeit nicht deshalb aufmerksam, um Nagel in Verlegenheit zu bringen – wir alle tendieren dazu, wiederzuerfinden, was wir bewundern – sondern um meinen Punkt von oben über die Robustheit einer guten Intuitionenpumpe zu betonen, die Ähnlichkeiten hat mit der Robustheit einer guten, unvergeßlichen Melodie.

nicht sein wollen kann. Philosophie ohne Intuitionenpumpen ist gelegentlich bei der Klärung und Einteilung eines begrifflichen Gebiets ausreichend erfolgreich, so daß die Wissenschaft damit weitermachen kann, aber dies sind im großen und ganzen keine Erfolge im Zentrum der philosophischen Bemühungen. Philosophie mit Intuitionenpumpen ist überhaupt keine Wissenschaft, aber auf ihre eigene informelle Weise ist sie ein wertvoller – gelegentlich auch notwendiger – Begleiter der Wissenschaft. Es sollte Philosophen nicht verlegen machen anzuerkennen, daß Intuitionenpumpen eine Menge der beständig anfallenden Arbeit der Philosophie tun (besser oder schlechter). Schließlich sollte eine Intuitionenpumpe das ideale Werkzeug in der Ausrüstung des Philosophen sein, wenn wir eine der bekanntesten Visionen, die darstellt, *wozu* Philosophie da ist, ernst nehmen. Sie ist dazu da, unser Blickfeld für das Mögliche zu vergrößern, schlechte Denkgewohnheiten zu überwinden. Wie Wittgenstein sagte, „Die Philosophie ist ein Kampf gegen die Verhexung unseres Verstandes durch die Mittel unserer Sprache". (Wittgenstein 1953, § 109). Für solche Vorhaben ist das reglementierte Aufstellen strenger Argumentation selten mehr als ein Versicherungsschein, ein Dämpfer für die frei agierende Intuitionenkrämerei, die die Grundlinien dieser neuen Vision festgelegt hat.

In den folgenden Kapiteln werde ich an der These festhalten, daß das Problem der Willensfreiheit die Gruppe von Ängsten *ist*, die ich in diesem Kapitel kurz skizziert habe. Meine Methode wird sein, sie und die Analogien und Intuitionenpumpen, die sie nähren, zu untersuchen, um zu sehen, welche wirklichen Bedrohungen unseres Selbstwertgefühls und unserer Bestrebungen im Hintergrund lauern könnten und welche philosophischen Restprobleme von wirklichem Interesse eventuell noch zu lösen bleiben.

In Kapitel II wende ich mich Fragen zu über unseren biologischen Status als vernünftige Lebewesen und untersuche die Gründe für unsere Angst vor Sphexhaftigkeit. In Kapitel III untersuche ich *Kontrolle* und *Selbstkontrolle*, zwei Begriffe, die für die Fragen des freien Willens und des Determinismus äußerst zentral sind, die aber, soweit ich weiß, von Philosophen noch nie sorgfältig analysiert worden sind. Wichtige Fragen werden sein: Wie kontrolliert ein Ding ein anderes – oder sich selbst –, und welche Arten von Dingen können kontrollieren? (An dieser Stelle stören die Butzemänner wieder.)

In Kapitel IV wende ich mich dem Begriff eines *Selbst* oder *Handelnden* zu und möchte sehen, wie er davor bewahrt werden kann, unter dem Angriff der Wissenschaft zu verschwinden.

In Kapitel V werden wir sehen, was aus Kants Behauptung gemacht werden kann, daß, wenn wir handeln, wir „unter der Idee der Freiheit handeln" müssen. Auf welche Art und Weise müssen wir über die Zukunft und über unsere Fähigkeiten nachdenken, damit wir von manchen Dingen meinen, daß „es an uns liegt", während wir von anderen Dingen meinen, daß „es nicht an uns liegt". Gibt es die Ellenbogenfreiheit wirklich, die wir für uns annehmen müssen, wenn wir über Entscheidungen nachdenken? J. Alfred Prufrock fragt

„Hat es Zweck,
Das Weltall aufzustören?
In Minutenfrist ist Zeit
Für Entscheiden und Vermeiden, wie's Minutenfrist kann kehren."

T. S. Eliot, *J. Alfred Prufrocks Liebesgesang*
(Frankfurt 1951, S. 11)

Aber wie könnte irgendetwas als Störung des Weltalls *gelten*? Die Wissenschaft scheint die Vorstellung zu brauchen (siehe *Disturbing the Universe*, Dyson 1979), während sie sie zur gleichen Zeit verwirft. Können wir beides haben?

In Kapitel VI untersuche ich die Bedeutung des Wortes „kann" und den zentralen Ausdruck „hätte auch anders gekonnt". Wie Austin so schön sagte: „In der Philosophie ist es insbesondere *können*, das wir anscheinend dann, wenn wir ein Problem für gelöst halten, enthüllen und das uns als übriggebliebener Rest angrinst wie der Frosch am Grunde des Bierkrugs." (Austin 1975, S. 242). Wie wahr, aber zuerst müssen wir das ganze Bier austrinken. Dann werden wir einen Frosch vorfinden, mit dem sehr viel besser umzugehen ist.

In Kapitel VII frage ich, warum wir den freien Willen eigentlich überhaupt haben wollen, und ich zeige, warum wir, die Folgerungen aus unserer notwendigen Unvollkommenheit als Handelnde vorausgesetzt, klug beraten sind, ihn zu wollen. Die Fragen werden hier praktisch und persönlich. Betrügen wir uns selbst – oder werden wir von der Gesellschaft betrogen –, wenn wir auf unserem Interesse beharren, für *verantwortlich gehalten* zu werden? Wann und warum ist unsere Zurechnungsfähigkeit vermindert? Sind wir wirklich je schuldig, wenn wir etwas falsch gemacht haben?

Meine Folgerungen sind weder revolutionär noch pessimistisch. Sie treten nur für gemäßigte Revisionen ein: Die gewöhnliche Ansicht über unseren Platz im Universum ist im großen und ganzen richtig. Wir haben einen freien Willen. Wir können freien Willen und gleichzeitig Wissenschaft haben. Die erreichten Schlußfolgerungen werden natürlich das Thema der Willensfreiheit nicht zu Ende gebracht haben, und weitere Anfechtungen unserer Gemütsruhe sind zu erwarten. Aber mein Rückblick auf die Resultate früherer Kapitel wird manchen Rat liefern, wie man diesen künftigen Herausforderungen begegnen kann.

Kapitel II

Die Vernunft wird praktisch

1. Woher kommen Gründe?

Ein wiederkehrendes, aber immer noch kontroverses Thema in der Literatur über den freien Willen ist die Vorstellung, daß die echte Willensfreiheit in einer vollständigen Unterordnung des Willens unter das *Diktat der Vernunft* besteht (oder bestehen würde). Kant ist natürlich der Philosoph, der diese Vorstellung zum Kernstück seiner Theorie machte, aber er war wohl nicht der erste, der die Berufung auf vollkommene Rationalität als das Ideal betrachtete, an dem alle Unvollkommenheiten, alle bedauernswerten Abhängigkeiten des Willens oder der Tätigkeit gemessen werden. So behauptete Spinoza, in seiner Abhandlung „Über die menschliche Knechtschaft oder die Macht der Affekte" beweisen zu können:

> „Absolut aus Tugend handeln, ist in uns nichts anderes als nach der Leitung der Vernunft handeln, leben, sein eigenes Sein erhalten (diese drei Ausdrücke bezeichnen dasselbe) auf der Grundlage, daß man den eigenen Nutzen sucht." (*Ethik,* IV, Lehrsatz 24, S. 487 ff.)

Descartes äußert ähnliche Ansichten in seiner „Vierten Meditation"[1], und Dr. Bramhall, Bischof von Derry, liefert in seiner Debatte mit Hobbes eine Lobeshymne zu dem Thema:

> „Die Vernunft ist die Wurzel, der Quell, der Ursprung wahrer Freiheit, die für den Willen beurteilt und ihm vorführt, ob dies oder das angemessen wäre, ob dies oder das angemessener wäre." (Hobbes, *Werke,* Vol. V, S. 40)

---

1 „Es ist aber für mich, um frei zu sein, auch nicht nötig, daß ich nach der einen wie nach der anderen Seite getrieben werden kann. Ganz im Gegenteil, je mehr ich nach der einen Seite neige, sei es nun, daß ich auf dieser Seite den Grund des Wahren und Guten mit Klarheit erkenne, sei es, weil Gott meine innerlichsten Gedanken darauf gestimmt hat, um so freier ist meine Wahl. Und in der Tat! Weder die göttliche Gnade noch die natürliche Erkenntnis bedrohen jemals die Freiheit, sondern mehren und stärken sie eher! Jene Unentschiedenheit (indifferentia) aber, die ich erfahre, wenn mich kein Grund nach der einen mehr als nach der anderen treibt, ist der niedrigste Grad der Freiheit, und sie beweist keine Vollkommenheit in ihr, sondern nur einen Mangel oder eine gewisse Negation in der Erkenntnis. Sähe ich nämlich stets klar, was das Wahre

Locke, dessen Ansichten sonst nicht erkennbar „kantisch“ sind, äußert zugunsten dieses Ideals des vernunftgeleiteten Lebens rhetorische Unterstützung, die so deutlich ist wie Kant selber:

„Wenn Freiheit, wahre Freiheit, darin besteht, daß man sich von der Leitung der Vernunft losreißt und von allen Schranken der Prüfung und des Urteils frei ist, die uns von dem Erwählen und Tun des Schlechten bewahren, dann sind Tolle und Narren die einzigen Freien: allein ich glaube, keiner, der nicht schon toll ist, wird um einer solchen Freiheit willen wünschen, toll zu werden.“ (*Über den menschlichen Verstand,* Hamburg 1976, II, Kap. 21, § 50)

Diese Vorstellung von Freiheit als vollkommener Rationalität wird in der Literatur so oft ausgedrückt, daß wahrscheinlich etwas weitgehend Richtiges daran sein muß, aber sie wird so leidenschaftlich vorgebracht, daß sie auch irgendeinen ausgleichenden Fehler enthalten muß, irgendetwas Konterintuitives und Störendes, das den Widerstand schafft, gegen den diese und andere Autoren ihre Einsicht verkünden. In Kapitel III werde ich mich der Untersuchung der Quellen dieses Skeptizismus gegenüber dem Ideal der Rationalität zuwenden (oder vielleicht genauer: dem Fehlen der Vorliebe dafür), aber hier möchte ich die Wirkungskraft, die diese Berufung auf Rationalität hat, überprüfen und zeigen, wie wir realistisch eine solche Rationalität anstreben können.

Wie könnte die Vernunft je einen festen Halt in einem materiellen, mechanischen Universum finden? Am Anfang gab es keine Gründe; es gab nur Ursachen. Nichts hatte einen Zweck, ja nicht einmal eine Funktion; es gab in der Welt überhaupt keine Teleologie. Die Erklärung dafür ist einfach: Es gab nichts, was Interessen hatte. Nach Jahrtausenden aber geschah es, daß einfache Replikatoren[2] auftauchten, und während *sie* keine Ahnung von ihren Interessen und vielleicht, korrekt gesagt, keine Interessen hatten, können wir, wenn wir von unserem gottähnlichen Aussichtspunkt auf ihre Anfänge zurücksehen, ihnen eindeutig bestimmte Interessen zuschreiben – erzeugt durch ihr „definierendes“ Interesse an Selbst-Reproduktion. Das

---

und Gute ist, so würde ich mich niemals darüber besinnen, wie zu urteilen oder zu wählen sei. Und wenngleich ich so durchaus frei wäre, so könnte ich doch niemals unentschieden sein.“ Siehe auch seinen *Brief an Mersenne,* (Œuvres de Descartes, 1897–1913, Vol. III, S. 381 f.): „Ich bewege mich umso freier auf einen Gegenstand zu im Verhältnis zu der Zahl der Gründe, die mich nötigen; denn es ist sicher, daß mein Wille mit größerer Leichtigkeit und Spontaneität in Bewegung gesetzt wird.“

2 Siehe Dawkins 1971, der eine klare und elegante Version dieser Geschichte anbietet. Eine andere, unterstützende Perspektive zeigt Monod 1971, Kapitel 1, „Seltsame Objekte“, über die Geburt dessen, was Monod „Teleonomie“ nennt.

heißt, es machte vielleicht keinen Unterschied, es war eine Sache ohne Bedeutung, es interessierte niemanden oder nichts, ob sie sich mit Erfolg reproduzierten oder nicht (obwohl es so scheint, als könnten wir dankbar dafür sein, daß sie es taten), aber wir können ihnen Interessen wenigstens bedingt zuschreiben. *Wenn* diese einfachen Replikatoren überleben und sich reproduzieren und so angesichts der zunehmenden Entropie überdauern sollen, dann muß ihre Umgebung bestimmte Bedingungen erfüllen: Der Reproduktion förderliche Umstände müssen vorhanden sein oder wenigstens öfter vorkommen.

In etwas anthropomorpherer Begrifflichkeit: Wenn sich diese einfachen Replikatoren weiter reproduzieren wollen, sollten sie Verschiedenes erhoffen und erstreben: Sie sollten die „schlechten“ Dinge meiden und die „guten“ suchen. Noch dramatischer: Würden wir uns als Hüter ihrer Interessen vorstellen, könnten wir ziemlich genau sehen, daß bestimmte Schritte getan werden müßten, daß Hilfestellung zu leisten wäre, daß Warnungen zu geben wären.

Das besagt noch nicht viel, denn es ist auch wahr, daß, wenn wir uns vorstellen, wir fänden Gefallen an einer besonders schönen Felsformation, die vor Millionen Jahren bei einem Vulkanausbruch ausgespuckt worden ist, wir uns ohne weiteres die Schritte ausmalen können, die wir zu unternehmen hätten, um sie zu bewahren – um sie vor der Erosion zu schützen, vor dem Eingraben in das Sediment, vor der Zerstörung durch nachfolgende Vulkanausbrüche, usw.

Worin besteht der Unterschied? Auf welche Weise nahmen die Interessen der Replikatoren ein eigenes Leben an? Auf eben diese Weise: Die Replikatoren wurden mit der Zeit zu unbeholfenen Hütern ihrer eigenen Interessen. In der Tat hing ihre Fähigkeit zur Selbst-Reproduktion davon ab. Anders als die Vulkanskulptur waren sie nicht völlig hilflos und auf das Umsorgtwerden von anderen angewiesen; sie konnten sich ganz alleine durchs Leben schlagen, bis zu einem gewissen Grad jedenfalls. Der Tag, an dem es im Universum Entitäten gab, die ein paar rudimentäre Schritte unternehmen konnten, um zu beginnen, ihre eigenen Interessen zu verteidigen, war der Tag, an dem Interessen entstanden. Gerade die Tendenzen dieser Organismen, dies und das zu bewahren (ihre Varianten von *Homöostasie*) halfen dabei, die Definition ihrer Interessen zu verschärfen. Nur bestimmte Arten von Homöostasie hatten die Tendenz zur Selbsterhaltung; diese Arten reproduzierten sich, überdauerten folglich und fügten daher dem rohen, ursprünglichen „Interesse“ an Selbsterhaltung und Selbst-Reproduktion *weitere Bestimmungen* hinzu. Wenn etwa das Aufrechterhalten der Körpertemperatur eine wichtige Rolle für die Selbsterhaltung der Mitglieder einer Gattung spielte, dann überlebten die entwickelten Kontrollsysteme, die die Körpertemperatur aufrechterhielten. Und der Interessenkatalog jener Gattung würde dann das Aufrechterhalten einer bestimmten Körpertemperatur (in einem gewissen Bereich) enthalten.

Die Grundthemen dieser Geschichte wurden viele Male sehr gut dargestellt. Futtersuche, Meiden von räuberischen Feinden, Partnersuche und Erhaltung der Gesundheit (Selbst-Heilung, Schmerzvermeidung, Energieerhaltung usf.) sind die allgemeinsten untergeordneten Ziele der Replikatoren. In Auseinandersetzung mit der Umgebung der besonderen Gattung schaffen diese untergeordneten Ziele neue, instrumentelle untergeordnete Ziele: die Fähigkeit, Gerüche wahrzunehmen, Höhlen zu graben, Muster zu erkennen, Schmerz zu empfinden, Partner zu beeindrucken, usf.

Wenn wir dann schließlich zu solch einem gewitzten Wesen wie unserer Sphex kommen, können wir ihr einen ziemlich ausgeklügelten Interessenkatalog zuschreiben. Wenn es nicht so wäre, wenn wir keine klare und detaillierte Sichtweise davon hätten, wo ihre Interessen liegen, würden ihre Verhaltensweisen in dem seltsamen Experiment, das in Kapitel I beschrieben wurde, nicht so bemitleidenswert erscheinen. Wir messen ihr Verhalten an ihren Interessen und sehen, wie kläglich sie versagt. Sollten wir als ihr Hüter auftreten, könnten wir ihr viel bessere Handlungsweisen vorschlagen – wenn sie unseren Rat nur annehmen könnte![3] Sie ist, so scheint es, eine sehr unvollkommene Hüterin ihrer eigenen Interessen.[4] Mehr noch: wir können sagen, warum sie so unvollkommen ist: Sie hat offenbar keine Ahnung von ihren Interessen oder nicht einmal davon, daß sie Interessen hat. Man neigt sogar dazu, sich zu fragen, ob sie überhaupt eine Ahnung von ihrer eigenen Existenz hat!

Diese (ihr unterstellte) äußerste Vergeßlichkeit ihren eigenen Interessen gegenüber hindert sie nicht daran, diese Interessen zu „haben" – ebensowenig wie eine Person im Koma aufhört, Interessen zu haben, sobald sie sie vergißt und unfähig ist, etwas zu tun, um sie zu vertreten. Wenn einer solch unglücklichen Person ein Hüter zugeteilt wird, gibt es etwas, das es zu behüten gilt, und das ist nicht bloß der lebende Korper; ein Hüter ist nicht nur eine Pflegeperson. (Ich werde der Versuchung abzuschweifen widerstehen; das würde uns zu einer Betrachtung solcher Themen bringen wie den fortdauernden Interessen von Verstorbenen.)

Wenn etwas die Szenerie betritt, das zu einem Verhalten in der Lage ist, welches, wie primitiv auch immer, den eigenen Zerfall und die eigene Vernichtung verhindert, bringt es ein „Gutes" mit in die Welt. Das bedeutet, es

3 Wir könnten sie natürlich unterschätzen. Zu den Fallen bei verfrühten Urteilen über Dummheit siehe Dawkins 1982, S. 48 ff. Siehe auch Dennett 1983 b.

4 Aber vielleicht ist sie eigentlich gut genug. Der Preis für ein größeres Gehirn könnte zum Beispiel größer sein als der Nutzen, den sie daraus ziehen könnte.

schafft einen Standpunkt, von dem aus die Ereignisse der Welt grob in die günstigen, die ungünstigen und die neutralen eingeteilt werden. Und seine eigenen, angeborenen Neigungen, die ersten zu suchen, die zweiten zu meiden und die dritten zu ignorieren, tragen wesentlich zur Definition der drei Klassen bei. Sobald das Wesen auf diese Weise Interessen entwickelt, beginnen die Welt und ihre Ereignisse *Gründe* für es hervorzubringen – ob das Wesen sie vollständig erkennen kann oder nicht. So hat die arme Sphex ebensogute Gründe, sich vor dem Biologen zu verstecken wie Nahrung für ihre Nachkommen heranzuschaffen; aber während sie dazu bestimmt ist, aus letzterem Grund zu handeln (und zwar überhaupt nicht unbeholfen), ist sie offensichtlich vergeßlich und hilflos in Bezug auf den ersteren. Das ist natürlich zu erwarten. Die Evolution braucht Zeit, und es ist ein starker Druck auf unsere Vorfahren nötig gewesen (genauer: auf die weniger glücklichen unter unseren Vorfahren). Man sieht ja leicht, warum nichts in dem Erbgut der Wespe sie darauf vorbereitet hat, diesen neuen Grund, den sie jetzt für ihr Handeln hat, zu erkennen und auf ihn zu reagieren.

Die Handlungsgründe, die in der Schöpfung am Anfang stehen, waren eher Platonischen Ideen ähnlich, reine Abstrakta, deren Existenz, obwohl abhängig von der Existenz von Strebenden und Suchenden, unabhängig davon war, ob sie von irgend jemandem oder irgend etwas explizit erkannt oder vorgestellt wurde. Betrachten wir z. B. die Gruppe von Gründen, die das ausmacht, was man eine Erklärungsgrundlage nennen könnte für die täuschende Färbung von Insekten.

Das Erklärungsprinzip kann ziemlich ausgefeilt sein: Die genaue Farbe und die Lage der täuschenden Markierungen, etwa der „Augenflecken“ auf den Flügeln vieler Motten, werden von ziemlich subtilen Gründen „diktiert“, die sich auf die Sehschärfe und Farbsensitivität der wichtigen Feinde, auf den wahrscheinlichen Aufenthaltsort und die Stellung der Motte zum kritischen Zeitpunkt beziehen und auf viele andere Faktoren. Solche Erklärungsprinzipien, bei denen prädarwinistische Denker gezwungen waren, sie in den Geist des Schöpfergottes zu verlagern, können jetzt als „in der Luft schwebend“ betrachtet werden – und das waren sie schon immer: Eine Menge von Gründen, die von *niemandem* bewertet, ausgedacht und explizit gemacht werden konnte. Die Subtilität und Listigkeit dieses Denkens-ohne-einen-Denker ist oft mehr als ein Ebenbild des Denkens von uns Denkern[5].

---

5 Francis Crick spricht von „Orgels zweiter Regel: Die Evolution ist klüger als Sie es sind“. „Frei schwebende Grundprinzipien“ werden in Dennett 1983 b definiert. Interessen sind, wie Gründe, am besten als Abstraktionen zu verstehen; sie sind oft sogar in Fällen definierbar, wo wir aus theoretischen Gründen glauben, daß sie *nicht* systema-

Niedere Tiere wie die Sphex vergessen von ihrer Veranlagung her viele Gründe, die sie betreffen. Sie sind wie der Urcharakter in Spionagegeschichten, der seine Rolle in einem schwierigen Fall spielt, ohne eine Ahnung von der realen Bedeutung der Ereignisse zu haben, in die er verwikkelt ist, – bis zur Auflösung des Falls. Der CIA und MI5 (Military Intelligence – Spionageabwehr) haben ihr berühmtes Prinzip des allernötigsten Wissens: Erkläre so wenig wie möglich und erzähle den Feldagenten nur das, was sie unbedingt wissen müssen, um ihre Rollen auszuführen. Mutter Natur, so scheint es, ist genauso geizig, wenn sie Verständnis zuteilt. Wenn größere „Ziele" von klug organisierten Armeen nicht-begreifender Akteure erreicht werden können, wie etwa von den Ameisen, wird die Regel des allernötigsten Wissens rücksichtslos eingesetzt.

Betrachten wir z. B. die Strategie der „Feind-Befriedigung", die von Ridleys Seeschildkröten verfolgt wird: Die frisch geschlüpften Jungen verlassen fast gleichzeitig die Sicherheit ihrer Nester unter dem Sand und nehmen an einer Art umgekehrter Anzio-Landung* teil dadurch, daß sie sich zu Tausenden im Spießrutenlauf durch unzählige räuberische Feinde schlagen, die vielleicht neun von zehn töten, bevor sie die relative Sicherheit des Meeres erreichen können. Ihre Strategie ist klar: die Feinde mit mehr Gelegenheiten überhäufen, als diese bewältigen können. Aber anders als die nur zu gut Bescheid wissenden Teilnehmer bei Anzio haben jene bestimmt keine Ahnung von der Pointe ihres gut synchronisierten Losmarschierens.

Mutter Natur bleibt dem Prinzip des allernötigsten Wissens treu; aber wir schätzen ein gegenteiliges Prinzip: Unser Ideal besteht darin, fähig zu sein, insgesamt durchzublicken, *alle* die uns betreffenden Gründe festzustellen, über nichts, was für uns relevant ist, im dunkeln zu bleiben, vollständig und perfekt informierte Hüter unserer eigenen Interessen zu sein. So sähe es aus, wenn wir fähig wären, unsere Handlungsweise immer so zu wählen, wie die Vernunft sie diktiert[6].

---

tisch verfolgt werden *können.* Der klarste Fall ist der von Interessen von Gattungen oder Gruppen im Gegensatz zu den Interessen von Individuen (oder ihren Genen). Wenn die „Gruppenselektionisten" unrecht haben, sind die Interessen einer Gattung oder einer einzelnen Population einer Gattung in einem stärkeren Sinn in der Luft schwebend: Sind sie (wollen wir einmal annehmen) definierbar, dann können wir sagen, wann sie *vielleicht* gefördert werden, aber es wäre ein Fehler, sie in irgendeiner erklärenden Rolle anzuführen.

* Am 22. 1. 1944 landeten alliierte Truppen an der Küste von Anzio (Italien) und bildeten einen Brückenkopf, der bis zum Mai 1944 wegen deutscher Verteidigung nicht an die Hauptfront angebunden werden konnte. (Anm. d. Übers.)

6 Wolf (1980) diskutiert den Fall von jemandem, dessen Denken determiniert ist, das aber auf eine solche Art und Weise determiniert ist, daß „welche Gründe er dafür *hat*, groß-

Wir sagen oft, daß eine bestimmte Handlungsweise einem Handelnden in einer bestimmten Situation „die Vernunft diktiert". Damit meinen wir nicht, daß es eine seltsame, personifizierte Macht gibt, einen Diktator mit dem Namen Vernunft, der einen Erlaß verkündet hat. Offensichtlich meinen wir etwas Abstraktes damit: Wir meinen, daß ein bestimmtes Problem (abstrakt betrachtet – d. h. gleichgültig, ob irgendein Wesen es explizit ausgedrückt oder sich ihm zugewandt hat oder nicht) eine bestimmte (optimale) Lösung hat. Das Problem wird durch die Umstände und Interessen der betroffenen Handelnden definiert. Aber das unterschwellige Bild der weisen, alten Vernunft, die *sagt,* was zu tun ist, hatte eine ziemlich starke Wirkung auf die Art und Weise, wie die Frage von Philosophen angepackt wurde[7].

Kant lenkt unsere Aufmerksamkeit auf die Unterscheidung zwischen dem bloßen Tun, das die Vernunft diktiert, und dem Tun, das die Vernunft diktiert, *weil die Vernunft es diktiert.* Man könnte im ersten Fall nur zufällig „das Richtige" tun oder durch äußerliche und irrelevante Faktoren dazu gebracht werden, das Richtige zu tun. Wie glücklich auch immer man sein könnte, in eine solche Situation zu kommen, sie ist von dem günstigen Schicksal zu unterscheiden, dessen sich derjenige erfreut, der die außergewöhnliche zusätzliche Kraft besitzt, *durch Gründe motiviert* zu werden.

In der Mitte zwischen dem Handelnden, der „das Richtige" rein zufällig tut, und dem Handelnden, der durch die richtigen Gründe motiviert wird, das Richtige zu tun, steht der Handelnde, der dazu tendiert, das Richtige zu tun (weil der Handelnde dazu bestimmt war, dazu zu tendieren, das Richtige zu tun), der aber trotzdem das Richtige unwissentlich tut (wenn er es tut). Dieser Handelnde in der Mitte achtet, so scheint es, auf die weise Stimme der Vernunft nicht direkt, er kann die Diktate der Vernunft selber nicht wirklich hören und verstehen; es scheint jedoch, als ob der Prozeß

---

zügig zu sein, davon abhängig ist, welche Gründe es *gibt.*" (S. 158). Williams (1981) diskutiert in „Internal and External Reasons" einen ähnlichen, aber engeren Begriff.

7 *Eine* Wirkung ist, eine bestimmte Sicht der Vernunft als ein „Vermögen" des Geistes, das mit anderen konkurriert, zu fördern, wie es in diesem Abschnitt bei Hume dargelegt ist: „Es ist ausgeschlossen, daß die Vernunft die letztere Wirkung, die Verhinderung unseres Wollens, anders vollbringe, als dadurch, daß sie uns einen Impuls nach der unserem Affekt entgegengesetzten Richtung gibt; wirkte dieser Impuls allein, so wäre er imstande, das Wollen hervorzurufen. Nichts aber kann den Impuls eines Affektes unterdrücken oder verzögern, als ein entgegengesetzter Impuls. Entspringt aber dieser entgegengesetzte Impuls aus der Vernunft, so muß dieses Vermögen einen ursprünglichen Einfluß auf den Willen haben und imstande sein, einen Willensakt ebensowohl zu erzeugen wie zu verhindern." (*Ein Traktat über die menschliche Natur,* II, iii, 3, S. 152 f.)

(oder das handelnde Wesen), der (das) den Handelnden entworfen hat, so den Diktaten der Vernunft gehorchte. Unsere Sphex ist ein Beispiel dafür. Die Sphex in ihrer typischen Umgebung (d. h., wenn keine trickreichen Biologen stören), tut, was die Vernunft diktiert; denn die Vernunft verkündet sicherlich die Weisheit, daß sie ihre Wege auskundschaftet („Schau, bevor du springst!"). Aber die Sphex tut es nicht, weil die Vernunft es *ihr* vorschreibt; es ist vielmehr so, daß sich ihr vorbestimmtes Verhalten in dieser einen Hinsicht listigerweise der Spontaneität annähert, die wir, wenn wir damit auch Kant Gewalt antun, Reine Praktische Vernunft nennen könnten.

Betrachten wir ein anderes Beispiel. Der Oxforder Zoologe John Krebs hat den bemerkenswerten Fall eines Verhaltens untersucht, das wir *scheinbare Vernunft* bei Vögeln nennen könnten (Krebs, Kacelnik und Taylor 1978). Er und seine Kollegen bringen Kohlmeisen (Parus Major) nacheinander in eine experimentelle Situation, die als zweiarmiger Bandit bekannt ist. Ein paar Meter voneinander entfernt sind zwei Stangen, die die Vögel drükken können, um Futter nach dem Zufallsprinzip, aber nach verschiedenen Gewichtstabellen zu erhalten. Da man davon ausgehen kann, daß die Vögel ein Interesse daran haben, sich so wirkungsvoll wie möglich Futter zu beschaffen, besteht ihre „Aufgabe" darin, durch verschiedene Drückversuche herauszufinden, welche Stange für ihr Streben das bessere Durchschnittsergebnis erbringt (und deshalb, sobald sie ausgemacht ist, ausschließlich gedrückt werden sollte). Sie maximieren ihre Futteraufnahme während ihres festgelegten Aufenthalts in der Apparatur, wenn sie das bestmögliche Gleichgewicht zwischen „erkundschaften" und „ausbeuten" finden. Auf der einen Seite sollten die Vögel vermeiden, sich zu früh auf die weniger ertragreiche Stange zu setzen, während sie auf der anderen Seite langes, ineffizientes Auskundschaften vermeiden sollten. Optimale Lösungen für diese Gruppe von Problemen können mit einem komplizierten dynamischen Programmalgorithmus berechnet werden. Mit anderen Worten: Die Vernunft schreibt eine gewisse Handlungsfolge vor (unter plausiblen Voraussetzungen bezüglich der Interessen und Gelegenheiten der Vögel). Es ist schön zu hören, daß die Vögel dieser optimalen Lösung sehr nahe kommen – sie tun wirklich, was die Vernunft vorschreibt – aber es gibt, wie Krebs sogleich betont, keinen Grund anzunehmen, daß die Ätiologie ihres Verhaltens irgendeine intelligente Berechnung enthält, ganz zu schweigen von irgendeiner Anerkennung der Prinzipien, die die optimale Lösung diktieren (z. B. Pontryagins Maximum-Prinzip).

Ein Mathematiker, der mit einem ähnlichen Problem zu tun hat, ist vielleicht wirklich in der Lage, die optimale Lösung zu erarbeiten, und *wegen* seiner vollständigen Anerkennung der Lösung (seines Erfassens der Bedeutung seiner eigenen Berechnungen) könnte er sie als Grundlage für sein

Handeln ansehen. Dies wäre ein Fall, in dem durch die Vernunft motiviert wird, wenn es überhaupt so etwas gibt. Wie aber kann die Kluft zwischen dem Vogelgehirn und dem Mathematiker überbrückt werden? Wie könnten weiter entwickelte Wesen wie wir in der Lage sein, direkt empfänglich für Gründe zu sein? Wie, um eine Frage von Kant zu paraphrasieren, ist ein wahrhaft vernünftiger Wille möglich?

2. Semantische Maschinen, das Perpetuum Mobile und eine defekte Intuitionenpumpe

Es erschien vielen so, daß es keine stufenweise gebaute Brücke geben kann zwischen dem „blinden", „mechanischen", nur scheinbar klugen Verhalten von Vögeln und Bienen und dem menschlichen Vermögen, zu betrachten und durch Gründe motiviert zu werden, Bedeutungen zu „erfassen" und sich echter „Intentionalität" zu erfreuen. Wenn Bedeutung nicht eine physikalische Eigenschaft von Dingen in der Welt ist, wie *könnte* es dann physikalische oder mechanische Bedeutungs-Überträger, Bedeutungs-Entdecker, Bedeutungs-Erkenner geben? Das untergründige (selten explizit gemachte) Argument ist sehr simpel: Physikalische Unterscheidungsmechanismen können nur physikalische Eigenschaften differenzieren; sie können Orangen nach Gewicht, Farbe oder Gestalt aussortieren – aber nicht danach, ob sie schön sind oder einmal einem Witwer gehörten. Ereignisse können physikalisch gemäß ihrer Dauer oder ihrer Stellung differenziert werden – oder, sagen wir, durch die An- oder Abwesenheit von Licht einer bestimmten Wellenlänge oder von Tönen einer bestimmten Höhe und Lautstärke. Aber Ereignisse können nicht gemäß ihrer Bedeutungshaftigkeit oder des Nicht-Vorhandenseins von Bedeutung physikalisch differenziert werden. *Wir* allerdings können Bedeutungen unterscheiden; wir können direkt auf die Wichtigkeit, den Sinn oder die Relevanz von Dingen, die uns begegnen, reagieren. Deshalb sind wir nicht (bloß) physikalische Unterscheidungsmechanismen.

Ein etwas anderes untergründiges Argument, das zu derselben Schlußfolgerung führt, ist folgendes. Etwas zu tun, weil die Vernunft es vorschreibt, bedeutet, durch einen Grund (durch die Anerkennung eines Grundes) veranlaßt zu werden, so zu handeln. Aber Gründe sind keine physikalischen Bedingungen in der Welt. Daher ist irgendeine meiner Handlungen, wenn sie durch physikalische Bedingungen verursacht wird, ipso facto nicht durch einen Grund (die Anerkennung eines Grundes) verursacht. Die einzige Hoffnung also, einen vernünftigen Willen haben zu können, schließt ein, daß unser Bewußtsein von dem physikalischen Kausalzusammenhang ausgenommen ist.

Die Unterscheidung zwischen Gründen und Ursachen wurde oft bis zu einer vollständigen Trennung von Gründen und Ursachen verschärft, so daß sie als antagonistisch angesehen wurde. Betrachten wir z. B. diese Beobachtung Wittgensteins:

„Die Ursachen, warum wir einen Satz glauben, sind für die Frage, was es denn ist, das wir glauben, allerdings irrelevant; aber nicht die Gründe, die ja mit dem Satz grammatisch verwandt sind und uns sagen, wer er ist." (Wittgenstein 1967, § 437)

Diese Passage ist bedenklich in der Schwebe gelassen; es ist leicht, sie so zu lesen, als würde behauptet, die Argumente oder Gründe dafür, eine Überzeugung zu haben, könnten nicht die Ursachen dafür sein, diese Überzeugung zu haben; und sie ist so zu lesen, als würde damit impliziert, daß, wenn eine Überzeugung verursacht wird (Ursachen hat), sie nicht *aus Gründen* geglaubt werden kann – was einfach falsch ist. Ich bezweifle, daß Wittgenstein diese Behauptung so gelesen haben wollte, aber sie lädt zu dieser Lesart sicherlich ein, und viele Philosophen haben diese Einladung mit Freude angenommen.

Kant schwärmte anscheinend für irgendeine Version dieses Argumentes. Er vermochte nicht zu sehen, wie eine menschliche Handlung *beides* sein konnte: die Wirkung physikalischer Ursachen und auch die Ausführung einer Entscheidung des vernünftigen Willens. Ein Kant-Kommentator drückt es so aus: Kant behauptet, daß „einen freien Willen zu haben, einfach bedeute, in der Lage zu sein, *eher* durch die Vernunft motiviert zu werden *als* durch natürliche Ursachen." (Hervorhebung hinzugefügt; Wolff 1973, S. 216). So wurde seine Sicht des Bewußtseins durch seine Sicht des Willens als eines seiner Teile in eine dualistische Sackgasse gezwungen.

Dualismus, die Vorstellung, daß das Bewußtsein (anders als das Gehirn) aus einem Stoff zusammengesetzt ist, der von den Gesetzen physikalischer Natur ausgenommen ist, ist eine verzweifelte Sichtweise, die ihre gegenwärtige Geringschätzung reichlich verdient. Aber wenn wir heute recht zuversichtlich sind, daß wir auf die eine oder andere Weise die Fähigkeiten des Bewußtseins in Begriffen der rein physikalischen Fähigkeiten des Gehirns erklären können, müssen wir anerkennen, daß, wenn wir das tun wollen, wir auf irgendeine Weise das Rückgrat dieser untergründigen Argumente brechen müssen. Wozu sind Gehirne da? Sie sind, wie Aristoteles angeblich dachte, nicht bloß dazu da, das Blut zu kühlen; sie sind dazu da, die Körper, in denen sie sich befinden, zu kontrollieren, indem sie die Bedeutungen der Einwirkungen oder Reizungen, die auf diese Körper treffen, differenzieren. Kurz gesagt, Gehirne sind Bedeutungs-Manipulatoren, informationsverarbeitende Systeme oder, wie ich sagen werde, *semantische Maschinen* (Dennett 1981a)[8].

Aber gleichzeitig sind Gehirne bloß sehr komplizierte physikalische Organe; worauf sie auch immer reagieren, es muß irgendeine physikalische Änderung oder Differenz in den Stimuli sein, die sie treffen. Kurz gesagt, als physikalische Mechanismen können sie nur *syntaktische Maschinen* sein, die nur auf strukturelle oder formale Eigenschaften reagieren[9]. Nach der traditionellen Unterscheidung in der Linguistik ist die Form oder Syntax eines Satzes eine Sache und seine Bedeutung oder Semantik eine andere. Nun, wie gelingt es dem Gehirn, aus Syntax Semantik zu erhalten? Überhaupt nicht.

Die Syntax, ganz für sich genommen, bestimmt die Semantik nicht. Es ist eine relativ einfache Aufgabe, Maschinen zu entwerfen und zu bauen, die den Säuregehalt oder Temperaturen unter 5° Celsius oder Punkt-Punkt-Punkt-Strich-Strich-Strich-Punkt-Punkt-Punkt überprüfen. Aber man denke etwa daran, eine Maschine zu entwerfen, die die Anwesenheit von Feindseligkeit oder Liebe oder Gefahr oder Skepsis nachprüft. *Wir* finden es nicht unmöglich, auf diese Eigenschaften zu reagieren, sie zu erkennen oder zu verstehen. Aber es erscheint in der Tat unwahrscheinlich, daß irgendeine Kombination von strukturellen (und deshalb direkt mechanisch nachweisbaren) Eigenschaften äquivalent mit Feindseligkeit, Liebe, Skepsis oder Gefahr ist. Da Bedeutung nicht, wie irgendein seltenes Erz, in physikalischen Merkmalen von Reizungen enthalten ist, könnte kein alchimistischer Extraktionsprozeß Bedeutung destillieren und darauf reagieren. Aber dann ist der Begriff einer semantischen Maschine anscheinend wie der Begriff eines Perpetuum Mobile: Semantische Maschinen sind streng genommen unmögliche Maschinen!

Aber wofür sind dann Gehirne da, wenn es keine semantischen Maschinen sind? Die Antwort muß sein: Gehirne verhalten sich nur näherungsweise wie (ideale, reine) semantische Maschinen. Die vollkommene semantische Maschine, der vollkommene Kantische vernünftige Wille ist in der Tat reibungsfrei, unendlich wachsam in bezug auf Bedeutungsnuancen, ganz unanfällig für Sphexhaftigkeit – und physikalisch unmöglich. Unsere Gehirne sind allerdings ein sehr guter Ersatz. Sie sind auf ausgefeilte Weise dazu in der Lage, nicht unendlich, aber doch unbestimmt sensibel gegen-

8 Haugeland entwickelt den Begriff weiter in „Semantic Engines: an Introduction to Mind Design" (Haugeland 1981).

9 Siehe auch Fodors Diskussion darüber, was er den „Formality Constraint" (Formalitätszwang) nennt (Fodor 1980, wiederabgedruckt in Haugeland 1981 und Fodor 1981).

über bedeutungsvollen Veränderungen zu sein, nicht vollkommen, aber praktisch unanfällig für Sphexhaftigkeit[10].

Wie schafft es ein Gehirn, sich der Kompetenz einer vollkommenen semantischen Maschine anzunähern? Wir haben bereits bei der Sphex gesehen, wie ein wenig klug entworfene, bloße physikalische Reaktionsfähigkeit einige der richtigen Wirkungen unter normalen Umständen erzeugen und die Sphex veranlassen kann, sich so zu verhalten, *als ob* sie direkt auf etwas reagierte, an dem sie Interesse nimmt, auf einen Grund, den sie hat. Wieviel mehr kann durch Kombination und Aneinanderreihung solcher im Grunde sphexhafter Mechanismen erreicht werden? Die Entwicklung von immer weiter verfeinerten und sensibleren Mustererkennungsmechanismen kann hinsichtlich der Phylogenese zurückverfolgt werden, und die Fortschritte in der Künstlichen-Intelligenz-Forschung beginnen die Stärken und Grenzen solch indirekter, unvollkommener Bedeutungs-Entdecker offenzulegen. Aber, wie Hofstadter zeigt, entsteht der wirklich explosive Fortschritt auf dem Weg aus der rohen Sphexhaftigkeit erst, wenn die Fähigkeit für Mustererkennung auf sich selbst angewandt wird. Das Wesen, das nicht nur gegenüber Mustern in seiner Umgebung empfindlich ist, sondern auch gegenüber Mustern seiner eigenen Reaktionen auf Muster in seiner Umgebung, hat einen großen Schritt gemacht[11]. Anders als die Sphex kann es feststellen, daß es in einer unnützen Schlinge oder Spur gefangen ist und sich davon befreien.

Man beschreibt die Muster in einer Sprache – sowohl syntaktisch als auch semantisch – durch Aussagen in einer *Metasprache*. Allgemeiner: Man „geht auf die Metaebene", wenn man seine eigenen Repräsentationen

---

10 Hofstadter (1982 b) macht exzellente Beobachtungen über Beweise unserer unvermeidlichen, endlichen Anfälligkeit, derart auf absurde Gleise zu geraten wie die Sphex. Er behauptet überzeugend, daß unsere Gleise anders als ihre in solchen liebenswerten Schnörkeln wie künstlerischen und kognitiven Stilen zu erkennen sind – in Maßen und bei Gelegenheit lähmend –, aber es ist ein kleiner Preis, den wir für unsere Fähigkeit, unter wirklichem Zeitdruck schnell räsonieren zu können, zu zahlen haben.

11 Wie Hofstadter (1982 b) ebenfalls zeigt, wird diese Tatsache von Lucas in seiner klassischen antimechanistischen Argumentation „Minds, Machines, and Gödel" (Lucas 1961) klar erkannt. Nachdem Lucas zu dieser Einsicht gelangt ist, verplempert er sie, indem er einen traditionellen philosophischen Fehler begeht: Er strebt nach Absolutismus. Aus keinem naheliegenden Grund besteht Lucas darauf, daß wir menschlichen Wesen vollkommen antisphexhaft sind (und vollkommen konsistent – in der Tat vollkommene semantische Maschinen). Wie wir sehen werden, führt diese Forderung nach absoluter Vollkommenheit und Unanfälligkeit die Entwerfer philosophischer Theorien oft dazu, menschlichen Handelnden magische (d. h. unmögliche) Eigenschaften zuzuschreiben.

repräsentiert, über die eigenen Reflexionen reflektiert, auf die eigenen Reaktionen reagiert. Das Vermögen, seine eigenen Vermögen auf diese Weise zu iterieren, alle Tricks, die man nur hat, auf seine schon vorhandenen Tricks anzuwenden, ist ein wohlbekannter Durchbruch in vielen Bereichen: eine Kaskade von Prozessen, die von beschränkter zu intelligenter Aktivität führt. (Die detaillierteste Untersuchung der Macht dieses Iterationsprozesses findet sich in Hofstadter 1979.)

Es schafft also (1) die blinde Versuch-und-Irrtum-Methode der Darwinschen Selektion (2) Organismen, deren blindes Verhalten nach Versuch-und-Irrtum der Selektion durch Verstärkung ausgesetzt ist und (3) „gelerntes" Verhalten schafft, das reichlich (4) Gelegenheiten bietet zu lernen, von denen (5) die wirkungsvollsten „blind", aber zuverlässig selektiert werden können, die (6) eine besser konzentrierte Fähigkeit auch (7) weitere Kandidaten für eine nicht so blinde „Betrachtung" schafft und (8) die schließlich Selektion oder Wahl oder Entscheidung einer Handlungsfolge, die auf solchen Erwägungen basiert, schafft. Zum Schluß wird die überwältigende „Illusion" erzeugt, das System reagiere wirklich direkt auf Bedeutungen. Es wird ein immer verläßlicherer Imitator der vollkommenen semantischen Maschine (der Entität, die die Stimme der Vernunft direkt hört), weil es dazu bestimmt wurde, fähig zu sein, sich selbst in dieser Hinsicht zu verbessern; es wurde entworfen, um sich unbegrenzt selbst neu entwerfen zu können.

Wie die Möglichkeit vielfacher Iteration nahelegt, gibt es verschiedene Arten von Reflexivität mit verschiedenen Vermögen. Am einfachsten Ende des Spektrums gibt es einfache Reaktionen auf bestimmte eigene Reaktionen. Ein automatischer Türöffner, der „zählt, wie viele Male er funktioniert", und sich nach einer bestimmten Anzahl von Arbeitsgängen ausschaltet, ist etwa so einfach, wie ein solches System sein kann. Etwas Ähnliches wie diese Mechanismen, bloße Verhinderer von „exzessiver" Wiederholung, scheint sich in nicht-menschlichen Lebewesen zu manifestieren, aber manchmal produzieren sie wenig beeindruckende Resultate. Ich hatte einmal einen Hund, der gerne Tennisbälle apportierte, aber wenn er es mit zwei Bällen auf dem Feld zu tun hatte und sie nicht beide auf einmal in seinem Maul behalten konnte, rannte er schnell vor und zurück, schnappte den einen und ließ den anderen liegen, fasziniert durch seine Vorliebe des Fangens vor dem Behalten – vielleicht ein paar Runden lang – bis *irgendetwas* einrastete und das Verhalten einstellte.

Viel höher im Spektrum der verschiedenen Arten von Reflexivität ist die *Repräsentation* von manchen der eigenen Reaktionen, sei es durch Ausdrücke in einer öffentlichen Sprache oder durch andere öffentliche Repräsentationssysteme oder auch durch innere Zustände, sofern sie genügend funktionale Eigenschaften besitzen, die auch die Vehikel öffentlicher Repräsentationen haben, um diesen Namen zu verdienen.[12] (Wie ein System mit dem Vermögen expliziter Selbst-Repräsentation mancher seiner Zustände genau entstehen könnte, wird im nächsten Abschnitt untersucht.)

Ein System, das über seine eigenen Aktivitäten auf diese Weise zu reflektieren vermag, kann nicht über alle seine Aktivitäten gleichzeitig reflektieren. Es mag in der Lage sein, über Reflexionen über Reflexionen zu reflektieren, aber früher oder später müssen ihm die Schritte oder der Raum oder die Zeit ausgehen. Könnte es einen vollkommenen Selbst-Betrachter geben? Keinen endlichen und nichtmagischen. Das wird durch den Beweis in der Theorie der Berechenbarkeit gezeigt, indem bewiesen wird, daß das „Halteproblem" keine Lösung hat: Es gibt kein Programm, das jedes Programm untersuchen und bestimmen kann, ob es unendliche Schleifen enthält oder nicht (Hofstadter 1982b, S. 27 f.). Ist nun irgendetwas, das nicht vollkommen ist, für uns gut genug? Wenn wir nicht vollkommen sind, dann sind wir in der Tat ein bißchen sphexhaft. Das würde bedeuten, daß wir *im Prinzip* in eine absurde Situation gebracht werden könnten, in der wir unsere marginale, sonst unsichtbare Irrationalität offenbaren (oder, noch besser, unsere A-Rationalität oder Syntaktizität – ein Begriff, den Hofstadter mir vorgeschlagen hat). Aber das sollte kaum als Schock oder Enttäuschung aufgefaßt werden. Wer von uns verlangt denn ein Argument aus der physikalischen Endlichkeit und der Theorie der Berechenbarkeit, um uns davon zu überzeugen, daß wir keine vollkommenen Bedeutungs-Ermittler sind?

Solange man sich in der Vorstellung auf Fälle unvollkommener Rationalität und auf Nichtbegreifen, das so dramatisch ist wie bei der Sphex, konzentriert, ist es leicht genug, sich selbst davon zu überzeugen, daß menschliche Wesen qualitativ radikal verschiedene Arten von Wesen sind. Und natürlich führt die vollkommen vernünftige Neigung der Philosophen für einfache, leicht zu verfolgende Beispiele sie immer wieder dazu, bei der Gegenüberstellung von *Kausal-veranlaßt-Werden-etwas-zu-tun* mit *Etwas-aus-einem-Grund-Tun* sich gerade auf solche einfachen Fälle zu beschränken. Die ganze philosophische Literatur über „Ursachen und Gründe" ist überschwemmt von dieser Art falsch kontrastierender Beispiele.

---

12 Wie genau und warum die Linie gezogen werden soll zwischen Zuständen, die Repräsentationen sind, und solchen, die es nicht sind, ist ein wichtiges Thema, das ich ausführlich an anderer Stelle diskutiert habe (z. B. Dennett 1978 a, 1981 a, 1981 b, 1982 a, 1983 a). Bei dieser Gelegenheit will ich die Kontroversen dadurch zu umgehen versuchen, daß ich mich auf Repräsentationen nur berufe, wenn ihre Präsenz und ihre Wirkung auf die Materie im Grunde für jeden, mich selbst eingeschlossen, offensichtlich ist. Da ich selbst einer der extremsten Skeptiker bezüglich mentaler Repräsentationen bin, sollte meine Verwendung dieser Taktik ziemlich sicher sein.

Betrachten wir z. B. die subtile Wirkung, die von MacIntyre erzielt wird: „Wenn das Verhalten eines Menschen rational ist, kann es nicht durch den Zustand seiner Drüsen oder irgendeines anderen vorhergehenden kausalen Faktors bestimmt werden“ (MacIntyre 1957, S. 35)[13]. Warum seiner Drüsen? Zweifellos wäre die Art von Verursachung, die von jemandes Drüsen stammt, ein rohes Signal einer bestimmten Art, ein Stoß in eine Richtung, ein „blinder“ Wechsel in den unzähligen schaltenden Mustern, nicht eine beinahe unbeschreibbar subtile und feine Auswahl eines nachfolgenden Zustands. Es gibt einen allgemein verwendeten Ausdruck, so habe ich herausgefunden, für diese Art von roher Verursachung im Gehirn; sie wird oft „psychologisch“ genannt! Man betrachte etwa folgende Bemerkung aus einem Interview über Willensfreiheit mit einem Universitätsprofessor (keinem Philosophen):

> „Es gehört zu der Verantwortlichkeit eines Menschen, sich dessen bewußt zu sein, was er tut und warum er es tut. Das ist tatsächlich seine einzige Chance, einen gewissen Grad von freiem Willen auszuüben, in der Lage zu sein, eine wirkliche Entscheidung zu treffen, *anstatt von psychologischen Determinanten getrieben zu werden.*“ (Hervorhebung hinzugefügt; Doan & MacNamara, im Erscheinen)

Durch erschöpfendes Abwägen des Für und Wider zu einer Entscheidung geleitet zu werden, ist offenbar nicht dasselbe wie durch „psychologische“ Determinanten „getrieben“ zu werden. Der so gebrauchte Begriff „psychologisch“ ist offenkundig ein Vetter des Wortes „mental“ bei amerikanischen Kindern – wie in „That kid's so stupid, he's mental!“ [„Das Kind ist so dumm, es ist geistig (behindert)!“] Dieser Gebrauch ist natürlich eine Verstümmelung von „mentally retarded“ oder „mentally ill“. Der parallele Gebrauch von „psychologisch“ ist vermutlich der Sonderstellung der *klinischen* Psychologie in der allgemeinen Vorstellung zu verdanken; das Wort bedeutet in diesem Zusammenhang offenbar „psychologisch pathologisch“.[14]

Gelegentlich machen Philosophen von folgendem Gebrauch: Aus der Tatsache, daß eine Handlung oder Entscheidung verursacht wird, folgt

---

13 Dieser Abschnitt wird genauer in Dennett 1973 diskutiert (wiederabgedruckt in Dennett 1978 a). Für ein anderes Beispiel dieses Pseudokontrastes siehe Anscombe 1957, S. 24 und meine Diskussion davon in Dennett 1969, S. 162 f.

14 Man findet auch „biologisch“ auf diese Weise verwendet – damit ist so etwas wie *bloß* oder *einfach* biologisch gemeint. Manchmal sieht man auch den Ausdruck „biologischer Determinismus“, bei dem man aus dem Kontext erschließen kann, daß so etwas wie „genetischer Determinismus“ gemeint ist. Über das Gespenst des genetischen Determinismus siehe Dawkins 1982, S. 9–29.

nicht, daß sie nicht auch aus (guten) Gründen getan wird. So bemerkt Nagel, daß man *hoffen* kann, daß selbst wenn unsere Handlungen durch Ursachen bestimmt werden, sie „nicht durch Ursachen auf eine solche Weise bestimmt werden, die impliziert, daß sie nicht durch Gründe gerechtfertigt sind." (Nagel 1981). Dies ist keineswegs eine aus logischen Gründen verzweifelte Hoffnung, aber sie wird von Philosophen leicht übersehen. Es gibt sogar einen berühmten Aphorismus, der nahelegt, daß die Hoffnung verzweifelt ist: „Tout comprendre c'est tout pardonner." Warum sollte irgendjemand glauben, das sei wahr?[15]

Ein Grund könnte sein, daß Menschen darüber reflektieren, indem sie sich selbst vorstellen, sie hätten ein vollständiges Verständnis der Ätiologie einer bestimmten Handlung, und dabei stellen sie sich etwas (skizzenhaft) vor, das eine kausale Herkunft hat, die viel zu simpel und viel zu direkt für eine verantwortliche Handlung ist. Da die einzigen kausalen Prozesse, die wir auf einen flüchtigen Blick vollkommen verstehen können (die Art von flüchtigem Blick, die man solchen Dingen in imaginären Fällen gibt), recht einfache kausale Prozesse sind, gelangen wir zu der Intuition, daß kausales Verstehen rationale Bewertung und Zuschreibung von Verantwortlichkeit ausschließt. Das ist ein klarer Fall einer mißbrauchten Intuitionenpumpe, bei der die Einfachheit die ganze Arbeit tut.

Wenn wir an Verursachung denken, neigen wir dazu, an sorgfältig isolierte Laborfälle von Verursachung zu denken, wo eine einfache, wiederholbare, auffallende Wirkung unter kontrollierten Umständen erreicht wird. Oder wir denken an besonders klare Fälle alltäglicher Verursachung: Humes Billardkugeln; Funken, die Explosionen verursachen; ein großes, auffälliges Ding, das mit einem anderen großen, auffälligen Ding zusammenstößt. Wir wissen, daß wir bei genauerer Untersuchung sehen könnten, daß es in jeder Ecke unserer Welt von komplizierten, nicht entzifferbaren, miteinander verflochtenen Netzen der Verursachung nur so wimmelt, aber wir tendieren dazu, diese Tatsache zu ignorieren. Wenn wir uns jemanden vorstellen, der *veranlaßt* wird, dies oder jenes zu glauben, neigen wir dazu, ihn uns so vorzustellen, als ob er in diesen Zustand wohl oder übel *gedrängt* worden wäre. Die Person, die auf diese Weise veranlaßt wird zu glauben, wird analog gesehen zur Billardkugel, die veranlaßt wird, nach Norden zu rollen oder analog zu der Flüssigkeit, die veranlaßt wird, in dem Teströhrchen zu kochen.

---

15 Natürlich tut es nicht jeder. Strawson sagte mir, daß die Behauptung vor Jahren einmal in der metaphilosophischen Diskussionsgruppe in Oxford aufkam, und Austin antwortete: „Das ist ganz falsch. Verstehen könnte gerade Verachtung zum Haß hinzufügen." – Austins scharfes, spitzes Skalpell von seiner besten Seite.

Aber indem wir uns auf diese Analogien verlassen, ignorieren wir leicht einen gewichtigen Unterschied: Teströhrchen und Billardkugeln sind taub und blind. In Anwesenheit eines Teströhrchens muß man nicht flüstern oder sicherstellen, daß die Billardkugel nicht sieht, daß man sie beobachtet. Menschen und höhere Tiere sind auf der anderen Seite so beschaffen, daß sie äußerst empfindsam gegenüber fast allem sind, was um sie herum geschieht. Es ist in der Tat ganz und gar unmöglich, ein waches, normales, menschliches Wesen in denselben „kognitiven Zustand" (geschweige denn in denselben mikrophysischen Zustand) zu zwei verschiedenen Gelegenheiten zu bringen, einfach deshalb, weil die Zeit vergeht und – außer man ist im Koma oder in irgendeinem anderen Rip-Van-Winkle-Zustand – *man wahrnimmt* und sich folglich laufend ändert[16].

Betrachten wir z. B. die Kräfte, die an Ayers Vorstellungsvermögen zerren, wenn er folgende Science-Fiction-Intuitionenpumpe heraufbeschwört:

„Nehmen wir an, daß die erforderlichen physiologischen oder psycho-physiologischen Theorien entwickelt wurden und wir sie im alltäglichen Leben benutzen könnten, um in der Regel zutreffende Voraussagen zu machen. Oder, wenn das für zu phantastisch gehalten wird, wollen wir annehmen, daß die Theorie der Konditionierung bis zu einem Punkt hin entwickelt wäre, an dem es möglich wäre, Wünsche und Überzeugungen und Charakterzüge in menschliche Wesen einzupflanzen, bis zu einem solchen Grad, daß deduziert werden könnte, wenigstens in ziemlich allgemeinen Begriffen, wie jede Person, die auf diese Weise behandelt worden wäre, sich in einer anderen gegebenen Situation wahrscheinlich verhalten würde, und daß wir unter einem Regime lebten, in dem die Kräfte auf uns ausgeübt wurden, sagen wir, von früher Kindheit an." (Ayer 1980, S. 9)

Eine abschreckende Vision natürlich, und Ayer erwartet von ihr, daß sie aus uns die Intuition herauspumpt, daß „unsere zwischenmenschlichen Einstellungen", unser Gefühl für uns selber und füreinander als verantwortliche, tadelnswerte, liebenswerte Handelnde, dem Wissen, das wir dann davon hätten, wie Handelnde sich verhalten, nicht im Wege stehen würde. In der Tat würde es das nicht, wage ich zu sagen, *unter den vorgestellten Umständen.* Aber das sind Umstände, in denen (um „zu phantastisch" zu vermeiden) die tatsächliche Verursachung von Überzeugungen und Wünschen drastisch vergröbert wurde; in denen Handelnde an ihre angeblichen „Überzeugungen, Wünsche und Charakterzüge" durch einen Konditionie-

16 Von dieser Tatsache wird man erkennen, daß sie eine wichtige Rolle in der korrekten Analyse des „hätte anders können" in Kapitel VI spielt. Lucas (1970, S. 79) bemerkt die Wichtigkeit dieser Tatsache, kann aber wiederum nicht widerstehen, seine Position zu einer Forderung für menschliche „Unendlichkeit" aufzubauschen.

rungsprozeß angebunden werden, der wahrscheinlich stark genug ist, um ihre subtilen, Informations-erwerbenden, Informations-bewertenden, normalen Weisen, mit denen sie in den Besitz von Überzeugungen und Wünschen gelangen, zu übergehen.

Wie wäre es, in einer solchen Welt zu leben? „Es wäre so, als ob wir Zuschauer eines Spiels wären, an dem wir auch teilnehmen, ohne eine andere Option zu haben, als in den Rollen zu spielen, die uns zugeteilt sind." (Ayer 1980, S. 10). Aber einen Moment noch: angenommen, wir fingen an zu kichern und zu flüstern und unterbrächen das Spiel vollständig, indem wir einander erklärten, wie witzlos die Geschichte ist. Das ist unfair gegenüber Ayers Beispiel! Wir sollten uns nicht so verstehen, daß wir fähig sind, das zu tun. Aber warum nicht? Legte Ayer fest, daß in dieser Phantasiewelt die Menschen nicht länger Dinge bemerken und entsprechend auf sie reagieren können? Die böswilligen Wissenschaftler, die diese Welt leiten, können uns anscheinend durch Panzerglas betrachten, ohne fürchten zu müssen, daß wir unerwartet unsere Fäuste gegen sie erheben und revoltieren. Es muß daran liegen, weil Ayer, ohne es zu sagen, uns in viel simplere Wesen verwandelt hat. (Man vergleiche die Wirkungsmethode von Ayers Intuitionenpumpe mit der von Robbins Märchen über das kleine Tiroler Dorf, das in Kapitel eins behandelt wurde.)

3. Reflexion, Sprache und Bewußtsein

Wenn der Wille der Menschen determiniert ist, wird Hobbes gefragt, „warum legen wir ihnen dann Gründe dar?" Er antwortet: „Weil wir dadurch meinen, wir würden ihnen den Willen geben, den sie nicht haben." (Hobbes, Werke, Vol. V, S. 52). Menschen, normale Menschen jedenfalls, haben das große Glück, einen Willen zu haben, der durch einen komplizierten kausalen Prozeß von Wahrnehmung und Reflexion determiniert ist (wenn er determiniert ist), der wiederum oft, wie Hobbes bemerkt, einen kausalen Schwall von Kommunikation miteinschließt. Menschen werden oft Gründe dargelegt. Und oft motiviert sie dies – zu ihrem Glück.

---

17 Es war Norbert Wiener, der in „Cybernetics: or Control and Communication in the Animal and the Machine" (Wiener 1948) die zeitgenössische Vision vom menschlichen Wesen ins Leben rief: „Automaten, die wirkungsvoll mit der äußeren Welt verknüpft sind, nicht nur durch ihren Energiefluß, ihren Metabolismus, sondern auch durch einen Fluß von Eindrücken, ankommenden Botschaften und die Handlungen der nach außen gehenden Botschaften." (S. 54)

Aber ist diese Art und Weise, wie Menschen durch Gründe motiviert werden, in irgendeiner Hinsicht, die ich bisher übersehen oder unterdrückt habe, wesentlich verschieden von der „gewöhnlichen" Verursachung? Ich habe eine ganze Reihe von selbstüberwachenden Prozessen skizziert und behauptet, daß sie uns von der Sphex und ihresgleichen hin zu Wesen bringen, die wie wir unbestimmt empfänglich gegenüber der Einwirkung von Dingen sind, die um sie herum passieren. Solche Wesen sind verläßliche Annäherungen an „echte" semantische Maschinen. Aber in den Augen philosophischer Absolutisten wären sie *bloße* Nachahmungen, keineswegs die eigentliche Sache[18]. Welchen Grund, abgesehen vom traditionellen Dogma, hat jemand dafür, darauf zu bestehen, daß *wir* die eigentliche Sache sind? Wenn wir sehr gute Annäherungen sind, scheitert jeder empirische Lackmuspapiertest.[19]

Wie steht es mit dem introspektiven Lackmuspapiertest? Man ist versucht zu argumentieren, daß es unser Bewußtsein von Gründen ist, das uns eine Sonderstellung verschafft. Als ich die Abfolge skizzierte, die die Kluft zwischen der Sphex und uns überwindet, habe ich dabei auch heimlich eine andere Kluft überquert: den Abgrund, der das Unbewußte vom Bewußten trennt? Wenn wir bei der Sphex von Muster*erkennung* oder bei den Kohlmeisen von *Entscheidung* reden, erwarten wir offenbar Anführungszeichen um unsere mentalistischen Ausdrücke; es liegt nahe zu behaupten, daß diese bloß mechanische Analoga echten Erkennens, Entscheidens und Verstehens sind. Die immer empfindlicheren Fähigkeiten des „Verstehens", die bisher beschrieben worden sind, sind Formen von *bloßem behavioralen* Verstehen, wie wir es nennen könnten. Das muß, so mag es scheinen, dem echten, bewußten Verstehen, das man beim Menschen findet, kontrastiert werden.

Es ist jedoch alles andere als klar, was diese vertraute, aber nicht analysierte Eigenschaft der Bewußtheit den Fähigkeiten von Systemen mit „bloßem behavioralen" Verstehen hinzufügen könnte. Könnte es sein, daß diese scheinbar scharfe qualitative Differenz eine weitere Illusion ist, die dadurch erzeugt wird, daß man den Extremen zuviel und den störenden Komplikationen nicht genug Beachtung schenkt? Es ist sicher wahr, daß sich die

18 Siehe Searle 1980 und Nagel 1974. Zu dem Absolutismus von Searle und Nagel siehe Richard Rortys Diskussion dessen, was er ihren Essentialismus nennt (Rorty 1982) und meine Antwort (Dennett 1982 e).

19 Lucas glaubte, er habe genau einen solchen Lackmuspapiertest in einer Anwendung von Gödels Unvollständigkeitstheorem, verbunden mit der Idee einer Turing-Maschine, gefunden (Lucas 1961 und 1970). Siehe meine Erwiderungen (Dennett 1972 und 1978 a, Kapitel 13) und Hofstadter 1979.

Theoretiker, die sich mit diesen Fragen befassen, typischerweise auf eine von zwei Visionen klar festgelegt haben. Die Philosophen haben traditionell einen rein introspektiven Standpunkt eingenommen, bei dem das Bewußtsein vorausgesetzt wird, während die Biologen und Computerwissenschaftler (und andere, die wissenschaftliche Modelle dieser Prozesse entwickeln) dazu neigten, auf einem rein technischen Standpunkt zu beharren, der die Mechanismen, die beschrieben werden, von der Perspektive der dritten Person aus betrachtet. Wer wissenschaftliche Modelle entwickelt, schenkt in seinen Theorien dem Fehlen von Bewußtsein oder irgendetwas verdächtig Ähnlichem oft ausdrückliche Aufmerksamkeit.

Die „Reflexionsideen" etwa spielten in Lockes Theorie des Geistes eine wichtige Rolle, und es wurde von allen Elementen in seiner Theorie, von allen den „Ideen der Empfindung und Reflexion" angenommen, sie seien dem Bewußtsein eines menschlichen Handelnden gegenwärtig. Locke hatte ein scharfes Gespür für den Wert von Aktivitäten auf der Metaebene, und in einem schönen Abschnitt seines Werks war er so kühn, die Willensfreiheit in dieser Begrifflichkeit zu definieren:

„Da der Geist, wie die Erfahrung zeigt, in den meisten Fällen die Kraft besitzt, bei der Verwirklichung und Befriedigung irgendeines Wunsches *innezuhalten* und mit allen anderen Wünschen der Reihe nach ebenso zu verfahren, so hat er auch die Freiheit, ihre Objekte zu betrachten, sie von allen Seiten zu prüfen und gegen andere abzuwägen. Hierin besteht die Freiheit, die der Mensch besitzt und aus deren falschem Gebrauch die ganze Fülle von Mißgriffen, Irrtümern und Fehlern stammt, in die wir in unserer Lebensführung und bei unserem Streben nach Glück hineingeraten, wenn wir unsere Willensentscheidung überstürzen und vorschnell ohne rechte Prüfung zu handeln beginnen. Um dem vorzubeugen, haben wir die Kraft, die Verfolgung dieses oder jenes Wunsches zu unterbrechen, wie jeder täglich bei sich selbst erproben kann. Hier scheint mir die Quelle aller Freiheit zu liegen; hierin scheint das zu bestehen, was man (meines Erachtens unzutreffend) den *freien Willen* nennt. Denn während einer solchen Hemmung des Begehrens ... haben wir Gelegenheit, das Gute oder Üble an der Handlung, die wir vorhaben, zu prüfen, ins Auge zu fassen und zu beurteilen. Haben wir dann nach gehöriger Untersuchung unser Urteil gefällt, so haben wir unsere Pflicht erfüllt und damit alles getan, was wir in unserem Streben nach Glück tun können und müssen; und es ist kein Mangel, sondern ein Vorzug unserer Natur, wenn wir, entsprechend dem Endergebnis einer ehrlichen Prüfung, begehren, wollen und handeln." *(Versuch über den menschlichen Verstand*, Kap. 21, Abschn. 47)

Nach Lockes Meinung handeln einige der wesentlichsten Gedanken, die wir denken, nicht direkt von den Gegenständen unseres Begehrens, sondern von unserem Begehren dieser Gegenstände. Dies kann uns veranlassen, uns zu fragen, ob es Gegenstände sind, die es wert sind, begehrt zu werden, „alles in allem betrachtet". (Wie wir in Kapitel IV sehen werden, ist es wichtig, daß in Wirklichkeit niemals *alle* Dinge betrachtet werden können; nicht einmal alle relevanten Dinge können immer betrachtet werden.) Wir haben auch die wichtige Fähigkeit, über unsere Meinungen nachzudenken und uns zu fragen, ob sie so sind, wie sie sein sollten.

Muß dieses *Denken über Meinungen und Wünsche,* dieses reflexive Meta-Denken, bewußtes Denken sein oder könnte es bloß behaviorales Denken sein – die Art von reflexiver „Informationsverarbeitung", die zum Beispiel ein Computer ausführen kann? Eine Menge hinge scheinbar von dieser Frage ab, denn einige unserer stärksten Intuitionen über Freiheit drehen sich um das Bewußtsein. Wenn wir uns unserer Gründe bewußt werden, erkennen wir sie (anders als die Sphex, die sich nur so verhält, als ob sie ihre Gründe erkennen würde). Die Fähigkeit für bewußtes Erkennen der Motivation ist also offenbar eine notwendige Bedingung für wirkliche Freiheit. Strawson beschreibt den Fall eines Psychoanalytikers, der einen Patienten erfolgreich behandelt, und bemerkt, daß wir „natürlich davon sprechen können und es auch tun", daß der Psychoanalytiker „die Freiheit des Handelnden wiederherstellt. Aber hier bedeutet die Wiederherstellung der Freiheit, daß veranlaßt wird, daß das Verhalten des Handelnden eher in Begriffen bewußter Zwecke als nur in Begriffen unbewußter Zwecke einsehbar wird." (Strawson 1962 und 1968, S. 90 f.)

Selbst wenn wir manchen Arten unbewußten Denkens Sinn abgewinnen können, wie ist es mit der Vorstellung unbewußten Denkens über Meinungen und Wünsche? Könnte man selbstbewußt sein, aber nur unbewußt selbstbewußt sein, oder wurde die Kluft zwischen unbewußten und bewußten Prozessen bereits überwunden, als wir zu Systemen kamen, die fähig sind, ein paar ihrer eigenen internen „Meinungs"- und „Wunsch"-Zustände als „Untersuchungs"-Gegenstände zu behandeln, ihre Mechanismen des Muster-„Erkennens" über sie zu steuern, u. s. f.? Intuitionen und Gefühle schlagen bei dieser Frage hohe Wellen. Manche Leute wissen einfach in ihrem Innersten, sagen sie, daß auch noch so viel behaviorales Quasi-Verstehen sich nie zu bewußtem Verstehen oder zu wirklicher Intentionalität summiert.

Andere (ich selbst eingeschlossen) sind ebenso sicher, daß, worin immer auch „echtes Bewußtsein" oder „wirkliche Intentionalität" bestehen mag, diese Phänomene an der erreichbaren Spitze der Pyramide von natürlichen, physikalischen Prozessen liegen müssen. Ich werde versuchen, diese Ansicht intuitiv etwas anziehender zu machen, indem ich selbst ein paar Intuitionenpumpen entwickle. Obwohl das einen kurzen Umweg verlangt – weg von dem Thema der Willensfreiheit und hin zu den Schlachtfeldern der Philosophie des Geistes –, werde ich, solange ich nicht etwas anderes sage, was den Skeptizismus auf diesem Gebiet anerkennt und mildert, immer im Verdacht stehen, einen Trick vorgeführt zu haben.

Die Schaffung und Vervollkommnung der Intelligenz ist eines der beeindruckendsten Produkte der Evolution, aber natürlich sind nicht alle lebendigen Wesen an diesem Kampf um den Verstand beteiligt oder wenigstens nicht mit dem gleichen Grad von Ernsthaftigkeit. Grob ausgedrückt: Die „Entscheidungsstellen“ der Evolution liegen zwischen *Maginot-Linie* („eingraben“ und damit entscheiden für die unbewegliche, gepanzerte – relative – Unverletzlichkeit von Pflanzen und Muscheln und anderen lebendigen Dingen mit minimaler Verhaltensvirtuosität) und *Guerillakrieg* (Versteckspiel gegen die anderen Mitspieler in der Umgebung). Solche Gattungen, die sich für das letztere „entscheiden“, werden dann in ein kognitives Wettrüsten gegen die anderen Wesen verwickelt, die auch Mobilität und Intelligenz dem Panzer „vorgezogen“ haben. Man beachte, daß die bloß behaviorale (oder „informationsverarbeitende“) Fähigkeit, über den Erkenntnisstammbaum der eigenen „Meinungen“ und die Richtigkeit und Kohärenz der eigenen „Wünsche“ nachzudenken (die Fähigkeit, die Locke rühmt – abzüglich der Annahme von Bewußtsein), ein größerer Fortschritt in diesem kognitiven Wettrüsten ist. Sogar ein unvollkommenes Vermögen, einige seiner kognitiven und Begehrungszustände „einzuschätzen“, erzeugt schon einen großen Unterschied. Sonst wäre man besonders leicht zu täuschen und deshalb besonders anfällig für Manipulationen durch irgendeinen (geheimen) Agenten, der Mittel und Wege finden könnte, uns dazu zu veranlassen, dies oder das zu behaupten.

Stillschweigende Anerkennung der Macht des reflexiven Überwachens kann man in der traditionellen Literatur über Willensfreiheit finden, in der Gedankenexperimente mit heimtückischen Manipulatoren geschildert werden. In diesen Gedankenexperimenten ist es immer wichtig, daß das Opfer gerade über die Existenz des Manipulators im dunkeln gehalten wird. Denn sobald ein entsprechend pfiffiger Selbst-Überwacher über die Abnormitäten in der Verursachung seiner kognitiven Zustände (und insbesondere über den Ursprung und das Ziel der Abnormitäten) informiert ist, kann er sofort die gut ausgedachten Pläne seines Betrügers vereiteln. Dieser Vereitelungsprozeß einer Täuschung hat zweierlei Gestalt: Die Illusion bleibt bestehen, aber man lernt, sie zu mildern oder anzuzweifeln (sogenannte „beständige“ Illusionen), oder es ist gerade der Verlust der Unschuld, der einen unfähig macht, die Illusion länger zu erleben (oder noch besser: man wird mehr oder weniger unanfällig für die Illusion).

Das Spiel des bösen Gauners ist sogar mit einem leichtgläubigen Opfer schwierig genug. Entwickelte Sinnesorgane wurden zu wiedergabegetreuen kausalen Bindegliedern zwischen der Welt und den Wahrnehmungsüberzeugungen über die Welt entwickelt, so daß es fast unmöglich ist, eine komplizierte Illusion in einem Opfer *aufrechtzuerhalten*, dem es erlaubt ist, sich an minimalem Auskundschaften zu beteiligen – wenn es nur seinen

Kopf bewegen und seine Blickrichtung ändern oder (stärker) seinen Standpunkt ändern kann (Gibson 1966 und 1979). Wenn das Opfer es sich auch noch zur Gewohnheit macht, regelmäßig über den Stammbaum seiner Erkenntnisse und die allgemeine Kohärenz seiner Überzeugungen und Wünsche zu reflektieren, wird das Spiel des bösen Gauners eigentlich unmöglich: Nur eine rechtfertigende, wahrheitsgemäße, angemessene kausale Abstammung kann solche Überzeugungen und Wünsche verläßlich aufrechterhalten.

Aber wie konnte sich diese Fähigkeit zur Selbstüberwachung und Selbstkritik entwickeln? Wir wollen uns damit zufriedengeben, festzustellen, daß eine solche Entwicklung möglich ist. Wir können Erkenntnisse über die wahren Details vertagen, bis die Wissenschaft soweit ist, sie zu entdecken; also ist alles, was wir zu diesem Zeitpunkt brauchen, eine plausible „Und-das-war-so-Geschichte“[20]. Hier ist eine solche Geschichte.

Es waren einmal Wesen, die eine vollständige Anzahl funktionierender Sinnesorgane hatten, die sie über die Situationen in der Welt „informierten“, diese Wesen waren aber völlig unbewußt. Ihr Leben war jedoch ziemlich komplex – so komplex, daß, wenn man das Prinzip des allernötigsten Wissens auf sie anwendete, man herausfand, daß sie eine ganze Menge über den Zweck ihrer Aktivitäten „wissen“ mußten (auf ihre bloß behaviorale Art und Weise). Insbesondere hatten sie Koordinationsprobleme mit anderen Mitgliedern ihrer Gattung, und die offenkundig optimalen Lösungen für diese Probleme verlangten rudimentäre Formen von „Kommunikation“ – so etwas wie Bienentänze und andere Arten der Übertragung sozialer Botschaften bei Insekten, aber verschieden davon durch die Tatsache, daß ein Wesen wußte, wenn es mit einem anderen kommunizierte, worüber es sprach und warum. Das bedeutet, es kommunizierte nicht bloß auf eine sphexhafte Art und Weise, wann immer sich ihm irgendein „Auslöser“ in der Umgebung zeigte (wie die Biene, die durch die Gegenwart von Zuckerwasser in einem bestimmten Umkreis dazu „gebracht“ wird zu tanzen).

Dieses Wesen (oder seine Vorfahren) hatte „festgestellt“, daß manchmal bessere Resultate zu erreichen sind, wenn man zwischen verschiedenen Hörerschaften zu verschiedenen Gelegenheiten „differenziert“, je nachdem, was beide Parteien „wissen“ und „glauben“ und „wünschen“ (auf ihre bloß behaviorale Art und Weise).

20 Zum Gebrauch und Mißbrauch von „Und-das-war-so-Geschichten“ siehe Humphrey 1982 und den Kommentar und die Antwort in Dennett 1983 b. (Der Ausdruck „Just-So-Stories“ – „Und-das-war-so-Geschichten“ – stammt von Rudyard Kipling: *Und das war so . . . 4 Geschichten von Tieren.* München 1976. Anm. d. Übers.)

Zum Beispiel bemühte sich das Wesen Alf nicht, das Wesen Bob dazu zu bringen zu „glauben", daß kein Futter in der Höhle war, wenn Alf „glaubte", daß Bob schon „wußte", daß Futter in der Höhle war. Und wenn Bob „dachte", daß Alf ihn täuschen „wollte", dann war Bob geneigt zu „bezweifeln", was Alf sagte.

Es gibt heute Künstliche-Intelligenz-Programme, die mit bemerkenswerter Tiefe die Organisationsstruktur von Systemen nachbauen, die „kommunikative" Interaktionen mit anderen Systemen planen müssen, auf der Basis ihres „Wissens" darüber, was sie selbst „wissen" und „nicht wissen", was ihr Gesprächspartner-System „weiß" und „nicht weiß" und so fort. Wir können annehmen, daß unsere imaginären Vorfahren in dem Gedankenexperiment nicht bewußter waren, als KI-Roboter es wären – wie weit das auch gehen mag. (Ich habe keine Ahnung, wie weit es für diejenigen geht, die darauf bestehen; meine Strategie ist, ihnen Zugeständnisse zu machen, gleichgültig welche Bedeutung das für sie in diesem Stadium hat.)

Nun geschah es manchmal, daß eines dieser Wesen gewöhnlich „um Hilfe bat", wenn es in einem Vorhaben feststeckte. Manchmal antwortete die anwesende Hörerschaft dadurch, daß sie etwas „mitteilte", das genau die richtige Wirkung für das suchende Wesen hatte und es von seinem falschen Weg wegholte oder es veranlaßte, eine Lösung für sein Problem zu „sehen". Nun war es notwendig, wenn eine solche Praxis in einer Gemeinschaft einen festen Stand bekommen sollte, daß die Fragenden bei Gelegenheit in der Rolle der Antwortenden erwidern konnten. D. h., sie mußten die behaviorale Fähigkeit haben, dazu gebracht werden zu können, gelegentlich „hilfreiche" Äußerungen zu machen, wenn sie Äußerungen von „Fragen" ausgesetzt waren. Zum Beispiel, wenn ein System etwas „wußte" und dazu „gefragt" wurde, konnte das nützlicherweise die normale (aber keineswegs ausnahmslose) Wirkung haben, es dazu zu bewegen zu „sagen, was es wußte".[21]

Eines schönen Tages wurde dann eine nicht „beabsichtigte" Kurzschluß-Wirkung dieser neuen sozialen Situation von einem Wesen „festgestellt". Es „bat" um Hilfe in einer unpassenden Situation, als nämlich keine Hörerschaft da war, um die Frage zu hören und zu antworten! – Außer es selber! Als das Wesen seine eigene Frage hörte, rief der Reiz genau die Art von hilfreicher Äußerungsproduktion hervor, die die Frage, von einem anderen

21 Die theoretischen Probleme, die die Evolution der Kommunikation umgeben, sind nicht trivial, aber auch nicht unlösbar. Man kann nicht annehmen, daß ein kooperativer Geist gegenseitiger Hilfe Überlebenswert hätte oder ein stabiles System wäre, wenn er auftauchte. Siehe Dawkins 1982, S. 55 ff.

gestellt, veranlaßt hätte. Und zur „Freude" des Wesens fand es, daß es sich gerade selbst dazu gebracht hatte, seine eigene Frage zu beantworten!

Wie konnte die Aktivität, sich selber Fragen zu stellen, weniger systematisch nutzlos sein als die Aktivität, sich selbst ein Trinkgeld zu zahlen, wenn man sich einen Drink gemacht hat? Solange wir an den „naiven Perfektionismus" (Dawkins 1980) hinsichtlich des Bewußtseins oder des Selbsts festhalten und es, wie Descartes, als ein unteilbares und vollkommen selbst-kommunizierendes Ganzes betrachten, ist die Möglichkeit, daß solche reflexiven Aktivitäten irgendeinem Zweck dienen, schwer vorstellbar.[22] Aber denken wir an alle die Gelegenheiten, bei denen wir uns selbst an etwas erinnern, uns selbst loben, uns etwas versprechen, uns schimpfen und uns warnen. Bestimmt hat jede dieser Selbst-Behandlungen irgendeine Wirkung, die sie so fest in unserem Verhaltensrepertoire bleiben läßt.

Unter welchen Umständen wäre die Aktivität, sich selber Fragen zu stellen, nützlich? Alles, was man annehmen muß, ist, daß es irgendeine Auffächerung und unvollständige *innere* Kommunikation des kognitiven Systems eines Wesens gibt, so daß eine Komponente den Output einer anderen Komponente benötigen kann, aber nicht in der Lage ist, sich direkt an diese Komponente zu wenden. Angenommen, die einzige Möglichkeit, Komponente A dazu zu bringen, ihre Aufgabe zu erledigen, ist, sie durch eine Art Reiz, der normalerweise von außen kommt, von einem anderen Wesen zur Aktivität zu bewegen. Wenn man eines Tages entdeckt, daß man die Rolle dieses anderen spielen und ein gutes Resultat durch die Selbstreizung erreichen kann, wird die Praxis einen wertvollen neuen kommunikativen Pfad zwischen seinen internen Komponenten bahnen, einen Pfad, der in diesem Fall nach außen in den öffentlichen Raum von Luftwellen und Akustik führt.[23] Einfacher gesagt: Wenn man einen Teil der Informationen durch die Ohren und das Hörsystem durchgehen läßt, kann das genau die Arten von Verknüpfungen anregen, die man sucht, kann es genau die richtigen assoziativen Mechanismen auslösen, kann es genau den richtigen mentalen

---

22 Erkenntnistheoretiker und Philosophen haben traditionell den Nutzen solcher Praktiken übersehen oder unterbewertet, was überraschend ist, denn wie Powers 1978 zeigt, war dies ein zentrales, aber verkleidetes Thema in Platons Menon.

23 Jüngste Experimente mit Menschen mit zweigeteiltem Gehirn (Menschen, deren Corpus Callosum abgetrennt wurde, und bei denen dabei die normale schnelle Verbindung der beiden Hemisphären unterbrochen wurde) zeigen auf dramatische Weise die Virtuosität des Gehirns, neue Kanäle der Kommunikation zu finden und auszunutzen. (Beachtenswert ist, daß es das Gehirn oder die Gehirnhälfte ist, nicht die ganze Person, der die kluge Entdeckung zugeschrieben wird; der Person sind die trickreichen Aktivitäten, die das Gehirn dabei ausnutzt, völlig unbewußt.) Siehe Gazzaniga und Ledoux 1978.

Ausdruck auf die Zungenspitze locken. Man kann es dann sagen, es sich selber sagen hören und so die Antwort bekommen, auf die man hoffte.

Es gibt eine beachtliche Menge von Belegen aus Experimenten und Untersuchungen über Aphasie und andere krankhafte Störungen, die zeigen, daß die Vorgänge der Spracherzeugung und des Sprachverstehens keine Spiegelbilder voneinander sind; wenn man einen Satz hört und versteht, saugt man ihn nicht bloß mehr oder weniger durch die gleiche Gehirnmaschinerie ein, die man sonst dazu verwendet, einen Satz zu formulieren und zu äußern, nur in umgekehrter Richtung. Es gibt also keinen Grund anzunehmen, daß der Vorgang des Formulierens, Äußerns, Hörens und Verstehens eines Satzes einen einfach dort zurückläßt, von wo aus man kognitiv begonnen hat. Insbesondere scheinen im allgemeinen die kognitiven Aufgaben, die bei der Satzerzeugung und beim Satzverstehen „automatisch" miterledigt werden, genau die richtige Art von Aufgaben zu sein, um die sonst ruhenden Fächer des Wissens zu öffnen, welche vielleicht das fehlende Teil in irgendeinem aktuellen Puzzle enthalten.

In dieser Und-das-war-so-Geschichte kamen also die Wesen zu der Gewohnheit, (laut) zu sich selbst zu reden. Und sie fanden heraus, daß sie damit oft gute Resultate erreichten – tatsächlich oft genug, um diese Praxis zu verstärken. Sie wurden immer besser darin. Sie entdeckten insbesondere eine wirkungsvolle Abkürzung: sotto voce mit sich selbst zu reden, was später zu ganz lautlosen Selbstgesprächen führte. Dieser lautlose Vorgang behielt die Schleife der Selbstreizung bei, wertete aber die periphere Verlautbarung und die hörbaren Teile des Vorgangs ab, deren Beitrag gering war. Diese Neuerung hatte den weiteren Nutzen, der opportunistisch verstärkt wurde, eine gewisse Privatheit für die Praxis der kognitiven Selbstreizung zu erreichen. Und Privatheit war besonders dann von Nutzen, wenn „verstehende" Mitglieder der gleichen Art in Hörweite waren – denn wir dürfen nicht annehmen, daß der „hilfreiche" Handel, welcher der Samen für diesen Vorgang war, eine vollkommen altruistische und konkurrenzfreie Angelegenheit war.

Es entstand also eine Reihe von lautlosen, privaten, Selbstgespräche ermöglichenden Verhaltensweisen in einem sozialen Umfeld, in dem gegenseitig nutzbringende Kommunikation auftrat. Dieses Phänomen war nicht notwendigerweise die beste vorstellbare Art kognitiven Vorgehens. Es war relativ langsam und mühselig (im Vergleich zu anderen unbewußten kognitiven Prozessen), weil es weithin eine Maschinerie benutzen mußte, die für andere Zwecke „geplant" war (für hörbare Spracherzeugung und für Sprachverständnis). Es war so linear (auf ein Thema zu einem Zeitpunkt beschränkt), wie die soziale Kommunikation, aus der es hervorging. Und es war, wenigstens am Anfang, abhängig von den öffentlich geäußerten Worten, die die soziale Praxis bildeten.

Angenommen ein solches Phänomen würde auf irgendeinem anderen Planeten entstehen: Würden wir es Bewußtsein nennen? Wären wir dazu geneigt, Wesen, die mit solchen „bloß behavioralen“ Aktivitäten ausgestattet sind, zu unseren bewußten und selbstbewußten Geschwistern zu zählen? Oder wäre ihre interne Aktivität der Informationsverarbeitung nur ein weiterer Fall von bloß behavioralem, unbewußtem Pseudo-Denken? Dem äußeren Anschein nach wären sie beinahe ununterscheidbar von uns: kooperativ, aber auch verschlagen; kommunikativ, aber auch verschlossen und gelegentlich dazu in der Lage, murmelnd dazusitzen und in die Luft zu starren, bis irgendein kognitiver Durchbruch geschieht.

Fänden wir irgendeine Neigung in uns aufsteigen, ihre interne kognitive Aktivität für bewußt zu halten? Wenn meine Intuitionenpumpe ihre Pflicht getan hat, sollten Sie jetzt eine gewisse Neigung verspüren, diese Wesen für bewußt zu halten.[24] Das ist alles, was ich verlange: eine gewisse Neigung.

Wenn Sie immer noch skeptisch sind, dann beachten Sie, daß wir diese internen Aktivitäten nicht auf stille Selbstgespräche beschränken müßten. Warum zeichnen Menschen Bilder und Diagramme, um sie mit eigenen Augen anzusehen? Warum machen sich Komponisten die Mühe, ihre Musik sich selber zu ihrem eigenen Nutzen vorzusummen oder vorzuspielen (Goodman 1982)? Wir können annehmen, daß die Wesen in unserer Und-das-war-so-Geschichte auch in der Lage wären, sich (mit Nutzen) internen Diagrammen und internem Summen zu widmen. Und sie wären genauso fähig wie wir, von einem „inneren Tennisspiel“ zu profitieren (Gallway 1979).

Die Techniken der Selbstreizung sind äußerst unterschiedlich. So wie man feststellen kann, daß, wenn man sich selber auf eine bestimmte Art und Weise beruhigt, es bestimmte, nur teilweise und indirekt kontrollierbare, aber ganz gewiß wünschenswerte Wirkungen hervorrufen kann (und man kann dann einige Zeit und Erfindungsgabe opfern, die Techniken zu entwickeln und zu erforschen, um solche wünschenswerten Wirkungen in sich selbst hervorzurufen), so kann man auch dazu kommen, daß mit sich selbst reden, für sich selbst Bilder zeichnen, für sich selbst singen u. s. f. Praktiken sind, die oft wünschenswerte Wirkungen haben. Einige sind bei solchen Aktivitäten besser als andere. Kognitive Selbstreizung ist eine erworbene und äußerst persönliche Technik mit vielen verschiedenen Varianten.[25]

---

24 Weitere Intuitionenpumpen, die diesen Effekt noch verstärken sollen, findet man in Hofstadter und Dennett 1981.

25 Das Material der vorangegangenen Paragraphen stammt von Dennett 1982 c. Inspirationen zu einer solchen Und-das-war-so-Geschichte kamen aus verschiedenen Quellen, einschließlich besonders Ryles posthum herausgegebener Sammlung „On Thin-

Aber angenommen, es ist Ihre tiefste Intuition, daß diese imaginären Wesen *immer noch* überhaupt nicht bewußt wären – nicht so, wie Sie es sind! So sei es. Dann werde ich eine andere Richtung einschlagen. Erinnern Sie sich, daß dieser Umweg über das Bewußtsein veranlaßt wurde durch Strawsons Beispiel des Psychoanalytikers, der für einen Patienten „die Freiheit wiederherstellte", indem er das Verhalten des Handelnden „in Begriffen bewußter Zwecke" einsichtig machte? Die Berufung auf bewußte (im Gegensatz zu unbewußten, die Freiheit schmälernden) Zwecken legte nahe, daß der Patient vor der Behandlung keine Freiheit hatte, weil er selbst (das berühmte „bewußte Selbst") über die Quellen seines Verhaltens *nicht informiert* war. Sobald er in die Lage versetzt wurde, sich selbst über diese Quellen zu informieren und folglich fähig war, sie in die Arena rationaler Betrachtung und Diskussion zu bringen, war er frei. Aber unsere imaginären Wesen wären, sobald sie ihre sprachlichen und reflexiven Fähigkeiten, mit Informationen umzugehen, gut im Griff hätten, genauso empfänglich für Überzeugungen und genauso in der Lage, sich auf rationale Selbsteinschätzung einzulassen. Sie wären ausgerüstet, angemessen zu reagieren, wenn wir, wie Hobbes sagt, „ihnen Gründe darlegen". Ist es nicht das, wovon Freiheit abhängt, ob es nun Bewußtsein umfaßt oder nicht?[26]

---

king" (Ryle 1979), Straight 1977 und Bennett 1976, das eine wundervolle detaillierte Und-das-war-so-Geschichte über die erste Sprache, „Plain Talk", und die Stämme, die sie sprachen – insbesondere die „Dullards" und die „Condescenders", enthält (Kapitel 5–7). Wenn Bennetts Spekulationen für die Entstehung der Grundlagen für Sprache sorgen, dann sorgen diese Grundlagen wiederum für die Entstehung des menschlichen Bewußtseins, entsprechend der genauso originellen und genialen (wenn auch weniger strengen) Und-das-war-so-Geschichte, die Jaynes entwickelte. Siehe auch Humphrey 1982.

26 Vielleicht war es die wichtigste These meiner Arbeiten der letzten fünfzehn Jahre, daß solche Wesen bewußt *sind* – wir sind solche Wesen –, und ich habe hier nicht die Absicht, diese These aufzugeben. Aber mein Argument bezüglich der Freiheit hängt nicht davon ab. Nicht überzeugte Leser werden hier also nicht gedrängt, sich allen meinen anderen Intuitionenpumpen zum Bewußtsein auszusetzen, bevor sie diese Analyse von Freiheit weiterlesen.

4. Gemeinschaft, Kommunikation und Transzendenz

> Vielmehr mit der Notwendigkeit,
> mit der ein Baum Früchte trägt,
> wachsen aus uns unsre Gedanken,
> unsre Werte, unsre Jas und Neins
> und Wenns und Obs –
> Nietzsche, *Zur Genealogie der Moral*
> (Vorrede 2, S. 260)

Die gewaltigen Unterschiede zwischen der Sphex und uns sind hinreichend klar. In der Tat sind sie zu deutlich und ermutigen zu der Art absolutistischer Übertreibung, die Philosophen dazu verleitet, bizarre Thesen über unsere Ausgliederung aus dem Kausalzusammenhang, über unseren metaphysisch einzigartigen und privilegierten Status zu formulieren. Unsere realistische Gegenbehauptung, daß wir der Sphex grundsätzlich ähnlich sind, führt dann dazu, eine undeutliche Angst davor entstehen zu lassen, ob wir uns selber über unsere Fähigkeiten als rationale Handelnde getäuscht haben. Meine skizzenhafte Besprechung der Unterschiede zwischen der Sphex und uns und der natürlichen Vorgänge, die solche Unterschiede schufen, hat uns durch verschiedene Erweiterungen des basalen Darwinschen Motivs geführt: Am Anfang gab es irgendein relativ unstrukturiertes und simples Rohmaterial; es geschahen Mutationen der einen oder anderen Art; daraus entstand etwas Neues, das nicht nur neue Arten konkreter Phänomene mit sich brachte, sondern neue *Abstrakta.* Aus einer unorganischen Welt kamen nicht nur Replikatoren (lebendige Dinge) sondern auch die Gründe, die ihr Streben nach Reproduktion erzeugten.

Aus den tropistischen und nicht-lernenden Wesen, die ihre eigenen Interessen nur unvollkommen „erkannten" und ihnen „dienten", entstanden konditionierbare oder lernende Wesen, die sich selbst neu entwerfen konnten in Richtung auf eine stärkere Sensibilität ihren eigenen Gründen gegenüber, besonders verstärkt durch ihre neu hinzukommende Fähigkeit, auf Muster in ihren eigenen Reaktionen auf die Muster in der Natur zu reagieren. Aus den rohen protolinguistischen Praktiken mancher dieser Wesen entstand durch opportunistische Mutation eine noch wirkungsvollere reflexive Aktivität: die Repräsentation mancher dieser Aktivitäten und der Gebrauch dieser Repräsentationen bei der Selbstüberwachung und Selbsteinschätzung. Aber es ist noch ein wichtigerer Schritt auf dieser Treppe zu tun, um von der Sphex zu dem rationalen Willen zu kommen, den Kant für uns verherrlicht hat.

Das Auftauchen einer Population von – mit Sprache – kommunizierenden Wesen liefert das Rohmaterial für noch eine weitere Und-das-war-so-Geschichte: der Ursprung der Moralität. In der Philosophie werden verschiedene Versionen davon gepriesen, aber soweit ich weiß, war Hobbes der erste, der die Notwendigkeit und theoretische Schönheit dieser Geschichte erkannte. Seine Version hat die Makel, aber auch die Tugenden einer bahnbrechenden Bemühung; insbesondere ist sie radikal. Am Beginn dieses Kapitels habe ich beschrieben, wie die Entstehung von Interessen teilweise eine Sache der Interessen war, die durch diejenigen Schritte *konstituiert* wurden, die die Wesen zufällig bei ihren „Bemühungen" um Selbsterhaltung unternahmen. Ein ähnlicher, radikal konstitutiver Prozeß wurde von Hobbes beschrieben.

Es war einmal eine Zeit, sagte er, da gab es kein Richtig und Falsch, und die Menschen lebten in „dem Naturzustand" und führten wohl oder übel den Krieg aller gegen alle, und das Leben war „einsam, arm, dreckig, brutal und kurz" (*Leviathan*, 1651). Dann geschah es, daß einige von ihnen sich zusammentaten und einen Vertrag abschlossen, und so fing die Gesellschaft an, und damit *entstanden Richtig und Falsch;* nicht nur die Vostellungen und Begriffe von Richtig und Falsch im Bewußtsein der Menschen, sondern Richtig und Falsch selber. Vor dem Vertrag war nichts moralisch richtig oder falsch. Entscheidend ist nicht, daß, wenn Menschen schlechte oder gute Dinge getan haben, sie keine Ahnung davon hatten, wie gut oder schlecht sie waren. Nichts *war* schlecht oder gut – in einem moralischen Sinn. Denn die Menschen lebten damals so, wie Löwen und Tiger heute im Naturzustand leben, und unsere Intuitionen stützen sicherlich die Vorstellung, daß es einfach keine moralischen Tatsachen in den Beziehungen zwischen wilden Tieren gibt.[27] Der Vertrag änderte das alles, indem er eine andere Lebensweise entstehen ließ, mit *neuen* Gründen für das Handeln so, wie das Entstehen von Replikatoren die erste Lebensweise entstehen ließ und damit die ersten Arten von Gründen zum Handeln.

Hobbes' Und-das-war-so-Geschichte ist historisch sicher falsch, es ist fast genauso sicher eine begriffliche *Über*vereinfachung. Er geht, sehr irreführend, davon aus, daß ein voll ausgereiftes menschliches Bewußtsein und eine voll ausgereifte Sprache in einem vorsozialen und asozialen Hobbesschen Naturzustand gedeihen konnten. Die Entstehung von sozialer Ordnung, von Sprache, Bewußtsein und Moralität war sicher eine Verstrickung sich gegenseitig durchdringender und beeinflussender Entwicklungen, für die Hobbes' Erklärung, als „Modell" betrachtet, simplizistisch bis zum Äu-

---

27 Unsere Intuitionen sind jedoch nicht einstimmig. Wären sie es, bräuchten sie nicht die regelmäßige Bestätigung der Art, wie sie sie erhalten, z. B. muß der Autor fast jeder Dokumentation über die freie Natur uns daran erinnern, wenn wir Zeuge irgendeines schrecklichen Beispiels der Natur werden, welches blutige Zähne und Klauen hat, daß die Natur eben so ist; der Löwe muß auch fressen.

ßersten ist. Aber Hobbes' Geschichte detailliert und isoliert ein wichtiges Merkmal, das es zu bedenken gilt: Die sozialen Praktiken der verbalen Tätigkeit, gegenseitiger Kritik und Erörterung erlaubten nicht nur die Schaffung eines neuen Verhältnisses zwischen Lebewesen und ihren Gründen (das Verhältnis, solche Gründe zu *betrachten*); sie erlaubten auch die Erzeugung neuer Gründe, die zu betrachten waren. Wie Hobbes sagt, legen wir anderen Menschen Gründe dar, „weil wir dadurch glauben, wir würden ihnen den Willen geben, den sie nicht haben." Diese Praxis, anderen Gründe darzulegen, ist wirksam, solange die anderen andere Personen sind – verschwenden Sie Ihre Zeit nicht, Bäumen oder Muscheln oder Geisteskranken Gründe darzulegen. In der Tat ist die Praxis so wirkungsvoll, daß sie uns erlaubt, und nur uns unter den Lebewesen auf der Erde, „unsere Biologie zu transzendieren" – nicht auf eine irgendwie mysteriöse, kontrakausale, vitalistische Weise, sondern dadurch, daß sie unserem kognitiven Kontrollsystem erlaubt, Ziele zu erreichen, die *nicht* genetisch kontrolliert werden *können.*[28]

Dawkins stellt diesen Punkt im letzten Absatz seines Buches „Das egoistische Gen" (den viele seiner Kritiker bei ihrer Lektüre offenbar gar nicht erreicht haben) gut dar:

> „Wir haben die Macht, den egoistischen Genen unserer Geburt ... zu trotzen. Wir können sogar erörtern, auf welche Weise sich bewußt ein reiner, selbstloser Altruismus kultivieren und pflegen läßt – etwas, für das es in der Natur keinen Raum gibt, etwas, das es in der gesamten Geschichte der Welt nie zuvor gegeben hat. ... Wir allein – einzig und allein wir auf der Erde – können uns gegen die Tyrannei der egoistischen Replikatoren auflehnen." (Dawkins 1976, S. 237)

Obwohl wir also auf diesem Planeten mit einer eingebauten, biologisch gestützten Menge von Neigungen ankommen, obwohl wir von Geburt an gewisse Situationen anderen vorziehen, können wir nichtsdestoweniger von dieser Basis aus Lebensformen ausbilden, die solche angeborenen Präferenzen überwinden. Wir können solche Präferenzen zähmen und rückgängig machen und (wenn es sein muß) unterdrücken zugunsten von „höheren" Präferenzen, die bloß deswegen nicht weniger wirklich sind, weil sie nicht direkt biologisch bekräftigt sind. (Das „Gespenst" der Soziobiologie lauert nur denjenigen auf, die diese wirklich ziemlich offensichtliche Tatsache nicht sehen können und die glauben, die einzige Art und Weise, wie die Biologie zum Verständnis der Geburt der Moralität beitragen könnte, wäre

---

28 Eine einsichtige Analyse der Interaktion zwischen genetischer und kultureller Evolution in der Ethik liefert Campbell 1975.

die, daß sie alle moralischen Normen auf einige unklar vorgestellte genetische Imperative „reduzierte“. Sie fürchten „biologische“ Erklärungen aus dem gleichen Grund, aus dem sie „psychologische“ Erklärungen ihrer Entscheidungen fürchten; sie haben einen eingeschränkten Sinn dafür, was eine biologische oder psychologische Erklärung eines Phänomens sein könnte.)

Es ist unsere gemeinschaftliche Aktivität gegenseitigen Überredens, Reflektierens und Bewertens, die die Werte schafft, die dann die Priorität gegenüber den roheren Interessen unserer Vorfahren erhalten. Wie umfassend kann dieser reflexive Prozeß sein? Wir können nicht nur versuchen, Leute durch Reden dazu zu bringen, dies oder das zu tun oder nicht zu tun; wir können auch unsere Überzeugungen zu Moralkodices und -prinzipien systematisieren und dann über diese moralischen Gesinnungen in ethischen Theorien reflektieren und dann „Metaethik“ betreiben, in der wir über die Natur ethischer Theorien reflektieren, und dann weitergehen und die Auswirkungen erwägen für das Problem der Willensfreiheit und der Freiheit von Sphexhaftigkeit unserer Fähigkeit, Metaethik zu betreiben. Und so fort. Ist das alles gleich wirkungsvoll?

Man würde zunächst denken, daß keiner je wünschte, einen Halt in dieser Spirale zu sehen oder zu entdecken, daß wir grundsätzlich unfähig wären, weiterzumachen. Aber in Wirklichkeit ist die Behauptung, daß wir unsere menschlichen Fähigkeiten des Erwägens und des Metaerwägens ausgeschöpft haben, in philosophischen Auseinandersetzungen keineswegs so unüblich. Intellektueller Schwindel kommt gelegentlich vor, und die Leute fangen an, stutzig zu werden. Nietzsche, zum Beispiel, hat eine unübertroffene Fähigkeit, einen mit dieser Suche nach höheren Standpunkten in Schwindel zu versetzen:

> „Dies Problem vom *Werte* des Mitleids und der Mitleids-Moral scheint zunächst nur etwas Vereinzeltes, ein Fragezeichen für sich; wer aber einmal hier hängenbleibt, hier fragen *lernt,* dem wird es gehen, wie es mir ergangen ist – eine ungeheure neue Aussicht tut sich ihm auf, eine Möglichkeit faßt ihn wie Schwindel ... wir haben eine *Kritik* der moralischen Werte nötig, *der Wert dieser Werte ist selbst einmal in Frage zu stellen* – ...“ (Vorrede 6, *Zur Genealogie der Moral,* S. 264)

Foot (1973, S. 173) kommentiert: „Aber wie kann man Werte bewerten? Der Gedanke daran reicht schon aus, um einen zu verwirren.“ Man kann sicherlich manche seiner Werte bewerten, während man an anderen festhält, aber Foot gesteht ein, daß ihr angesichts Nietzsches offenbar radikalerem Projekt schwindlig wird.

Ist das dann die Spitze des Gipfels? Oder ist es nur die Spitze *unseres* Gipfels, der Punkt, an dem *wir* unseren sphexhaften Anflug offenbaren und angesichts höheren Denkens umhertappen? Es ist sicher schwierig und unangenehm, sich dieser und ähnlichen Frage(n) zu stellen, was vielleicht die geringe Anzahl sorgfältiger Diskussionen dieses Themas erklärt. Eine der wenigen ist Strawsons „Freedom and Resentment“ (Strawson 1962)[29], die eine Streitigkeit zwischen einem Optimisten und einem Pessimisten über die Konsequenzen des Determinismus für unsere Sicht von uns selbst als Handelnden und „Teilnehmern“ präsentiert und bespricht. Der Pessimist behauptet, daß der Determinismus bestimmte, furchtbare Konsequenzen hat, die uns dazu führen „könnten oder sollten“ aufzugeben, was Strawson die „Teilnehmer-Einstellung“ anderen und uns selbst gegenüber nennt. Strawson antwortet:

„Es scheint nicht selbst-widersprüchlich zu sein anzunehmen, daß dies geschehen könnte. So nehme ich an, daß wir sagen müssen: Es ist nicht absolut undenkbar, daß es geschehen könnte. Aber ich neige sehr stark zu der Annahme, daß es für uns, wie wir sind, praktisch undenkbar ist. Die menschliche Verpflichtung zur Teilnahme an normalen, zwischenmenschlichen Beziehungen ist, glaube ich, zu durchgreifend und zu tief in uns verwurzelt, als daß wir den Gedanken ernst nehmen können, eine allgemeine theoretische Überzeugung könnte unsere Welt so ändern, daß es in ihr nicht länger solche Dinge wie zwischenmenschliche Beziehungen, wie wir sie normalerweise verstehen, geben würde ...“ (Strawson 1962 und 1968, S. 82)

Für uns, so wie wir sind, ist es praktisch undenkbar, die Teilnehmer-Einstellung aufzugeben. Wir sind an diese Auffassung gebunden, scheint es, so sicher wie die Sphex an ihren beschränkten Gesichtspunkt gebunden ist. *Wenn* es eine Illusion ist, so ist es eine feste Illusion – eine, die wir unwiderstehlich finden, selbst wenn wir sie mit einiger Sorgfalt durch ein Urteil außer Kraft setzen können. In Kapitel V werden wir diese Frage untersuchen, ob wir gebunden sind, und wenn ja, was wir daraus machen sollen.

In der Zwischenzeit sollten wir festhalten, daß die Konklusion, die Spitze *unseres* Gipfels erreicht zu haben, nicht notwendigerweise die Gelegenheit für Selbstverachtung und Verwirrung zur Folge haben sollte, als ob es einen „höheren“ Beobachter gäbe oder auch nur geben könnte, der für uns ist, was wir für die Sphex sind. Diese Aussicht ist aufschlußreich, wenn auch nicht vollständig von Philosophen diskutiert worden (Davidson 1973, Rorty 1979 und Fodor 1983). Es ist schwer zu sehen, was uns hier vom einen oder anderen Standpunkt überzeugen könnte. Selbst wenn man zeigen kann, daß ein solches höheres Wesen undenkbar ist, ist es wahrscheinlich ausgeschlossen, (auf gewöhnliche Weise) dafür zu argumentieren, daß es

29 Siehe auch die hervorragenden Diskussionen dieses Aufsatzes bei Ayer 1980 und Bennett 1980.

unmöglich, weil es undenkbar ist, denn wir sind für die Sphex vermutlich genauso undenkbar. Die Pointe bei der Vorstellung dieses höheren Wesens ist schließlich, den traditionellen Schluß von *unserer* Unfähigkeit auf die Unmöglichkeit zu hinterfragen.

Gleichzeitig wollen wir uns vor nutzloser Geheimniskrämerei schützen und können mit Recht einen Grund für die Annahme verlangen, es könnte einen solchen höheren Standpunkt geben, der für uns unerreichbar ist. Es reicht nicht aus, sich nur ein Wesen vorzustellen, das bloß ein Rechenwunder oder ein wandelndes Lexikon ist, wie Laplace' allwissender Physiker; denn es ist fraglich, ob das Begriffssystem eines solchen Wesens höher als unseres ist; es weiß einfach mehr Tatsachen von der Art, wie wir sie auch wissen. Fodor bemerkt richtig: „Man wäre wahrscheinlich von a priori-Argumenten nicht überzeugt, die (zum Beispiel) zeigen sollen, daß die wahre Wissenschaft Spinnen zugänglich sein muß." (Fodor 1983, S. 126) Aber das schließt die Möglichkeit eines Argumentes nicht aus, daß die wahre Wissenschaft uns zugänglich sein muß; denn es zeigt vor allem einfach unsere Ähnlichkeit mit Spinnen (und der Sphex), ohne die Konsequenzen aus dem ungeheuren Unterschied gebührend zu bewerten – ein anderer Mißbrauch der Intuitionenpumpe.

Selbst wenn es höhere Standpunkte der Rationalität gäbe, wären sie für uns von Bedeutung? Strawson ist nicht dieser Meinung. Er behauptet: Wenn die Frage nicht die ist, was wir tatsächlich machen würden, wenn wir vom Determinismus überzeugt werden würden, sondern was wir rational zu tun hätten, ist der Standard der Rationalität, auf den wir uns berufen würden und sollten, nicht der irgendeiner dunkel vorgestellten außermenschlichen Rationalität, sondern genau der Rationalität, die wir dadurch ausgebildet haben, daß wir die Lebewesen geworden sind, die wir sind, und die Leben leben, die wir tatsächlich leben:

„... wenn wir uns vorstellen könnten, was wir nicht haben können, nämlich eine Wahl in dieser Sache, dann könnten wir rational nur im Lichte einer Bewertung der Gewinne und Verluste für das menschliche Leben, seiner Bereicherung oder Verarmung wählen ..." (Strawson 1968, S. 84)

Die Rationalität, die wir ausgebildet haben, ist sicherlich nicht vollkommen. In diesem Kapitel habe ich eine Und-das-war-so-Geschichte von beachtlichem Optimismus bemüht; eine Geschichte von größerer historischer Genauigkeit wäre zweifellos etwas „schwärzer" ausgefallen. Die Möglichkeit kognitiver und konativer Krebsschäden darf von Erzählern von Und-das-war-so-Geschichten nicht übersehen werden. Wir können durchaus so *entworfen* sein, daß wir bestimmten Wahrheiten gegenüber vergeßlich oder daß wir besessene Erfinder bequemer Falschheiten sind und uns damit vor der verwirrenden Wahrheit mit Perlmuttschichten von überzeugendem Mythos schützen. Sind die Narben unserer genetischen oder kulturellen Evolution sichtbar? Wir sollten nicht überrascht sein, wenn es so wäre. Aber jucken diese Narben uns? Diese Frage hat eine weniger offensichtliche Antwort, und soweit sie für unsere Beschäftigung mit der Willensfreiheit relevant ist, wird sie in den folgenden Kapiteln aufgegriffen.

Die Rationalität, mit der die Natur uns ausgestattet hat, ist praktisch; sie macht einen Unterschied dadurch, daß sie uns in den meisten Fällen in angemessene Richtungen bewegt. Wir dürfen aber nicht annehmen, daß sie nur praktisch ist, eine Ausstattung direkt und starr nur dazu verpflichtet, den biologischen Zielen zu dienen, die sie hervorgebracht haben. Wie wir gesehen haben, stammt ein besonders bedeutender Teil dieser Ausstattung von unserer Fähigkeit zu sprechen, die wiederum nur unter dem Druck von zweifellos sehr spezifischen (wenn auch noch kaum verstandenen) Anforderungen und Zwängen der Umgebung entstehen konnte. Wenn es keiner wichtigen biologischen Funktion diente, hätte sich so etwas Komplexes wie Sprache nie entwickeln können. Aber sobald sie dann auf der evolutionären Szenerie angekommen ist, schafft die Ausstattung mit Sprache Raum für allen möglichen biologisch trivialen oder irrelevanten oder barocken (nicht-funktionalen) Eifer: Klatsch, Rätsel, Dichtung, Philosophie. Wir haben gesehen, wie die Evolution die Vernunft praktisch gemacht hat; damit haben wir auch gesehen, wie die Evolution unpraktische Vernunft entstehen lassen kann.

Lassen Sie mich die Ergebnisse dieses Kapitels zusammenfassen. Ich habe keinen Beweis dafür geliefert, daß Rationalität für physikalische Entitäten möglich ist. Was wäre der Sinn eines solchen Beweises? Ich nehme an, daß wir schon eine Unmenge Gründe dafür haben, beides zu glauben: daß wir physikalische Entitäten sind und daß wir rational sind. Wir müssen also verstehen, *wie* es so sein könnte und wie es dazu gekommen sein könnte.[30] Die biologischen Spekulationen, die uns dabei halfen, uns genauer vorzustellen, wie unsere Fähigkeit, durch Gründe motiviert zu werden, im Universum verborgen ist, nehmen der Versuchung wenigstens etwas an Attraktivität, sich in absolutistische Dogmen über unseren Status als Handelnde zurückzuziehen.

---

30 Nozick (1981) fordert die Philosophen auf, das Aufgeben formaler Beweismethoden zugunsten einer besonderen Art philosophischer Erklärung in Erwägung zu ziehen, in der wir uns dazu bringen zu erkennen, wie etwas, an das wir glauben möchten, möglich sein könnte. Das ist m. E. ein hervorragender Rat, und ich sehe mein Vorhaben in diesem Kapitel (und eigentlich im ganzen Buch) als eine Übung in Nozicks Art von Erklärung.

Der vollkommene Kantische Wille, der fähig wäre, mit vollkommen getreuer Wiedergabe auf alle guten Gründe zu reagieren, ist eine physikalische Unmöglichkeit; weder Determinismus noch Indeterminismus könnten damit in Übereinstimmung gebracht werden. Aber das läßt uns nicht einfach in der mißlichen Lage der Sphex. Wir sind nicht unendlich, sondern nur außerordentlich sensible und gewandte Betrachter von Gründen. Wenn das nicht genug ist, wenn die Willensfreiheit und Verantwortlichkeit *absolute* Freiheit von Sphexhaftigkeit verlangt, wenn kein bißchen Verantwortlichkeit überleben kann außer in einer perfekt sterilen Umgebung, dann müssen wir entweder die wissenschaftliche Sicht von uns ganz und gar über Bord werfen oder die Niederlage eingestehen. Aber diese schrecklichen Alternativen sind uns noch nicht aufgezwungen. Wir haben kaum damit begonnen zu sehen, wie vieles von dem, was wir uns als wahre Aussagen über uns wünschen, durch eine Anwendung der wissenschaftlichen, naturalistischen Sichtweise erhellt – nicht bedroht – werden kann.

Kapitel III

Kontrolle und Selbstkontrolle

Niemand hat je verkündet, daß, weil der Determinismus wahr ist, Thermostate die Temperatur nicht kontrollieren.

Robert Nozick (1981, S. 315)

1. „Dank der Umstände außerhalb unserer Kontrolle"

In Diskussionen über den Determinismus wird man oft aufgefordert, sich in eine Zeit zurückzuversetzen, bevor es Menschen oder sogar Wespen und sogar organische Moleküle auf diesem Planeten gab. Wenn der Determinismus wahr ist, so wird dargelegt, hat der Gesamtzustand damals (zu irgendeinem willkürlich gewählten Zeitpunkt) jedes nachfolgende Ereignis bis zur Gegenwart und in die Zukunft hinein festgelegt. Laplace betrachtet folgende Möglichkeit:

„Eine Intelligenz, welche für einen gegebenen Augenblick alle Kräfte, von denen die Natur belebt ist, sowie die gegenseitige Lage der Wesen, die sie zusammensetzen, kennen würde, und überdies umfassend genug wäre, um diese gegebenen Größen einer Analyse zu unterwerfen, würde in derselben Formel die Bewegungen der größten Weltkörper wie die des leichtesten Atoms ausdrücken: Nichts würde für sie ungewiß sein und Zukunft wie Vergangenheit ihr offen vor Augen liegen." (Laplace 1886, S. 4)

Offensichtlich schrecklich daran ist, daß, wenn es so ist, dann das ganze eigene Tun von Ereignissen in entfernter Vergangenheit determiniert wird, über die man bestimmt keine Kontrolle hat: Man kontrolliert also niemals wirklich irgendeine seiner Taten; man wird durch die Vergangenheit oder die gegenwärtigen Ereignisse, die durch Ereignisse in der Vergangenheit verursacht werden und außerhalb der eigenen Kontrolle sind, kontrolliert.[1] Man hat bestenfalls die Illusion einer Kontrolle. Tatsächlich wird man gänzlich von äußeren Faktoren kontrolliert, in eine Lebensgeschichte einge-

---

1 „Jede wahre Aussage darüber, wie es war, bevor es irgendwelche rationalen Wesen gab, ist derart, daß niemand irgendeine Entscheidungsmöglichkeit bezüglich ihrer Wahrheit hat oder je hatte." (van Inwagen 1983, S. 149)

schlossen, die am Anfang der Schöpfung geschrieben wurde, wie eine Puppe, die dazu bestimmt war, Kasperletheater zu spielen, selbst bevor ihr hölzernes Gesicht geschnitzt und bemalt war. Man sieht diese schreckliche Darstellung selten in jedem Detail ausgearbeitet, was kaum ein Wunder ist, denn sie ist so mit Verwirrungen beladen, daß sie kaum das Tageslicht überlebt.[2]

Was wir am Determinismus fürchten – oder auf jeden Fall ein wichtiger Teil dessen, was wir fürchten – ist die Aussicht, daß der Determinismus Kontrolle[3] unmöglich machen würde, und wir wollen ganz bestimmt nicht die Kontrolle verlieren oder außer Kontrolle sein oder von etwas oder jemandem anderen kontrolliert werden – wie eine Marionette oder Puppe.[4] Wir wollen *kontrollieren,* und zwar beides: uns selbst und unsere Schicksale. Aber was ist Kontrolle und wie ist ihre Beziehung zu Verursachung und Determinismus? Seltsamerweise haben Philosophen sich dieser offenkundig wichtigen Frage kaum angenommen.[5]

Wir müssen also ein lange überfälliges Etwas an „Normalsprachenphilo-

---

2 Argwohn gegenüber dieser vertrauten Taktik, auf einen prähistorischen Augenblick zu verweisen, wurde von verschiedenen Autoren ausgedrückt. Nozick (1981) überlegt, wie wir natürlicherweise dazu neigen, unsere Besorgnis über den Determinismus auszudrücken: „Warum wird dieser zusätzliche Punkt über Ursachen, die vor unserer Geburt liegen, gemacht, warum ist er so natürlich – vielmehr, welcher Funktion dient er, um welche andere Möglichkeit zu blockieren oder abzublocken wurde er eingeführt? Nun, es ist ganz klar, nicht wahr, daß wir die Ursachen nicht kontrollieren können, wenn sie vor unserer Geburt liegen, und daher, da sie unsere Entscheidung kontrollieren, kontrollieren wir unsere Handlung nicht.“ (S. 314)
Und Slotes Argwohn wird geschürt durch die Tatsache, daß „mit der einzigen Ausnahme von Wiggins, alle Vertreter der neuen Form von Unvereinbarkeitsargument vergangene Ereignisse ausmachen, die vor der Geburt eines Handelnden eintraten, wenn sie davon reden, woran dieser Handelnde nichts ändern kann“ (Slote 1982, S. 19).

3 Fischer (1982) bemerkt, daß „gewöhnlich geglaubt wird, der Determinismus zersetze Kontrolle“. Lucas (1970) sagt, ohne ein Argument oder irgendeine andere Begründung zu geben, daß „der Determinismus [die Menschen] jeglichen wahren Sagens“ [in ihrem Leben] beraubt (S. 28).

4 „Es wird dargelegt werden, daß wir nicht extrem einfache Input-Output-Systeme sind, denn es findet viel interne Verarbeitung statt, die Feedback-Schleifen und andere herrliche ‚Software‘ mit sich bringt; trotzdem, macht uns das nicht bloß zu komplizerteren Puppen, aber nichtsdestoweniger zu Puppen? Es ist wahr, viele dieser Ursachen treten ‚in‘ uns auf – ist es besser, eine Handpuppe oder eine Marionette zu sein?“ (Nozick 1981, S. 310)

5 Meines Wissens. Greenspan 1978 macht andeutende Bemerkungen über diesen Begriff und auch Holmstrom 1977. Fischer 1982, Nozick 1981 und Slote 1982 erwähnen alle den Kontrollbegriff, keiner bezieht sich auf frühere Literatur zu diesem Thema.

sophie" durchführen, um zu sehen, was wir tatsächlich im Sinn haben, wenn wir uns nach Kontrolle sehnen und ihren Verlust befürchten.[6]

2. Einfache Kontrolle und einfache Selbstkontrolle

Was also ist Kontrolle? Was ist es – oder wäre es –, über etwas Kontrolle auszuüben? Nach der Beantwortung dieser einfachen Frage können wir weitergehen und nach der Kontrolle des eigenen Schicksals, den Varianten der Selbstkontrolle und anderen Verzierungen des Grundbegriffs sehen. Wörterbücher definieren „kontrollieren" durch eine Anhäufung von benachbarten Synonyma – *befehlen, leiten, überwachen, beherrschen, zur Rechenschaft ziehen* – ein verläßliches Zeichen dafür, daß der Begriff zu grundlegend ist, um eine klare Definition zuzulassen.

Die Grundidee von Kontrolle, die in der Kybernetik und der Automatentheorie zu einem technisch präzisen Begriff entwickelt wurde, ist (in normaler Begrifflichkeit), daß *A* *B* nur dann *kontrolliert,* wenn die Beziehung zwischen *A* und *B* so ist, daß *A* *B* in irgendeinen von *B's* normalen Zuständen bringen kann, in dem *A* *B* haben will. (Wenn *B* in der Lage ist, in einem Zustand *s* zu sein, und *A* will, daß *B* in *s* ist, aber keine Möglichkeit hat, *B* in *s* zu bringen oder *B* zu veranlassen, daß *B* in *s* geht, dann wird

6 Diese Übung wird man als nah verwandt mit früheren „normalsprachlichen" Verteidigungen des freien Willens gegen den Determinismus wiedererkennen, besonders die Berufung auf das Argument eines paradigmatischen Falles von der Art, wie es vielleicht am besten von Flew 1955 vorgebracht wurde (siehe besonders S. 149–163). (Siehe van Inwagen 1975 und 1983, der Flews Argument kritisch diskutiert.) Anders als Flew argumentiere ich nicht, daß wir felsenfeste gewöhnliche „Kriterien" dafür haben, Kontrolle auszuüben, die gegen alle Entdeckungen, die die Wissenschaft machen könnte, beweiskräftig sind. Aber ich möchte die Aufmerksamkeit, ähnlich wie Flew, auf eine offensichtliche empirische Tatsache lenken: Wir kümmern uns um Kontrolle (wenn wir es überhaupt tun), weil *unser gewöhnlicher Begriff* der Kontrolle eine Bedeutung hat, derzufolge wir bestimmte Umstände unterscheiden, die wir nicht mögen, weil wir in ihnen „die Kontrolle verloren haben", „von jemandem anderen kontrolliert werden", u. s. f. – und wir mögen bestimmte Umstände, weil wir „kontrollieren", „uns selbst kontrollieren", u. s. f. Wenn ein Begriff von Kontrolle diese Unterscheidungen nicht zu machen erlaubt, wissen wir nicht, ob wir uns darum kümmern sollten, ob wir in *diesem* Sinn jemals kontrollieren. Da das Problem des freien Willens „wesentlich" eines ist, um das wir uns kümmern, sollten wir jede Untersuchung, die auf dem Begriff der Kontrolle beruht, mit der versuchsweisen und anfechtbaren Annahme *beginnen,* daß, welche Varianten dieses Begriffs es auch geben mag, es eine der „wichtigen" Varianten ist (wenn es welche gibt), die zur Debatte steht.

A's Wunsch vereitelt, und insofern kontrolliert *A B* nicht.) Diese Definition macht gleich von Beginn an deutlich, daß etwas, das ein *Kontrolliertes* sein soll, bloß eine Reihe von Zuständen haben muß, in denen es sich befinden kann[7], aber die Zustände von etwas, das ein *Kontrollierendes* sein soll, müssen *Wünsche* enthalten – oder so etwas Ähnliches wie Wünsche – über die Zustände von etwas (anderem). (Erinnern Sie sich an den Gehirntumor von Kapitel I, der „gewitzt" genug sein mußte, um den armen Jones zu kontrollieren; er könnte Jones nicht kontrollieren, ohne so etwas wie Wünsche bezüglich Jones' Zuständen zu haben.)

Es wird nützlich sein, ein paar Merkmale dieses alltäglichen Begriffs durch die Untersuchung eines Beispiels in Erinnerung zu rufen. Angenommen, Sie kaufen ein Modellflugzeug mit einem Motor. Sie starten es, es fliegt los und landet in einem Baum. „Es muß kontrolliert werden", murmeln Sie und befestigen lange Drähte an einer Flügelspitze. Jetzt können Sie es kontrollieren und es auf und ab fliegen lassen – was immer Sie wollen, wann immer Sie wollen, während es in einem Kreis herumfliegt. Sie murmeln: „Nicht genug *Freiheit*", und ersetzen deshalb die Drähte durch ein drahtloses „Fernbedienungs"-System. Jetzt können Sie Richtung, Höhe, Geschwindigkeit, Wenden, Sinken, In-die-Kurve-Gehen des Flugzeugs kontrollieren. Es gibt nun sehr viel mehr Freiheitsgrade, und sie sind alle unter Ihrer Kontrolle, aber erst dann, wenn Sie die Parameter der Freiheitsgrade des Flugzeugs entdeckt haben und die kausalen Beziehungen zwischen diesen Parametern und Ihren Handlungen, die den Steuerknüppel bewegen – ein erkenntnistheoretisches Problem, das oft nicht trivial ist und immer schon gelöst sein muß, bevor Kontrolle ausgeübt werden kann.

Wenn Ihr Modellflugzeug zufällig außerhalb der Reichweite Ihrer Fernbedienungseinheit fliegt, entfernt es sich es aus Ihrem Kontrollbereich, aber es ist natürlich noch genauso das Opfer der kausalen Kräfte in seiner Umgebung wie immer (nicht mehr und nicht weniger). Es könnte zufällig wieder in Ihre Kontrollsphäre zurückgeraten und folglich wieder von Ihnen kontrolliert werden. Sie können es dadurch testen, daß Sie nachsehen, ob Sie es dazu bringen, alles zu tun, was Sie wollen. Sie können es nicht direkt nach oben fliegen oder bewegungslos schweben lassen. Dazu sind Flugzeuge nicht in der Lage. Hubschrauber haben solche Fähigkeiten, aber es gibt andere Dinge, die Hubschrauber nicht tun können: Sie können nicht so schnell fliegen wie Flugzeuge, zum Beispiel, oder Loopings drehen und sich um die eigene Längsachse drehen. Man kann nur solche Zustände oder

7 Zu beachten ist, daß dieses „kann" Austins Frosch auf dem Boden des Bierkrugs ist, zu dem wir in Kapitel VI zurückkehren.

Aktivitäten eines Dinges kontrollieren, die in den Bereich seiner Freiheitsgrade fallen oder, mit anderen Worten, in den Bereich dessen, was es kann. (Wir sprechen davon, was ein Flugzeug *tun kann,* und von seinen Freiheitsgraden, aber damit schreiben wir ihm natürlich nicht die Art von Tätigkeit oder Freiheit zu, die wir einem moralischen Handelnden zuschreiben. Allerdings haben die weiter entwickelten Arten von Tätigkeit und Freiheit sicherlich die einfachen Arten als Vorbedingungen. Bevor wir zu irgendwelchen metaphysischen Schlußfolgerungen über die Grenzen dieser einfachen Begriffe springen, sollten wir etwas genauer betrachten, wie sie funktionieren.)

Woher wissen Sie sicher, wann Sie Ihr Flugzeug kontrollieren? Angenommen, es kommt jemand dazu, während Sie Ihr Flugzeug fliegen lassen, und er hat genau den gleichen Kontrollapparat in den Händen wie Sie. Welcher von Ihnen beiden, fragen Sie sich, kontrolliert das Flugzeug? Können Sie das Flugzeug immer noch fliegen lassen, wie Sie wollen und wann Sie wollen? Wenn nicht, dann haben Sie es nicht länger unter Ihrer Kontrolle. Was ist, wenn die andere Person Ihre Handbewegungen nachmacht, so daß Sie nicht sicher sein können, ob sie Ihr Flugzeug kontrolliert oder nicht? Schließlich gibt es eine Möglichkeit, daß nämlich Ihr Gefühl für Kontrolle illusorisch ist, aber das ist eine empirisch untersuchbare Möglichkeit.[8] Tatsächlich sind Sie in der Lage, ein klassisches „Kontroll“-Experiment durchzuführen. Sie bedienen sich der Methode, die oft Mills Methode von Übereinstimmung und Differenz genannt wird, und ändern die Umstände so, daß die Beziehung zwischen Ihren eigenen Handbewegungen und denen Ihres Nachahmers unterbrochen wird und damit die Faktoren isoliert werden, die bei der Kontrolle des Flugzeugs tatsächlich beteiligt sind.

Angenommen, die andere Person hat das Flugzeug in Wirklichkeit unter Kontrolle. Wenn Sie das Nachahmen der anderen Person kontrollieren können – d. h., wenn Sie sie veranlassen können, in ihrem nachahmenden Zustand zu bleiben – können Sie weitermachen und Ihr Flugzeug durch die andere Person kontrollieren! Diese Kontrolle ist vielleicht etwas weniger verläßlich als die direkte „eigenhändige“ Ihres Flugzeugs (und Kontrolle aus der Ferne ist kausal schon weniger direkt als berührende, eigenhändige Kontrolle), aber sie ist oft durchaus verläßlich genug für uns. Kontrolle,

8 Im Prinzip könnte diese Einbildung sehr schwer zu entdecken sein, wie der arme Dennett am Ende von „Where Am I?“ bezeugt (Dennett 1978 a, Kapitel 17), als seine Gehirn-Outputs seinen Körper nicht mehr zu Bewegungen veranlassen konnten, sondern nur noch wirkungslos in der Luft verpufften, während in Wirklichkeit ein genau entsprechendes Computergehirn die Kontrolle besaß. Ein noch weiter hergeholter Fall ist Descartes' Beispiel des bösen Dämons, der einen über alles täuschen könnte.

die über einen anderen Handelnden läuft, ist zum Beispiel durchaus genug Kontrolle für Kapitäne auf See, die das Steuerruder selten selbst in die Hand nehmen. (Es gibt, wie wir bald sehen werden, in wichtiger Hinsicht verschiedene Weisen, in denen ein Handelnder etwas mittels der Kontrolle eines dazwischenliegenden Handelnden kontrolliert.)

Ein paar andere, offensichtliche Tatsachen in dieser Sache sind erwähnenswert, bevor wir uns den Komplikationen zuwenden. Wenn Sie Ihr Flugzeug vollkommen kontrollieren, tun Sie das nicht, indem Sie alle Ursachen, die es beeinflussen, kontrollieren. Das Wetter, der Luftdruck, die Schwerkraft zum Beispiel sind alle jenseits Ihrer Kontrolle, und sie sind die größten Kräfte, die auf Ihr Flugzeug einwirken. Die Tatsache, daß Ihr Flugzeug dauernd unter dem Einfluß der Schwerkraft ist, hindert Sie nicht daran, es zu kontrollieren – tatsächlich hilft die Schwerkraft Ihnen in bestimmter Hinsicht, jedenfalls solange, wie Sie die Wirkungen auf das Flugzeug *kennen.* Aber ein plötzlicher und unvorhergesehener Windstoß mag Ihre Kontrolle zunichte machen, sei es vorübergehend oder dauerhaft.

Was an dem Unterschied zwischen dem Windstoß und der Schwerkraft relevant ist, ist nicht die Beständigkeit der letzteren und die Plötzlichkeit des ersteren, sondern die (relative) Unvorhersagbarkeit des ersteren. Wenn Sie gewitzt genug sind, Windstöße vorherzusagen, können sie für die Kontrolle Ihres Flugzeugs genauso zuverlässig ausgenutzt werden wie die Schwerkraft. Segler, zum Beispiel, setzen ihr Vorherwissen von Windstößen ein, die rechtzeitig erkannt werden können, wenn diese sich dem Wasser nähern, um die Richtung und Geschwindigkeit ihrer Boote zu kontrollieren. Ein Bobschlitten auf vertrautem Kurs ist dank des Vorherwissens der Bedingungen viel mehr unter Kontrolle als einer, der sich auf einer unbekannten Bahn befindet.

Vorherwissen ist es, was die Kontrolle ermöglicht; Umstände, die klar außer unserer Kontrolle liegen, können trotzdem unsere Kontrolle der Ereignisse, die wir kontrollieren wollen, nicht unterbrechen oder verhindern – wenn wir von diesen Umständen rechtzeitig wissen. Denn wenn wir von ihnen rechtzeitig wissen, können wir im Lichte unserer Erwartungen planen und Schritte unternehmen, um diesen Umständen vorzubeugen, sie zu vermeiden, sie uns zunutze zu machen, sie abzuwenden, sie zu funktionalisieren, sie zu verwerten oder uns an sie anzupassen. Wir sind *auf die Gnade* nur derjenigen kausalen Ketten angewiesen, die sich entweder ohne Warnung an uns heranschleichen („blindsiding“: von hinten angreifen – wie man im amerikanischen Football sagt), oder die uns keinen Ausweg lassen, durch den wir ihre ungewollten Wirkungen vermeiden könnten. (Zur Diskussion des Vermeidens siehe Kapitel V.) Daß Boston mehr als 3 000 Meilen weg von Oxford liegt, ist ein Umstand, der ganz außerhalb meiner Kontrolle liegt; aber da ich es weiß, war ich in der Lage, die entsprechenden

Schritte zu unternehmen, um in Oxford pünktlich zu meinen Vorlesungen anzukommen. Ich konnte diesen Umstand nicht ändern, aber ich konnte mich ihm anpassen. Da ich außerdem vorhersah, daß sich an den Schaltern für die Transatlantikflüge im April 1983 Warteschlangen bildeten (ein Umstand, der genauso außerhalb *meiner* Kontrolle war – aber vielleicht nicht außerhalb der Kontrolle von Präsident Reagan), reservierte ich die Plätze früh.

Wenn man etwas anderes kontrolliert, muß man in Kontakt damit bleiben. Im Fall des Modellflugzeugs haben wir die Größe der Kontrollsphäre durch die Stärke der Fernbedienungseinheit festgelegt – bis zu einem bestimmten Punkt. Wie die NASA-Ingenieure und Wissenschaftler, die für die Mars- und Venus-Forschungsraumschiffe verantwortlich sind, berichten können, wird die Lichtgeschwindigkeit ein nicht zu vernachlässigender Faktor, wenn die Distanzen groß werden. Genaue ferngesteuerte Kontrolle solcher Flugkörper wurde schlicht unmöglich, weil die Zeit, die ein Signal hin und zurück braucht, größer als die Zeit ist, die für die entsprechende Unternehmung zur Verfügung stand. Die Kontrolleure hatten nicht genug Zeit, um veranlaßt werden zu können, die relevanten Bedingungen zu erkennen, so daß sie, ausgerüstet mit verläßlichen Erwartungen, einen Befehl wohlüberlegt hätten auswählen können, um ihn loszusenden. Diese Raumschiffe konnten also nicht länger *Marionetten* sein, sie mußten *Roboter* werden. Da die Kontrolleure auf der Erde sie nicht mehr erreichen konnten, mußten sie *sich selbst kontrollieren.* Sie mußten mit rudimentären Wünschen – oder etwas „Ähnlichem“ wie Wünschen – und genug „Wissen“ über ihre eigenen Umstände ausgestattet werden, so daß sie verläßlich die Arbeit tun konnten, die die Kontrolleure getan hätten, wären sie nahe genug gewesen, um zu intervenieren.[9]

Die Menschen, die auf der Erde zurückblieben, hielten eine gewisse sekundäre Teilkontrolle über die Roboter aufrecht; denn sie konnten ihnen noch allgemeine Botschaften mitteilen, welches Projekt als nächstes zu unternehmen sei. Darüber hinaus hatten sie die Roboter so konstruiert, daß sie auf besondere Art und Weise zu besonderen Gelegenheiten „überlegten“.[10] Diese Roboter waren also nicht nur nicht „vollkommen außer Kon-

---

9 Ein besonders faszinierender Fall ist der des „Autonomous Viking“ (Hutchings 1983). In diesem Beispiel überlegten die Ingenieure, wie man das Viking-Raumschiff aus ihrer Kontrolle entlassen und „autonom“ machen könnte, nachdem es den Mars bereits umkreiste.

10 Dawkins (1976) verwendet bei der Diskussion, wie Gene „das Verhalten ihrer Überlebensmaschinen [steuern (control)], und zwar nicht unmittelbar mit den Fingern an der Marionettenschnur, sondern mittelbar“, eine exzellente Science-Fiction-Geschichte,

trolle"; sie wurden bis zu einem gewissen Grad immer noch von den Leuten auf der Erde kontrolliert.[11]

Wie wir gesehen haben, folgt aus der Tatsache, daß x y kontrolliert, nicht, daß irgendein anderes Ding z nicht auch y kontrolliert – durch die Kontrolle von x. Unter manchen Bedingungen kann es Transitivität der Kontrolle geben.[12] Das ist auch wahr, wenn x und y identisch sind (wenn x sich selbst kontrolliert); ich kann etwas kontrollieren, das sich selbst kontrolliert – wenn ich die Zustände in der Welt kontrollieren kann, die es, da es sich selbst kontrolliert, zum Handeln veranlassen. Angenommen, wir ersetzen die menschlichen Kontrolleure einer Ölraffinerie durch ein Computer-Kontrollsystem. *Es* kontrolliert die Raffinerie in genau dem gleichen Maße, so scheint es, wie zuvor die Menschen. (Oder, wenn man einen Schritt zurückgeht und die ganze Raffinerie einschließlich ihres Kontrollsystems betrachtet, kann man sagen, daß die Raffinerie jetzt *selbst*-kontrolliert ist.) Aber wir können die Raffinerie in bestimmte Zustände versetzen, indem wir ihren Computer in bestimmte Kontrollzustände versetzen. Wenn wir die Menge von hineinkommendem Rohöl verändern, muß das System dadurch reagieren, daß es die Arbeitsgänge in der Raffinerie entsprechend verändert. Und wenn es für Veränderungen im Preis von Flugzeugtreibstoff auf dem freien Markt empfänglich ist und wir in der Lage sind, diesen Preis künstlich zu erhöhen oder zu drücken, können wir die Computerkontrolle der Raffinerie indirekt kontrollieren.

An diesem Punkt ist man versucht, darauf zu beharren, daß die Art von Kontrolle, die wir so auf die Computerkontrolle der Raffinerie ausüben, in einer sehr wichtigen Hinsicht der Art von Kontrolle, die wir ausüben, wenn

---

„A for Andromeda" von Hoyle und Elliot, um zu zeigen, auf welche Weise ein Handelnder oder Quasi-Handelnder die Fein-Kontrolle anderen Handelnden delegieren kann, die praktisch nicht innerhalb der Kontrollsphäre des unmittelbaren Einflusses des Handelnden sind (S. 63 ff.). (Wiederabgedruckt – im englischen Original – in Hofstadter und Dennett 1981.)

11 Es könnte nützlich sein, über die Verantwortlichkeit der Leute auf der Erde unter verschiedenen Bedingungen für die „Handlungen", die von einem ihrer Roboter ausgeführt werden, nachzudenken. Die Geschworenen würden sicher fragen, ob der Roboter außer Kontrolle geraten war, nicht länger selbst-kontrolliert war, u. s. f. Hat er sich vielleicht seiner eigenen Kontrolle *bemächtigt?* War er bis zu einem gewissen Grad selbst-kontrolliert? (Noch einmal: die einfachen Arten der Selbst-Kontrolle, derer sich schon die Roboter erfreuen, ist nicht *unsere* Art der Selbst-Kontrolle, die Form von Selbst-Kontrolle, die man, wenn man erwachsen wird, lernt oder lernen sollte. Dieses Thema wird später in Kapitel IV aufgegriffen.)

12 Nozick (1981, S. 314) fragt: „Ist aber der Begriff der Kontrolle transitiv?" und hält sich mit der Antwort auf seine Frage nicht auf.

wir dieselbe Taktik auf menschliche Operatoren derselben Raffinerie vor der Automatisierung anwenden, unähnlich ist. Aber es ist überhaupt nicht sicher, daß das wahr ist. Menschliche Wesen können mehr Möglichkeiten besitzen, der Kontrolle zu entgehen als der ausgedachte Computer, aber da die Möglichkeiten, die der Computer hat, nicht spezifiziert wurden, wurde uns kein Grund geliefert, dies zu glauben. Der Computer könnte eine bemerkenswert komplexe, anpassungsfähige und trickreiche Form eines reflexiven, selbstüberwachenden Systems besitzen; es könnte also gut sein, daß es in der Praxis viel schwieriger ist, den Computer zu kontrollieren als irgendeinen menschlichen Kontrolleur. Welche Tricks auch immer *wir* haben, mit denen wir spielen können (und ich werde in Kürze ein paar davon diskutieren), sie scheinen dennoch nicht von einer anderen Art zu sein als die verschiedenen Tricks, auf die sich das Computersystem verlassen könnte.

Überdies, selbst wenn es wahr ist, daß Menschen aus einem bestimmten Grund und in bestimmter Hinsicht in wesentlich geringerem Maße unter solchen Umständen zu kontrollieren wären, dann ist immer noch nicht zu bestreiten, daß die vorgestellten Übungen, um die Kontrolleure zu kontrollieren, genau die Art von Aktivitäten sind, die wir Menschen nicht mögen, übelnehmen und zu vermeiden suchen. Wir können es nicht leiden, von anderen auf diese Weise kontrolliert zu werden, wir fühlen uns also anscheinend durch solche Aktivitäten (bis zu einem gewissen Grad) kontrolliert. Wir fühlen uns gegenüber der Art von Kontrolle, für die der Computer anfällig ist, nicht immun; wir nehmen uns aufgrund unseres Menschseins nicht aus, nicht einmal aus dem Grund, daß wir fähig sind, frei zu wählen (vgl. Frankfurt 1973).

3. Kontrolle ohne Handelnden und unser Begriff der Verursachung

Wenn ein Handelnder einen anderen Handelnden zu kontrollieren versucht (der vielleicht wiederum versucht, den ersteren zu kontrollieren), wird die Sache kompliziert. Wenn wir irgendeinen Fortschritt in Richtung auf das Verständnis dieses wichtigen Phänomens machen sollen, müssen wir zunächst einige grundsätzliche Unklarheiten unseres Kontrollbegriffs klären. Wie wir gerade gesehen haben, kann ein außenstehender Handelnder den Raffinerie-Kontrolleur kontrollieren, indem er die Bedingungen der Umgebung der Raffinerie verändert. Ich kontrolliere den Raffinerie-Kontrolleur, indem ich den Markt für Flugzeugtreibstoff künstlich unter Druck setze, aber wenn weder ich noch irgendjemand anderes eine solche Manipulation vornimmt, sollten wir dann sagen, daß der Markt selber oder seine Fluktuationen den Raffinerie-Kontrolleur kontrollieren? Können wir die Umgebung selbst als eine Art minimalen Handelnden betrachten und sagen, daß sie Kontrolle ausübt?

Diese Ansicht ist nicht unbekannt. Sie ist ein zentrales Thema von B. F. Skinners Behaviorismus, siehe z. B. Skinner 1953, besonders „Die kontrollierende Umgebung", (S. 129–141) und „Selbstkontrolle", (S. 227–242.). Wir können einen Grund sehen (es gibt sicher mehrere), warum der Behaviorismus uns erschaudern läßt: Er deutet versteckt die dunkle Vorstellung an, daß die Umgebung *will*, daß wir dies oder jenes tun, und daß sie diesem Wunsch zufolge handelt und uns *dazu bringt* zu tun, was sie will. Aber so hat es Skinner offenbar nicht gesehen. Nach seiner Ansicht gibt es keine solchen Phänomene wie Wünsche, selbst bei Menschen und anderen Organismen nicht, also kann gewiß die gesamte Umgebung keine Wünsche oder Intentionen haben – weder gute noch böse oder indifferente. Trotzdem sieht Skinner einen Unterschied zwischen bloßer Verursachung aus der Umgebung (zum Beispiel die Wirkungen von Sonne, Wind und Regen auf den Zustand der Haut eines Organismus) und der Kontrolle, die durch diejenigen Aspekte, die der Organismus aus der Umgebung als Stimuli herausgreift, ausgeübt wird. Und im Gegensatz zu unserer schrecklichen Vision betrachtet Skinner diese Kontrolle als gutwillig – als genauso, wie wir sie in der Tat wünschen sollten (wenn es so etwas wie Wünschen gäbe!): „Wir können über die Natur oder das Ausmaß der Kontrolle uneins sein, die ‚die Welt um uns herum' auf uns ausübt, aber eine gewisse Kontrolle ist offenkundig. Das Verhalten muß der Gelegenheit angepaßt sein." (Skinner 1953, S. 129) Skinner würde also sagen, daß das Ziel der NASA-Ingenieure war, die Forschungsraumschiffe so zu entwerfen, daß sie durch die Welt des Mars um sie herum angemessen kontrolliert werden könnten.

Skinner spricht dauernd von Verhalten, das „unter der Kontrolle" verschiedener Stimuli steht, aber er erklärt die Unterscheidung zwischen dem Angemessen-Kontrolliert-Werden durch die Welt um uns herum und dem Unangemessen-Kontrolliert-Werden nicht. Wenn ein Forschungsroboter auf dem Mars durch Muster in seiner Umgebung veranlaßt wird, sich selbst zu zerstören, handelt er unter der Skinnerschen Kontrolle der Stimuli auf dem Mars, aber nicht auf eine Weise, die er „mögen" würde – wenn er mögen könnte. Wenn es eine gute Sache ist, unter der Kontrolle von Reizen zu sein, wie Skinner annimmt[13], darf es das nur sein, wenn man auf genau die richtige Art und Weise unter der Kontrolle der Reize ist.[14]

---

13 Auf der einen Seite war es stets unheimlich und folglich rhetorisch selbstzerstörerisch, wenn Skinner den Unterschied zwischen *bloßer* roher Kontrolle durch die Umgebung

Was ist die richtige Art und Weise? Was könnte es sein außer *gerade die Art und Weise, die wir wünschen würden, wenn wir alles über unsere Interessen und darüber, wie die Welt wirklich ist, wüßten?* In einer Hinsicht ist die richtige Weise demnach die wahre oder zur Wahrheit tendierende Weise. Wenn die Welt uns unbarmherzig veranlaßt, die Wahrheit über sie zu erkennen, werden wir ziemlich glücklich sein, was diesen Aspekt der Wirkungen der Welt betrifft. Wie Wiggins es ausdrückt: „Der Indeterminist muß ... zufrieden sein, der Welt zu erlauben, dem freien Menschen vorzuschreiben, wie die Welt *ist,* wenn sie nur das tut. Freiheit besteht nicht in der Übung des (plausiblen, aber irrelevanten) Rechts, verrückt zu spielen, ohne daß man durch Tatsachen gestört oder abgelenkt wird." (Wiggins 1973, S. 34) Es wäre schön, heißt das, die eigenen Überzeugungen dadurch kontrollieren zu lassen, wie die Dinge wirklich sind. (Vergleiche Nozicks Erklärung von Wissen als „Meinungen, die die Wahrheit verfolgen", in Kapitel 1, 1981.)

Eine wirklich wohlwollende Welt würde uns gut informiert über sich selbst halten – und natürlich würden die Neuigkeiten, die sie uns sagt, auch gute Neuigkeiten sein! Wenn dieser Rosengarten zuviel verspricht, um darauf hoffen zu können, könnten wir wenigstens eine wohlwollende Welt erwarten, die „uns sagt, was wir tun sollen", während eine übelwollende Welt „uns hereinlegt" und „uns in Fallen lockt" und „ganz andere Wege geht", um unsere Pläne zu durchkreuzen. Ist unsere wirkliche Welt eine von diesen, oder erscheint sie uns oft in diesen verschiedenen Verkleidungen? Die Welt als ganze ist natürlich weder „für" uns noch „gegen" uns, obwohl manche ihrer Teile stärkend oder giftig, unsere Freunde oder unsere Feinde sind.

---

und ihrem angenehmeren Teil *systematisch hilfreicher* roher Kontrolle durch die Umgebung stillschweigend unterdrückte. Aber auf der anderen Seite hatte Skinner folgenden Grund dafür: Er hat, wie der Anpassungstheoretiker, gesehen, daß diese rohe Kontrolle die *Tendenz* hat, gutartig zu sein. (Die Art von systematisch mörderischer Kontrolle, die oben ausgedacht wurde und die dazu führt, daß sich der Roboter selbst zerstört, ist sogar kurzfristig selbstzerstörerisch; sie vernichtet ihr Opfer.) Aber Skinner überschätzt diesen Fall und ruft berechtigten Verdacht hervor; natürlich ist nicht jede Art von „Reiz-Kontrolle" eine gute Sache, einfach deshalb, weil sie eine Art Kontrolle ist, und Skinner kann nicht einfach mit der Behauptung davonkommen, indem er so tut, als wäre sie es.

14 Man vergleiche dies mit dem Vertrauen auf die „richtige Art und Weise" bei kausalen Theorien der Erkenntnis und Referenz, wo die kausale Kette zwischen dem Gegenstand und dem Gedanken von der „richtigen" Art sein muß, wobei das Wesen der Richtigkeit – typisch – später erläutert werden soll.

Die gutartige Tendenz, die Skinners Worte der unmittelbaren Umgebung der „Reizung“ zuzuschreiben scheinen, was äußerst unplausibel ist, ist in Wirklichkeit auf zwei Ebenen zu sehen: Eine gutartige Tendenz der selektierenden Umgebung während der ganzen Zeit der Evolution, die Wesen entwarf, die *in sich selbst* eine wohlwollende Tendenz haben, für sich selbst die richtigen Unterscheidungen zu treffen. Die Umgebung ist nicht dazu bestimmt, uns zu *sagen,* was zu tun ist; wir sind dazu bestimmt, der indifferenten Umgebung zu *entnehmen,* was wir tun sollen. Es ist daher unklug, selbst im Lichte dieser langfristigen indirekten, aber systematisch hilfreichen Tendenz, davon zu sprechen, daß die Umgebung uns kontrolliert.[15]

Skinners Begriff der Kontrolle ist, wie wir gesehen haben, von unserem alltäglichen Begriff in dem wichtigen Punkt verschieden, daß er keinen Handelnden, keinen Träger von Wünschen mit sich bringt. Gemäß dem Skinnerschen Sinn von Kontrolle sagen wir, daß *A* *B* dann und nur dann kontrolliert, wenn Veränderungen in *A* zuverlässig durch Veränderungen in *B* widergespiegelt oder registriert werden. Dies ist kein absonderlicher Begriff von Kontrolle, wenn er auch nicht gerade unser gewöhnlicher Begriff ist. Die Rillen der Schallplatte kontrollieren in diesem Sinne die Vibrationen der Lautsprecher, und die Niederschlagsmenge über eine bestimmte Zeit hinweg kontrolliert die Höhe des Flußspiegels. Das Ding im A-Schlitz braucht kein Handelnder zu sein, und das Ding im B-Schlitz braucht kein Organismus – oder etwas mit Interessen – zu sein. Es mag sich also die Frage nicht stellen, ob die Veränderungen in *B*, die durch Veränderungen in *A* kontrolliert werden, für den Organismus, der *B* ist (oder dem *B* innewohnt), angemessen sind. Skinners Begriff könnte dann so erscheinen, als ob er genau der Begriff der physikalischen Verursachung unter einem anderen Namen wäre; aber in Wirklichkeit besetzt er dazwischenliegendes Gebiet und hilft, das illusorische Hinübergleiten von Verursachung zu Kontrolle voranzutreiben, das unsere Furcht vor dem Determinismus nährt.[16]

---

15 Monod sieht in der Tat Gründe, um auf dem Gegenteil zu beharren: Die Umgebung kontrolliert ein lebendes Wesen nicht und kann es nicht kontrollieren. „Seine [eines Lebewesens] Struktur beweist eine klare und uneingeschränkte Selbstbestimmung, die eine quasi totale ‚Freiheit‘ gegenüber äußeren Kräften und Bedingungen einschließt. Äußere Bedingungen können die Entfaltung des lebenden Objekts wohl behindern, nicht jedoch lenken; sie können ihm seine Organisation nicht aufzwingen.“ (Monod 1971, S. 19)

16 Skinners Begriff der Reizkontrolle ist in der Tat zumindestens ein naher Verwandter des informationstheoretischen Begriffs eines verläßlichen (nicht-verlautbarten) Signals; die Veränderung in *B* liefert Informationen über die Veränderung in *A*. Siehe Dretske 1981.

Ein Teil der Erklärung für die Verwechslung von Verursachung und Kontrolle stammt aus unserer gängigen wissenschaftlichen Praxis und – genauer – aus unserem phantasievollen Verständnis dieser Praxis. In einem typischen guten Experiment kontrolliert der Experimentator die verschiedenen Bedingungen sorgfältig und hat ein Auge darauf, ähnlich wie unser fernbedienender Flugzeugkontrolleur, daß eine bestimmte Variable, nämlich die abhängige Variable, *unter der Kontrolle des Experimentators* (im vertrauten Sinn des Wortes) steht dadurch, daß sie mit einer unabhängigen Variablen oder Reizung, die der Experimentator kontrolliert, verknüpft wird („kontrolliert“ wird *im Skinnerschen Sinn*). Der Grund für diese Praxis ist bekannt. Bei einem Phänomen wird ein Muster beobachtet, und die Frage lautet: Wodurch wird es verursacht? Wenn die absichtlichen Handlungen des Experimentators das Muster in diesen Zustand bringen können, und zwar „nach Wunsch“, auf diese oder jene Weise, sind die Ursachen enthüllt – eine Konsequenz aus der Kontrollkette, die vom Experimentator zum beobachteten Phänomen führt. Um diese Wirkungen zu erreichen, müssen wir die Umstände epistemisch zugänglich machen; d. h. wir müssen das Phänomen von unvorhersehbaren „äußeren“ Einflüssen isolieren und die unmittelbare Umgebung so einförmig und einfach machen wie möglich, so daß wir den plausibel erscheinenden relevanten Merkmalen folgen und dadurch Wirkungen erzielen können, die auf Wunsch verläßlich zu wiederholen sind. Unsere Erfolge unter diesen „kontrollierten Bedingungen“ würzen unsere Einbildungskraft, wenn wir an Verursachung im allgemeinen denken.

Wir wissen ganz genau, daß Verursachung gänzlich unerforschlich sein kann – in einem verflochtenen Netz von Zufällen ganz und gar verloren – und trotzdem Verursachung ist. Was veranlaßte *dieses* Sandkorn, sich genau dort zu befinden, wo es am Strand liegt? Irgendetwas tat es – oder vielmehr einige Milliarden Dinge über Milliarden von Jahren taten es. Wir nehmen Fälle wie diese nicht zur Kenntnis. Aber wenn das Sandkorn Teil eines Fußabdrucks auf dem Strand ist, konzentrieren wir uns auf eine Ursache – die Ursache, die das Sandkorn aus der Position, in der es sonst wahrscheinlich läge, *hinabdrückte*. Wenn wir an Fälle von Verursachung denken, denken wir fast immer an solche, bei denen die Beziehungen offengelegt sind, bei denen die Wirklichkeit oder wenigstens die Machbarkeit der *Kontrolle durch einen Handelnden* offensichtlich ist. Schließlich sprechen wir von „der“ Ursache eines Ereignisses oder Phänomens, wohl wissend, daß Verursachung immer eine unbestimmt vielfältige Angelegenheit ist, aus der wir manchmal durch einen intellektuellen Akt ein bestimmtes herausragendes Merkmal isolieren können – d. h. ein epistemisch zugängliches und folglich kontrollierbares Merkmal – und es zweckmäßig „die“ Ursache nennen können. Das sind „gute, klare Fälle“ von Verursachung. Wir neigen dazu, die gleich guten Fälle von Verursachung zu vergessen, die für uns so gut wie unbeschreibbar und ganz und gar unkontrollierbar sind.

Manche dieser Fälle von Verursachung werden tatsächlich „zufallserzeugende“ Prozesse genannt (Karten mischen, würfeln, Münzen werfen) – gerade wegen ihrer Unkontrollierbarkeit. In nachdenklichen Augenblicken stellen wir uns das hastige Springen der Kugel im Rouletterad als gänzlich verursacht vor – sogar als determiniert – durch den Zustand des Rades und seiner unmittelbaren Umgebung und den Anfangsstoß, der dem Rad und der Kugel versetzt wird. Aber da dieses Verhalten einen unkontrollierbaren („zufälligen“) Prozeß zusammenfaßt (und dafür natürlich ausgedacht wurde), vergißt man leicht, daß es nicht in stärkerem Maße von der Verursachung ausgenommen ist als die Billardkugel, die unerbittlich und mit herrlicher Vorhersehbarkeit über den Tisch rollt unter der kundigen Kontrolle eines guten Spielers (der sich bei der Planung des Stoßes auf die Einheitlichkeit des Tisches verläßt). Ein Experte im Werfen der Roulettekugel oder im Kartenmischen, der das Ergebnis so kontrollieren könnte, wie der erfahrene Billardspieler das Ergebnis kontrollieren kann, würde das Element des „Zufalls“ in diesen Spielen zunichte machen und nicht zugelassen werden. Denn in einem solchen Spiel soll das Ergebnis unabhängig von den Meinungen und Wünschen der Teilnehmer hinsichtlich des Ergebnisses sein.

Laplace' höhere Intelligenz würde den Unterschied vermutlich nicht sehen können, und wenn ihr ein Job in einem Spielkasino angeboten würde, wäre sie genauso in der Lage, ein Roulettespiel zu kontrollieren, wie ein Billardexperte in der Lage wäre, ein Billardspiel zu kontrollieren.[17] Eine solche übermenschliche Intelligenz könnte also einen von uns zweifellos so leicht kontrollieren wie wir die Sphex; aber dieser Übermensch ist schließlich bloß einer von jenen imaginären Akteuren, um die wir uns nicht zu kümmern brauchen. Vielleicht könnte es nach allem, was wir wissen, solche Akteure geben, die andere Planeten bewohnen. Es wäre genauso vernünftig für uns, sie zu fürchten, wie es für uns unvernünftig ist, ihre Existenz aufgrund der Prämisse des Determinismus heraufzubeschwören.

---

17 Dabei braucht nicht angenommen zu werden, daß die höhere Intelligenz ein vollständiges Wissen über ihre eigenen Mikrozustände und Übergänge hat (was logisch unmöglich ist), denn sie kann ihr Eingreifen in die Welt (ihre „Handlungen“ im Kasino) durch ein paar Filter einschränken, deren Eigenschaften sie ganz genau kennt – das wäre eine Anwendung desselben Prinzips, auf das sich ein normaler Mensch verlassen könnte, wenn wir ihn eine Präzisions-Würfelmaschine am Spieltisch benutzen ließen. Zur Unmöglichkeit vollständiger Selbst-Kenntnis und ihrer Konsequenzen für die Willensfreiheit siehe die klassischen Aufsätze von Popper (1951) und MacKay (1960).

4. Handelnde im Wettstreit

Die Umgebung, die kein Handelnder ist, kontrolliert uns nicht. Und dennoch hat die Umgebung im Verlauf der Evolution hervorragende Arbeit geleistet, als sie uns entwarf. Es kann durchaus so erscheinen, als ob ich hier eine inkonsistente Taktik von „Vorstellungs-Management" vertreten würde. Auf der einen Seite warne ich vor der falschen Personifizierung der Umgebung als einem bösen Gauner, während ich auf der anderen Seite als eine zweckdienliche und anschauliche Darstellung die Personifizierung der Evolution und ihrer Tendenzen als weise, gütige, alte Mutter Natur verteidigt habe, deren „unsichtbare Hand" uns alle entworfen hat. Ist das bloß der Ratschlag des Hans im Glück, man solle versuchen, auf die Sonnenseite zu schauen? Ich glaube nicht.

Das gewöhnliche Gegenmittel, das gegen den Mißbrauch der Mutter-Natur-Ansicht empfohlen wird, ist, sich laufend daran zu erinnern, daß Evolutionsprozesse *ohne Voraussicht und ohne Ziele* ablaufen. Wenn wir darauf achten, uns selbst daran zu erinnern, können wir die Metapher des Handelnden weiter verwenden – was ich eine Beschreibung „vom intentionalen Standpunkt" nenne (Dennett 1971, 1978a) –, um das Muster der Entwicklung zu beschreiben und zu erklären, das die ganze Wohlentworfenheit, die wir in der Natur sehen, erhellt. Nun steht es einem genialen Pessimisten frei, sozusagen contra-darwinistische Muster motivloser Bösartigkeit für uns zu entdecken, die uns erlauben würden, unsere Sicht der Natur als eine Art manichäischen Kampf zwischen Mutter Natur und dem Einen Bösen neu zu begreifen; aber soweit ich weiß, wurden bisher ernsthaft keine solchen Muster ins Spiel gebracht.[18]

---

18 Humor ist eine andere Sache. Ich empfehle allen die klassische Darstellung dieser Vision von P. Jennings, der in seinem „Report on Resistentialism" die Rive-Gauche-Philosophie von Pierre-Marie Ventre, des Autors von „Résistentialisme" und des Stücks „Puits Clos", beschreibt. „Les choses sont contre nous" – das ist das aphoristische Herz des Resistentialismus. „Außer seinen deutschen Vorgängern Freidegg und Heidansiecker haben alle früheren Denker von der Eleaten bis zu Marx dem menschlichen Denken und Bemühen wenigstens etwas Legitimität zuerkannt. . . In der resistentialistischen Kosmologie, in deren intellektuellem Rausch heute ganz Paris ist, bietet uns Ventre eine große Vision des Universums als *einem* Ding an – dem Letzten Ding (Dernière Chose). Und das ist gegen uns." Nach Jennings hat der Resistentialismus eine wissenschaftliche Basis: Es begann alles zu dem Zeitpunkt, als Clark-Trimble, – Psychologe in Cambridge, „der nicht in erster Linie ein Physiker war", – zufällig seine große Entdeckung der graduellen Feindseligkeit der Dinge machte. „Ventres Arbeit bringt uns ein gutes Stück näher an die Verwirklichung des resistentialistischen Ziels, das in den Worten zusammengefaßt ist: ‚Ein Jegliches außer Kontrol-

Manchmal sind die Dinge zufällig gegen uns. Die Umgebung mag uns gegenüber indifferent sein, aber wir ziehen bei weitem bestimmte Weisen des Weltlaufs anderen Weisen vor, und das mit gutem Grund: Manche Anordnungen der Gegenstände in der Welt passen besser zur Verfolgung unserer Interessen als andere. Die Natur „verschwört" sich gelegentlich, um sich uns in den Weg zu stellen, unsere Auswahl einzuschränken, uns zu Handlungen zu nötigen – wenn nicht gar zu zwingen.[19] Aber wenn wir nicht vergessen, das Gegenmittel des Evolutionstheoretikers auf die ansprechenden Metaphern von „gemeinen" Stürmen und „drohenden" Felsen anzuwenden, werden wir vielleicht in der Lage sein, unsere Vorstellungskraft hinreichend in Schach zu halten. Erinnern wir uns nur daran: Es gibt da draußen keine Butzemänner, außer in den Beispielen von Philosophen.

Wenn ein Flugzeugpilot die Information erhält, daß sich ein gefährliches Unwetter nähert, ein so heftiger Sturm, daß Gefahr besteht, wenn er hineingerät, die *Kontrolle über sein Flugzeug zu verlieren*, kann er das Flugzeug auf einen anderen Kurs bringen, um den Spielraum der Kontrolle, den er hat, beizubehalten oder zu vergrößern. (Diese grundlegende Taktik, die Unsicherheit möglichst gering zu halten, ist ein sehr erklärungsstarker Begriff in der Evolutionstheorie. Siehe Wimsatt 1980.) Mitten im Sturm werden nur äußerst genaue Reaktionen auf die Umstände in Bruchteilen von Sekunden das Flugzeug auf sicherem Kurs halten; bei klarem Wetter ist der Spielraum für Irrtum größer. Je kleiner der Spielraum für Irrtum, je weniger Wahlfreiheit der Pilot hat, desto eingeschränkter und begrenzter wird er bei der Verfolgung des Kurses zu seinem Bestimmungsort sein. Stellt der Pilot das in Rechnung, so wird er nicht nur danach streben, das Flugzeug zu jeder Zeit zu kontrollieren, sondern sich auch um die Kontrollplanung und -aktivität auf der Metaebene kümmern – indem er Schritte unternimmt, um seine Position für die Kontrolle des Flugzeugs zu verbessern dadurch, daß er Gelegenheiten vermeidet, in denen er, wie er vorhersehen kann, gezwungen wird (seine Ziele vorausgesetzt), die Nadel zwischen irgendeiner Scylla und Charybdis einzufädeln.

Das ist nur ein besonderer Fall dessen, was wir immer haben wollen: viel Ellenbogenfreiheit. Wir wollen einen Spielraum für Irrtum; wir wollen unsere Optionen offenhalten, so daß unsere Chancen, Kontrolle über unsere

---

le'." Eine Fassung des „Report on Resistentialism" erschien ursprünglich im *Spectator;* eine revidierte Fassung erschien in Amerika in *Town and Country* und ist wiederabgedruckt in Jennings 1963.

19 Greenspan (1978, S. 235 ff.) sagte, daß Nötigung ein weiterer Begriff als Zwang zu sein scheint: „... nur der letztere erfordert die direkte Intervention eines anderen Handelnden als Urheber der Bedrohung."

Operationen zu behalten, komme was wolle, verbessert werden.[20] Wenn wir nach vorne schauen, um zu sehen, auf welche Hindernisse wir gefaßt sein müssen, sollten wir natürlich jedes Hindernis mitzählen, das wir mit uns herumschleppen – wie etwa die Gier nach Süßigkeiten, die uns dazu veranlassen kann, die Strategie höherer Ordnung anzunehmen: keine Süßigkeiten mehr im Haus zu haben, weil die Versuchung zu groß wäre. Strategien höherer Ordnung, dazu bestimmt, die Ellenbogenfreiheit zu maximieren, können auf diese Weise entscheidend von der Selbst-Kenntnis der Strategen abhängen.

Wenn wir die wahrscheinlichen zukünftigen Beschränkungen unserer Optionen berechnen, dann kommt alles auf die Anwesenheit oder Abwesenheit eines konkurrierenden Handelnden an, genau deshalb, weil, wenn es da draußen einen Handelnden gibt, der Informationen sammelt und Feedback-Schleifen schließt, er dann unsere Aktivitäten voraussagen, folglich vorhersehen und systematisch vereiteln kann.[21] Es ist wichtig, daß der Flugzeugpilot, wenn er dem Unwetter ausweicht, sich nicht darum zu kümmern braucht, seine Intentionen vor dem Sturm zu verbergen, der, wenn er sie kennen würde, seinen eigenen Kurs ändern und ihm nachkommen könnte.

---

20 Fischer behauptet: „Wenn wir Verantwortlichkeit mit Kontrolle verknüpfen, meinen wir normalerweise, daß eine Person nur dann für ein einzelnes Ereignis verantwortlich ist, wenn es eine alternative Folge gibt, die dem Handelnden offensteht, in der er eine andere Handlung ausführt (oder ein anderes Ereignis dadurch hervorbringt, daß er eine Handlung ausführt, die dieses Ergebnis zur Folge hat).“ (Fischer 1982, S. 34) Wir werden in Kapitel V zu sehen haben, was „einem Handelnden offenstehen“ bedeutet. Fischer spricht weiter von „Kontrolle (Freiheit, anders zu handeln)“ (S. 37) – aber das ist ein fataler Ausrutscher, wie wir in Kapitel VI sehen werden.

21 Dies ist, leicht verkleidet, eine der Grundeinsichten der Spieltheorie. Wie von Neumann und Morgenstern im ersten Kapitel von „Theory of Games and Economic Behavior“ (1947) bemerken, kann ein handelnder „Robinson Crusoe“ zwar alle Probleme so betrachten, daß es gilt, Maxima zu suchen, sobald aber auch andere (Maxima suchende) Handelnde in der Umgebung vorkommen, sind völlig andere Analysemethoden erforderlich, denn durch „das Erfordernis, zwei (oder mehr) Funktionen auf einmal zu maximieren, kann ein leitendes Prinzip nicht formuliert werden... Man läge falsch, würde man glauben, es könnte ... durch einen bloßen Rekurs auf die Hilfsmittel der Wahrscheinlichkeitstheorie überflüssig gemacht werden. Jeder Teilnehmer kann die Variablen bestimmen, die seine eigenen Handlungen beschreiben, nicht aber die der anderen. Trotzdem können diese ‚fremden‘ Variablen von seinem Standpunkt aus nicht mit Hilfe von statistischen Annahmen beschrieben werden. Das ist so, weil die anderen genauso wie er selber von rationalen Prinzipien geleitet werden – was immer das heißen mag – und kein modus operandi kann richtig sein, der nicht versucht, diese Prinzipien und die Interaktionen der konfligierenden Interessen aller Teilnehmer zu verstehen.“ (S. 11)

Wenn der Handelnde *A* den Gegenstand *B* kontrollieren soll, muß *A* das Erkenntnisproblem lösen, die Parameter von *B*'s Operationen zu identifizieren. Wenn zwei Handelnde darum wetteifern, den anderen zu kontrollieren, gibt es dabei einen Wettstreit um Information, wobei jeder versucht, so viel wie möglich von den eigenen Plänen, vom Wissen der Pläne des anderen, u. s. f. zu verbergen, dagegen so viele Einsichten wie möglich über den anderen zu erhalten[22]. Dieser heikle und schreckenerregende Umstand könnte einen Handelnden dazu bringen zu reflektieren: „Wenn mein Gegner die Oberhand gewinnt, könnte er in der Lage sein, eine Möglichkeit zu finden, mich so zu behandeln, wie der Biologe die arme Sphex behandelt, irgendeine Möglichkeit, meine Aktivität *auf die falsche Art und Weise* zu kontrollieren, auf eine Weise, die zu meinen Interessen im Gegensatz steht."

Diese Furcht lauert bei einer Menge philosophischer Intuitionenpumpen direkt unter der Oberfläche:

„Betrachten wir den häufig diskutierten Fall des dämonischen Neurologen, der das Gehirn einer Person direkt manipuliert, um alle ihre Wünsche, Überzeugungen und Entscheidungen herbeizuführen." (Fischer 1982, S. 37)

In der Tat wird der Fall häufig diskutiert, aber wir wollen diesmal die Wirkungen von bestimmten traditionell bevorzugten Begriffen darin betrachten. Warum ein Neurologe und nicht, sagen wir, ein Redner oder Lehrer oder Philosoph? Was für ein Unterschied besteht darin, daß der Neurologe das Gehirn des Opfers „direkt manipuliert"? Bei Gedankenexperimenten, genauso wie bei wirklichen Experimenten, sollte man die Kontrollexperimente nicht vernachlässigen. Bei Gedankenexperimenten, die Intuitionenpumpen sind, wird dies erreicht, indem man „an Knöpfen dreht" – und dabei die verschiedenen Situationen für unterschiedliche Werte ausprobiert

22 In der Öffentlichkeit gibt es eine beachtliche Furcht vor dem Einfluß, den Psychologen bekommen könnten – vielleicht schon haben – über normale Menschen, dank ihrer (behaupteten) größeren Kenntnis der Abläufe des menschlichen Bewußtseins. Diese verbreitete Furcht wird von Neisser (1976, S. 182–188) deutlich und klug in die richtige Perspektive gesetzt. Insbesondere: „... der Psychologe kann niemanden vorherberechnen oder kontrollieren, der mehr über die Situation weiß als er oder der Informationen heranzieht, die jener aus seiner Überlegung herausgelassen hat." (S. 183) *Praktische* Freiheit von Vorhersage und Manipulation durch andere (Psychologen oder Diktatoren oder durch wen auch immer) wird also am besten durch Aneignung von Wissen ganz allgemein erreicht. Je mehr man weiß, desto schwieriger ist man zu kontrollieren; wie die Bibel sagt: die Wahrheit soll einen frei machen – oder einen wenigstens vor einer Art Knechtschaft schützen.

und schaut, was passiert (Hofstadter 1981). Angenommen also, wir schreiben den Fall um:

Betrachten wir den *nicht* häufig diskutierten Fall des eloquenten Philosophen, der das Gehirn einer Person dadurch indirekt manipuliert, daß er ihre Ohren mit Worten von hinreißender Klarheit und einer Menge eindringlich dargestellter Gründe bombardiert und damit alle ihre Wünsche, Überzeugungen und Entscheidungen herbeiführt.

Wir könnten immer noch das Gefühl haben, daß dieser Handelnde ein wenig tyrannischer ist, als wir es gerne hätten. Wie Nozick (1981, „Introduction") bemerkt, haben Philosophen eine im Grunde unangenehme und unfreundliche Neigung zu „zwingenden" Argumentationen, doch wir können das Bild auf verschiedene Weise mildern. Zum Beispiel folgendermaßen:

Betrachten wir den erfreulichen Fall des gutinformierten, wahren Orakels, welches das Gehirn einer Person indirekt manipuliert dadurch, daß es ihre Ohren mit klaren und zutreffenden Warnungen bombardiert, die alle durch die Angabe aller Belege für sie und eine offene Darlegung des ganzen Beweis-beschaffenden Verfahrens umso unwiderstehlicher werden.

Wenn wir einmal neue Skalen auf unserer Intuitionenpumpe eingesetzt und sie zu dem Bild eines weisen und freundlichen Beraters abgewandelt haben, der nur *epistemisch garantierte* kommunikative Interaktionen benutzt, um allein kognitive Wirkungen zu erzielen („die Wahrheit und nichts als die Wahrheit"), wird es uns dann noch stören, daß unsere Meinungen, Wünsche und Entscheidungen auf diese Weise „herbeigeführt" werden? Zuerst gilt zu beachten, daß genau die Tatsache sehr beruhigend wäre, daß wir wissen könnten (oder sehr gute Gründe haben könnten zu glauben), daß es dies - und nur dies - war, was vor sich ging. Wir würden wissen, daß wir von diesem Handelnden beeinflußt, aber nicht „unwissentlich beeinflußt" würden (Greenspan 1978, S. 237); wir würden, ganz wörtlich, wissentlich beeinflußt - beeinflußt durch Einflüsse, die von unserem Wissen und nichts anderem als unserem Wissen abhingen, auf unserem Wissen beruhten und unser Wissen ausbeuteten. Keine „schmutzigen Tricks". Solche Einflüsse erzeugen Entscheidungen, die „im Gleichgewicht" sind. „Eine Handlung im Gleichgewicht [an act in equilibrium] widersteht der Kenntnis ihrer eigenen Ursachen." (Nozick 1981, S. 348) Sie widersteht dieser Kenntnis, weil die Kenntnis offenlegt, daß die Handlung genauso verursacht wurde, wie wir es uns gewünscht hätten – durch eine klare Sicht der Realität und durch die beste unserer Intentionen.[23]

Natürlich könnten wir uns wünschen, den Mittelsmann ganz und gar zu eliminieren; wir könnten Bekanntschaft mit der Welt „aus erster Hand" selbst dem besten „Hörensagen" vorziehen. Warum? Weil es uns eine Gelegenheit gibt, Dinge zu erfahren, Dinge zu bemerken, ungefiltert durch die Erkenntnisinteressen und Neigungen eines anderen Handelnden. Das verringert auch die Gelegenheit für Verrat: Wir mögen es wirklich nicht, anderen Handelnden vertrauen zu müssen. Unsere Vorsicht ist bestimmt vernünftig. Butzemänner, wenn es sie gäbe, wären es wert, gefürchtet zu werden.

Angenommen, ich bin im Supermarkt und versuche zu entscheiden, welche Suppe ich kaufe. Ich habe beunruhigende Gerüchte über die Tricks von Werbeleuten gehört, die meine Kaufgewohnheiten „kontrollieren", und diese Vorstellung kann ich gewiß nicht leiden. Aber hoffe ich dann, daß *nichts* meine Kaufentscheidung kontrolliert, wenn ich zu dem Regal mit den Suppendosen gehe? Möchte ich die Art von „radikaler Freiheit", die mich gegen wichtige und relevante Merkmale der Kandidaten abschirmt? Ich möchte nicht, daß meine Kaufentscheidung durch die Farbe der Dose, ihren Platz im Regal oder dadurch, ob ein Bild von jemandem, den ich bewundere, auf ihr abgedruckt ist, kontrolliert wird. Aber sollte ich nicht damit zufrieden sein, meine Wahl durch Qualität, Preis und Nutzen „kontrollieren" zu lassen – wenn ich es nur einrichten kann? Was wäre mir denn lieber zur Beeinflussung meiner Entscheidung?

Vielleicht habe ich ja Grund für ein bißchen „radikale Freiheit", wenn sie mich vor den verschlagenen Werbeleuten schützt, die immer versuchen, „meine Gedanken zu lesen". Genauso wie die Planung der Kontrolle auf der Metaebene des Piloten ihn weg von Situationen führt, in denen er eine Verringerung der Kontrolle riskieren *muß*, so kann unser Kontrolldenken

---

23 Ayer (1954) bringt die seltsame, in der Tat anscheinend lächerliche Ansicht auf – und weist sie rundweg zurück –, die Freiheit „als das Bewußtsein der Notwendigkeit" definiert. Vielleicht ist die Einsicht hinter dieser dunklen Lehre die folgende: wir fürchten besonders *unerkannte,* versteckte, uneingestandene Einflüsse auf unseren Willen – aus den gerade gegebenen Gründen. Und was wäre eine vollkommene Abwesenheit dieser gefürchteten Bedingung? Vollkommenes Wissen von den Ursprüngen unserer Wünsche und Meinungen. Wenn es also Freiheit ist, wonach wir streben, dann ist Freiheit das vollkommene Bewußtsein der Verursachung (Notwendigkeit, in gewissem Sinne) unserer Meinungen und Wünsche. Freiheit würde bedeuten, seine Handlungen im Gleichgewicht zu haben (in Nozicks Sinn) und es zu wissen.

auf der Metaebene dazu führen, Taktiken und Kontrollstrategien vermeiden zu wollen, die die Gefahr bergen, zu gut durchschaut und folglich von einem Konkurrenten (wenn je einer erscheinen sollte) antizipiert zu werden.[24]

5. Der Nutzen der Unordnung

Betrachten wir das einfache Zwei-Personen-Spiel Knobeln. Manchmal, wenn man das Spiel spielt, bekommt man das Gefühl, als hätte man sich in den Geist des Gegenspielers eingeschleust. Man trifft genau das Muster des gegnerischen Spiels und räumt vollkommen auf. Stellen wir uns einen Fall vor, in dem genau das geschehen ist: Sie haben beim Knobeln mit Ihrer Freundin Mary gerade zwanzigmal gewonnen. Daraufhin bittet sie Sie, den verschlossenen Umschlag, den sie beiläufig zu Beginn des Spiels auf den Tisch gelegt hat, zu öffnen. Darin ist ein Zettel mit der Aussage: „Ich werde jetzt versuchen, gegen meinen Freund beim Knobeln zwanzigmal zu verlieren. [gezeichnet] Mary." Nun – wer hat wen kontrolliert?[25] Wo lag die Macht wirklich? Warum wäre es so bedrohlich, so etwas zu erleben – selbst von einer Freundin? Wenn sie es tun kann, könnte wahrscheinlich jemand anderes, der nicht so freundlich ist, es auch tun.[26] Ich habe also einen Grund, einen Grund auf der Metaebene, zu wünschen, daß Gedanken unlesbar sind; und das könnte durchaus erforderlich machen, daß ich vermeide, bestimmte meiner Handlungen nach Mustern zu gestalten.[27] Die

---

24 Diese Grundlage der Kontrolle auf der Metaebene zugunsten der Taktik der „Pokergesicht"-Unvorhersagbarkeit muß nicht *unsere* (bewußte, explizite) Grundlage sein; es könnte eine frei-schwebende Grundlage sein, die in unserer biologischen Bestimmung zu Ehren kam. Siehe Dawkins (1971, S. 82 f.) zu den Bedingungen, unter denen ein Pokergesicht eine evolutionär stabile Strategie ist.

25 Die Antwort ist offensichtlich, wenn wir die Skinnersche Kontrolle meinen: Ihre Züge kontrollieren Marys. Dieser Fall macht deutlich, was im gewöhnlichen Begriff der Kontrolle enthalten ist und in Skinners Begriff fehlt.

26 „Undercut, Flaunt, Hruska, behavioral evolution and other games of strategy" (Hofstadter 1982 a) bietet eine erhellende Diskussion der Kräfte und Gefahren, in solchen Situationen aufdeckbare Taktiken anzunehmen.

27 Der regellose Flug von Insekten ist ein Beispiel dieses frei-schwebenden Grundes; er macht es für insektenfressende Vögel viel schwieriger, ihre Flugbahnen zu planen und daher „ihre Zielpunkte zu bestimmen". Die Vögel fanden eine Gegenmaßnahme; dadurch, daß sie die Anzahl der Hin-und-Her-Bewegungen beim Sehen stark erhöhten, konnten sie die Flugbahn eines Insekts öfter und daher genauer registrieren. (Wenn die Anzahl unserer Augenbewegungen so hoch wäre wie die der Schwalben, würden wir

einzige Möglichkeit zu sichern, daß kein lesbares Muster in diesen Aktivitäten steckt, ist, sie zufällig zu machen.

Die eine Möglichkeit zu garantieren, daß kein Gegner unsere Züge vorhersehen kann, ist, sie direkt von einer echten quantenmechanischen Unbestimmtheit abhängig zu machen – die Art Freiheit, die in der Abwesenheit von Verursachung besteht. Da diese Quanteneffekte *prinzipiell* unvorhersehbar sind, ist selbst Laplace' höhere Intelligenz bei ihnen ratlos. Aber diese Art Zufälligkeit ist in unserer Welt nicht notwendig.

Es gibt viele makroskopische (nicht quantenmechanisch unbestimmte) Prozesse – wie etwa das Münzenwerfen – die Ergebnisse liefern, welche in einem mathematisch starken Sinn zufällig sind, der mit Kausalität nichts direkt zu tun hat. Man sagt von einer Folge, sie sei in diesem mathematischen oder informationstheoretischen Sinn zufällig, wenn ihr Informationsgehalt nicht weiter verdichtet werden kann, d. h. wenn der kürzeste, effizienteste Weg, die Folge von *A* nach *B* zu „übermitteln", der ist, sie wortwörtlich zu übermitteln; keine Regel und keine Anweisung für die Folge (und keine Blaupause für eine Vorrichtung zur Erzeugung der Folge) können in weniger Informationseinheiten dargestellt werden, als es notwendig ist, einfach die Folge selbst zu übermitteln (Chaitin 1976). (Siehe auch Berry 1983 und Ford 1983.)

Dann gibt es auch pseudozufällige Folgen der Art, wie sie von den „Zufallsgeneratoren" in den meisten Computern erzeugt werden. Diese sind nicht bloß nicht kausal indeterministisch, sie sind auch hinsichtlich ihres Informationsgehaltes nicht unverdichtbar. Einfache, kurz auszudrückende Algorithmen oder Funktionen erzeugen solche Folgen; aber „von außen" ist es eigentlich unmöglich, eine solche Folge von einer wirklichen Zufallsfolge zu unterscheiden. Diese Art von äußerster Musterlosigkeit – oder vielleicht sollten wir sagen: äußerster *Unerforschlichkeit* des Musters – hat mehr Einfluß auf den freien Willen und die Natur der *Möglichkeit*, als man zunächst denken mag, wie wir in Kapitel V sehen werden. In der Zwischenzeit möchte ich ein paar Rollen darstellen, die sie bei unseren Techniken der Kontrolle und Selbstkontrolle spielen.

---

einen Film als eine ziemlich schnelle Dia-Vorführung sehen. Eine zweckmäßigere Weise, sich dies vorzustellen, ist vielleicht: der Vogel nimmt die Welt „in Zeitlupe" wahr.) Siehe Wimsatt 1980.

Das taktische Problem, das auf diese Weise von den Vögeln gelöst wurde, war der Notstand, der zu der Erfindung des Fachs Kybernetik führte. Wiener (1948) berichtet, wie eine Betrachtung des Problems, Flugabwehrfeuer gegen Flugzeuge zu richten, die Ausweichmanöver unternehmen, zu den fundamentalen Einsichten der Kontrolltheorie und Kybernetik geführt haben.

Wir haben den strategischen Wert des bewußten Verzichts auf Muster in manchen Spielsituationen bereits erwähnt: Diese Strategie sichert, daß Ihr Gegner Ihr Muster nicht erkennt und es daher nicht ausnützen kann, um die Kontrolle über Sie an sich zu reißen. Zusätzlich zu Spielen gegen (wirkliche) Gegner gibt es jedoch noch „Spiele gegen die Natur".[28] Angenommen, Sie wollen einen Gegenstandsbereich erforschen und haben nicht die Zeit (oder das Geld oder die Lust), jeden einzelnen Punkt in dem Bereich zu untersuchen. Sie entscheiden sich für eine „Stichproben"-Methode, eine kleine Auswahl – sagen wir, fünf Prozent, – von der aus Sie das Relevante über den Rest extrapolieren wollen. Wie aber sollten Sie Ihre Auswahl treffen? Sollten Sie die „nächsten" oder „ersten" fünf Prozent nehmen? Sollten Sie den Bereich in ein Gitter von gleichen Vierecken teilen, die durchgezählt werden, und dann systematisch eines von zwanzig Vierecken aussortieren: Vierecke 1, 21, 41, 61 u. s. f.? Nein. Die traditionelle Erkenntnis der Statistiker besagt, daß Sie Ihre fünf Prozent Auswahl aus dem Bereich zufällig aussuchen sollten. Warum? Um die Gefahr zu verringern, daß Sie ein Auswahlmuster verwenden, das genau mit dem Muster in der Welt übereinstimmt, das Sie untersuchen.[29]

Angenommen, die Marsmenschen schicken eine Raumsonde auf die Erde, um etwas über unser Klima hier zu erfahren. Sie kann nur 365mal Proben entnehmen, dann sind ihre Batterien leer. Sie landet im nördlichen Maine im Januar. Wenn sie alle zehn Minuten einmal eine Probe entnimmt, bis ihre Energien verbraucht sind, wird sie nie den Februar, geschweige denn den August mitbekommen können. Wenn die Raumsonde einmal am Tag ein Jahr lang genau zur selben Zeit (zufällig um Mitternacht) eine Probe entnimmt, wird sie das ganze Jahr gleichmäßig erfassen, die Existenz des Tageslichts wird ihr jedoch vollkommen entgehen. Es gibt Tausende von Mustern, die für die datensammelnde Mission relevant sein könnten; wenn

---

28 Siehe auch Hintikkas Arbeit über spieltheoretische Semantik und einen spieltheoretischen Ansatz für Induktion in Hintikka 1976 und Saarinen 1979.

29 Als dieses Buch in Druck ging, machte mich Teddy Seidenfeld auf die Kontroverse unter den Statistikern und Wahrscheinlichkeitstheoretikern über das angenommene Grundprinzip, sich auf die zufällige Verteilung in Experimenten zu verlassen, aufmerksam. (Dies wird in Seidenfeld 1981 klar dargestellt und analysiert.) Während seine Argumente gegen die gewöhnlichen erkenntnistheoretischen Verteidigungen dieser Praxis mich als eine vernichtende Kritik überzeugen, glaube ich, daß die Überzeugungen, die ich hier anbiete, die das praktische Desiderat – die Gefahr von Phasenregelmäßigkeiten zu verringern – betonen, unabhängig von diesen Argumenten sind. Aber ich hatte nicht die Zeit, mich auch nur annähernd auf die Basis dieses wichtigen Themas einzulassen. Dies hier ist eben eine der Flächen, wo mein Marmorblock nur grob angeschliffen ist.

irgendwelche davon mit dem Muster der Stichproben gleichphasig sind – d. h. wenn ihre *Abwesenheit* gleichphasig ist –, werden sie unsichtbar bleiben. Die beste Chance, zu erfahren, was es dort draußen zu sehen gibt, hat man, wenn man seine Suche in Unordnung bringt. Eine geordnete, systematische, aufgeteilte Suche wird notwendigerweise blind gegenüber allen und jeden Mustern bei Phänomenen sein, die mit der Suche gleichphasig sind.[30]

Die Einsicht hinter der Praxis, ein Kartenspiel zu mischen, bevor man damit spielt, findet in der Welt konstruierter Systeme (biologischer oder künstlicher) viele Anwendungen; aber genauso ist es mit einer anderen vertrauten Technik, „Zufall" zu provozieren: dem Münzenwerfen. Wir werfen eine Münze, um etwas festzulegen, was vermutlich auch durch einen rationaleren, wenn auch mühsameren Prozeß des Überlegens entschieden werden könnte. Anstatt zu versuchen, zu entscheiden, welche Mannschaft den Ball erhalten „soll" oder welches von zwei hervorragenden Restaurants man *sinnvollerweise* zuerst ausprobieren sqllte (wir könnten uns wahrscheinlich einige ziemlich zwingende Gründe ausmalen, wenn wir uns wirklich darum bemühen würden), lösen wir unsere Probleme dadurch, daß wir einen willkürlichen Wurf einer Münze für uns „entscheiden" lassen.

Es ist ganz sicher rational von uns, es so zu machen. D. h., es ist rational (auf einer höheren Stufe), ein bißchen von unserer Rationalität (auf einer niedrigeren Stufe) im Interesse effizienten, schnellen Entscheidungen-Treffens aufzugeben.[31] Der „Preis" ist das leichte Risiko, daß man wirklich

30 Natürlich wird bei den Phänomenen jedes Muster, das zufällig mit Ihrem *besonderen* pseudo-zufälligen oder zufälligen Suchmuster gleichphasig ist, ebenso unsichtbar sein; doch eben wegen der (angenommenen, versuchten) extremen Unregelmäßigkeit in Ihrer jeweiligen Suchsequenz ist die Wahrscheinlichkeit eines ähnlich unregelmäßigen „Musters" bei den untersuchten Phänomenen, das Ihr „Muster" perfekt widerspiegelt, verschwindend gering. Bei regelmäßigen – besonders periodischen – Mustern *kann* es viele verschiedene Möglichkeiten geben, sie so zu überlagern, daß sie (teilweise) gleichphasig sind.

31 Jaynes (1976) stellt die These auf, daß die Entdeckung von so etwas wie Münzenwerfen in prähistorischen Zeiten ein größerer technologischer Durchbruch, die Aneignung einer wertvollen kognitiven Technik, war. Die Menschen, spekuliert er, waren damals keine gewitzten Problemlöser und befanden sich oft in praktischen Dilemmata, deren Ergebnisse für sie nicht abwägbar waren. Um eine solche Person aus der mißlichen Lage von Buridans Esel zu bringen (der aus Unentschiedenheit starb, gleich weit entfernt von Futter und Wasser und nicht fähig, sich von der Stelle zu bewegen), war etwas nötig, was Jaynes die „exopsychischen Methoden des Denkens und der Entscheidungsfindung" (S. 245) nennt: Wahrsagen oder das Werfen von Losen, die Untersuchung von Eingeweiden („Extispicium" oder „Haruspicium") und anscheinend ähnlich abergläubische Praktiken. Es ist interessant, daß wir von Zeit zu Zeit noch das Bedürfnis nach solchen willkürlichen Strategien des „Tie-breaking" verspüren.

zwingende und wichtige Gründe, die für einen bestimmten Handlungsverlauf und gegen einen anderen sprechen, außer acht läßt. Der „Nutzen" besteht darin, daß man so das andernfalls große Risiko vermeidet, zu lange zu überlegen und die Zeitlimits für sinnvolle Handlungen zu überschreiten. Es ist wieder einmal wichtig, daß die Münze von allem, zu dessen Bestimmung ihr Verhalten normalerweise benutzt wird, *entkoppelt* ist – jetzt allerdings nicht so sehr deshalb, um Musterübereinstimmung zu verhindern, als vielmehr, um einer Zeitvergeudung für die Nachprüfung vorzubeugen, wenn man sichergehen will, daß das Ankoppeln „richtig" war. (vgl. Dretske 1981, Kapitel V) (Wenn man ein Restaurant aussuchen will, kann man Würfel verwenden oder ein ausgeklügeltes *Gourmetoskop,* das täglich oder stündlich mit relevanter Information aktualisiert wird; der Hauptvorteil der Würfel gegenüber dem Gourmetoskop ist – abgesehen vom Preis –, daß sie keine Wartung verlangen. Sie geben einem immer *irgendeine* Antwort, jedesmal, wenn man fragt, und wen kümmert es, ob sie „richtig" ist?)

6. „Laß' dich gehen"

> Also kein Sich-Beherrschen und -Beschränken um bestimmter Zwecke willen, sondern ein sorgloses Sich-Loslassen, im Vertrauen auf ein sicheres Ziel. Keine Vorsicht, sondern eine weise Blindheit, die ohne Furcht einem geliebten Führer folgt. Kein Erwerben eines stillen, langsam wachsenden Besitzes, sondern ein fortwährendes Vergeuden aller wandelbaren Werte.
>
> Rilke, *Über Kunst* (Ges. Werke, Bd. V, Frankfurt/Main 1965, S. 429)

Sobald die Erfordernisse des Handelns – und folglich des Entscheidens – in einer Welt unter Zeitdruck in unserer Sicht des rationalen Denkens zum Faktor gemacht werden, erhalten wir ein Modell für das Bewußtsein, das jenem Modell äußerst unähnlich ist, das sich die Rationalisten in der großen Tradition von Descartes, Leibniz und Kant typischerweise (und ziemlich verschwommen) machten.[32] Zum Beispiel ist ein gewisses Maß an Willkür,

32 Wie beispielsweise Simon (1957) mit seinem Begriff des „satisficing" vorgeschlagen hat. Weitere philosophische Diskussionen der Relevanz von Simons Begriff findet man in Nozick 1981 und Cherniak 1983.

an Unsensibilität gegenüber Informationen (die vom falschen Gesichtspunkt aus wie Sphexhaftigkeit aussehen würde) ein wesentliches Merkmal unter Zeitdruck stehender Rationalität; sonst gibt es kein Entkommen aus dem bösartigen Regreß des Entscheidens zu entscheiden zu entscheiden (aus verschiedenen unvollständigen Gründen) . . ., um das Überlegen zu beenden und zu handeln. Wir wählen *niemals* den besten Handlungsverlauf, *wenn man schlechthin alles in Rechnung stellt;* es wäre irrsinnig zu versuchen, alles in Rechnung zu stellen. (Siehe auch Kapitel IV)[33]

Ich bemerkte am Anfang von Kapitel II, daß als Gegengewicht gegen die ständige Überzeugungskraft des Ideals der Freiheit als *Gehorsam gegenüber den Diktaten der Vernunft* die heimliche Unattraktivität eben dieser Idee fungiert. Es scheint in diesem Ideal keinen Platz zu geben für Spontaneität, für Launen, für Individualität, für Kunst. Man ist versucht zu sagen: „Wenn ich meine Handlungen von der Vernunft allein diktieren lasse, würde ich der *Persönlichkeit* beraubt, wäre eine bloße störungsfreie Röhre für Wahrheit und das Tun des Richtigen, nicht ein einzigartiger und idiosynkratischer Handelnder auf der Bühne der Welt."

Das falsch gewählte Modell der Rationalität, das hinter dieser Besorgnis liegt, ist leicht zu erkennen, wenn wir es auf ein viel einfacheres Gebiet als auf die Bühne der Welt anwenden: auf das Schachspiel. „Wenn ich meine Schachzüge von der Vernunft allein diktieren lasse, würde ich immer genau das gleiche Spiel spielen, denn es gibt ein bestes Schachspiel, das man spielen kann." Es gibt in der Tat einen Algorithmus, um die optimale Spielweise beim Schach zu bestimmen. Da Schach ein endliches Spiel ist, kann man im Prinzip alle erlaubten Spiele zu einem gigantischen Entscheidungsbaum aus Zügen zusammenfassen und dann, mit den siegreichen letzten Zügen beginnend, sich rückwärts vorarbeiten und alle Verzweigungen untersuchen, bis man schließlich am besten ersten Zug angelangt ist. Aber dieser Entscheidungsbaum hat, obwohl er endlich ist, mehr Verzweigungen, als der schnellste Computer in Milliarden von Jahren untersuchen könnte. Der rationalste Weg, den jede endliche makroskopische Intelligenz einschlagen könnte (die von sich selbst weiß, daß sie endlich ist), muß „heuristische" Entscheidungsprozesse enthalten, bei denen ein riskanter, begrenzter Teil der Analyse auf eine *beliebige Art und Weise* im Interesse des Zeitsparens auf der Schachuhr zu Ende gebracht wird.

Unter den Erfordernissen würde der vernünftigste Kurs über eine Reihe von Spielen nicht vorschreiben, immer dasselbe Spiel zu spielen (obwohl er

33 Eine vernünftige und brauchbare Methode zu entwerfen, Dinge zu ignorieren, hat sich als eines der grundlegendsten und widerspenstigsten Probleme in der Künstlichen-Intelligenz-Forschung herausgestellt. Siehe Dennett, im Erscheinen a.

sehr gut auf eine äußerst erfolgreiche Standarderöffnung hinauslaufen könnte). Aus verschiedenen Gründen wäre dies wahr. Erstens: Immer zu versuchen, denselben Spielplan zu verwenden, schafft für die Gegner ein Muster, das sie ausnützen können; sie können sich in ihren freien Stunden darauf konzentrieren, sich um Analysen zu bemühen, diesen bestimmten Angriff zu kontern, zuversichtlich, daß ihre Bemühungen nicht umsonst sein werden. Zweitens: Etwas wechselnde Entscheidungen im Mittelspiel lassen tatsächlich mehr „genetische Variation" entstehen, aus der neue und sehr erfolgreiche Strategien entdeckt und selektiert werden können. Drittens: Solche freien Strategien können einfach deshalb bevorzugt werden, weil der Handelnde so *geschaffen* ist, sie um ihrer selbst willen zu genießen und sie folglich als Quelle der Befriedigung zu benutzen. Es gibt sicherlich ein starkes Grundprinzip (frei oder nicht), das dafür spricht, einen rationalen Handelnden so zu konstruieren, daß er im allgemeinen die Disposition hat, Abwechslung gut zu finden, durch Wiederholungen gelangweilt zu werden – aber, als Gegengewicht, an Mustern Gefallen zu finden.

Beim Schach finden wir mehrere recht scharfe Unterscheidungen, die auf ziemlich problematische Weise im umfangreichen Spiel des Lebens ebenfalls angetroffen werden können. Es gibt beispielsweise die „erzwungenen Züge" im Schachspiel. Züge werden gelegentlich durch die Schachregeln erzwungen: In diesen Fällen findet man sich so eingekreist, daß ein und nur ein legaler Zug möglich ist. (Wenn kein legaler Zug möglich ist und man nicht in Schach steht, hat man natürlich ein Remis erreicht.) Interessanter sind von unserem gegenwärtigen Standpunkt aus die erzwungenen Züge bei solchen Gelegenheiten, wo mehr als ein legaler Zug möglich ist, aber nur ein nicht-idiotischer, nicht-„selbstmörderischer" Zug, von dem aus diesem Grund gesagt wird, er sei erzwungen. Er wird nicht durch Schachregeln erzwungen und nicht durch die Gesetze der Physik, sondern durch die Diktate der Vernunft. Es ist offensichtlich das einzig Rationale, was man tun kann, wenn man daran interessiert ist, das Spiel zu gewinnen (oder wenigstens nicht zu verlieren).

Man ist immer etwas verzweifelt, wenn man mit einer Gelegenheit konfrontiert wird, bei der offensichtlich nur *eine* rationale Handlung getan werden kann. Manchmal werden wir von anderen Handelnden so eingekreist: „Ich machte ihm ein Angebot, dem er nicht widerstehen konnte." Manchmal engt uns die Natur dermaßen ein, daß sogar unser bloßes Überleben davon abhängt, ob wir es schaffen, einer sehr bestimmten (und vorhersehbaren) Bahn zu folgen: Zum Beispiel würde man erfrieren, wenn man nicht innerhalb einer Stunde zu einem warmen Unterschlupf gelangt; der einzige erreichbare Unterschlupf liegt auf der anderen Seite der Schlucht; der einzige Weg über die Schlucht ist die Seilbrücke, u. s. f. Wir fürchten solche Umstände zu Recht, in denen unsere (vernünftigen) Optionen auf eine einzige reduziert sind. Allgemeiner: wir haben lieber mehr Optionen als weniger – bis zu dem Punkt, an dem wir so mit Optionen überschwemmt werden, daß wir keine Zeit haben, sie alle in Erwägung zu ziehen. Wir sehen uns lieber in Situationen, in denen wir ein wenig spontanes Auskundschaften genießen können, und während diese Vorliebe für Spontaneität vielleicht ein genetisch verstärkter oder sogar ein in unserem Körper fest verankerter Teil unseres Charakters ist, wird sie auch von der Vernunft diktiert.

Der scheinbare Konflikt (den Rilke ausdrückt) zwischen dem Ideal der Spontaneität und dem Ideal rationaler Überlegung ist also eine Illusion. Während kein vernünftiger Mensch eine total chaotische Methode der Entscheidung und Überlegung wählen würde, ist es genauso wahr, daß der kompromißloseste Eiferer für die Vernunft durch eben diesen Eifer zu einer Methode gebracht wird, die ein ziemliches Maß an „Sich-selbst-gehen-Lassen" enthält. Und wie wir in späteren Kapiteln sehen werden, zeigt sich diese Methode in unserem Modell von uns selbst als freien Handelnden auch noch auf andere Weise – in der „Idee der Freiheit", unter der wir handeln, und in unserer Strategie, *nicht zu genau hinzuschauen,* wenn wir uns selbst und jeden anderen als Handelnden betrachten.

Es gibt weiteres Wichtiges über Selbstkontrolle und unsere Begriffe von uns selbst zu sagen; aber wir sind in unserer Untersuchung des Begriffs der Kontrolle weit genug gekommen, um ein paar beruhigende Anmerkungen zu machen. Im Gegensatz zu der vertrauten Sicht, die am Anfang dieses Kapitels stand, *„zersetzt" der Determinismus „die Kontrolle" nicht von sich aus.* Das Viking-Raumschiff ist ein genauso deterministisches System wie jede Uhr, aber das hält es nicht davon ab, in der Lage zu sein, sich selbst zu kontrollieren. Phantasievollere deterministische Systeme können nicht nur sich selbst kontrollieren; sie können den Versuchen anderer Selbst-Kontrolleure, sie zu kontrollieren, entgehen. Wenn auch wir deterministische Systeme sind, brauchen wir demnach nicht zu fürchten, daß wir uns selbst und unsere Schicksale nicht kontrollieren.

Darüber hinaus *kontrolliert uns die Vergangenheit nicht.* Sie kontrolliert uns nicht mehr, als die Leute von der NASA die Raumschiffe kontrollieren *können,* die sich in den Raum außerhalb ihrer Reichweite fortbewegt haben. Das bedeutet nicht, daß es keine kausalen Verbindungen zwischen der Erde und diesen Raumschiffen gibt. Es gibt sie; z. B. erreicht sie noch immer reflektiertes Sonnenlicht von der Erde. Aber kausale Verbindungen genügen nicht für Kontrolle. Es muß für den Kontrollierenden auch Informationen als Antworten geben. Es gibt keine antwortenden Signale aus der Gegenwart in die Vergangenheit, die die Vergangenheit ausnützen könnte. Außerdem gibt es in der Vergangenheit nichts, was unsere einzelnen Handlungen vorhersieht und plant, selbst wenn es wahr ist, daß Mutter Natur –

weil sie auf unsere allgemeinen Bedürfnisse und Notlagen setzte, uns tatsächlich so konstruierte, daß wir uns ziemlich gut durchs Leben schlagen. Weit entfernt davon, vollkommen unter der Kontrolle unserer Vorfahren oder unserer evolutionären Vergangenheit zu sein, ist es vielmehr der Fall, daß diese Erbschaft die Tendenz hat, uns als *Selbst*-Kontrolleure aufzubauen – zum Glück für uns.

Was sich aus dieser Untersuchung des Begriffs der Kontrolle herauszuschälen beginnt, ist die Skizze eines Ideals: wie wir gerne wären. Wir wären gern so immun wie nur möglich gegen Manipulationen und gemeine Tricks und so sensibel wie nur möglich gegenüber Vorboten zukünftiger Veränderungen, die uns veranlassen könnten, unseren Kurs auf die richtige Art und Weise zu ändern – so daß wir der Welt mit so viel Ellenbogenfreiheit (mit einem so großen Spielraum für Irrtum und so wenig relevanter Unsicherheit), wie es für uns möglich ist, gegenübertreten können.

Das impliziert, daß wir auch die Welt gerne auf eine bestimmte Art und Weise hätten: sicherlich voller Abwechslung und mit einem guten Maß an Nahrung und Vergnügen – aber, was in diesem Kontext wichtiger ist: nicht so voller brutaler Anforderungen (unsere Bedürfnisse und Fähigkeiten vorausgesetzt), daß unsere Optionen auf ein bloßes Minimum eingeschränkt werden. Wenn wir auf einer verlassenen Insel leben müssen, machen wir sie fruchtbar und reich an Gelegenheiten, nicht so öde und unergiebig, daß alle unsere Züge erzwungene Züge beim Schach wären.

Die Determinismusthese hat natürlich keine Auswirkungen darauf, wie sich die Welt im einzelnen ordnet, aber es scheint manchmal so, als ob wir auf die Möglichkeit des Determinismus reagierten, als ob er genau eine solche einschränkende Zukunft darstellen würde – als ob der Pilot im Flugzeug uns gerade über die Lautsprecher sagen würde: „Ich fürchte, wir haben ein langes Stück Determinismus vor uns; wir werden *machtlos* sein und *keinen Spielraum für Manöver haben;* wir müssen uns glücklich schätzen, wenn wir heil überleben!" Das ist bestimmt nicht die richtige Art und Weise, wie man das Thema betrachten sollte, aber wir haben noch nicht alle zwingenden Gründe erörtert und entkräftet, die nahelegen, daß nicht ein Körnchen Wahrheit darin ist.

Kapitel IV

Das selbstgemachte Selbst

Ich meines Teils kann, wenn ich mir das, was ich als „mich" bezeichne, so unmittelbar als irgend möglich vergegenwärtige, nicht umhin, jedesmal über die eine oder andere bestimmte Perzeption zu stolpern, die Perzeption der Wärme oder der Kälte, des Lichtes oder des Schattens, der Liebe oder des Hasses, der Lust oder der Unlust. Niemals treffe ich *mich* ohne eine Perzeption an und niemals kann ich etwas anderes beobachten als eine Perzeption.
Hume, *Traktat über die menschliche Natur* (I,vi,4)

Manche Seele wird man nie entdecken,
es sei denn, daß man sie zuerst erfindet.
Nietzsche, *Also sprach Zarathustra* (Teil I, *Vom Baum am Berge*, Berlin 1968 S. 47)

1. Das Problem des verschwindenden Selbst

Am ersten Tag, den ich in London verbrachte, befand ich mich auf der Suche nach der nächsten U-Bahn-Station. Ich bemerkte am Bürgersteig eine Treppe nach unten mit dem Schild „SUBWAY" – in Boston unser Wort für Untergrundbahn – und ging zuversichtlich die Treppen hinab auf der Suche nach den Zügen. Nachdem ich durch verschiedene Galerien und Korridore gegangen war, fand ich einen anderen Treppenaufgang, ging ihn etwas zweifelnd nach oben und fand mich schließlich auf dem Bürgersteig der anderen Seite der Kreuzung, von der aus ich losgegangen war. Ich muß irgendeine Abzweigung verfehlt haben, dachte ich, und ging wieder nach unten, um es erneut zu versuchen. Nachdem ich weiter gesucht hatte, was mir als erschöpfende Suche nach bislang übersehenen Drehkreuzen oder Seiteneingängen erschien, tauchte ich wieder an dem Bürgersteig auf, von dem aus ich losgegangen war, und fühlte mich etwas zum Narren gehalten. Dann endlich dämmerte es mir; ich hatte so etwas wie einen Kategorienfehler begangen! Die Suche nach dem Selbst oder der Seele ist womöglich etwas Ähnliches. Man betritt das Gehirn durch das Auge, geht den Sehnerv entlang, rundherum um die Großhirnrinde, schaut hinter jede Nervenzelle und taucht dann unversehens im Tageslicht auf, an der Spitze eines motorischen Nervenimpulses, kratzt sich am Kopf und fragt sich, wo das Selbst geblieben ist.[1]

Bisher hat unsere Diskussion über Selbst-Kontrolle nichts darüber gesagt, was genau ein Selbst ist, wo es ist und woraus es besteht, wenn es überhaupt aus irgendetwas besteht. Gibt es irgendeinen Sinn, in dem man sagen kann, daß das Selbst zu den Dingen gehört, die tatsächlich existieren?[2] Humes berühmtes Scheitern, sein Selbst durch Introspektion zu finden, hat Parallelen bei anderen Expeditionen, die scheinbar mit leeren Händen endeten: Mozarts Suche nach dem Hauptquell seines kreativen Genies (siehe Kapitel I, S. 26) und die Suche nach dem *inneren Schuldigen*, wenn es Verantwortung zuzuschreiben gibt. Nagel beobachtet:

> „Wenn man für die Handlungsfolgen, die sich der eigenen Kontrolle entziehen, nicht verantwortlich sein kann und ebensowenig für die Randbedingungen der Handlungen, die durch die vom Willen unbeeinflußten Charaktereigenschaften gebildet werden, schließlich auch nicht für die Umstände, durch die einem die moralischen Entscheidungen vorgegeben werden: Wie kann man dann auch nur für die nackten Willensakte verantwortlich sein, wenn *diese* ihrerseits Produkte der Voraussetzungen sind, die nicht der Kontrolle des Willens unterliegen?
>
> Der Bereich des Handelns im eigentlichen Sinne und damit auch der Bereich legitimen moralischen Urteilens scheint bei genauem Hinsehen auf einen ausdehnungslosen Punkt zusammenzuschrumpfen.“ (Nagel 1979, S. 49)

Dieser ausdehnungslose Punkt oder diese Einzigartigkeit ist als Modell für den moralischen Handelnden theoretisch nicht vielversprechend – um das mindeste zu sagen. In diesem Abschnitt verläßt sich Nagel auf verschiedene Annahmen über die Bedingungen, nach denen man unter der Kontrolle von Dingen stehen kann; von diesen Annahmen wurde in Kapitel III gezeigt, daß sie falsch sind. Da aber Kontrolle nur Teil der Geschichte über Verantwortlichkeit ist, mag sogar eine umfassendere kausale Erklärung von Kon-

---

1 Manche Autoren scheinen zu meinen, daß es im Labyrinth des Gehirns wirklich geheime Türen gibt, durch welche die Boten des Selbst mit Hilfe einer sehr speziellen und mysteriösen Art von Schlüssel passieren können. Siehe z. B. Popper und Eccles 1977. So sollte man das Selbst nicht lokalisieren.

2 „The Mind's I“ (Hofstadter und Dennett 1981) ist dieser Suche nach dem Selbst gewidmet; daher meine sehr kurzen Bemerkungen zu diesem wichtigen Thema hier. Zu der besonderen Frage, ob das Selbst *existiert*, siehe meine „Introduction“ (S. 3–16) und „Reflections“ über Borges (S. 348–352). Siehe auch Dennett im Erscheinen b.

trolle das *Selbst* von Auflösung bedroht sein lassen dadurch, „daß sich unser Handeln nach und nach auflöst, wenn wir das abziehen, was lediglich passiert", wie Nagel es formuliert (Nagel 1979, S. 52). *Tun* wir irgendetwas? Was bedeutet es, ein Handelnder zu sein im Gegensatz zu einem bloßen Fädchen im Gewebe der Verursachung?

„Aber Sie hatten sich eine größere und schädlichere Illusion zu eigen gemacht. Die Illusion von Kontrolle. Daß *A B* tun könnte. Aber das war falsch. Vollkommen. Niemand kann etwas *tun*. Dinge passieren bloß ..." (Gesprochen von einer Person in Thomas Pynchons Roman, *Gravity's Rainbow*, 1973, S. 34)

Auf der einen Seite haben wir das Bild des Handelnden, des Tätigen, des Ortes und der Quelle der Handlung anstatt einer bloßen Reaktion. Wir denken uns selbst als solche Handelnde. Wie Rawls bemerkt: „Bürger denken sich als *selbst-erzeugende Quellen* [meine Hervorhebung] gültiger Ansprüche." (Rawls 1980, S. 543) Wir möchten von uns sagen können, wie Truman in einem berühmten Diktum sagte: „The buck stops here." [Etwa: „Hier wird der Schwarze Peter nicht mehr weitergegeben."] Auf der anderen Seite haben wir das Bild des physischen menschlichen Wesens, das in Wirklichkeit nicht herausragender ist als der Dominostein Nr. 743 in einer Reihe von einer Million Dominosteinen. Wenn wir bloße Verbindungsstükke für Verursachung sind, so scheint es, dann können wir nicht gleichzeitig Handelnde sein.

Dies führt fast zwangsläufig zur Lehre der „Akteurs-Kausalität". Wie Reid es formuliert hat: „Im gegenwärtigen Fall war entweder der Mensch die Ursache der Handlung, und dann war es eine freie Handlung, und sie kann gerechterweise ihm angerechnet werden; oder sie muß eine andere Ursache gehabt haben und kann ihm gerechterweise nicht angerechnet werden." (Reid 1788, S. 329) Die Akteurskausalität ist, obwohl sie Tradition hat, eine ziemlich mysteriöse Lehre. Chisholm, der geradlinigste Verfechter dieser Lehre, formuliert sie folgendermaßen (siehe auch Chisholm 1976, besonders Kapitel 2):

„Wenn wir verantwortlich sind ... dann haben wir ein Vorrecht, das manche nur Gott zuerkennen wollen: Wenn wir handeln, ist jeder von uns ein erster unbewegter Beweger. Dadurch, daß wir tun, was wir tun, verursachen wir, daß bestimmte Dinge passieren." (Chisholm 1964b, wiederabgedruckt in Watson 1982, S. 32)

Können wir eine naturalistische Erklärung des Selbst oder des Handelnden finden, die diese „obskure und überängstliche Metaphysik"[3] vermeidet und

3 Strawson (1962) bezog sich auf die Metaphysik des „Indeterminismus", aber ich würde die Bezeichnung auf die Metaphysik der Akteurskausalität ausdehnen.

Handelnde im kausalen Gewebe trotzdem genügend differenziert? Das ist die Aufgabe dieses Kapitels.

Wenn eine solche positive Erklärung gegeben werden kann, wird sie die Intuitionen, die Chisholms Sicht des Selbst als einem unbewegten Beweger stützen, als eine Art kognitive Illusion darstellen müssen. Wenn eine solche Darstellung auch nur irgendwie besser sein soll als theoriegeleitete Namensgebung, muß sie von einer überzeugenden Diagnose der Ursache dieser Illusion gestützt werden. Es *erscheint* irgendwie so, als müßten wir unbewegte Beweger sein; wenn es *nur* so scheint, was ist der Grund dafür, daß es so scheint? Nicht *ein* Grund – würde ich sagen – sondern mehrere.

Erstens: Es gibt so etwas wie eine Illusion hinsichtlich der Maßeinheit, die durch eine Vergrößerung der Wirkungen des Nervensystems verursacht wird. Was immer wir sonst noch sind, wir sind informationsverarbeitende Systeme, und alle informationsverarbeitenden Systeme sind auf irgendeine Art von Verstärkung angewiesen. Relativ kleine Ursachen werden dazu gebracht, relativ große Wirkungen zu haben. Insbesondere wird der Aufwand an großen Mengen gespeicherter Energie durch Regulierung von Ereignissen niedrigerer Energie kontrolliert. Ein informationsverarbeitendes System ist im wesentlichen eine Anordnung von *Schaltern* und *Auslösern*. Die Schalter, die die Ausgabeteile kontrollieren – die Arme, Beine, Münder, Räder, Projektile, Raketen – brauchen sehr wenig Eingabeenergie, um Prozesse oder Aktivitäten einzuleiten, zu regulieren und zu beenden, die dramatische Mengen von Energie auf deutlich sichtbare Art und Weise verbrauchen.

Außerdem sind die Eingabeschalter eines solchen Systems – die Übermittler, die die Wahrnehmungsorgane bilden – ebenfalls Verstärker. Das „Feuern" einer Nervenzelle der Netzhaut kann etwa durch das Ankommen eines einzigen Photons an einem Rezeptor der Netzhaut „ausgelöst" werden. Riesige Mengen von Information kommen an den Rockschößen vernachlässigbarer Mengen von Energie an, und die Information fängt dann an, dank der Verstärkungskräfte der Schaltsysteme, manche Arbeit zu leisten – andere Information zu aktivieren, die vor langer Zeit gespeichert wurde, zum Beispiel, die für die gegenwärtige Gelegenheit in eine Million jeweils kleiner Informationsweisen umgewandelt wird und am Ende zu einer Handlung führt, deren Abstammung von wirksamer (oder auslösender) Verursachung so hoffnungslos unerforschlich ist, daß sie unsichtbar bleibt.[4]

---

4 In einem solchen unerforschlichen Gewirr von Mikro-Verursachung kann man, ohne daß man experimentellen Widerspruch befürchten muß, die mögliche Beteiligung von indeterministischen Ereignissen auf Quantenebene postulieren. Die bloße Allgegenwart mikroskopischer Quanteneffekte in der Welt und folglich in unseren Gehirnen würde

Wir sehen, wie die dramatischen Effekte schwinden; wir sehen nicht, wie die Ursachen ins Spiel kommen; wir liebäugeln mit der Hypothese, es gäbe keine Ursachen.[5]

Diese Unsichtbarkeit kausaler Pfade ist nicht bloß eine Angelegenheit der Unsichtbarkeit anderer Bewußtseine (für uns). Von unserem eigenen „introspektiven" Gesichtspunkt der ersten Person aus sind die kausalen Pfade genausowenig ausfindig zu machen.[6] Betrachten wir Entscheidungen selbst, vermutlich die Ereignisse, die im mentalen Leben eines wirklich freien Handelnden im Brennpunkt stehen. Sind Entscheidungen willentlich? Oder ist es etwas, was uns passiert?[7] Von manchen, sich schnell ändernden Stand-

---

allerdings für keine *makroskopische* Unbestimmtheit menschlichen Handelns sorgen, außer wenn es zufällig innere Übermittler gäbe, die de facto natürliche Minigeigerzähler sind, die in der Lage sind, die Wirkung eines Elektrons auf den Maßstab, auf der im Nervensystem die Kontrollschaltung auftaucht, zu vergrößern. Andernfalls würden die zufälligen Abweichungen auf der subatomaren Ebene einfach als Hintergrundgeräusch absorbiert werden und keine Wirkung auf die Schaltdisposition des informationsverarbeitenden Systems haben. Solche Mechanismen sind leicht zu beschreiben: Die schwierige Aufgabe ist, Relevanz für sie zu finden (im Lichte der Diskussion über die Verwendungen bloßer Pseudo-Zufälligkeit in Kapitel III).

5 Aristoteles charakterisiert in der „Nikomachischen Ethik" (Buch III, 1110 a) eine freiwillige Handlung als eine, deren Ursprung im Handelnden liegt, und eine unfreiwillige Handlung als eine, „deren veranlassendes Prinzip außerhalb ist". In der „Physik" (Buch VII) behauptet er, daß alles, was in Bewegung ist, entweder durch sich selbst oder durch etwas anderes bewegt wird, wobei er der Meinung ist, daß ein Handelnder, der freiwilliger Handlungen fähig ist, zur Klasse der Selbst-Beweger gehören müsse. Aber Thorp (1980) zeigt, daß Aristoteles' Analyse des Begriffs eines Selbst-Bewegers schließlich zu der Schlußfolgerung führt, daß jeder Selbst-Beweger in Wirklichkeit nicht einfach ist, sondern sich aus Teilen zusammensetzt, von denen manche andere Teile bewegen und Bewegung von außen erhalten. Thorp zufolge ist das „enttäuschend", denn es zeigt die „für die Indeterministen äußerste Inadäquatheit der aristotelischen Erklärung der Selbst-Bewegung" (S. 99). Gemäß der aristotelischen Erklärung ist „Selbst-Bewegung nicht eine strenge Kategorie, sondern eine Art Schwindlerei" (S. 98); eine ihrer Mängel in Thorps Augen besteht darin, daß ein ferngesteuertes Flugzeug als Selbst-Beweger gelten kann (S. 99).

6 Hume ist besonders scharfsinnig, was die irreführende Phänomenologie der Entscheidung betrifft: „Wir fühlen, daß unsere Handlungen in den meisten Fällen von unserem Willen abhängen, und bilden uns ein, wir fühlten, daß der Wille selbst von nichts abhängig sei. Wird die Freiheit des Willens geleugnet, so werden wir dadurch angereizt, den Versuch zu machen; und dabei fühlen wir, daß der Wille leicht beweglich ist, daß er auch in der Richtung, in der er tatsächlich nicht wirkte, ein Abbild seiner selbst aus sich hervorgehen läßt". *(Ein Traktat über die menschliche Natur,* II, iii, 2, S. 146).

7 Ryle bietet in „Der Mythos von den Willensakten" (1949, S. 78– 87) eine Reductio ad absurdum an: Wenn freiwillige Handlungen solche sind, die durch die Willensakte eines Handelnden (was immer das ist) erzeugt werden, sind dann Willensakte selbst

punkten aus scheinen sie die herausragend freiwilligen Spielzüge in unserem Leben zu sein, die Momente, in denen wir unser Handlungsvermögen gänzlich ausüben. Aber diese gleichen Entscheidungen können auch so gesehen werden, daß sie auf seltsame Art und Weise außerhalb unserer Kontrolle liegen. Wir müssen warten, um zu sehen, wie wir etwas entscheiden, und wenn wir entscheiden, steigt unsere Entscheidung in unserem Bewußtsein nach oben, und wir wissen nicht woher. Wir sind kein Zeuge davon, daß sie *getroffen* wird; wir sind Zeuge ihrer *Ankunft*. Das könnte zu der seltsamen Idee führen, daß das zentrale Hauptquartier nicht da ist, wo wir bewußte, introspektiv wahrnehmbare Wesen sind; es ist irgendwo tiefer in uns und für uns unerreichbar. E. M. Forster stellte die berühmte Frage: „Wie kann ich sagen, was ich denke, solange ich nicht sehe, was ich sage?" – die Worte eines Außenstehenden, so scheint es, der auf eine Nachricht aus dem Innern wartet.

Aber warum sollten wir unsere unvollkommene Selbsterkenntnis (unseren „unterprivilegierten Zugang" in Gundersons schöner Formulierung) auf diese Art und Weise interpretieren als eine wörtliche *Exzentrizität* unseres Standpunktes hinsichtlich unserer Selbst-Kontrolle? Warum muß es überhaupt ein solches Befehlszentrum geben? Die Illusion eines solchen letztentscheidenden Zentrums kommt, glaube ich, daher, daß man eine gute Idee nimmt, die Idee von dem Selbst als einem einheitlichen und zusammenhängenden Aussichtspunkt auf die Welt, und sie unter dem Druck der Sorge um unsere Verantwortlichkeit (moralische, aber auch künstlerische und intellektuelle, wie im Fall von Mozart) überbeansprucht. Wir fragen uns: „Habe *ich das* getan?" und unser Versuch, die Frage zu beantworten, erzeugt so etwas wie eine geometrische Konstruktion auf der Suche nach einer Interpretation.

Unserem traditionellen Verständnis der Verantwortlichkeit zufolge sind wir zunächst oder direkt für unsere „freiwilligen" Handlungen verantwortlich, für die Dinge, die wir *tun*, und (im äußersten Fall) nur indirekt verantwortlich für die Dinge, die uns passieren. Es wird zum Beispiel behauptet, daß „ich nichts für eine Aufwallung von Zorn kann" (oder sagen wir von

---

freiwillig? Wenn ja, dann erhalten wir einen unendlichen Regreß; wenn nicht, dann erhalten wir freiwillige Handlungen als das Ergebnis unfreiwilliger (oder nicht willentlicher) Ereignisse – „eine Schlußfolgerung, die jene Moralisten in Verlegenheit setzen mag, die Willensakte als den Notanker ihrer Systeme benützen." (S. 85) Man könnte Ryle beipflichten, wenn er über Willensakte als häßliche theoretische Entitäten für die Psychologie spottet und immer noch annehmen, daß *Entscheidungen* ausreichend handhabbar und vertraute Dinge sind, daß sich Theoretiker auf sie verlassen können; ich bringe hier Probleme über die alltägliche Kategorie von Entscheidungen zur Sprache.

Lust), die ich fühle, wenn sich die Gegenstände in meiner Umgebung meinen Sinnen auf eine bestimmte Art und Weise darstellen; trotzdem wird von mir erwartet, daß ich meine darauf folgenden Gedanken und Aktivitäten bezüglich dieser Gegenstände durch die Kraft meines Willens beherrsche. Wenn wir mit der Absicht in uns hineinschauen, unsere mentalen Ereignisse in diese beiden moralisch bedeutenden Kategorien zu sortieren, geschieht etwas Seltsames. Ereignisse, die sich nahe an der Eingabe- oder Ausgabe-„Peripherie" befinden, machen keine Schwierigkeiten. So sind das *Schmerzgefühl in meinem Fuß* und die *Wahrnehmung des Tisches* klarerweise keine Handlungen „unter meiner Kontrolle", sondern Dinge, die mir als Ergebnisse von Einwirkungen der Welt passieren. Und die *Bewegung meines Fingers* oder das *Sagen dieser Worte* sind offensichtlich Dinge, die ich tue – freiwillige Handlungen par excellence.

Aber wenn wir uns von diesen peripheren Gegenden weg und hin zum angenommenen Zentrum bewegen, zeigen die Ereignisse, die wir untersuchen wollen, ein seltsames Hin-und-Her-Flackern, wie die Illusion, die von einem transparenten Würfel hervorgerufen wird. Es scheint nicht mehr so klar zu sein, daß Wahrnehmung eine passive Angelegenheit ist. Trage ich nicht willentlich etwas zu meiner Wahrnehmung bei, selbst zu meinem Erkennen oder „Akzeptieren" des Tisches als eines Tisches? Denn kann ich schließlich nicht das *Urteil außer Kraft setzen* angesichts einer beliebigen vorliegenden Wahrnehmung und die Überzeugung zurückhalten? Und auf der anderen Seite des Zentrums: Wenn wir Handlungen genauer betrachten, *bewegt* meine willentliche Handlung wirklich meinen Finger oder *versucht* sie eigentlich eher, meinen Finger zu bewegen? Eine vertraute Intuitionenpumpe über eine Person, die Handlungen will, obwohl sie völlig gelähmt ist, bestätigt, daß ich nicht alle die Bedingungen in der Welt (oder in meinem Körper) unter Kontrolle habe, die notwendig sind, damit sich mein Finger tatsächlich bewegt.

Wenn man noch weiter nach innen geht: Ist es nach allem so offensichtlich, daß entweder *Akzeptieren* oder *Versuchen* willentlich sind? Ist es nicht womöglich eine Illusion, daß ich das Akzeptieren irgendeiner Aussage „willentlich" zulassen oder zurückhalten kann?[8] Und gibt es nicht Bedingungen, unter denen ich unfähig bin, auch nur zu versuchen, dies oder das zu tun? Und liegen diese Bedingungen selbst nicht außerhalb meiner Kontrolle?

---

8 Die unterstellte Freiwilligkeit, wenn man Aussagen akzeptiert oder zurückweist, spielt eine wichtige und problematische Rolle in der Entscheidungstheorie und den damit verbundenen normativen Disziplinen. Siehe z. B. Eells 1982, Kapitel 2.

Konfrontiert mit unserer Unfähigkeit (durch „Introspektion") zu „sehen", wo das Zentrum oder der *Ursprung* unserer freien Handlungen liegt, und nicht willens, unsere Überzeugung aufzugeben, daß wir wirklich Dinge tun (für die wir verantwortlich sind), nutzen wir das kognitive Vakuum, die Lücken in unserer Selbsterkenntnis, aus und füllen sie mit einer ziemlich magischen und mysteriösen Entität, dem unbewegten Beweger, dem aktiven Selbst.

Dieser theoretische Sprung ist nirgends so offensichtlich wie in unserer Reaktion auf unsere Schwächen der „Willenskraft". „Ich gehe jetzt aus dem Bett und setze mich *sofort* an die Arbeit!" sage ich zu mir und bleibe einfach träge im Bett liegen. Habe ich gerade eine Entscheidung aufzustehen getroffen oder nicht? Kann ich nicht sagen, wann ich wirklich eine Entscheidung getroffen habe? Vielleicht erscheint es nur mir selbst so, als ob ich eine Entscheidung getroffen hätte. Sobald wir erkennen, daß unser eigener bewußter Zugang zu unseren eigenen Entscheidungen problematisch ist, können wir verfolgen, wie viele der wichtigen Wendepunkte in unserem Leben nicht von *bewußten* Entscheidungen begleitet waren, soweit unsere retrospektive Erinnerung unserer bewußten Erfahrung reicht. „Ich habe mich entschieden, die Stelle anzunehmen", sagt man. Und ganz offensichtlich sieht man sich selbst so, als ob man etwas berichtet, was man kürzlich getan hat; aber die Erinnerung zeigt nur, daß man noch gestern unentschieden war und man heute nicht länger unentschieden ist. In irgendeinem Augenblick während dieser Zeit *muß* die Entscheidung *passiert sein* – ohne Fanfarenstöße. Wo passierte sie? Natürlich im zentralen Hauptquartier.

Aber eine solche Ableitung zeigt, daß wir eine psychologische „Entscheidungs"-Theorie aufbauen. Wir idealisieren und erweitern unsere tatsächliche Praxis, indem wir Entscheidungen einführen, wo die Theorie sie verlangt und nicht, wo wir irgendeine Erfahrung erster Hand von ihnen haben. Ich muß eine Entscheidung getroffen haben, so räsoniert man, denn ich merke, ich habe mich endgültig festgelegt und hatte mich gestern noch nicht festgelegt. Das mysteriöse innere Heiligtum des zentralen Akteurs beginnt ein eigenes theoretisches Leben zu führen und ebnet den Weg für die Lehren des Handelnden als unbewegten Bewegers.[9]

---

9 Schneewind (1981) bemerkt, daß John Stuart Mills „Autobiographie" in wundervoller Übereinstimmung mit seiner deterministisch-kompatibilistischen Sicht des Handelns ist: „Mill gibt uns ein faszinierendes Beispiel ... einer deterministischen Bemühung, sich selbst von innen her zu porträtieren, ohne daß entweder die philosophische Theorie aufgegeben wird oder aller Sinn eines gelebten individuellen Lebens verloren geht... Die berühmte ‚Krise' in Mills ‚mentaler Geschichte' ist genau die ‚Erfahrung der schmerzlichen Konsequenzen des Charakters, den [er] vorher hatte', und die Liebe zu

Solche einfachen Arten der Irreführung könnten die Lehre der „Akteurskausalität" alleine kaum stützen, aber sie könnten sicherlich fälschlicherweise zur Attraktivität dieser Lehre beitragen, wenn die Überzeugung dazukommt, daß keine positive naturalistische Erklärung für das gegeben werden kann, was uns lieb und teuer ist am „lieben Selbst". Die Art und Weise, diese Überzeugung zu unterhöhlen, besteht darin zu versuchen, eine solche positive Erklärung zu geben, eine Aufgabe, zu der ich jetzt komme.

2. Die Kunst der Selbst-Definition

Eins ist not. –
Seinem Charakter „Stil geben" –
eine große und seltne Kunst!
Nietzsche, *Die fröhliche Wissenschaft*
(IV, 290, S. 210)

Zunächst möchte ich ein paar der in der Regel übersehenen Charakteristika des Prozesses betrachten, durch den man zu einem Selbst wird; Merkmale, die, wenn sie richtig gewürdigt werden, uns vor den am tiefsten eingegrabenen Ängsten, welche die Diskussion um das Problem der Willensfreiheit motivieren, schützen können. Insbesondere werde ich den Beitrag des Glücks bei der Entwicklung des Selbst betrachten. Diese Untersuchung verlangt eine kurze, vorbereitende Analyse des Glücksbegriffs – eines tükkischen Begriffs, der uns in viele Fallen lockt. Sie geht mit einer Erklärung für unser Werden zu einer voll ausgebildeten moralischen Persönlichkeit einher, aber sie muß vor einem vertrauten philosophischen Tauziehen geschützt werden, das sie auseinanderzureißen droht: Übervereinfachung auf der einen Seite, die naturgemäß den Skeptizismus hervorbringt, der solche geschwächten Visionen angreift, und ausgleichende Übertreibung auf der anderen Seite, die Verbreitung absolutistischer Lehren, welche die Idee des Selbst vor übergreifenden Mechanismen „schützen".

Harriet Taylor ist das ‚starke Gefühl der Bewunderung der Sehnsucht, das zufällig entstand'. Mills Sprache schildert beide dieser Ereignisse – die kritischen Wendepunkte in seinem Leben, die Mill uns zeigt – auf eine Weise, die jede Anspielung auf Wahl, Entscheidung oder Wunsch vermeidet" (S. 1234).
Es ist nicht so, daß ein Kompatibilist bestreiten muß, daß wir jemals Entscheidungen treffen – und Mill, so bemerkt Schneewind, spielt auf verschiedene „triviale Entscheidungen und Wahlen an" –, sondern, daß ein Kompatibilist wie Mill unter keinem theoretischen Druck steht, jeder moralischen Episode in seinem Leben einen speziellen metaphysischen Auslöser zuzuschreiben.

Ein Selbst ist vor allem ein Ort der Selbstkontrolle. Woher weiß man, wenn man in einen Spiegel schaut, daß die Person, deren Spiegelbild man betrachtet, man selbst ist? Nicht bloß deshalb, weil man die Ähnlichkeit entdeckt, denn woher weiß man denn, wie man jetzt gerade aussieht?[10] Man bestimmt, daß man sich selbst betrachtet mittels derselben Tests, die man verwendet, wenn man bestimmt, daß man das Modellflugzeug kontrolliert. Kann man *diese* Hand bewegen? Wenn man es kann, ist es die eigene.[11] Das erkenntnistheoretische Problem solcher Selbst-Identifikation ist normalerweise trivial, aber in ausgeklügelten Fällen kann es schwierig werden. In einem komplizierten Gewirr von entsprechend verkleideten Armen und Beinen – sagen wir in einem Gruppenringkampf in identischen Kostümen und Handschuhen – kann die Frage: „Welche dieser Hände sind meine?" eine Angelegenheit sorgfältiger Untersuchung und Überlegung werden.[12] Kontrolle ist das letzte Kriterium: Ich bin die Gesamtsumme der Teile, die ich direkt kontrolliere.

Ist jeder, der sich selbst kontrolliert, ein Selbst? Jeder Organismus ist in gewisser Hinsicht ein Selbst-Kontrolleur. D. h., sein Verhalten wird kontrolliert, wird (normalerweise) nicht von irgendeinem anderen Kontrolleur kontrolliert und wird in der Hauptsache zum Nutzen des Organismus kontrolliert.[13] Organismen wurden so entworfen, daß sie für sich selbst sorgen.

---

10 Die meisten Tiere haben vermutlich überhaupt kein Wissen davon, wie ihre eigenen „Gesichter" aussehen – es sei denn, es ist angeborenes Wissen! Allerdings können manche Tiere, vor allem manche Affen, so weit kommen, sich selbst im Spiegel zu erkennen. Und wenn sie es tun, ist die Reihenfolge ihrer Überlegungen klar: Da das ein Bild von mir ist, muß ich so aussehen (muß ich einen Farbklecks auf der Stirn haben). Siehe Gallup 1977.

11 Das Verhältnis zwischen Selbstkontrolle und „indexikalischer" Referenz taucht in einer großen Menge von Beispielen auf (wird aber nicht diskutiert), die die jüngste Literatur zu diesem Thema erläutern. Siehe beispielsweise die nützliche Diskussion von Boër und Lycan 1980 mit einer ausführlichen Bibliographie weiterer neuerer Arbeiten. Siehe auch Hofstadter und Dennett 1981, passim, und besonders S. 20 ff., S. 265 ff., 471.

12 Vor einigen Jahren experimentierte man im Hafen von New York mit einem gemeinsamen Radarsystem für Besitzer kleinerer Boote. Eine einzige starke Radarantenne stellte ein Bild des Hafens dar, das dann als Fernsehsignal den Bootbesitzern übermittelt werden konnte, welche die Kosten für ein Radargerät sparten, indem sie einfach ein kleines Fernsehgerät installierten. Aber welchen Nutzen sollte das haben? Wenn man sich im Nebel verirrt hatte und auf den Bildschirm schaute, würde man wissen, daß man einer dieser vielen Leuchtpunkte war – aber welcher? Man mache einen einfachen Test: man drehe sein Boot schnell in einem engen Kreis; dann ist der Leuchtfleck, der auf dem Bildschirm ein kleines „O" bildet, der eigene – wenn nicht mehrere Boote im Nebel den gleichen Test zur gleichen Zeit durchführen wollen.

13 Dawkins (1982, Kapitel 11–14) erntet überraschende Früchte, indem er die Perspek-

Aber selbst wenn diese Tatsache sie zu einer Art Selbst macht, ist unsere primäre Intuition, daß ein solches Selbst bestenfalls rudimentär und oberflächlich ist im Vergleich zu dem Selbst, wofür wir uns selbst halten.

Es würde uns wieder einmal helfen, den Unterschied zwischen uns selbst (unserem *Selbst*) und geringeren Wesen zu verstehen, wenn wir irgendeine Entwicklungsgeschichte zu erzählen hätten über die kritischen Merkmale des dazwischenliegenden Prozesses, der von solchen geringeren Wesen zu uns führte. Ein Teil dieser Entwicklungsgeschichte ist sicherlich in der schon skizzierten Geschichte darüber enthalten, wie der Homo Sapiens auftauchte, als die Umgebung begann, die sozialen Komplikationen zu enthalten, die die Vorfahren des Homo Sapiens geschaffen hatten. Aber es ist auch klar, daß ein großer und wichtiger Teil der Entwicklung einer Person im Individuum stattfindet. Kinder verkörpern, intuitiv gesprochen, kaum mehr ein Selbst als Hunde oder Katzen und vielleicht sogar noch weniger. Irgendein Lern- und Reifeprozeß macht Kinder zu den selbstbewußten, moralischen Erwachsenen, für die wir uns halten.

Die Vorstellung, daß ein voll entwickeltes Selbst oder eine voll entwickelte *Person* das Ergebnis von Prozessen sozialer Interaktion sein muß, wurde von anderen geschickt und überzeugend untersucht, und ich will mir hier nicht die Zeit nehmen, um ihre Überlegungen darzulegen.[14] Stattdessen werde ich diesen Prozeß der Ausbildung des Selbst-Seins aus der vereinfachten Perspektive der Kontrollstrategien betrachten.

Ein einzelner Mensch beginnt sein Leben mit einem Problem: zu lernen, sich selbst zu kontrollieren. Wie bei allen Problemen fängt man in einer bestimmten Position mit gewissen begrenzten Möglichkeiten an und muß dann diese Möglichkeiten irgendwie zu einer Lösung zusammenfügen. Das mag trivial klingen; diese Auffassung steht aber einer sehr einflußreichen – wenn auch äußerst inkohärenten – Sicht der Selbst-Wahl ganz entgegen: Sartres Idee, daß man sich selbst *vollständig* wählt durch eine „radikale Wahl", die nichts von dem gestrigen Gepäck mit sich führt. Sartres Auffassung zufolge ist es so, als ob man sich ex nihilo schaffen könnte; als ob, um ein anderes bekanntes Stückchen aus dem Philosophenlatein zu borgen, das Selbst bei der Geburt eine Tabula Rasa oder eine leere Schiefertafel wäre. Wir wissen es besser.

---

tive einnimmt, manches tierische Verhalten so zu betrachten, als sei es unter der Kontrolle von oder zum Nutzen anderer (anderen Tieren oder anderen Genen).

14 Strawson (1959) bietet eine besonders abstrakte und einfallsreiche philosophische Analyse dieser These an; und Jaynes (1976) gibt die plastische Rekonstruktion der historischen Kräfte und Zwänge, die diese soziobiologische Entwicklung ausgeformt haben könnten. Sehr nützlich sind auch Campbell 1975 und A. Rorty 1976.

Sartre wußte es freilich auch besser, aber er wählte unglücklicherweise diese extravagante Metapher, um seine Überzeugung auszudrücken.[15] Es ist keine hilfreiche Metapher. Sie postuliert eine magische Kraft, die niemand von uns haben könnte, und ermutigt die Menschen dazu zu glauben, daß sie nicht frei sein können, wenn die Wissenschaft ihnen zeigt, daß sie diese Kraft nicht haben können. Wir wissen nicht nur empirisch, daß ein neugeborenes Kind weit entfernt davon ist, eine leere Schiefertafel zu sein, sondern wir wissen auch, durch ein Argument a priori, das so zwingend ist wie jedes andere, daß wir so beginnen müssen, wenn wir überhaupt fähig sein sollen, zu lernen und uns zu entwickeln. Es ist allerdings nicht schwer zu sehen, weshalb ein Philosoph (wie Sartre) sich um das Absolute bemühen möchte, denn es gibt ein Argument dahingehend, daß, solange man für sich selbst nicht vollkommen verantwortlich ist, man überhaupt nicht verantwortlich sein könnte.

Die „Kompatibilisten“ oder „milden Deterministen“ – diejenigen, die meinen, freier Wille und Verantwortlichkeit seien mit dem Determinismus vereinbar – vertreten typischerweise auf die eine oder andere Art die These, daß man frei und verantwortlich nur so lange handelt, solange man das tut, was man beschließt auf der Grundlage dessen, was man glaubt und wünscht. Die „strengen Deterministen“ und andere Skeptiker sehen dies allerdings als bloße Verschiebung der Schwierigkeit. Edwards formuliert das grundlegende Argument deutlich:

„Nehmen wir an, daß *A* und *B* beide zwanghaft sind und an ihren Neurosen sehr leiden. Angenommen, es gibt eine Therapie, die ihnen helfen könnte, die ihre Charakterstruktur substantiell verändern könnte, aber angenommen, daß es sehr viel Energie und Mut kostet, sich dieser Behandlung zu unterziehen. Nehmen wir an, *A* hat die nötige Energie und den nötigen Mut, während sie *B* fehlen. *A* unterzieht sich der Therapie und ändert sich auf die gewünschte Weise. *B* wird nur immer zwanghafter und immer elender. Es ist nun wahr, daß *A* mithalf, seinen eigenen späteren Charakter auszubilden. Aber sein Ausgangspunkt, sein Wunsch, sich zu ändern, seine Energie und sein Mut, waren bereits vorhanden. Sie mögen das Ergebnis früherer Bemühungen von seiner Seite aus gewesen sein oder nicht. Aber es muß eine erste Anstrengung gegeben haben, und die Anstrengung zu dieser Zeit war das Ergebnis von Faktoren, für die er nichts konnte.“ (Edwards 1961, S. 121)

15 Ich weiß nicht, wie ich zwei Passagen auf einer einzigen Seite bei Sartre in der Exegese gerecht werden soll: „So *wähle* ich in gewissem Sinne, geboren zu sein.“ und „Tatsächlich bin ich für alles verantwortlich, außer für meine Verantwortlichkeit selbst, denn ich bin nicht die Grundlage meines Daseins.“ (Sartre 1943, S. 699).

Das ist eine subtilere Herausforderung als unsere frühere Sorge, daß die Vergangenheit uns kontrolliert. Vielleicht werde ich von der Vergangenheit nicht kontrolliert, aber mein augenblickliches Vermögen, Entscheidungen zu treffen und mich selbst zu kontrollieren, ist offenbar nicht etwas, was ich mir als Verdienst anrechnen kann. Wie könnte irgendein deterministischer Prozeß der „Charakterveränderung", der mit einem Lebewesen beginnt, das für *keine* seiner Entscheidungen verantwortlich ist, jemals ein Wesen schaffen, das nicht nur für seine Entscheidungen verantwortlich, sondern dafür verantwortlich ist, daß es die Art Charakter hat, der solche Entscheidungen trifft? Was dieses Argument betrifft: Wie könnte ein *nicht*-deterministischer Prozeß, von demselben Punkt ausgehend, irgendetwas Besseres schaffen?

Solange wir keine Möglichkeit finden, ein verantwortliches Selbst aus anfänglich unverantwortlichen Wahlen entstehen zu lassen, so daß ein allmählicher Erwerb von Verantwortung möglich wird, bleiben wir bei einer unattraktiven Alternative stehen. Wir müssen entweder bestreiten, daß irgendjemand jemals die Art von verantwortlichem Selbst ist, das wir alle gern sein möchten, oder wir müssen Sartres – oder Chisholms – Ausweg folgen und eine offenkundig mysteriöse Lehre von so etwas wie Handelnden im *absoluten* Sinne annehmen.[16] Es ist sicherlich Teil des Allgemeinwissens, daß Verantwortlichkeit nach und nach erworben wird – in der Tat verdient wird –, aber solange wir keinen entscheidenden Fehler in Edwards' Argument finden, ist diese gängige Auffassung in Gefahr, und unbegründetes Festhalten daran ist nicht im geringsten besser als Wunschdenken.

Bevor wir uns der positiven Erklärung der Tatsache zuwenden, daß wir zu verantwortlichem Selbst-Sein gelangen, können wir uns ein wenig mit der Feststellung beruhigen, daß Edwards' Argument dem Fall eines wohlbekannten, aber schwer verständlichen Trugschlusses, des Sorits, verdächtig ähnlich sieht. (Ein klassisches Beispiel: Man kann aus einem Menschen, der nicht kahl ist, keinen Kahlen machen, indem man ihm nur ein Haar ausreißt; tun Sie es, tun Sie es wieder und wieder; nach unserer ersten Prämisse wird er nie kahl werden, gleichgültig, wie oft Sie es machen!) Gleichgültig, wie viele Schritte man bei der Ausbildung des Charakters hinter sich hat, es muß einen ersten Schritt gegeben haben, sagt Edwards, und wenn dieser eine Entscheidung war, die der Handelnde nicht kontrolliert, dann kann ihr

16 Van Inwagen (1983, S. 150) akzeptiert diese Verknüpfung: „Ich muß zwischen dem Verwirrenden und dem Unbegreiflichen wählen. Ich wähle das Verwirrende." Ich entscheide mich dagegen dafür, die Grenzen dessen, was wir begreifbar finden, zu dehnen.

Produkt nicht etwas sein, wofür der Handelnde verantwortlich ist. Der zweite Schritt von dieser Basis aus wird dieselben Eigenschaften haben wie der erste, ein solcher Prozeß wird also niemals eine Entscheidung von einem Handelnden, der für seinen eigenen Charakter verantwortlich ist, entstehen lassen.

Aber aufgrund des gleichen Argumentes könnte es allerdings in Wirklichkeit keine Säugetiere geben, denn jedes Säugetier muß ein Säugetier als Mutter haben, und wenn man im Stammbaum irgendeines anscheinenden Säugetiers weit genug zurückgeht, muß man einen Vorfahr finden, der klarerweise kein Säugetier ist, dessen Nachkommen selber einfach keine Säugetiere sein konnten, und so fort.[17] Da wir ganz genau wissen, daß wir Säugetiere sind, nehmen wir dieses Argument nur insofern ernst, als es uns herausfordert zu entdecken, welcher Trugschluß es ist, der in ihm lauert. Man ist versucht, Edwards' Argument sofort als erledigt zu betrachten, als nichts als eine Anwendung der trügerischen Strategie des Argumentes (worin sie immer besteht), die das Säugetier-Argument aufweist. Aber bei einem so kontroversen Thema wie dem unseres Selbst-Seins, mag dies durchaus wie eine Petitio Principii aussehen. Es wäre besser, man hätte eine Analyse des Irrtums oder der Irrtümer in dem Argument.

Vielleicht besteht der Irrtum darin: Es setzt voraus, daß man nicht für etwas volle Verantwortung übernehmen kann, das nicht gänzlich von einem selbst hervorgebracht wird. Aber natürlich hat man nichts jemals gänzlich hervorgebracht, außer man ist Gott; dies ist also eine über die Maßen strenge Prämisse, um das Argument damit zu beginnen. Kann der Künstler eine Schöpfung, die als wesentlichen Teil ein objet trouvé enthält, nicht ganz seinem Verdienst zuschreiben? Zählt eine einfallsreiche Ausbeutung der Gabe, per Zufall Entdeckungen zu machen, *gegen* die Urheberschaft desjenigen, der sie macht?

Ich *übernehme* die Verantwortung für alles, was ich mache, und womit ich die Öffentlichkeit treffe; wenn meine Suppe Lebensmittelvergiftung oder mein Auto Luftverschmutzung verursacht oder mein Roboter Amok läuft und jemanden tötet, bin ich, der Erzeuger, schuld. Und wenn ich es auch so drehen kann, daß meine Lieferanten und Unterlieferanten die Haftbarkeit zu einem gewissen Grad teilen, werde ich dafür verantwortlich gemacht, daß ich das Produkt mit allen seinen Mängeln der Öffentlichkeit überlasse. Der gängigen Auffassung zufolge begründet genau das gleiche Prinzip persönliche Verantwortlichkeit; ich habe einen Handelnden ge-

17 Das Beispiel stammt, dort in etwas anderer Form, von Sanford 1975. Siehe auch Sher 1979 und Zaitchik 1977.

schaffen und losgelassen, der ich selber bin; wenn seine Handlungen Schaden anrichten, wird der Erzeuger dafür verantwortlich gemacht. Ich glaube, diese gängige Einsicht ist tatsächlich Einsicht, und sie kann gegen Edwards' verdächtig starke Reductio angeführt werden, die, das sollte man beachten, keinen wesentlichen Gebrauch von irgendeiner Prämisse über den Determinismus macht, und genauso zwingend konstruiert werden kann, wenn man von der Hypothese einer indeterministischen Welt ausgeht.

In welcher Hinsicht sind wir dann Produkte von Akten der Selbst-Schaffung? Im vorigen Kapitel skizzierte ich ein paar Beispiele von Entscheidungen eines Selbst-Kontrolleurs auf der Metaebene: Welchen Kurs sollte der Flugzeugpilot einschlagen, um seine Ellenbogenfreiheit und folglich seine Chancen, die Kontrolle zu behalten, zu maximieren? Sollte der Spieler als Spielstrategie ein Muster nehmen oder sich für so wenig Muster wie nur möglich entscheiden? Das sind relativ einfache Meta-Entscheidungen; denn die Menge von offenkundig relevanten Überlegungen pro und contra ist handlich klein und deutlich. Für solche Probleme können wir oft eine Standardlösung ausarbeiten, die beste Lösung, eine Lösung, „wie sie im Buche steht". Für Kinder, die heranwachsen und lernen, sich selbst zu kontrollieren, gibt es ähnlich einfache Kontrollprobleme auf der Metaebene mit wohlbekannten Antworten „wie aus dem Buch": Schau, bevor du springst; zur rechten Zeit ein Nadelstich ersparet neune sicherlich; schlag' keinen blinden Alarm. Aber man kommt schließlich von solchen einfachen zu viel unwägbareren Fragen.

Zu den Fragen, die sich einem gewitzten, sich selbst kontrollierenden Handelnden stellen, gehören etwa folgende: Könnte ich meine grundlegenden Vorhaben und Ziele so revidieren, daß meine Chancen, sie zu erreichen, verbessert werden? Gibt es ausgezeichnete Gesamtstrategien oder -methoden, die besser sind als meine gegenwärtigen? Gibt es eine Vorgehensweise, die meinen Zielen besser entspricht als meine jetzige? Werden mich meine augenblicklichen Strategien womöglich so in Bedrängnis bringen, daß kaum Platz bleibt zum Manövrieren und das Risiko eines Desasters groß ist? Worin sollte meine Strategie bezüglich des Risikos bestehen? Was für eine Art Handelnder möchte ich sein oder werden? (Manche dieser Fragen mögen einem als anrüchig amoralisch aufstoßen, aber ich habe hier absichtlich explizit moralische Fragen zurückgehalten; denn ich möchte zeigen, wieviel von der Struktur des Problems „Willensfreiheit" festgelegt ist, bevor das Thema der Moralität aufkommt.) Es gibt im allgemeinen keine Antworten, „wie sie im Buche stehen", auf diese Fragen, und man muß also – wie im Mittelspiel beim Schach – die Lehrbucheröffnungen aufgeben und sich mutig auf den Weg in das Territorium des riskanten, heuristischen Räsonierens machen.

Um an diesem Prozeß des Räsonierens auf der Metaebene teilhaben zu können, muß derjenige, der eine hohe Stufe der Selbst-Kontrolle anstrebt, die Fähigkeit besitzen, seine momentanen Meinungen, Wünsche, Intentionen und Taktiken auf eine besondere Art und Weise als Gegenstände der Bewertung repräsentieren können. Wie Locke bemerkt, hat ein solcher Handelnder „die Kraft ..., bei der Verwirklichung und Befriedigung irgendeines Wunsches *innezuhalten*" und folglich „hat er auch die Freiheit, [seine] Objekte zu betrachten, sie von allen Seiten zu prüfen und gegen andere abzuwägen." (*Über den menschlichen Verstand*, II, xxi, 47, S. 315). Aber sobald diese Untersuchung über die bloße Entscheidung von unmittelbar konfligierenden Zielen hinausgeht (z. B. kann ich nicht gleichzeitig ins Theater und ins Konzert gehen[18]), kann das „Abwägen" eine unbestimmt große und unstrukturierte Menge weiterer Betrachtungen nach sich ziehen. Man muß seine Überlegungen eingrenzen und ein paar ziemlich blinde Sprünge wagen – oder ansonsten seine Entscheidung für immer vertagen.

Wieviel man auch betrachtet und bewertet und überlegt, es gibt immer logischen Raum für noch mehr. Da wir also mit der Notwendigkeit einer eingeschränkten und unvollständigen Einschätzung der Überlegungen unausweichlich konfrontiert sind, wird es wichtig, daß uns die „richtigen" Überlegungen *früh* im Entscheidungsprozeß einfallen. Wir können diese Reihenfolge aber nicht direkt kontrollieren; wir können nicht den Paradegeneral für die Schlange der Überlegungen-die-beachtet-werden-müssen spielen und jede auf ihren richtigen Platz in der Reihe setzen. Denn eine solche Kontrolle braucht Zeit und Mühe, und wir sind in Eile. Wir müssen die Kontrolle gerade über den Prozeß aufgeben, der die unvollständige Menge von Überlegungen erzeugt, aus denen wir handeln, und deshalb sind wir diesem Prozeß immer etwas ausgeliefert. Da wir jedoch wissen, daß wir diesem Prozeß ausgeliefert sind und es immer bleiben werden, können wir Schritte unternehmen, seine Verläßlichkeit zu verbessern – wenn auch nicht zu garantieren. Wie Hampshire bemerkt: „Was ein Mensch *überlegt* zu tun zu versuchen, ist genau zu beschreiben und kann manchmal mit fast vollkommener Genauigkeit vorhergesagt werden." (Hampshire 1959, S. 183) Da das der Fall ist, können wir Schritte zur Selbst-Verbesserung unternehmen (und anderen helfen, diese Schritte zu unternehmen), um es

18 Siehe Frankfurt 1976, der zwei verschiedene Arten von Wunschkonflikten betrachtet: Konflikte, bei denen die Wünsche „zur selben Ordnung gehören", so daß, wenn einer nicht erfüllt werden kann, der andere automatisch ein Kandidat für die Erfüllung ist, und Konflikte, deren Lösung vom Handelnden verlangen, daß er den Wunsch, der verloren hat, *aufgibt*. Taylor (1976) beschreibt denselben Unterschied mit verschiedenen Begriffen: „qualitative" und „nicht–qualitative" Bewertung (S. 282 ff.).

wahrscheinlicher zu machen, daß wir das Richtige zur richtigen Zeit überlegen.

Aber selbst dieser Prozeß reflexiver Selbst-Kritik und Kontrollüberlegungen auf der Metaebene muß seine Grenzen haben. Wenn eine selbstzufriedene oder sphexhafte Ablehnung aller Gelegenheiten zur Reflexion unklug wäre, so wäre es ebenso irrational, sich auf eine endlose Einkreisung der Selbstbewertung einzulassen. Das unreflektierte Leben mag nicht wert sein, daß man es lebt, aber das über die Maßen reflektierte Leben ist auch nicht gerade das, womit man zu Hause angeben kann.[19] Außerdem gibt es fast mit Sicherheit keine Lehrbuch-Antwort auf die Frage, wieviel Mäßigung richtig ist.

Warum neigen wir dann dazu zu glauben, daß weitere Reflexionsstufen, weitere Runden der Selbstbewertung *tendenziell* dazu führen, den „Charakter" des Handelnden zu verbessern? Angenommen, es gibt zwei Handelnde, *A* und *B*, die in einer ähnlichen Umgebung und mit ähnlichen Begabungen geboren wurden; der Handelnde *A* jedoch hat beachtlich mehr Selbst-Reflexion und nimmt folglich mehr Selbst-Wahl auf sich als der Handelnde *B*. Gibt es irgendeinen Grund anzunehmen, daß *A* tendenziell ein „besserer" Handelnder ist? Es gibt einen, so scheint es, wenn *A* und *B* beide Mitglieder der Klasse von lernenden Wesen sind, d. h., dazu bestimmt sind, eine Neigung zu haben, Wahrheiten zu sammeln. Denn dann werden ihre vielen Runden der Selbstbewertung tendenziell Selbsterkenntnisse schaffen, und wie könnte mehr Selbsterkenntnis nicht besser sein als weniger?

Man kann erkennen, daß bis zu einem schlecht definierten Punkt die Aneignung von Selbsterkenntnis eine gute Sache sein muß; denn wie wir in Kapitel III gesehen haben (S. 86) sollte unsere Voraussicht auf zukünftige Einschränkungen, die uns begegnen können, jegliche Einschränkungen einschließen, die wir mit uns schleppen.[20] Es ist jedoch immer möglich, das System mit zuviel Selbsterkenntnis zu überfrachten. Ein notwendiges Merkmal dieser Aufgabe der Selbstbewertung ist, daß sie keine objektive obere Grenze hat, aber gleichzeitig immer schwieriger wird, je höher die Bewertung fortschreitet.

---

19 Ich glaube, Kurt Baier machte einmal eine entsprechende Bemerkung. Ryle (1949) macht nützliche Beobachtungen zu den Grenzen der Reflexion und der Tatsache, daß „Selbstermahnung" dazu verdammt ist, „immer die vorletzte zu sein", in „Die systematische Flüchtigkeit des Ich", S. 264–269.

20 Frankfurt (1971) hat die Wichtigkeit von Wünschen höherer Ordnung für die Art von freiem Willen, die uns Verantwortlichkeit geben könnte, betont: Wünsche, zu denen uns Wünsche motivieren sollten. (Dieser Punkt wird in Dennett 1976 diskutiert.)

„Bewertung hat die Eigenschaft, daß es immer Raum für Neubewertung gibt. Aber unsere Bewertungen sind offener für Anfechtungen gerade dank des Merkmals der Tiefe, das wir in dem Selbst sehen. Denn es sind genau die tiefsten Bewertungen, die am wenigsten klar, am wenigsten verständlich sind, am leichtesten der Illusion und Verzerrung unterliegen. Diese sind es, die dem am nächsten kommen, was ich als Subjekt bin, in dem Sinne, daß ich, ihrer beraubt, als Person zusammenbrechen würde, und die für mich zum Schwierigsten gehören, über das man sich Klarheit verschaffen kann. Die Frage läßt sich immer stellen: Soll ich meine grundlegendsten Bewertungen neu bewerten? Habe ich wirklich begriffen, was für meine Identität wesentlich ist? Habe ich wirklich ausgemacht, was ich für das höchste Lebensziel halte? ... Eine Neubewertung dieser Art, wenn man sich einmal auf sie eingelassen hat, ist von einer besonderen Sorte. Sie ist verschieden von einer weniger radikalen Bewertung, die innerhalb der Begrifflichkeit irgendeiner grundlegenden Bewertung ausgeführt wird, etwa wenn ich mich frage, ob es ehrenhaft wäre, Nutzen aus dieser Einkommenssteuerlücke zu ziehen oder etwas durch den Zoll zu schmuggeln. Diese letzteren Fälle können in einer Sprache erörtert werden, die unstrittig ist. Bei der Bewertung der gerade erwähnten Fragen wird der Begriff „ehrenhaft" als unangefochten vorausgesetzt. Aber bei radikalen Neubewertungen werden gerade die grundlegendsten Begriffe, solche, mit deren Hilfe andere Bewertungen ausgeführt werden, in Frage gestellt ... Wie können solche Neubewertungen dann aber ausgeführt werden? Es ist mit Sicherheit keine Metasprache verfügbar, in der ich rivalisierende Selbstinterpretationen bewerten kann. Wenn es eine gäbe, wäre dies keine radikale Neubewertung." (Taylor 1976, S. 296 f.)

Wir sind wieder bei dem Schwindelgefühl von Nietzsches Umwertung aller Werte, und jetzt erscheint es so, als ob der Preis, den wir für unsere endlose Fähigkeit zur Reflexion zahlen, das gelegentliche Eintreten in Gefilde wäre, wo wir keinerlei Glauben mehr an unsere gutwillige Tendenz zu Selbst-*Verbesserung*[21] haben. Im allgemeinen ist der selbst-reflexive Handelnde ohne Zweifel reifer und verantwortlicher. D. h., wenn man daran denkt, jemandem Verantwortung für etwas zu *geben* – z. B. jemanden auf seine Kinder aufpassen zu lassen – wird man in der Regel besser daran tun, den selbst-reflektierenden Handelnden zu wählen. Aber manche unter den ganz virtuosen Selbst-Reflektierern scheinen sich dabei über die Köpfe zu wachsen. Nietzsche war bekanntermaßen einer davon; Charles Manson war ein anderer.

Der Grund für diese Unzuverlässigkeit auf der höchsten Ebene ist ziem-

---

21 „Wir leben in einer summenden Wolke aus Warums und Wozus, den Zwecken und Überlegungen unserer Erzählungen, den vielgleisigen Abenteuern unserer analogen Ichs. Und dieses permanente Ausdenken von Möglichkeiten ist genau das, was nötig ist, um uns vor Verhalten einer zu impulsiven Art zu bewahren." (Jaynes 1976, S. 402).

lich klar: Endliche Handelnde müssen heuristische Methoden verwenden, wenn sie mit großen Problemen und begrenzter Zeit (und begrenzten anderen Ressourcen) konfrontiert werden. Je größer der Raum für Problemsuche[22], desto größer und unübersichtlicher wird der Heuhaufen, in dem die Nadel gefunden werden muß, desto riskanter muß jede heuristische Methode werden (mit ihren unvermeidbaren blinden Sprüngen).

Sind diese blinden Sprünge die „radikale Wahl" des Sartreschen Existentialismus? Taylor erhellt diese Frage mit seiner Untersuchung von Sartres berühmtem Beispiel (Sartre 1946) des jungen Mannes, der hin und her gerissen ist zwischen der Entscheidung, für seine kränkelnde Mutter zu sorgen oder sie zu verlassen, um dem Widerstand beizutreten. Das ist ein echtes moralisches Dilemma, bemerkt Taylor, denn es gibt starke moralische Argumente für jede Alternative; man kann nicht einfach durch „radikale Wahl" bestimmen, daß der Anspruch, den man nicht beachtet, wertlos sei. „Die wirkliche Kraft der Theorie der radikalen Wahl stammt von dem Gefühl, daß es verschiedene moralische Perspektiven gibt, daß es eine Vielzahl moralischer Sichtweisen gibt ..., zwischen denen sich zu entscheiden sehr schwer zu sein scheint." (Taylor 1976, S. 293 f.)

Es gibt eine echte Frage, was man tun soll, eine Frage, die durchaus eine objektive, „endgültige" Antwort haben kann; es gibt trotzdem kein zu verwirklichendes „Entscheidungsverfahren", um zu bestimmen, worin die Antwort, wenn es sie gibt, bestünde. Und die Zeit verfliegt; man muß handeln. Später mag man aus der Retrospektive erfahren, daß man die falsche Entscheidung getroffen hat – falsch aufgrund der Überlegungen, die man jetzt bewertet *und damals bewertet hat* und auf die man (vielleicht) damals geachtet hätte, wäre die Angelegenheit zu dieser Zeit mit diesen Worten

22 Oder *scheinbarer* Spielraum für Suche. Hofstadter (1983) beschreibt ein von ihm durchgeführtes Experiment eines „Gefangenendilemmas", bei dem die Teilnehmer unter ziemlich ungewöhnlichen Umständen zwischen „kooperieren" und „mogeln" wählen mußten. Er behauptet, daß das Problem, mit dem die Teilnehmer konfrontiert waren, eine einzige optimale Lösung hatte (man sollte kooperieren) – eine Lösung, die die Vernunft diktierte. Aber wie konnte er darin recht haben, daß es eine klare, nicht kontroverse „Lehrbuch"-Lösung zugunsten der Kooperation gab, wenn eine Menge recht vernünftiger Leute es nicht so sah? Sie sahen einen Berg von unbestimmt vielen Überlegungen vor sich aufgetürmt; ihrer Ansicht nach ist das Gefangenendilemma ein *Unsicherheitsvergrößerer,* von dem deshalb erwartet werden konnte, daß es auch von einer Gruppe von Handelnden eine uneinheitliche Menge von Antworten hervorrufen würde. Sie scheinen recht gehabt zu haben und Hofstadter unrecht; das Gefangenendilemma scheint nicht wie ein Additionsproblem zu sein, bei dem jeder Handelnde sich auf die anderen verlassen kann, daß sie zur gleichen Antwort kommen.

beschrieben worden. Nach Taylors Lesart kommt bei Sartre heraus, daß er Selbsterkenntnis und -Anerkennung empfiehlt:

„Einmal zugestanden, dies sei die moralische Lage des Menschen; dann ist es ehrlicher, mutiger, hellsichtiger, folglich eine höhere Lebensart, sich in Klarheit zu entscheiden, als seine Entscheidungen hinter der angenommenen Struktur der Dinge zu verstecken, vor der eigenen Verantwortlichkeit zu flüchten, um den Preis des Sich-selbst-Betrügens, einer tiefen Doppelzüngigkeit gegenüber sich selbst." (Taylor 1976, S. 294)

Aber Taylor behauptet, dies sei nicht genug. Welchen Grund könnte man nach der Auffassung der radikalen Wahl haben, seine schwierigen Entscheidungen nicht einfach mit einem Achselzucken beiseitezuwischen, wie ein Schachspieler seine Fehler im nachhinein beiseitewischt? „Die Zeituhr lief, und ich machte einen Angriff ins dunkle; einen falschen Angriff, wie es sich herausstellte. Schade." Der Schachspieler erkennt die Urheberschaft seiner Entscheidungen an (wie könnte er es nicht – außer durch die Behauptung, er stünde unter der Kontrolle der Fernbedienung eines anderen?), aber diese Art Urheberschaft ist, obwohl notwendig, für moralische Verantwortlichkeit nicht ausreichend.

Die zusätzliche Basis für Verantwortlichkeit stammt, schlägt Taylor vor, von der besonderen Art und Weise, wie wir radikale Neubewertung durchführen. Es gibt keine Metasprache, wie er sagt, in der eine solche Untersuchung durchgeführt werden kann:

„Die Neubewertung wird mit den verfügbaren Formeln durchgeführt, aber mit einer achtungsvollen Einstellung sozusagen gegenüber dem angenommenen Sinn dieser Formeln. ... Jeder, der einmal mit einem philosophischen Problem gekämpft hat, weiß, was für eine Art Untersuchung das ist. In der Philosophie beginnt man in der Regel mit einer Frage, von der man weiß, daß sie am Anfang schlecht formuliert ist. Man hofft, daß man, während man sich mit ihr auseinandersetzt, darauf stößt, daß sich ihre Begrifflichkeit geändert hat, so daß man am Ende eine Frage beantwortet, die man zu Beginn nicht richtig fassen konnte."

Wenn die Frage eine nach radikaler Selbstbewertung ist,

„müssen wir bei unseren Versuchen formulieren, was wir für richtig halten; danach streben, wie bei Beschreibungen, uns treu an etwas zu halten. Aber das, woran wir uns dabei getreu zu halten bemühen, ist kein unabhängiger Gegenstand mit einem festen Grad und einer festgelegten Methode der Evidenz, sondern ein ziemlich unklares Gefühl dafür, was von ausschlaggebender Bedeutung ist." (Taylor 1976, S. 123)

Aber wenn wir bei diesem Versuch, zu einer Schlußfolgerung zu kommen, Erfolg haben, dann ergibt unser Erfolg mehr als bloß eine Handlung, für die wir der Urheber sind; denn wir definieren uns selbst in dem Prozeß, indem wir „strukturiert" und bestimmter machen, was unfertig und noch ungeformt war. Dies ist die Art und Weise, glaubt Taylor, wie wir unsere Werte schaffen, wenn wir uns selbst schaffen.

Andere Autoren haben ähnliche Ansichten geäußert. Kants berühmte Behauptung in der „Grundlegung zur Metaphysik der Sitten", daß das Gesetz, das wir *uns selbst geben*, uns nicht fesselt, legt nahe, daß das Selbst, das wir in diesem Prozeß werden, nicht durch die Gesetze eingeschränkt wird, die wir erlassen, weil dieses Selbst (teilweise) eben durch diese Gesetze konstituiert wird und teilweise durch eine Ermächtigung geschaffen wird, die etwas strukturierter und bestimmter macht, was bis dahin unfertig oder unentwickelt war. Mill beschreibt das Ergebnis einer moralischen Krise in einer Sprache, die bei einem anderen Autor extravagante, metaphysische Thesen heraufbeschwören würde:

„Es ist aber offenkundig, daß ‚ich' beide Parteien in dem Kampf bin; der Konflikt liegt zwischen mir und mir selbst; zwischen (z. B.) mir, der ich nach einem Vergnügen verlange, und mir, der ich mich vor dem Selbstvorwurf fürchte. Was mich, oder, wenn man will, meinen Willen veranlaßt, eher mit der einen als mit der anderen Seite identifiziert zu werden, ist, daß das eine der ‚Ichs' einen beständigeren Zustand meiner Gefühle repräsentiert als das andere. Wenn man der Versuchung nachgegeben hat, hört das verlangende ‚Ich' auf, aber das vom Gewissen geplagte ‚Ich' mag bis zum Ende des Lebens bleiben." (Mill 1867, S. 452)

Nozick findet noch eine andere Analogie für diese kumulativen Momente der Selbstdefinition: die Messung oder die Beobachtung in der Quantenmechanik, die „‚das Wellenpaket zusammenfallen' läßt und die Überlagerung [verschiedener möglicher Zustände] auf einen bestimmten Zustand reduziert ..." (Nozick 1981, S. 298). Das mag für viele eine verführerische Analogie sein, aber sie ist von zweifelhaftem Wert. Zum einen ist der Zusammenbruch des Wellenpaketes, wie er in der Quantenmechanik beschrieben wird, selbst bekanntlich schwer zu verstehen, so daß wir Gefahr laufen, ein Geheimnis in Begriffen eines noch dunkleren zu „erklären". (Die Philosophen genießen es manchmal, diese Sünde gerade im Akt der Anklage zu begehen: Das ist der Trugschluß des obscurum per obscurius.) Zum anderen lädt die Analogie dazu ein, als eine Spekulation über die letztgültige Mikrophysik der menschlichen Entscheidung zu ernst genommen zu werden, obwohl Nozick selber so vorsichtig ist, dieser Lesart vorzubeugen.[23]

---

23 „Der Zweck dieses Vergleichs ist nicht, den freien Willen aus der Quantenmechanik abzuleiten oder die physikalische Theorie dazu zu benützen, um zu beweisen, daß der

Diese Sicht der Bildung des Selbst stellt die allmähliche Entwicklung des Selbst so dar, als ob sie in wesentlicher Hinsicht anderen Prozessen materieller Veränderung unähnlich wäre, die jenen Hylophoben[24] mit schwacher Einbildungskraft als angemessene Metaphern erscheinen könnten: Kristallbildung, Erosion, Reifung, die Entstehung von Narbengewebe. Die Bildung des Selbst ist, anders als diese, sensibel gegenüber Informationen, geeignet für unbestimmt viele Ebenen der Metakritik und auf eine Weise kreativ, wie es die Kunst ist: Die Formen, die entstehen, tragen zur Beschaffenheit der Kriterien bei, durch die sie bewertet werden.

Aber diese Position scheint bei all ihrer Überzeugungskraft noch wie eh und je durch Edwards' skeptischen Einwand verwundbar zu sein: Wenn ich mich zufälligerweise so definiert habe, daß ich (gelegentlich) auf die Stimme der Vernunft hören kann, so ist das einfach mein Glück, und wenn eine andere Person so unglücklich ist, daß sie das Leben mit einem Charakter beginnt, der von den Unzulänglichkeiten ihrer Vorfahren gezeichnet ist, dann sind ihre Missetaten gleichfalls nur ein Produkt ihres Unglücks. Niemand von uns war dafür verantwortlich, was er am Tag seiner Geburt für ein Wesen war, und niemand von uns ist verantwortlich (oder könnte es sein), was wir danach tun, solange unser Charakter heute das deterministische Ergebnis unseres Charakters von gestern und dem Tag davor ist, gleichgültig wie konstruktiv oder schöpferisch er auch ist.

Ist es „einfach Glück", daß manche von uns mit genug künstlerischem Geschick geboren worden sind, um einen „guten" Charakter zu haben, während andere sich als weniger gut herausgestellt haben? Dem Begriff des Glücks und seiner Rolle in Argumenten beim Problem der Willensfreiheit und der Verantwortlichkeit wurde von Philosophen erstaunlich wenig Aufmerksamkeit geschenkt.[25]

---

freie Wille existiert, oder auch nur zu behaupten, daß die Unbestimmtheit auf der Quantenebene Raum läßt für den freien Willen. Wir wollen eher prüfen, ob die Quantentheorie ein Analogon darstellt..." (S. 298). Siehe auch seine Diskussion des Selbst als „einem Kunstprodukt der Selbstsynthese", S. 105–114.

24 *Hylephobie* ist mein Ausdruck für die Furcht vor Materialismus. Ich diskutiere humanistische Hylephobie in Dennett 1978 b, S. 252.

25 Nagel (1979) und Williams (1981) haben die Aufmerksamkeit von Philosophen auf die erstaunliche Rolle des Glücks in Fragen von moralischer Verantwortlichkeit gelenkt, aber beide setzen den Begriff des Glücks selbst mehr oder weniger voraus.

3. Unser Glück versuchen

> ... und wie viele mögen ein langes,
> schuldloses Leben geführt haben,
> die nur *glückliche* sind,
> so vielen Versuchungen entgangen zu sein
> ...
>
> Kant, *Die Metaphysik der Sitten*
> (Akademieausgabe Bd. VI, S. 392 f.)

Glück ist ein seltsamer Begriff. Wenn uns gesagt wird, daß etwas, was passierte, bloß Glück war, sollten wir uns fragen: Glück im Gegensatz wozu? Wir wissen, es wäre abergläubisch zu meinen, daß „es wirklich so ein Ding gibt wie Glück" – etwas, das eine Kaninchenpfote bringen oder nicht bringen könnte – aber wir meinen trotzdem, daß es eine nicht abergläubische und unmißverständliche Weise gibt, Geschehnisse und Eigenschaften als *bloß* glücklich zu charakterisieren. Der Kontrast kann durch ein Gedankenexperiment verdeutlicht werden.

Angenommen, die Vereinigten Staaten und Rußland wären dabei, sich darauf zu einigen, daß sie zukünftig alle Uneinigkeiten und Konflikte dadurch lösen würden, daß sie in Genf eine Münze werfen. Beide Länder müßten einen Wettkämpfer für diese internationale Zufallsangelegenheit bestimmen. Wer sollte uns repräsentieren? Ich denke, jemand würde auf die sowohl demokratische wie auch grandiose Idee eines nationalen Turniers im Münzenwerfen kommen, wo jeder Mann, jede Frau und jedes Kind an einer systematischen Aussonderung teilnehmen muß. Der Gewinner wäre natürlich der ideale Repräsentant, der nach Genf geschickt werden könnte: Amerikas glücklichster Bürger, einer, der gerade achtundzwanzig Münzwürfe, ohne einmal zu verlieren, gewonnen hat! Mit Sicherheit hätte diese Person eine viel bessere Chance in Genf als irgendein Bürger, der bloß zufällig ausgewählt wurde! Wenn es so etwas wie Glück gäbe – d. h., wenn Glück eine projektierbare Eigenschaft von Menschen oder Dingen wäre – dann wäre dieses Phantasieturnier ein schöner Glückdestillator oder -verstärker. Aber Glück ist natürlich (außer wir denken völlig daneben) nicht so; Glück ist *bloßes* Glück, nicht eine echte, projektierbare Gabe.

Der Gewinner des Turniers wäre tatsächlich glücklich (im „gesicherten", nicht abergläubischen Sinn). „Ich denke, ich hatte eben Glück", sollte der Gewinner sagen, aber nicht: „Ich denke, ich bin eben eine glückliche Person". Denn es gibt in Wirklichkeit nicht so etwas (glauben wir), wie generell Glück zu haben; es gibt nur so etwas, wie zu einzelnen Anlässen Glück haben. Aber der Gewinner würde es wahrscheinlich als sehr schwierig empfinden, sich nicht als auserwählt oder besonders oder auf eine andere Art und Weise aus Gnade magisch ausgesondert zu fühlen. Die glücklichen

Überlebenden von Katastrophen – Schiffbrüchen und Grubenunglücken – können es sich in der Regel nicht nehmen lassen, außergewöhnliche Schlüsse aus der Tatsache zu ziehen, daß *sie* überlebten, während andere umkamen. Der Gewinner des Turniers würde entsprechend sehr dazu neigen zu behaupten, Glück sei etwas Reales, eine Kraft in der Natur, die auf seiner Wellenlänge liegt.

Irgendjemand könnte sich sogar dafür *verantwortlich* fühlen, das Turnier gewonnen zu haben – als ob er tatsächlich etwas gemacht hätte, was die ganze Aufmerksamkeit verdiente. Nehmen wir an, nur um eine Illusion zu verstärken, daß der Gewinner sich der Existenz dieses Turniers gar nicht bewußt war. Soweit er wußte, begann er einfach vor ein paar Wochen, Münzen zu werfen, und hatte eine fast unglaubliche Gewinnserie – achtundzwanzig nacheinander, ohne einmal zu verlieren. Er würde zweifellos anfangen, sich zu fragen, ob die verwendeten Münzen in Ordnung wären, oder er würde wirklich abergläubisch werden.[26] Natürlich würden diejenigen unter uns, die eingeweiht sind, durch diesen Gedankengang nicht in Versuchung gebracht; wir würden wissen, daß ein solches Turnier, selbst wenn es so etwas wie Glück nicht gibt, einen Gewinner (den einen oder anderen) gerade so lange hervorbringt, wie es stattfindet.

Gibt es eine Illusion der persönlichen Verantwortlichkeit bei denjenigen unter uns, die sich selbst für die Steuermänner ihres Glückes halten, analog der Illusion der Verantwortlichkeit oder des Heldenmuts, die in unserem Turniergewinner erzeugt wurde? Sicherlich machte jeder, der ein solches Turnier gewinnt und es sich als Verdienst anrechnet oder zukünftigen Er-

---

26 Dieses Gedankenexperiment ist von einer der elegantesten und hinterlistigsten der klassischen Schwindelgeschichten inspiriert; sie hat wahrscheinlich schon einen Namen, aber da ich ihn nicht kenne, nenne ich sie die Spitzelpyramide. Sie erhalten eine Adressenkartei von ernsthaften Wettspielern; dann teilen Sie sie durch zwei und schikken einer Hälfte die Voraussage, daß Team *A* den Wettkampf nächste Woche gewinnt und der anderen Hälfte die Voraussage, daß Team *A* verliert. Eine Woche später hat die Hälfte der Adressenliste eine richtige Voraussage erhalten – kostenlos. Legen Sie die andere Hälfte der Adressenliste beiseite; teilen Sie die übrigen wieder in zwei Hälften und schicken Sie ihnen ein zweites Paar sich ergänzender Voraussagen; das verkleinert ihre Gruppe von Schmarotzern, aber jetzt haben sie zwei „Beweise" ihrer Hellsichtigkeit. Nach ein paar mehr „Erfolgen" kündigen Sie an, daß die kostenlose Probezeit zu Ende ist; für Ihre nächste Voraussage werden sie zu zahlen haben. Und wie Skinner Ihnen sagen würde, ist das Schöne an dem System, daß man nicht bei einer sich so rasch verkleinernden Gruppe bleiben muß. Manche Leute sind Schmarotzer wegen der „zufälligen Schemata der Verstärkung". Versuchen Sie, für die nächste Voraussage einen „Sonderpreis" denjenigen anzubieten, für die Ihre Erfolgsrate etwas getrübt ist – sagen wir, eine von vier Voraussagen war falsch – und Sie werden viele Kunden finden.

folg auf der Grundlage dieser vergangenen Erfahrung voraussieht, einfach einen Fehler. Könnten wir auf ähnliche Weise einfach fehlgehen, wenn wir denken, wir – manche von uns auf jeden Fall – seien für unsere Handlungen wirklich verantwortlich?[27]

In einem bestimmten Sinn haben wir alle, so wie der Gewinner des Münzwurfturniers, außerordentliches Glück gehabt, hier im Kreis der Gewinner zu sein. Nicht ein einziger *unserer* Vorfahren hatte das Unglück, kinderlos zu sterben! Wenn man daran denkt, daß Millionen von Vorfahren in den frühen Runden des Turniers um die natürliche Selektion k. o. geschlagen wurden, muß es so scheinen, als ob die Wahrscheinlichkeit gegen *unsere* Existenz astronomisch hoch wäre.[28]

Die große Differenz zwischen uns und dem Gewinner des Münzwurfturniers ist, daß, – obwohl wir es uns nicht als persönliches Verdienst anrechnen dürfen, daß unsere Vorfahren erfolgreich waren – unsere Gene es dürfen. Der Wettkampf, den unsere Gene gewonnen haben, war eine Prüfung von echter Tapferkeit. Man muß gut in etwas sein (in der Tat, gut in vielerlei und ganz allgemein), um bis zu der Runde zu kommen, die heute gespielt wird. Die Person, die ein selektives Turnier in einem Geschicklichkeitsspiel gewinnt, *ist* wahrscheinlich viel besser als eine zufällig ausgesuchte Person in nachfolgenden Wettkämpfen; Geschicklichkeit, anders als Glück, ist projektierbar. Und da die Fertigkeit in Selbstkontrolle und Überlegung über Zeitalter hinweg ziemlich strengen Tests unterzogen wurde, gibt es in der Tat eine reale Basis dafür, hohe Erwartungen in die Fertigkeit beim Überlegen, und allgemeiner, in die Fähigkeit unserer Mitmenschen zur Selbstkontrolle zu setzen. Wenn Sie in diesem Bereich nicht sehr gut begabt wären, hätten Sie es nicht bis zu dieser Runde im Turnier gebracht. Natürlich haben ein paar Unglückliche Mängel, obwohl sie von fähigen Selbstkontrolleuren geboren wurden, ohne etwas dazu zu können. Wir betrachten sie nicht als verantwortlich. Sie sind entschuldigt. Aber wir erwarten vom Rest eine Menge und aus gutem Grunde. Wir sind nicht nur glücklich: Wir haben Fertigkeiten.

Die Beziehung zwischen Fertigkeit und Glück ist kompliziert. Unter Athleten gibt es die Maxime, daß das Glück dazu tendiert, sich gleichmäßig

---

27 Vgl. die Diskussion dieses Punktes in Hospers 1961 und Hook 1961 b.

28 Und wenn wir gerade von Astronomie reden: Denken wir daran, wieviel Glück wir haben, daß unser Planet zufällig aus schweren Elementen zusammengesetzt wurde (die im Universum äußerst selten sind) – so daß wir etwas Festes und Bequemes zum Daraufstehen haben! Gleichgültig ob wir glücklich sind oder nicht, aus der Tatsache, daß wir hier *sind*, können wir überraschende Tatsachen über die Naturgesetze ableiten. Siehe Gale 1981.

zu verteilen, und daß die besten Sportler diejenigen sind, die dazu ausgestattet sind, aus glücklichen Gelegenheiten Kapital zu schlagen. Wenn Sie schließlich nicht einmal in der Lage sind, einen Basketball siebzig Fuß weit zu werfen, können Sie sich niemals die seltenen, verzweifelten Gelegenheiten zu einem glücklichen, gewinnbringenden Wurf zunutze zu machen. Außerdem – je besser Sie sind, desto weniger Glück brauchen Sie und desto weniger zählen Ihre Erfolge als bloßes Glück. Warum? Weil Sie, je besser Sie sind, um so mehr Kontrolle über Ihr Leistungsvermögen haben.[29] Wenn ein Basketballstar in einem Spiel zehn Körbe hintereinander wirft, nennen wir es nicht Glück; wenn ich zehn hintereinander schaffte, würden wir es sicher Glück nennen.[30] Der Star ist nicht so gut, daß er ganz außer der Reichweite von Glück liegt, aber für ihn ist die Schwelle dafür, was als Glück zählt, beachtlich höher. Wir erwarten mehr von ihm. Ähnlich also verhält es sich, wenn jemand bei der Selbstvervollkommnung geschickt ist; dann ist ein derartiger Erfolg in dieser Richtung, den er erreichen mag, nicht bei jeder Gelegenheit seinem Glück zuzuschreiben, sondern seiner Geschicklichkeit. Wir erwarten mehr von ihm. Noblesse oblige, wie der Ausspruch sagt.

Aber trotzdem, so mag man versucht sein zu sagen, gibt es in den Lebensumständen eines Handelnden zwei Arten von Unterschieden, die bloß Sache des Glücks sind: Mit wieviel anfänglicher Kraft, mit wieviel Talent oder Charakter man das Glück hatte, geboren zu werden, und wieviel glückliche Zufälle einem während der Zeit der Selbstausbildung passierten. Auf die eine oder andere Weise, so scheint es, müssen diese Faktoren zusammengehen, um den Anspruch jedes selbst-ausgebildeten Handelnden auf persönliche Verantwortung für seinen Charakter abzuweisen. Wir wollen diese Faktoren einen nach dem anderen betrachten.

Angenommen, was mit Sicherheit wahr zu sein scheint, daß die Menschen mit feststellbar unterschiedlichen kognitiven Begabungen und Neigungen, bestimmte Charakterzüge zu entwickeln, auf die Welt kommen. Manche Menschen haben z. B. lange Reihen von brillanten (oder heißblütigen oder muskulösen) Vorfahren und haben scheinbar ganz andere erste Begabungen als ihre Zeitgenossen. Ist das „schrecklich unfair“ – um einen

29 Alex Bird (ein berühmter britischer Wettspieler, der beim Pferderennen ein Vermögen machte) sagte einmal: „Ich habe mich nie als glücklich empfunden. Ich bin ein Feigling. Ich kann kein Spieler sein. Aber ich arbeite sehr hart. Je härter ich arbeite, desto mehr Glück habe ich!“ (*Sunday Observer*, London, 24. April 1983).

30 Zu der Beziehung zwischen Fertigkeit, Zufall und Toleranz für Irrtum, siehe Wimsatt 1980.

Ausdruck von Williams (1981, S. 228) zu benutzen – oder muß es zwangsläufig zu etwas schrecklich Unfairem führen? Nicht notwendigerweise.

Stellen wir uns einen Wettlauf vor, bei dem die Startlinie gestaffelt ist: Diejenigen, die im Januar Geburtstag haben, starten einen Meter vor denen, die im Februar Geburtstag haben und elf Meter vor denen, die im Dezember Geburtstag haben. Bestimmt kann niemand etwas dafür, in dem einen Monat und nicht in einem anderen geboren worden zu sein. Ist das nicht offensichtlich unfair? Ja, wenn das Rennen ein Hundert-Meter-Lauf ist. Nein, wenn es ein Marathonlauf ist. In einem Marathonlauf würde ein solch ziemlich kleiner anfänglicher Vorteil nichts zählen, denn man kann zuversichtlich andere zufällige Wendungen erwarten, die noch größere Wirkungen haben. Tatsächlich werden in einem großen Marathon die besten Läufer in der Regel gesetzt, und ihnen wird ein beachtlicher Vorsprung erlaubt; aber ich habe noch niemanden gehört, der sich beklagte, dies sei unfair. Ein guter Läufer, der am Ende des Feldes startet, wird, wenn er gut genug ist, daß er den Sieg verdient, viele Gelegenheiten haben, diesen anfänglichen Nachteil zu überwinden. Manche mögen bezweifeln, daß dies fair ist, trotz der Tatsache, daß es allgemein akzeptiert wird. Sie müssen trotzdem zustimmen, daß das willkürliche gerade beschriebene Geburtstagssystem fairer ist. Ist es fair genug, daß es nicht wert ist, sich lange Gedanken darum zu machen? Natürlich. Alles in allem: Glück verteilt sich auf lange Sicht gleichmäßig.

Aber haben wir irgendeinen Grund zu glauben, daß der Prozeß der moralischen Entwicklung oder des Erwerbs der Fähigkeit zu handeln eher einem Marathonlauf gleicht als einem Sprint? Ja, solche Belege haben wir massenhaft. Erstens: Die moralische Entwicklung ist überhaupt kein Rennen mit einem einzigen Gewinner, hinter dem alle anderen plaziert sind, sondern ein Prozeß, der die Menschen früher oder später auf ein Entwicklungsniveau bringt – nicht unähnlich z. B. dem Prozeß des Erlernens der Muttersprache. Manche Menschen erreichen dieses Niveau flink und leicht, während andere ausgleichende Anstrengungen brauchen, um die anfänglichen Nachteile auf die eine oder andere Weise zu überwinden.[31]

Aber jeder kommt schließlich mehr oder weniger in die gleiche Liga. Wenn die Menschen für „gut genug" gehalten werden, ist ihre moralische Erziehung vorbei, diejenigen ausgenommen, die als behindert ausgesondert

---

31 Siehe Sher 1979. Siehe auch Hampshire 1959, S. 186: „Menschen können ihre eigenen Grenzen als ein Merkmal unter anderen in der Welt identifizieren, die man bewußt akzeptieren muß, oder, sofern es möglich ist, die man willentlich ändern muß, statt daß man einfach darauf reagiert."

werden – als zurückgeblieben oder psychopathisch, z. B. -, und die Gesellschaft wird als zusammengesetzt aus Individuen betrachtet mit ungefähr den gleichen Talenten bezüglich der Erfordernisse einer solchen Gesellschaft. Von beiden, den anfänglichen Unterschieden und den Differenzen, die das Glück hinterher betreffen, glaubt man, daß sie sich im allgemeinen ausgleichen. Ist diese verbreitete Ansicht ein großer Irrtum? Wir können uns dieser Frage stellen und versuchen, bessere Taktiken zu betrachten, wiederum in dem einfachen Bereich des Sports.

Stellen wir uns vor, wir versuchten, die Basketballregeln auf folgende Art und Weise zu ändern: Wenn die Schiedsrichter entscheiden, daß ein bestimmter Korb bloß ein zufälliger Treffer war, dann lassen sie die Punkte nicht gelten, und wenn sie bemerken, daß einen das Pech verfolgt, dann geben sie diesem Team ausgleichende Vorteile. Ein vollkommen zweckloses Reformvorhaben natürlich, das niemandes Sinn für Fairness entspricht. Beim Sport akzeptieren wir Glück und sind zufrieden, zu planen und uns abzumühen und zugleich dem Glück seinen fälligen Spielraum zu gewähren – das ja schließlich für alle dasselbe ist; nicht einer *hat* tatsächlich *mehr Glück* als irgendein anderer, selbst wenn manche das Glück *hatten*, mit mehr Talent zu starten. Aber auch das ist fair, glauben wir. Wir unterstellen nicht, daß der einzig faire Wettkampf der zwischen vollkommen ausgeglichenen Gegnern ist; die Kraft des einen mag die Pfiffigkeit des anderen besiegen oder umgekehrt. Ungefähr vergleichbare Gesamtstärke ist alles, was wir verlangen. Und wenn bei einer besonderen Gelegenheit die besonderen Stärken des einen mehr zählen als die besonderen Stärken des anderen, ist das „zu dumm" für den letzteren, aber überhaupt nicht unfair.

Wenn die Talentierten erfolgreich sind, liegt es nicht daran, daß sie Glück haben, sondern daran, daß sie talentiert sind.[33] Ah, aber sie haben das Glück, zu Beginn mit Talent ausgestattet worden zu sein! Nicht immer. Manche talentierten Sportler werden gemacht, nicht einfach geboren; manche haben täglich gewissenhaft stundenlang über Jahre hinweg trainiert, um schließlich ihre Stärke zu erreichen und während dieses Prozesses sich selbst viele Vergnügungen und Gelegenheiten versagt, die wir weniger geschickten Sportler genossen haben. Ah, aber sie hatten das Glück, mit dem

32 Angenommen, unser Gewinner des Münzwurfturniers erhält eine Million Dollar Preisgeld. Jetzt kann er sagen, daß er nicht das Glück hatte zu gewinnen, sondern das Glück hatte, eine Million Dollar zu bekommen (er hat sie sich nicht verdient). Aber von da an hat er nicht Glück, er ist reich. Wenn Glück so etwas wäre wie eine Begabung, die jemand haben könnte, wäre es wirklich unfair, dem Gewinner eine Million Dollar zu geben, dem schon bewiesen worden ist, daß er viel voraus hat in dieser Welt: das ganze Glück.

Mumm und der Initiative geboren worden zu sein, die nötig sind, um ihre Fertigkeit bei ihrem Training herauszubilden. Nicht immer. Manche sind nicht mit diesem Temperament geboren worden, sondern haben es von einem klugen Lehrer oder Trainer gelernt. Ah, aber dann haben sie das Glück, daß sie die erforderliche Intelligenz besitzen, um die Lektion dieses guten Trainers zu begreifen. (Schließlich sind nicht alle Spieler in der Lage, von ihm inspiriert zu werden.) Und natürlich haben sie das Glück, in einer Stadt geboren worden zu sein, wo dieser gute Trainer seine Wundertaten vollbringt. Außerdem haben sie Glück, nicht blind geboren worden zu sein und auf dem Weg zur Schule nicht vom Blitz erschlagen worden zu sein. In der Tat hatten sie das astronomische Glück, wie schon gesagt, daß sie überhaupt geboren worden sind!

Wie dieser verdrießliche kleine Dialog deutlich macht, neigt man dazu, „Glück haben" und „Pech haben" als komplementär und erschöpfend zu behandeln, so daß für Fertigkeit überhaupt kein Platz mehr bleibt. Dieser Ansicht nach könnte prinzipiell nichts als Fertigkeit oder als Ergebnis von Fertigkeit gelten. Das ist ein Irrtum. Sobald man anerkennt, daß es Ellenbogenfreiheit für Fertigkeit zwischen glücklichem Erfolg und unglücklichem Scheitern gibt, löst sich das Argument auf, welches zu zeigen vorgibt, daß niemand jemals verantwortlich sein kann. Das Glück verteilt sich gerecht, und die Fertigkeit ist am Ende entscheidend. Von Zeit zu Zeit spielt das Glück natürlich bestimmt eine zu große Rolle, aber jeder, der glaubt, daß sich alle Niederlagen *am Ende* dem Pech verdanken und alle Siege dem Glück, mißbraucht den Begriff des Glückes einfach.

Das ist deutlich genug für den Bereich des Sports, den ich in meinen Beispielen verwendet habe. Was passiert, wenn wir das Diskussionsthema von dem einfachen Gebiet des Sports auf das ernstere Gebiet moralischer Entscheidungen übertragen? Werden die Intuitionen über Glück, die bis jetzt so sicher erschienen, so gut weitergehen? Die Diskussion von Glück und Stärke beim Sport war bloß zum Aufwärmen da, sie war nicht die Hauptsache. Wenn wir das Aufwärmen hinter uns haben, was sollen wir also über den armen Kerl in Edwards' Beispiel sagen, der nicht das Glück hatte, mit dem Mut und der Charakterstärke auf die Welt gekommen zu sein, die erforderlich wären, um die Behandlung durchzustehen?

Manchen erscheint es zwingend – Nagel, z. B. (in „Zufall als moralisches Problem", 1979) –, daß wir solche Leute wie *B* immer entschuldigen sollten, denn es war bloß *B's* Pech, mit dem *B's* Unvermögen, die Behandlung durchzustehen, erklärt werden kann. Manchmal zweifellos, aber warum immer? Wir wissen nicht genug über *B*, um zu wissen, ob wir sein Problem seinem Unglück oder seinem eigenen Unvermögen für eine Aufgabe zuschreiben sollen, bei der wir allen Grund hatten, von ihm zu erwarten, daß er erfolgreich ist.

War er wie der Starspieler, der den todsicheren Korb „vermasselte“ und Jahre brauchte, um damit fertig zu werden, oder wie der Ersatzspieler, der beim Verzweiflungswurf nicht traf, aber den Umkleideraum fast wie ein Held betrat, bloß weil er sich so sehr angestrengt hatte? Warum sollten die Unterscheidungen, die wir in der Arena des Sports so angebracht finden, nicht in der übrigen Welt auch angewendet werden können?

Weil wir – so lautet die Antwort – wenn wir sagen, „wir haben allen Grund anzunehmen“, daß ein Handelnder etwas gut macht, eigentlich nicht korrekt reden. Wenn der Determinismus wahr ist, dann erwarten wir bloß deswegen von jemandem, daß er jemals etwas anderes tut als das, was er schließlich tut, weil wir nie alle Informationen haben, die im Prinzip für solche Fragen relevant sind. Wenn wir die feinkörnigeren Details wüßten, wären wir immer in der Lage, zu sehen, daß die Person „nicht anders konnte“, als so zu handeln, wie sie es zu dieser Gelegenheit tatsächlich getan hat. Daß dieser Argumentationsgang fehlerhaft ist, wird in den Kapiteln V und VI gezeigt. (Manchen erscheint dies als das eigentliche Kernstück des Problems der Willensfreiheit, und sie haben vielleicht mit wachsender Ungeduld darauf gewartet, daß ich mich diesem Punkt zuwende. Ich hoffe, ihnen zu zeigen, daß man sich ihm ohne diese Präliminarien nicht richtig zuwenden kann.)

Wir alle sind die „Begabten“. D. h., ich gehe davon aus, daß alle meine Leser, genauso wie ich, zur Gemeinde derer gehören, die für etwas Gründe geben und Gründe abwägen. Wir sind alle mit dem Vermögen zu überlegen begabt, sonst wären wir nicht hier (in der Erwachsenenwelt der Bücher und Leser). Einige unserer Freunde und Verwandten sind nicht hier; manche von ihnen sind Kinder, und manche von ihnen sind, obwohl es nicht ihr eigener Fehler ist, infantil oder auf eine andere Weise nicht in der Lage, die Vernunft zu benutzen. Wenige von ihnen sind *vielleicht* an ihrem unglücklichen Zustand schuldig – z. B. haben sie vielleicht ihre Gehirne ziemlich wissentlich durch Drogen oder Alkohol ruiniert, aber da sie jetzt untauglich geworden sind, sind sie von weiterer Verantwortlichkeit entschuldigt. Wir unternehmen Schritte, um sie von Situationen fernzuhalten, wo sie sich selbst oder anderen ernstlichen Schaden zufügen könnten.

Wir Begabten sind gut im Überlegen und in der Selbstkontrolle und erwarten entsprechend voneinander eine ganze Menge in dieser Hinsicht. Auf der Grundlage dieser Erwartungen setzen wir Begabte auf Vertrauenspositionen und verantwortliche Stellen, und dann *verlassen wir uns auf sie*, daß sie das Richtige tun. Und da sie begabt sind, nennen wir es nicht Glück, wenn sie das Richtige tun. Je besser sie sind, um so geringer ist die Rolle, die das bloße Glück beim Resultat ihrer Überlegungen spielt.

Wir sind natürlich nicht vollkommen verantwortlich dafür, daß wir verantwortlich sind, genausowenig wie der Starspieler vollkommen außerhalb der Reichweite von Glück ist. Schließlich kann morgen ein Schläger aus dem Gebüsch kommen und mir den Schädel einschlagen. Ich hätte dann genug Pech, um meinen Status als verantwortlicher Bürger zu verlieren, ohne Fehler oder Irrtum meinerseits. Aber wenn das auch äußerst unglücklich wäre, ist die Tatsache, daß ich bis heute keine Auseinandersetzung mit einem Schläger hatte, nicht bloß eine Sache des Glücks; ich bin ziemlich gut darin, mich Schlägereien fernzuhalten. Tatsache ist, daß wir verantwortlich Handelnden alle gut genug entworfen sind, so daß wir Umstände zu meiden suchen, wo die Wahrscheinlichkeit hoch ist, daß wir unser Vermögen und folglich unseren Status als verantwortliche Bürger verlieren. Wir passen auf uns auf. Wir sind systematische Status-Bewahrer, aber natürlich kommen manchmal harte Zeiten auf uns zu. Manchmal passiert das Unerwartete und Unausweichliche. Dann haben wir Pech.

Wir können uns ein Wesen vorstellen (sehr schwer allerdings, glaube ich), das sein Leben lang immer „korrekte" Entscheidungen traf, aber immer durch bloßes Glück, niemals dank eigener Fertigkeiten. An jeder Kreuzung nahm dieses Wesen zufällig den richtigen Weg, weit weg von den Galgen, weit weg von Verleumdungen und Schande. Ein unglücklicher falscher Schritt und bums – verurteilt zu lebenslänglicher Schande. Aber so sind wir nicht.

„Allein aus Gottes Gnade gehe ich diesen Weg" [als Ketzer verbrannt zu werden] (John Bradford 1510?–1555). Eine sehr seltsame Empfindung. Sie wird in unserer Zeit mit einer noch seltsameren Bedeutung wiederholt: Tatsächlich könnte ich so glücklos sein; ich könnte vielleicht irgendein solches Unglück zu erleiden haben. Aber es würde eine außerordentlich unwahrscheinliche Verschwörung von Zufällen verlangen (siehe Kapitel II), *mich* in einen, sagen wir, Mörder zu verwandeln, während eine ziemlich wahrscheinliche, normale, alltägliche Wendung der Ereignisse für einen schlimmen jungen Rowdy alles ändern könnte, der bis dahin ernsten Schwierigkeiten nur um Haaresbreite entging. Der Tag, an dem jemand zufällig den Fehler begeht, ihn zu beleidigen, ist der Tag, an dem sein Leben der Gewalttätigkeit beginnt. Wenn diese Art von Versuchung, die ihn zu einem Mörder macht, vor meinen Augen aufblitzt, werde ich ihr allerdings fast mit Sicherheit widerstehen. Wenn es mir nicht gelänge, ihr zu widerstehen, hätte ich niemandem, dem ich die Schuld zuschreiben könnte außer mir selbst. Von mir wird verlangt, daß ich gut darin bin, solchen Versuchungen zu widerstehen – und in der Tat sind die meisten davon ein Kinderspiel. Ich bin so gut darin, daß *ich sie nicht einmal als Gelegenheiten wahrnehme.* Man denke an gute Schachspieler, die sogar die Gelegenheiten für dumme Züge nicht einmal bemerken. (Siehe Hofstadter 1979, S. 286 ff. zu „implicit pruning" („implizitem Beschneiden")). Es ist nicht bloß Glück, was sie davon abhält, die stümperhaften Spiele zu spielen.

Wenn der Rowdy im Leben ein Stümper ist (und er ist es), dann ist es schlimm genug für ihn, und es *mag* bloß sein Pech sein, daß er beim Treffen von Entscheidungen so schlecht ist. Wir sind allerdings nachsichtig. Wir setzen die Erwartungsschwelle für Stümper niedriger an. Für Kinder, z. B. Wir halten sie fern von Situationen, in denen ihre jugendlichen Überlegungskräfte sie zu schrecklichen, bedauernswerten Irrtümern führen könnten. Was für sie als Glück zählt, ist etwas, was für uns Erwachsene nicht unter Glück fallen würde.

Das ist alles sehr schön – kommt der Einwand –, aber was ist mit den Unglücklichen, die wie Erwachsene aussehen und sich auf das Spielfeld der Erwachsenen begeben und damit in schwierige Situationen, wo sie äußerst bedauernswerte Entscheidungen treffen? Wenn wir sie identifizieren können, sollten wir es tun. Und dann sollten wir sie wie Kinder behandeln und sie entschuldigen. Aber wenn wir diese Aufgabe richtig erfüllen, bleibt dann überhaupt jemand übrig, der schuldig sein kann? Selbst wenn manche dieser Leute bereit sind, sich die Schuld zu geben, ist es richtig, daß sie es tun? Schließlich: Wenn ich mir selbst für einen Irrtum die Schuld gebe, von dem ich glaube, ich könnte ihn nicht dem bloßen Pech zuschreiben, warum gebe ich meinem *Selbst* ein so großes Gebiet? Dies ist noch eine Frage, der ich mich in den letzten drei Kapiteln zuwende.

4. Überblick

Was haben wir mit unserer Untersuchung bisher erreicht? Fast nichts wurde entschieden; kein Teil unserer Statue ist „fertig". Wir gaben in Kapitel II eine teilweise, skizzenhafte Erklärung unserer Rationalität, und ein paar von diesen Punkten, die dort unberührt blieben, wurden in Kapitel III und IV weiterverfolgt; aber einige nagende Probleme, die die Rationalität betreffen, sind bis zum Kapitel V aufgeschoben worden. Wir machten in Kapitel III erste Bekanntschaft mit dem Thema der Kontrolle und Selbstkontrolle und vertieften sie in Kapitel IV, aber weitere Verfeinerung ist notwendig, die für die Kapitel V und VI versprochen wurde. Dieses Kapitel hat eine naturalisierte Sichtweise des sich langsam entfaltenden Prozesses der Selbstdefinition und unseres Entstehens als Handelnde präsentiert und Details in einer anderen Zeiteinteilung als bei dem evolutionären Ansatz von Kapitel II hinzugefügt. Wir haben (allerdings etwas verschwommen) das Aufkommen von Zufälligkeit und Glück in mehreren verschiedenen Bereichen betrachtet, und es muß in den nächsten beiden Kapiteln noch mehr Arbeit in die Oberfläche der Statue investiert werden.

Die Angst, auf die sich dieses Kapitel konzentrierte, ist die, daß keine naturalistische Theorie des Selbst entwickelt werden könnte, die das Selbst ausreichend von einem bloßen Dominostein in einer Reihe unterscheidbar machte. Wir wollen nicht bloße Dominosteine sein; wir wollen moralisch Handelnde sein. Rekapitulieren wir, was als spezielle Charakteristika des naturalistisch verstandenen Selbst gefunden wurde. Nur ein paar der Teile des physikalischen Universums haben die Eigenschaft, so entworfen zu sein, daß sie ihrer eigenen Auflösung Widerstand leisten, einen lokal begrenzten Kampf gegen die unerbittliche Tendenz des zweiten Satzes der Thermodynamik zu führen. Und nur ein paar dieser Teile haben die weitere Eigenschaft, veranlaßt zu werden, verläßliche Erwartungen darüber zu hegen, was als nächstes passiert, und folglich die Fähigkeit zu haben, Dinge, einschließlich sich selbst, zu kontrollieren. Und nur manche davon besitzen die weitere Fähigkeit bedeutender Selbstverbesserung (durch Lernen). Und noch weniger haben die nicht-beschränkte Fähigkeit (die eine Sprache zur Selbstbeschreibung verlangt) zur „radikalen Selbstbewertung". Diese Teile der Welt sind also Orte der Selbstkontrolle, des Talents, des Entscheidungen-Treffens. Sie haben Pläne, Interessen und Werte, die sie im Verlauf ihrer eigenen Selbstbewertung und Selbstdefinition schaffen. Wieviel weniger ähnlich könnte ein Teil der physikalischen Welt einem Dominostein sein?

Kapitel V

Handeln unter der Idee der Freiheit

Ohne Unruhe ist die Zeit
eigentlich nicht da;
sie ist für das Tier nicht da,
das völlig ohne Unruhe ist.

Kierkegaard, *Der Liebe Tun*
(Ges. Werke, 19. Abteilung, S. 344)

Und eine der tiefsten, eine der
allgemeinsten Funktionen lebender
Organismen ist, nach vorne zu sehen,
Zukunft zu schaffen, wie Paul Valéry
es formuliert hat.

François Jacob (1982, S. 66)

1. Wie kannst du jetzt noch überlegen?

Wir alle nehmen das Überlegen ernst und würden es hassen, erfahren zu müssen, daß wir damit unrecht haben. Wir planen die Zukunft; wir liegen nachts wach und nagen an den Knochen der Unentschlossenheit, grübeln darüber nach, was zu tun ist und warum; wir geloben uns selbst, in Zukunft umsichtiger zu sein. Wenn wir zu einer Geschworenenversammlung gehören, versuchen wir ganz besonders, den vorgebrachten Beweisen sorgfältige Aufmerksamkeit zu widmen, so daß wir ein verantwortliches Urteil fällen können. Ist diese ganze Sorge und Arbeit umsonst? Ist es Selbsttäuschung oder Einbildung? Viele Menschen haben Angst, daß es so ist, wenn der Determinismus wahr ist.

Angenommen, wir beginnen mit einer gottgleichen Sicht des Universums. Wir stellen uns das gesamte System der Verursachung vom Beginn der Schöpfung (auf der linken Seite) bis zum Hitzetod des Universums (auf der rechten Seite) auf einer Zeitlinie vor uns ausgebreitet vor. Und wir nehmen mit Laplace an, die ganze Geschichte des Universums sei determiniert. Wir sehen, daß genau in der Mitte, zur Zeit *t*, Alice sitzt und zu entscheiden versucht, ob sie „morgen" nach London gehen soll oder nicht. *Wir* sehen, daß es keine Verzweigungspunkte für die Zukunft nach *t* gibt, die eintreten lassen würden, daß es für Alice zum Zeitpunkt *t* noch möglich war, am nächsten Tag nach London zu gehen. Denn wir würden sehen, daß selbst wenn sie sich – zum Zeitpunkt *t* – noch nicht entschieden hatte, nicht nach London zu gehen, es schon festgelegt war, daß sie diese Entscheidung trifft. Wenn *sie* zum Zeitpunkt *t* glaubt, daß die Möglichkeit, am nächsten

Tag nach London zu gehen, eine echte Möglichkeit ist, die sie durch ihre Entscheidung schließlich entweder unterdrückt oder annimmt, denkt sie falsch; es ist bloß ihre begrenzte Perspektive, ihr beschränktes Wissen, das ihr erlaubt, so etwas zu glauben.

Wenn sie die Welt von unserem Standpunkt aus betrachten könnte, würde sie sehen, daß es in Wirklichkeit überhaupt keine Möglichkeit gab, morgen nach London zu gehen, daß es nie irgendeine solche Möglichkeit gegeben hatte und daß die „Möglichkeit", die sie zum Zeitpunkt *t* sah, nur ein Produkt ihrer Einbildung war, die leichtes Spiel hatte, den Platz einzunehmen, den ihre Unwissenheit leer gelassen hatte. Aus ihrer Perspektive sieht ihre Vergangenheit eindeutig und bestimmt aus, während ihre Zukunft „offen" und reich an Verzweigungen für Gelegenheiten und Möglichkeiten erscheint; von unserer imaginären Perspektive aus sieht die Zukunft genauso festgelegt aus wie ihre Vergangenheit. In Wirklichkeit gibt es von unserer Perspektive aus kein wirkliches *Jetzt*, das die sich ausbreitende Zukunft in die dünne Linie der Vergangenheit zusammenzieht.

Wenn der Determinismus wahr wäre, wäre dann unsere imaginäre Perspektive nicht die richtige Art und Weise, die Welt zu betrachten, und diejenige von Alice die falsche? Die Tatsache, daß wir wie Alice in Wirklichkeit den gottgleichen Standpunkt weder einnehmen noch unsere eigene Zukunft betrachten können, würde die Sicht von dieser unerreichbaren Perspektive aus nicht weniger wahr machen. Scheinbar können wir folgern: *Wenn* der Determinismus wahr ist, dann ist jede Meinung falsch, die wir dahingehend haben, daß es für uns mehr als eine mögliche Zukunft gibt. Wenn der Determinismus wahr ist, dann ist bloß das Wirkliche möglich; was immer geschah, war das einzige, was geschehen konnte, und was immer geschehen wird, wird die einzige Möglichkeit sein, die die Zukunft für uns aufgehoben hat. Da aber Reflexion sicherlich voraussetzt, daß es vielfältige Möglichkeiten gibt, unter denen die Entscheidung getroffen werden kann, sind folglich Determinismus und Reflexion unvereinbar.

Aber was könnte diese angenommene Unvereinbarkeit heißen? Wenn wir diesem Verdacht gerecht werden wollen, müssen wir zuerst einige der vielen sich aufdrängenden schlechten Vorstellungen beiseiteräumen, die mit der besten Version leicht durcheinandergebracht werden. Dann werden wir fähig sein zu sehen, daß selbst die beste Version falsch ist; es gibt überhaupt keine Unvereinbarkeit zwischen Determinismus und Überlegung.

Wenn der Determinismus wahr wäre, sagen die Leute manchmal, wäre Überlegen unmöglich. Aber das kann nicht richtig sein. Die Menschen überlegen jeden Tag. Was wirklich ist, ist möglich, aber diese offenkundige Wirklichkeit des Überlegens zeigt kaum, daß der Determinismus falsch ist. (Wenn sie das zeigen könnte, wäre die Physik eine sehr viel einfachere Wissenschaft!)

Ein zweiter Schritt: Wenn der Determinismus wahr wäre, wären die Überlegungen, die die Menschen sich machen, keine *wirksamen* Überlegungen, sie würden „überhaupt keinen Unterschied machen". Wenn wir meinen, einen Unterschied machen, bedeute einfach *wirksam zu sein,* dann muß auch das falsch sein. (Im späteren Verlauf dieses Kapitels werden wir genauer untersuchen, was es bedeuten könnte, einen Unterschied zu machen.) Selbst in einer vollkommen determinierten Welt gibt es sehr viel Raum für eine Unterscheidung zwischen Überlegungen, die in wesentlicher Hinsicht zur Verursachung eines Ereignisses beitragen, über das nachgedacht wurde, und Überlegungen, die ohne bedeutsamen Gegenstand sind. Der Gefangene, der seine Tage und Nächte damit verbringt, Rachepläne auszuspinnen, aber in seinen Ketten umkommt, stellt Überlegungen an, deren einziger Zweck darin besteht, die Falten über seinen Augenbrauen zu vertiefen und seinen Bluthochdruck zu verschlimmern. Sein Zellengenosse stellt ähnliche Überlegungen an, und dadurch, daß er nach ihnen handelt, entkommt er der Zelle und setzt alle seine Pläne in aufregende Taten um. Wenn es das ist, worauf „einen Unterschied machen" hinausläuft, dann wird ein Teil der Überlegungen in einer deterministischen Welt einen großen Unterschied machen und ein anderer Teil nicht. Es wird Fälle geben, vorsätzlichen Mord, z. B., bei denen man wirklich sagen kann: Hätte es den Vorsatz nicht gegeben, würde das Opfer noch leben.

Dritter Schritt: Mit welchem Wirkungsgrad eine solche determinierte Überlegung auch zu einer Kausalkette beitragen mag: es wäre keine *wirkliche* Überlegung, weil ihr Resultat genauso determiniert wäre wie ihr Ausgangspunkt. Aber warum ist dies das Merkmal unechter, nicht wirklicher Überlegungen? (Wäre ein determiniertes Unwetter kein wirkliches Unwetter? Wäre ein determinierter Verkehrsunfall kein wirklicher Verkehrsunfall?) Es ist eine Petitio principii, ohne Begründung zu verkünden, daß determinierte Überlegung keine wirkliche Überlegung sei. Aber – so lautet die Antwort – bei wirklicher Überlegung gibt es eine *echte Gelegenheit* für den Handelnden, wobei beide Verzweigungen „dem Handelnden offenstehen". Die Überlegung des Handelnden schließt eine davon aus, wenn sie sich für die andere entscheidet. Wenn das Resultat der Überlegung selbst determiniert wäre, dann wäre es schon „die ganze Zeit" determiniert gewesen – so daß es eine wirkliche Gelegenheit gar nicht erst gegeben hätte, sondern bloß eine scheinbare Gelegenheit.

Dieser dritte Schritt stellt eine ernstzunehmende Herausforderung dar. Sie ist klar, vertraut, zwingend – und äußerst fehlerhaft. In diesem Kapitel werde ich zeigen, daß dieser Argumentationsgang auf Mißverständnissen über das Wesen der Überlegung beruht, darüber, was eine Gelegenheit zum Handeln ist oder *möglicherweise sein könnte,* darüber, was es heißen würde, etwas zu vermeiden, und folglich darüber, was „unvermeidbar" [unavoidable] bedeuten muß (selbst wenn es in seiner scheinbar metaphysischen und unpersönlichen Form als „unausweichlich" [inevitable] leicht verkleidet ist). Aber bevor ich mich der Diagnose der Mißgriffe in dem vertrauten Argument zuwende, möchte ich innehalten, um die Aufmerksamkeit darauf zu lenken, wie äußerst fragwürdig und unsicher die Konklusion des Argumentes ist.

Nehmen wir einen Augenblick lang an, daß jemand, der an den Determinismus glaubt, die Konklusion dieses Argumentes akzeptiert. Er kommt also zu der Auffassung, daß keine *wirkliche* Überlegung möglich ist, daß ihm zukünftig keine wirklichen Gelegenheiten zum Handeln begegnen werden. Aber was sollte seine Einstellung unmittelbar nach dieser Entdeckung sein? Resignation? Apathie? Wenn der Determinismus wahr ist, dann wird er natürlich dazu veranlaßt, die Einstellung einzunehmen, die er eben einnimmt. Es mag trotzdem so sein, daß er nicht veranlaßt wird, seine Haltung auf sphexhafte Art und Weise einzunehmen; er mag zu seiner Einstellung durch Betrachtung der zwingendsten Gründe veranlaßt werden. In jedem Fall: Welche Haltung wäre die *richtige*, die man einnehmen sollte? In der Regel wird angenommen, daß er sich dazu genötigt fühlt, wenn er rational ist, aufzuhören zu reflektieren, weil es ein offenkundig nutzloser modus operandi ist.

Ich kann mich nie entscheiden, ob das eine tragische oder komische Vision ist: Die deterministische Welt entwickelt sich über die Jahrtausende, bringt schließlich Wesen hervor, die sich, was ihre Rationalität und Neugierde betrifft, nach und nach steigern, bis zu dem fatalen Punkt, wo sie, unerbittlich, gerade dank ihrer Rationalität, veranlaßt werden können, die Nichtigkeit ihrer wilden, planenden Lebenswege zu erkennen. Und so gelangen sie in einem letzten, sich selbst vernichtenden Anfall von Überlegen zu völligem Gleichmut. Vielleicht ist genau das den Bäumen zugestoßen! Vielleicht liefen die Bäume früher herum und waren mit ihren Plänen beschäftigt, bis zu dem schrecklichen Tag, als sie das Licht sahen und Wurzeln schlagen und „vegetieren" mußten![1]

Anzunehmen, eine solche Verkündigung von Nichtigkeit müsse der Bestätigung des Determinismus unmittelbar folgen, bedeutet, unseren dritten mit unserem zweiten Schritt zu verwechseln. Unser zweiter Schritt, die These, daß der Determinismus die kausale Unwirksamkeit zur Folge hat, wurde als offensichtlicher Irrtum erkannt – in der Tat ist es ein Irrtum, den

1 Van Inwagens (1983, S. 157) Auffassung zufolge würde man sich, wenn man nicht reflektierte, „entweder mit zufälligen Sprüngen oder Trippeln bewegen oder in Katatonie verfallen".

Determinismus mit dem *Fatalismus* zu verwechseln. Der Fatalismus ist die reichlich mystische und abergläubische Ansicht, daß wir an bestimmten Punkten unseres Lebens uns notwendigerweise in bestimmten Umständen vorfinden (die Umstände, die das „Fatum" bestimmt hat), *gleichgültig, welche Launen unserer persönlichen Lebensläufe dazwischen liegen.* (Erinnern wir uns an die Eltern von Ödipus, deren Anstrengungen, ihrem prophezeiten Schicksal zu entgehen, gerade die Umstände hervorbrachten, die es „besiegelten".) Es herrscht weitgehende Übereinstimmung darüber, daß diese Art Fatalismus absolut nichts Empfehlenswertes an sich hat – abgesehen von ihrem beachtlichen Vermögen, in der Literatur gruselige Effekte hervorzurufen. Der Determinismus impliziert den Fatalismus nicht, und es gibt aus anderen Bereichen keine Gründe zu glauben, der Fatalismus sei im allgemeinen wahr.

Aber es gibt wirkliche Beispiele dafür, was man *lokalen Fatalismus* nennen könnte, und von einer Berücksichtigung dieser Fälle leiten wir die Vorstellung ab, Überlegen könnte nichts weiter als nutzloses „body English" sein. Betrachtet man etwa einen Mann, der sich von der Golden Gate Brükke gestürzt hat, und, während er hinunterstürzt, denkt: „Ich frage mich, ob das wirklich so eine gute Idee ist". Überlegen ist für diesen Mann tatsächlich unwirksam geworden. Wir können uns seine zukünftige Bestimmung ausdenken, ohne uns um seine intervenierenden Anstrengungen bei der Problemlösung zu kümmern; worin sie auch immer bestehen, sie werden keine Kausalkette erzeugen, die ihn von der Bahn ablenkt, die wir uns für ihn schon ausgedacht haben. Aber dieser Fall ist gerade dadurch, daß er dieses Merkmal besitzt, anders als gewöhnliche Fälle des Überlegens.

Eine Spielart des lokalen Fatalismus, der unseren normalen Umständen weniger offenkundig unähnlich ist, findet man in der abgenutzten Intuitionenpumpe, dem unsichtbaren Gefängnis. Hier ist ein Beispiel:

„Der Mann, der in einem Raum eingeschlossen ist und es nicht weiß. Er kann sicher die Wahl treffen zu bleiben trotz der Tatsache, daß er keine Wahl hat zu bleiben." (van Inwagen 1983, S. 239)

Warum ist das unsichtbare Gefängnis ein populäreres Beispiel als der Selbstmord von der Golden Gate Brücke? Weil es weniger offensichtlich ist, daß dies nicht die Situation ist, in der wir uns befinden. Diese Dinge passieren – bei seltenen Gelegenheiten. Und wenn sie eintreten, dann können wir uns die zukünftigen Lebensbahnen des Bewohners jenes Raumes ausdenken, ohne sein Überlegen in Rechnung zu stellen; denn worin immer es auch besteht, es wird unwirksam sein, ein Rad, das sich dreht, ohne irgendwelche anderen Räder zu bewegen. Wenn man erfährt, daß die eigene Überlegung dazu verurteilt ist, auf diese Weise von den entscheidenden kausalen Pfaden abgeschnitten zu sein, entdeckt man in der Tat Gründe für Verzweiflung, Apathie oder Resignation. Aber die Entdeckung, daß man in einem solchen Strudel von lokalem Fatalismus gefangen ist, darf nicht mit der Entdeckung verwechselt werden, daß man in einer deterministischen Welt lebt.

Hier ist das Beispiel einer noch anderen Art von lokalem Fatalismus: Ein Mann, der wahnsinnig und rettungslos verliebt ist, der sich aber mit Papier und Bleistift daran macht, eine Liste der Mängel seiner Angebeteten zu erstellen – als eine Hilfe für die Entscheidung, ihr die Heirat anzutragen oder nicht. (Charles Darwin versuchte dies, um einen zu nennen.) Wir wissen, daß dieser Mensch nur eine Pflichtübung absolviert; wir kennen das Ergebnis dieser heroischen Bemühung des Überlegens bereits, und zwar nicht deswegen, weil das Ergebnis determiniert ist, sondern wegen der Art und Weise, wie es determiniert ist: auf eine einfache, Informationen nicht zugängliche Art und Weise. Genauso wie wir die Gedankengänge des herabstürzenden Selbstmörders, der sich seine Bahn ausdenkt, außer acht lassen können, können wir den besonderen Gehalt der Gedankenprozesse des Liebhabers, der ausrechnet, wie sein Urteil lauten wird, ignorieren, denn es ist ein kompensierender Mechanismus am Werk, der jeden vorgebrachten Makel in eine Tugend verwandelt: Sie ist nicht dumm, sie steht auf dem Boden der Tatsachen; sie ist nicht egoistisch, sie ist energisch. Hat sie ein Gesicht wie eine Seezunge? Na ja – entweder man mag Picasso oder nicht. Unser Liebhaber wird zu einem positiven Urteil kommen, gleichgültig was für Belege ihm präsentiert werden.[2] Aber auch in diesem Fall unterscheidet genau das Merkmal, das die fatalistische Interpretation rechtfertigt, – die Taubheit des Überlegenden gegenüber der Stimme der Vernunft (er ist, zur Erinnerung, „wahnsinnig und rettungslos" verliebt) – diesen Fall von üblichen Fällen des Überlegens.

Die Fähigkeit des Liebhabers zu selbsttäuschender Überlegung ist natürlich ein extremer Fall, und wir alle erliegen gelegentlich dieser Versuchung – in verschiedenem Ausmaß und verschieden oft. Dieses allgemeine Krankheitsbild, in milder oder ernster Form, präsentiert sich in verschiedenen Verkleidungen, die sich zwischen den beiden Polen der *Selbsttäuschung* und der *Willensschwäche* (die Aristoteles Akrasia nannte) ansiedeln. Betrachten wir den Raucher: In dem Maße, in dem er kein Ende der schlauen und

2 Die relevante Menge von kontrafaktischen Aussagen, von der wir glauben, sie träfe auf ihn zu, hat eine gemeinsame Konsequenz. D. h., wir nehmen an, daß wir mit zu vernachlässigenden Ausnahmen wahre Aussagen erhalten, wenn wir verschiedene Propositionen für *p* ersetzen in: „Wenn seine Aufmerksamkeit darauf gelenkt würde, daß *p*, würde er sich (immer noch) dafür entscheiden, Lulu die Heirat anzutragen".

verwundenen Argumente findet, die ihn davon überzeugen, daß, alles in allem betrachtet, Rauchen ein entspannender, anregender, risikoloser, eleganter, geschmackvoller Zeitvertreib ist, ist sein Krankheitsbild Selbsttäuschung; wenn er dieses ganze sophistische Gerede durchschaut und sich selbst von der offenkundigen Dummheit des Rauchens überzeugt – und weiterraucht –, ist sein Krankheitsbild Willensschwäche. Wenn es eine Spannung zwischen Neigung und offenkundigem Interesse dieser Art gibt, dann scheint es ein Aushandeln zu geben zwischen der Integrität des Vorgehens der Überlegensmaschinerie und dem Ausmaß, in welchem sie die Räder bewegt, die das Verhalten kontrollieren. Die Leute haben verschiedene „Fahr"stile in den verschiedenen Situationen: Manchmal „lassen wir die Kupplung schleifen" und räsonieren wunderschön, aber ohne Wirkungen; manchmal „fahren wir untertourig", und unser Überlegen wird schwächer, unsere Denkstandards lösen sich auf unter der Last des Verlangens.

Diese grobe Metapher wird der Verwickeltheit und Besonderheit des Phänomens nicht gerecht, das von Philosophen intensiv untersucht wurde (z. B. Davidson 1970, de Sousa 1970, A. Rorty 1972, Schiffer 1976). Es gibt nur spärlichen Konsens bezüglich seiner korrekten Analyse über den Punkt hinaus, der uns hier angeht: Obwohl es so scheint, als ob niemand immun wäre, sind ernste (wirklich lähmende) Fälle erkennbar anomal wie das Leid unseres Liebhabers oder, am anderen Pol, der Süchtige mit einem so überwältigenden Drang, der ihn vollkommen außer Kontrolle bringt. Wir brauchen nicht zu befürchten, daß das menschliche Leben von dieser Art lokalem Fatalismus *überhäuft* ist.

Wir wissen von Fällen wie diesen – Fällen wirklichen lokalen Fatalismus' – daß es tatsächlich Umstände gibt, unter denen Überlegen nutzlos ist. Aber wir wissen auch, daß zum Glück diese Umstände in unserer Welt anomal sind. Wenn wir also unseren zweiten Schritt, die Lehre des globalen oder universalen Fatalismus entschlossen hinter uns lassen, müssen wir auch die Moral aufgeben, die nur dann gültig ist, wenn (oder sobald) der Fatalismus wahr ist. Überlegen *ist* (im allgemeinen) in einer deterministischen, aber nicht-fatalistischen Welt wirkungsvoll. Wie könnten Sie rational zu dem Schluß kommen, daß es nutzlos war, in einer Situation zu überlegen, in der Sie allen Grund haben zu glauben, daß, wenn das Ergebnis Ihres Überlegens ist, eine Entscheidung, *A* zu tun, es dann *A* ist, was Sie tun werden; und wenn das Ergebnis Ihres Überlegens eine Entscheidung ist, *B* zu tun, es dann *B* ist, was Sie tun werden, und außerdem das Ergebnis Ihrer Überlegungen mit größerer Wahrscheinlichkeit dasjenige ist, was unter den gegebenen Umständen das Vernünftige ist und nicht umgekehrt?

Es bleibt aber das Gefühl, daß es etwas Absurdes an sich hat, wenn man mit seinem Überlegen weitermacht, nachdem man zu der Überzeugung gelangt ist, daß gerade dieses Überlegen determiniert ist, sowohl, was den

Prozeß des Überlegens angeht, als auch, was sein letztes Ergebnis angeht.[3] Wir haben ein Gefühl, daß jemand, der unter solchen Umständen einfach weiterüberlegt, sich über irgendetwas täuschen müßte. Sobald also die Natur der Sache ihm offen vor Augen läge, müßte er entweder einen sphexhaften blinden Fleck entdeckt haben – eine Unfähigkeit oder eine Weigerung, die entsetzliche Wahrheit anzuerkennen – oder er müßte ehrenhaft und rational handeln und intellektuelles Harakiri begehen. Aber angenommen, die Person würde einfach vergnügt mit Überlegen weitermachen und den Vorwurf der Irrationalität mit der bekannten Antwort beiseitewischen: „Wenn ich so beschränkt bin, wie kommt es dann, daß ich so erfolgreich bin?“ Diese Erwiderung ist sicher verführerisch, aber sie könnte bloßes Wunschdenken sein. Wie könnten wir das entscheiden?

Erinnern wir uns an den Golfspieler (in Kapitel I), der seinen Kopf unverdrossen unten behält, während er durchschwingt, nachdem der Ball den Golfschläger längst verlassen hat. Man kann ein ziemlich zwingendes Argument dafür vorbringen, daß dies eine abergläubische oder irrationale Taktik ist, denn die Bahn des Balles ist bereits bestimmt, bevor das Durchschwingen beginnt. Aber in Wirklichkeit enthält diese Taktik, wenn man darüber nachdenkt, ein vernünftiges Grundprinzip. Wir können erklären, warum die Tatsache, daß man auf diese Weise nach vorne schaut und Ablenkungen widersteht, dazu tendieren sollte zu sichern, daß die richtigen, wünschenswerten Dinge im entscheidenden Zeitpunkt beim Schwung passieren. Könnte es ein ähnliches Grundprinzip zur Verteidigung der Tatsache geben, daß man auf eine bestimmte Art und Weise nach vorne schaut (und Ablenkungen widersteht), während die Überlegung in vollem Schwunge ist?

---

3 Die Übertreibung unseres ersten Schrittes wird hier oft wiederholt; was absurd oder irrational sein *könnte*, wenn es passieren würde, wird stattdessen für schlicht unmöglich erklärt: „Wenn einer nicht weiß, was er tun soll, aber weiß, daß bereits hinreichende Bedingungen für dasjenige existieren, was immer er dann tun wird, dann kann er nicht überlegen, was zu tun ist, auch wenn er nicht wissen mag, worin diese Bedingungen bestehen“ (Taylor 1964). Das ist offensichtlich falsch – außer es wird dadurch gerettet, daß man „überlegen“ so interpretiert, daß nichts als irrationale oder unechte Überlegung gelten könnte, in welchem Fall es immer noch falsch wäre, aber nicht so offensichtlich.

2. Ein Entwurf des vollkommenen überlegenden Wesens

> Es ist ganz wahr, was die Philosophie sagt, daß das Leben rückwärts verstanden werden muß. Aber darüber vergißt man den andern Satz, daß vorwärts gelebt werden muß.
>
> Kierkegaard, *Die Tagebücher* 1834–1855 (München 1949, S. 157)

> Doch während es Teil unserer Natur ist, eine Zukunft zu schaffen, ist das System auf eine solche Weise verzahnt, daß unsere Voraussagen zweifelhaft sein müssen. Wir können uns selbst nicht ohne einen nachfolgenden Augenblick denken, aber wir können nicht wissen, wie dieser Augenblick aussehen wird.
>
> François Jacob (1982, S. 67)

Es scheint, als könnten wir nicht anders handeln als unter der Idee der Freiheit; wir sind dazu *bestimmt,* so zu überlegen, als ob unsere Zukunft offen wäre. Aber gibt es irgendetwas an dieser unwiderstehlichen Neigung zu kritisieren oder zu bedauern? Wir sind vielleicht in der Lage, die Rationalität und Klugheit einzuschätzen, hinter unserer Art zu überlegen, wenn wir uns mit den Augen von Mutter Natur betrachten – oder, was auf dasselbe hinausläuft, wenn wir fragen, welche Einschränkungen es bei dem Entwurf eines endlichen, physischen überlegenden Wesens gibt. Um die Hypothese zu überprüfen, daß der Determinismus mit (guter, rationaler) Überlegung zu vereinbaren ist, werden wir annehmen, daß der Determinismus wahr ist, und herauszufinden versuchen, ob wir ihn irgendwo zu bestreiten haben, wenn wir unser Unternehmen sinnvoll machen wollen. Wenn man also das vollkommene, deterministische, überlegende Wesen entwerfen müßte, welche Charakteristika würde es haben?

Wie wir im vorigen Kapitel sahen, muß es das Vermögen haben, durch die gegenwärtigen Merkmale seiner Umgebung veranlaßt zu werden, das kausale Milieu vorherzusehen, in das es bald eintreten wird. Und es muß das verläßlich, schnell und exakt vorhersehen. Zwischen diesen Desiderata muß nun allerdings ausgehandelt werden. Wenn dies wirkliche Voraussicht und nicht „Nachsicht“ sein soll, muß dafür ein Preis gezahlt werden: das System muß seine informationsverarbeitenden Aufgaben vereinfachen.[4] Es

4 Der Preis ist tatsächlich nicht sehr hoch. Wie Simon (1969, S. 110) in seiner philosophisch reichen Diskussion dieser Themen bemerkt: „... für eine annehmbare Beschrei-

muß Daten, die es prinzipiell erhalten könnte, wegwerfen oder ignorieren, denn die Kosten (an Zeit und Mühe), wenn man zuviel Informationen mit sich schleppt, werden die Vorhersage innerhalb eines realistischen Zeitraumes vereiteln.[5] Und es kann nicht einfach beliebige Daten über Bord werfen; wenn es ein Minimum an Verläßlichkeit oder Voraussage behalten soll, muß es die „richtigen" Vereinfachungen machen, die „richtigen" Daten beiseitelegen.

Der optimale Ausgleich in diesem Handel ist eine idiosynkratische Angelegenheit, die von Art zu Art verschieden sein kann, abhängig von deren Umständen und Talenten. So verwendet der Ameisenbeutler, anders als der insektenfressende Vogel, seine kognitiven Energien nicht darauf, einzelne Insekten zu verfolgen, ihre Flugbahnen auszukundschaften und genaue Vorhersagen ihrer zukünftigen Lokalisierung zu treffen; er geht bloß über ein von Ameisen bevölkertes Gebiet und läßt seine Zunge den Rest erledigen.[6] Ein Philosoph könnte sagen, daß „Ameise" in der Gedankensprache des Ameisenbeutlers ein Massenterminus ist; manche Regionen enthalten mehr „Ameise" als andere.[7]

Welcher besondere Ausgleich dieser Faktoren durch die Bedingungen einer Art auch immer vorgegeben wird, er wird es mit sich bringen, daß man bestimmte Unterscheidungen macht. In jedem überlegenden Wesen wird die eine oder andere Linie gezogen werden, die diejenigen Merkmale seiner Umgebung eingrenzt, die es betrachtet als:

(1) *feststehend* – so verläßlich fest, daß man keinerlei Mühe darauf zu verschwenden braucht, sie nachzuprüfen;

---

bung der Realität braucht nur ein winziger Teil aller möglichen Interaktionen berücksichtigt zu werden".

5 „Die zukünftige Gestalt der Kurve vorherzusagen, bedeutet, eine bestimmte Operation an ihrer Vergangenheit auszuführen. Der wahre Voraussage-Operator kann durch keinen konstruierbaren Apparat realisiert werden; aber es gibt bestimmte Operationen, die eine gewisse Ähnlichkeit damit haben und die in der Tat durch einen Apparat, den wir konstruieren können, realisierbar ist". (Wiener 1948, S. 12).

6 Das Beispiel, so wie viele Ideen in diesem Kapitel, stammen von Wimsatt 1980, siehe besonders S. 296.

7 Grob ausgedrückt: Massentermini werden mit Sortalen oder Zählwörtern kontrastiert: Man fragt, *wie viele* Stühle in einem Raum, Sterne am Himmel, Minuten in der Stunde sind; dagegen fragt man, *wieviel* Zucker in der Schale, Wasser unter der Brücke, Zeit bis zum Essen ist. Manche Wörter können auf beide Arten verwendet werden, je nach Kontext. Quines (1960) Beispiel ist: „Mary had a little lamb". (1. Bedeutung („lamb" als Sortal): „Mary hatte ein Lämmchen"; 2. Bedeutung: „Mary aß etwas Lamm [, etwas Soße und ein bißchen Kartoffelpüree. . .]" Anm. d. Übers.) Für die feineren Details siehe Cartwright 1970.

(2) *nicht beachtenswert* – für die Interessen des Systems so irrelevant, daß sie gefahrlos ignoriert werden können, ob sie nun feststehend sind oder nicht; oder
(3) *sich ändernd (und beachtenswert).*

Die sich ändernden Merkmale müssen weiter unterschieden werden in diejenigen Veränderungen, die

(3a) *ausfindig zu machen sind,* wenigstens unter bestimmten Umständen – und folglich unter diesen Umständen wirkungsvoll und nutzbringend vorauszusagen sind; oder
(3b) *chaotisch* oder launisch oder „zufällig" sind – unvorhersagbar, aber relevant und beachtenswert. (In diesem Fall bedeutet „unvorhersagbar" natürlich *praktisch* unvorhersagbar: unvorhersagbar mittels der Ressourcen, die man erübrigen kann.)[8]

Den sich ändernden Ereignissen, die es zu beachten gilt, sowohl denjenigen, die manchmal vorhersagbar sind, als auch denen, die es nicht sind – muß man auf spezielle Weise Rechnung tragen. Sie müssen nicht bloß ungefähr überschlagen werden wie die chaotisch herumschwirrenden Ameisen des Ameisenbeutlers, denn ihre einzelnen, wirklichen Bahnen zählen im Kalkül des Wohlergehens des Systems zu viel. Aber sie können nicht immer – und manche von ihnen überhaupt nicht – ausfindig gemacht werden.

Diese Unsicherheit selbst muß berücksichtigt werden; der Spielraum der verschiedenen raumzeitlichen Koordinaten, die die herausgefundenen oder nicht herauszufindenden Dinge einnehmen könnten – nach allem, was der Voraussager weiß – müssen zu einer Menge „möglicher" Alternativen aufgegliedert und von dem Hintergrund der ausgeschlossenen Koordinaten, den „unmöglichen" Zuständen, unterschieden werden. Außerdem müssen die vielen Alternativen, um kognitiven Aufwand einzusparen, auf eine relativ grobe Weise in eine handhabbare kleine Anzahl verschiedener möglicher *Zustände* aufgespalten werden, wobei die internen Mikro-Differenzen in diesen Zuständen überschlagen werden, so wie die vielen herumschwirrenden Ameisen des Ameisenbeutlers zu vernachlässigen sind. Wie Wimsatt beobachtet: „Im Kontext solcher Modelle würde sogar ein allwissender und

---

8 Siehe die bahnbrechende Untersuchung dieser Ideen in Wiener (1948, S. 43 ff.), über „Newtonian and Bergsonian time". Um ein Beispiel einer eingebauten Annahme über ein *feststehendes* Merkmal zu erwähnen, betrachte man die „Starrheitsannahme", die anscheinend in die Operationen unseres visuellen Systems fest eingebaut ist (Ullman 1979). Den Ausdruck „capricious" („launisch") verdanke ich Richard Lewontin. Siehe Wimsatt 1980, S. 289.

allmächtiger Organismus kein Laplacescher Dämon sein. Er würde vollständiges Wissen über das Universum weder verlangen noch suchen, sondern bloß Wissen von solchen Faktoren, die das Wohlergehen betreffen." (1980, S. 293)[9] Die verschiedenen Möglichkeiten, die so in das Begriffsschema jedes gutentworfenen, überlegenden Wesens eingeführt werden, sind natürlich verschiedene *epistemische* Möglichkeiten. Sie differenzieren die Zustände von Dingen, die nach-allem-was-das-überlegende-Wesen-weiß-oder-beachtet möglich sind. Aber sie erzeugen auch einen Begriff, dessen epistemische Vorfahren in der Regel übersehen werden: den Begriff der *Potentialitäten* eines Dinges.[10] Hunde *können bellen*, aber wann und wo sie bellen, ist in den meisten Situationen nicht praktisch vorhersagbar. Für manche überlegende Wesen, aber nicht für alle, kann die Tatsache, ob in der Nähe zum Zeitpunkt *t* ein Hund bellt oder nicht, genausowenig zu vernachlässigen sein, wie sie unbestimmbar ist. Wie Ryle (1949, S. 153 ff.) es formuliert, bedeutet zu sagen, ein Hund könne bellen, daß man sich nicht auf sein Schweigen verlassen kann. Ebendiese überlegenden Wesen, denen Bellen so wichtig ist, mögen sich nicht sehr darum kümmern, wie ein Hund genau bellt, wenn er bellt. Wenn man ein Gebell gehört hat, hat man sie alle gehört. Solche überlegenden Wesen werden für diese Zwecke Hunde also zu Systemen zählen mit einem Grad von Freiheit, der zwei Zustände umfaßt: das Bellsystem ist entweder AN oder AUS. Diese vereinfachte Auffassung von Hunden – für manche, aber nicht für alle Zwecke natürlich übervereinfacht – erlaubt es den überlegenden Wesen, ein potentiell lösbares Problem in der Kontrolltheorie so zu formulieren: Kann ich dieses Bellsystem in seinen AUS-Zustand bringen und es darin halten?

---

9 Es ist unklug von Wimsatt, von einem „allwissenden und allmächtigen" Organismus zu reden, denn ein solches unendliches Wesen kann die Beschränkungen, die beliebige Prinzipien hervorbringen, ignorieren, aber man kann sehen, was er meint: ein gut entworfener endlicher Organismus würde seine Bedingungen dadurch, daß er mit Laplaceschen Fähigkeiten ausgestattet wäre, nicht im geringsten verbessert finden. Ein illustrierender Fall in diesem Zusammenhang ist der Wert, ja sogar die praktische Notwendigkeit, den intentionalen Standpunkt sich selbst und anderen Handelnden gegenüber einzunehmen (Dennett 1981 b). Andere Wege zu diesem Punkt, mit wichtigen Unterschieden, können in Simon 1969 und in der Diskussion von „level-chunking" und „sealing off" (Simons Ausdruck) (d. h. von Methoden, komplexe Phänomene für eine Analyse zu vereinfachen, Anm. d. Übers.) und verwandter Begriffe in Hofstadter 1979 gefunden werden.

10 Siehe Hofstadter 1979, und ebenfalls seine Diskussion dessen, was er die „implicosphere" (die implizit kontrafaktische Sphäre) und „axes of slippability" („Gleitschienen" für Begriffe) nennt, in Hofstadter 1982 c.

So wird ein besonderer Typ des überlegenden Handelnden – eine Gattung z. B. – immer mit einer etwas idiosynkratischen Art und Weise, sich Informationen über ihre Welt zu beschaffen und einzuteilen, ausgestattet sein; sie wird ihre eigene Art und Weise haben, die Welt zu „begreifen", so daß sie erfolgreich in ihr agieren kann. Wenn man einen Begriff von Sellars etwas erweitert, könnte man dieses „Begriffssystem" einer Gattung ihr *manifestes Weltbild* nennen (Sellars 1963, siehe besonders S. 6–14). In ihrem manifesten Weltbild sind manche Merkmale feststehende Hintergrundbedingungen, und manche sind „mögliche" Zustände von Dingen in der Welt. Unter diesen möglichen Zuständen von Dingen sind manche einfach unvorhersagbar, manche sind durch ihre verschiedenen Vorläufer zuverlässig vorhersagbar, manche sind durch die (Wirkungen der) Handlungen des überlegenden Wesens indirekt kontrollierbar; und manche – die Handlungen selbst[11] – sind vom überlegenden Wesen direkt kontrollierbar.

Das Entscheidende an diesem ganzen klugen Informationen-Management besteht darin, das überlegende Wesen in die Lage zu versetzen, gute (zuverlässige, nützliche) Kontrollentscheidungen zu treffen, bevor es zu spät ist. Und diese Entscheidungen dürfen nicht bloß auf den Zielen (oder Wünschen) des Wesens, sondern müssen auch auf verläßlichen Erwartungen verschiedener Art beruhen:

(1) was bald passieren wird, gleichgültig, was das überlegende Wesen tut;
(2) was bald passieren wird, *wenn* das überlegende Wesen *A* tut oder *wenn* es *B nicht* tut.

Wenn das überlegende Wesen als ein besonderes Ziel die Erhaltung oder den Schutz von *x* hat, dann werden die wahrscheinlichen zukünftigen Zustände und Umstände von *x* unter verschiedenen Bedingungen bei seinen Berechnungen an wichtiger Stelle auftauchen, besonders wenn *x* das überlegende Wesen selbst ist. Wie wir bereits im vorigen Kapitel aus anderen

---

11 Es wäre näher an der Wahrheit, diese die „basalen Handlungen" des überlegenden Wesens zu nennen (wenn man Danto 1965 folgt), aber es sollte beachtet werden, daß es sich als ein Ergebnis von Training oder anderer Erfahrung ändern kann, welche Menge von Handlungen für einen Handelnden oder Überlegenden basal sind. Man muß sorgfältig jede Art von Fundamentalismus vermeiden, die auf einer Grundlage von „basalen" Handlungen beruht; denn während es der Fall ist, daß zu jeder Zeit (in jedem Augenblick, in Wirklichkeit) unterschieden werden kann zwischen dem, was der Handelnde entscheiden kann, „direkt" zu tun, und dem, was der Handelnde entscheiden kann, zu (versuchen zu) erreichen, indem er etwas anderes „direkt" tut, macht die leicht veränderbare Mitgliedschaft der Mengen sie zu schlechten Grundsteinen für eine fundamentalistische Theorie.

Gründen gesehen haben, ist also Vorhersage im eigenen Fall eine wesentliche Komponente der Kompetenz eines selbstkontrollierenden, überlegenden Wesens. Ein selbstkontrollierendes, überlegendes Wesen muß eine richtige Vorstellung davon besitzen, worauf es sich einläßt. Aber die Voraussage im eigenen Fall zerfällt in verschiedene Kategorien und hat ihre Grenzen. Es gibt Erwartungen darüber:

(1) was dem überlegenden Wesen bald passieren wird, gleichgültig, was es tut.

(2) was dem überlegenden Wesen bald passieren wird, wenn es *A* oder wenn es nicht *B* tut; und

(3) was das überlegende Wesen entscheidet, bald zu tun.

Erwartungen der ersten beiden Arten sind nicht schwieriger – allerdings auch nicht viel leichter – zu erhalten als die parallelen Erwartungen von anderen Dingen. Aber Erwartungen, die das nächste betreffen, was das überlegende Wesen zu tun entscheidet, sind eine andere Angelegenheit (Ryle 1949, Popper 1951, MacKay 1960, Pears 1964). Jeder Versuch, seinen eigenen Reflexionsprozeß mit einem Auge zu verfolgen, um eine zutreffende Projektion seines Werdegangs zu machen, muß eine Selbsttäuschung sein, und es droht ein unendlicher Regreß der Selbstüberwachung. Aber das bedeutet nicht, daß überhaupt kein Fortschritt erreicht werden kann, indem man den wahrscheinlichen Spielraum zukünftiger Entscheidungen einengt (Pears 1964). Das überlegende Wesen kann vorhersehen, daß, abgesehen von unvorhergesehenen Eingriffen, es sich entscheiden wird, *einem* von, sagen wir, zwei oder fünf oder zwölf Wegen zu folgen (grob individuiert – ohne Berücksichtigung der Mikroveränderungen innerhalb der Wege). Welcher dieser Wege sich tatsächlich als der eingeschlagene Weg herausstellen wird, bleibt dem überlegenden Wesen praktisch unvorhersehbar, für es müssen alle als „Möglichkeiten" zählen.

Es muß also immer zwei wichtige verschiedene Arten von Ereignissen geben, die vom überlegenden Wesen unvorhersagbar sind: Ereignisse, die andere Dinge in seiner Welt betreffen, welche praktisch unvorhersagbar sind (diejenigen Einschränkungen der „Kosten" vorausgesetzt, die gerade vorherrschen), und Ereignisse, die die Ergebnisse seiner eigenen Überlegungen betreffen, welche derart außerhalb seiner prognostizierenden Maschinerie liegen, daß keine weitere Investition in die kognitive Maschinerie sie möglicherweise überwinden kann. Diese sind unausweichliche Kategorien zukünftiger Ereignisse, die epistemisch möglich oder epistemisch offen sind, sofern der Handelnde betroffen ist. Unsere eigenen Entscheidungen müssen von uns systematisch unvorhersagbar sein – selbst wenn andere sie voraussagen können.[12] Wir erhalten notwendigerweise kleiner werdende Gegenleistungen für jede erhöhte Investition bei der Abschätzung und Berechnung auf diesem Gebiet der Vorhersage.

Die kluge Moral, die jedes überlegende Wesen – oder jeder Konstrukteur eines solchen Wesens – daraus natürlich ziehen sollte, lautet, es nicht einmal zu versuchen; es ist selbstzerstörerisch. „Behalten Sie nur Ihren Kopf unten" (wie der Golfspieler) und überlegen Sie weiter; das ist Ihre beste Chance, zu den Entscheidungen zu kommen, zu denen Sie gerne kommen möchten. (Dies ist ein guter Rat für jeden, der den Nutzen der Überlegung ernten will. Aber manchen Handelnden „kommt es vielleicht nicht darauf an". Wenn irgendein Handelnder tatsächlich lieber Tristram Shandy mit seinen eigenen mentalen Zuständen spielen würde und in einem unendlichen Regreß die Selbstbeobachtungen abspulen und sich von der Welt gleichgültig wieviele Schläge austeilen ließe, ist das eine ganz andere Sache.)

Das manifeste Weltbild jedes überlegenden Wesens hat zur Folge, daß die Dinge in solche eingeteilt werden, die als Ergebnisse der Überlegung des überlegenden Wesens hervorgehen sollen – Dinge, die also am überlegenden Wesen liegen – und in solche, die, vorhersagbar oder nicht, nicht an ihm liegen. Es ist diese *epistemische* Offenheit, die Möglichkeit-nach-allem-was-man-weiß, welche jene Ellenbogenfreiheit schafft, die für Überlegungen notwendig ist. Selbst wenn man wüßte, daß die eigene Entscheidung determiniert wäre, aber nicht, zu welcher Entscheidung man determiniert ist, wäre man in einer Position, in der es ein vernünftiges Grundmotiv zugunsten der Strategie zu überlegen gibt.

Dieses zentrale Charakteristikum der Weltsicht oder der Einstellung eines überlegenden Wesens, das von Philosophen oft bemerkt, aber selten analysiert wird, hat jüngst eine andere Art von theoretischer Analyse unter den Händen der Forscher im Bereich der Künstlichen Intelligenz erfahren. In seinem interessanten Artikel „A Temporal Logic for Reasoning about Processes and Plans" diskutiert McDermott (1982) das einfache Beispiel eines Planungsproblems – „in der ersten Person" dargestellt, aber als eine

12 Und was passiert, wenn irgendjemand anderes versucht, mir seine Voraussage zu sagen, bevor ich mich entschieden habe? Er muß entweder seine Voraussage über mich mit seiner eigenen Selbst-Unvoraussagbarkeit verwechseln (was werde ich ihm sagen und dann wann und wie?) oder (wenn er versucht, dieses Problem zu umgehen, indem er „seinen Zielpunkt antizipiert") eine Voraussage formulieren, deren Berechtigung davon abhängt, daß ich sie glaube, wenn man sie mir erzählt. In beiden Fällen ist meine Unsicherheit über meine eigene Zukunft unausrottbar. Siehe die Diskussionen in Popper 1951 und MacKay 1960.

Übung beabsichtigt, die helfen soll, Roboter zu entwerfen, die solche Probleme lösen. (Ich bringe meine eigenen Beobachtungen mit denen McDermotts im folgenden zusammen.)

Angenommen, ich möchte meine Zimmerdecke und meine Stehleiter streichen. Was soll ich zuerst machen? *Das* liegt an mir. Aber es liegt nicht an mir, ob ich den Farbtopf öffne oder nicht, bevor ich den Pinsel eintauche, oder ob ich die Stehleiter benutzen muß, während ich die Decke streiche. Ja, natürlich ist es denkbar, daß ich mir durchaus eine andere Art und Weise vorstellen könnte, die Decke zu erreichen, oder, im anderen Fall, die Farbe aus dem Topf zu bekommen, aber das Entscheidende ist, daß ich es so nicht tue. Ich versuche nicht einmal, mir „alle möglichen" Weisen, das Problem zu lösen (oder es durch ein anderes Problem zu ersetzen), auszudenken; ich nehme bestimmte Beschränkungen als gegeben an, als bei dieser Gelegenheit nicht an mir liegend, und mache mit der Planung weiter.

Es liegt auch nicht an mir, ob ich es beim Streichen riskieren soll, daß die Farbe an den Wänden herabtropft oder nicht. (In welche Richtung die Schwerkraft wirkt, liegt niemals an mir.) Wenn ich einen Stuhl streichen würde, wäre natürlich seine Lage von mir abhängig. Ich sollte erkennen, daß ich den Stuhl umdrehen kann, bevor ich ihn streiche, und zwar deshalb, um in der Schwerkraft einen Helfer für die Tropfenverhinderung zu haben. Nun *könnte* ich es in die Wege leiten, das Zimmer auf den Kopf zu stellen, bevor ich es anstreiche. Das ist (offiziell) eine Möglichkeit, aber keine, die ich normalerweise ernst nehmen oder überhaupt in Betracht ziehen würde oder sollte; weit besser ist es in den meisten Fällen, sie als unmöglich außer acht zu lassen (als zu der Kategorie von Dingen gehörend, die festgelegt und es nicht wert ist, daß man sich darüber Gedanken macht).[13]

Den besten Spielraum für den Bereich von Dingen, der mir offensteht, zu bekommen und weder eine zu umfassende noch eine zu enge Klasse von „Möglichkeiten" zu erhalten, in die einige Mühe des Überlegens investiert werden sollte, ist ein kritisches und nicht-triviales Problem für jedes überlegende Wesen und jeden Konstrukteur eines solchen Wesens. Wenn wir einerseits in der Regel gut damit bedient sind, daß wir normalerweise nicht glauben, Zimmer auf den Kopf stellen zu können, bevor wir ihre Decken streichen, würden wir andererseits ohne das Vermögen zu ein paar solcher Sprünge in der Vorstellung in sphexhaften Gleisen gehalten werden. Sartre sieht die Bedeutung dieser Tatsache und definiert einen freien Handelnden auf seine gewohnt kühle, untertreibende Art als „... ein Sein ..., das einen

13 Siehe Levi (1980, S. 2 f.) zu dem verwandten Begriff der *ernsthaften Möglichkeit* für einen Handelnden.

nichtenden Bruch mit der Welt und mit sich selbst herbeiführen kann; ..." (Sartre 1943, S. 559). „... von dem Tage an, an welchem man sich einen anderen Sachverhalt ausdenken kann, fällt ein neues Licht auf unsere Mühsale und Leiden und *entscheiden* wir, daß sie unerträglich sind." (Sartre 1943, S. 554)

Ein Wesen, das in seinem manifesten Weltbild eine besonders engstirnige und zögerliche Taktik beim Umgang mit seinen Vorstellungen an den Tag legt, würde zweifellos nie Gefahr laufen, sich dem Problem der Willensfreiheit zu stellen oder gar sich darum Gedanken zu machen. Aber wir Menschen haben uns als zu klug dafür erwiesen. Das manifeste Weltbild der Menschen ist die alltägliche Welt der farbigen Dinge (nicht der Molekülschwärme); unsere Augen sind „Makroskope", keine Mikroskope. Wir nehmen auch nur „mittelgroße" Bereiche von Veränderungen wahr; Dinge, die schneller oder langsamer geschehen, sind für unsere Augen und Ohren nicht wahrnehmbar. Aber anders als alle anderen Arten haben wir zusätzlich zu unserem manifesten Weltbild das, was Sellars das wissenschaftliche Weltbild nennt. Mit unserer natürlichen Ausstattung sind wir vielleicht nicht in der Lage, Elektronen zu sehen oder zu verfolgen, aber wir verstehen, daß, während „Wasser" für uns ein Massenterminus ist, Wasser auch ein Schwarm von zählbaren Molekülen ist, deren Bahnen im Prinzip und manchmal sogar praktisch verfolgbar sind (mit Hilfe prothetischer Erweiterungen unserer Sinne).

Unsere erweiterten Zwecke und Umstände vorausgesetzt, dient es sogar unseren Interessen, in besonderen Situationen die klugen Sparmaßnahmen unseres manifesten Weltbilds aufzugeben und Teile unserer Welt auf einer anderen, feinkörnigeren Beschreibungsebene zu betrachten. Dann erkennen wir die Unvollständigkeit des Begriffsschemas unseres manifesten Weltbildes und fangen an, es als eine begrenzte, voreingenommene, anfechtbare Perspektive der Welt zu begreifen. Wir haben gesehen, daß unsere Fähigkeit, Überlegungen (in realistischer Zeit) anzustellen – einschließlich der Überlegung, die erforderlich ist, wissenschaftliche Forschung zu betreiben – von unserem manifesten Weltbild abhängt, aber sie scheint immer noch eine Art Illusion zu sein, die aus kognitiver Knickerigkeit entstanden ist.

Wir kommen also zu einem scheinbaren Dilemma und schwanken hin und her zwischen einem praktischen – vielleicht sogar optimal praktischen – Denken von der Welt und einer unpraktischen, aber trotzdem rational gestützten Vision der Welt. Wir haben allerdings auch einige Fortschritte gemacht. Wir haben einige Gründe dafür gefunden, unsere lokal beschränkte Ahnung, daß die Art und Weise, wie *wir* über unseren Platz im Universum denken, nicht nur die einzige ist, wie *wir* darüber (auf einer alltäglichen Basis) denken können, sondern die einzige Art und Weise, darüber zu *denken* – die einzige Weise für ein endliches überlegendes Wesen zu denken, gleichgültig ob der Determinismus wahr ist oder nicht. Wenn Sie nachdenken und richtig nachdenken wollen, ist es für Sie rational, so zu *handeln, als ob* die Welt wirklich eine offene Zukunft hätte mit wirklichen Gelegenheiten zum Handeln.

Aber heißt das nicht, daß es rational ist, *sich die Illusion zu bewahren, daß* die Zukunft offen ist und wirkliche Gelegenheiten enthält? Nicht notwendigerweise. Ich habe um des Argumentes willen angenommen, daß wir deterministische überlegende Wesen in einer deterministischen Welt betrachtet haben, aber ich habe um des Argumentes willen nicht angenommen, daß diese Wesen überlegende Wesen wären, die in einer Welt ohne wirkliche Gelegenheiten operierten. Es mag so scheinen, als ob der Determinismus Gelegenheiten zum Handeln ausschlösse, aber ein genaueres Hinsehen auf den Begriff der Gelegenheit kann uns von etwas anderem überzeugen.

3. Wirkliche Gelegenheiten

Was ist eine Gelegenheit? Sind die Gelegenheiten, die wir zu haben scheinen, bloß scheinbare Gelegenheiten, wenn der Determinismus wahr ist? Wären wirkliche Gelegenheiten möglich, wenn der Determinismus falsch wäre? Was wäre eine wirkliche Gelegenheit? Eine Gelegenheit, so nimmt man an, ist eine „Chance" für den Handelnden, „etwas zu tun", das „einen Unterschied machen" wird. In Amerika sagt man: „You take your turn"; in England: „You have a go".* Sind diese Chancen, die wir alle haben wollen, wirkliche *Zufalls*momente, in denen der Determinismus außer Kraft gesetzt wird (wenn er je in Kraft war), oder könnte es in einer vollkommen determinierten Welt, die vollkommen determinierte überlegende (oder „überlegende") Wesen enthält, Gelegenheiten geben?

Wir wollen eine solche deterministisch vorausgesetzte Welt betrachten, um zu sehen, inwiefern man in ihr sinnvoll von Gelegenheiten sprechen kann. Wir wollen noch einmal die Welt des forschenden Roboters nehmen; denn dann können wir genau herausbekommen, was wir festlegen, wenn wir sagen, sein Kontrollsystem sei vollkommen deterministisch: Wir entwerfen ihn so, daß er gegenüber Störungen auf der Mikroebene und Zu-

* Im Deutschen bedeuten die beiden Ausdrücke sinngemäß etwa: „Du bist an der Reihe" oder „Du bist dran". (Anm. d. Übers.)

fallsschwankungen äußerst unempfindlich ist. (Er hat keine eingebauten Geigerzähler, um Zufallseffekte zu vergrößern; er ist stattdessen so konstruiert, daß er solche Einflüsse dämpft.) Wir können uns auch leicht vorstellen, daß der fremde, unbewohnte Planet, auf dem er umherfährt, vollkommen unbewohnt ist und folglich von irgendwelchen Handlungen echter Handelnder nicht kontaminiert ist – die indeterministische Makro-Ereignisse sein könnten und einen Indeterminismus auf der Makroebene in die Umgebung, in der der Roboter arbeitet, einbringen könnten. (Ein weiterer Grund dafür, den Fall des Roboters zu betrachten, liegt darin: Es wird uns nicht so sehr bekümmern, wenn es sich herausstellt, daß ein Roboter keine wirklichen Gelegenheiten zum Handeln hat – es ist also ein bißchen weniger wahrscheinlich, daß uns das Wunschdenken leitet.)

Wir nehmen also an, daß unser Roboter, der „Deterministische Deliberator Mark I", für seine Mission gut entworfen ist. Eine Möglichkeit, sich dies vorzustellen, wäre zu sagen, daß er so entworfen ist, daß er das Beste aus seinen Gelegenheiten macht. Was sind solche Roboter-Gelegenheiten? Der Roboter hat Interessen (wenn auch etwas ersonnene und künstliche), in dem Sinne, der in Kapitel II entwickelt wurde. Ereignisse also, die auf diese Interessen Einfluß haben, können und sollten so betrachtet werden, daß sie für den Roboter von speziellem Interesse sind. Dann ist klar, was eine Roboter-Gelegenheit wäre:

Der Roboter hat eine Roboter-Gelegenheit, wann immer er durch solche Ereignisse von speziellem Interesse dazu veranlaßt wird, ein zeitliches Projekt zu „betrachten", und wenn er sich dafür entscheidet, es dann zu planen und auszuführen; es wird von ihm dazu entworfen, seine Interessen im Lichte dieser Ereignisse zu fördern.

In unserer alltäglichen Welt, sei sie nun deterministisch oder nicht, gehen wir davon aus, daß wir in der Hauptsache zwei Möglichkeiten haben, Menschen Gelegenheiten streitig zu machen. Die erste und wirksamste ist rohe Gewalt: Wir errichten ein Hindernis oder eine Schranke, so daß die Person das eine oder andere nicht tun kann, *selbst wenn sie es will.* Manchmal geschieht das zum Nutzen der Person selber; in Fabriken, in denen Arbeiter in den Rachen riesiger Schneidemaschinen fassen müssen, um die Produkte einzuordnen, die geformt werden sollen, wird von ihnen oft verlangt, daß sie eine Art von Handschellen tragen, die an starken Ketten befestigt und mit einem Hebel verbunden sind, der Teil der Maschine ist. Wenn sich die Messer der Maschine senken, heben sie automatisch den Hebel, und die Ketten sind gerade kurz genug, so daß die Hände des Arbeiters mit Gewalt aus der Gefahrenzone weggezogen werden, wenn er sie nicht schon selber „aus freiem Willen" weggezogen hat. Selbst wenn er also will, selbst wenn er sich dazu entscheidet (aus irgendeinem seltsamen Grund), seine Hände zur falschen Zeit in die Maschine zu bringen, wird er es nicht tun können.

Beschränkungen, die auf roher Gewalt dieser Art beruhen, überwältigen Überlegungen und schaffen Inseln von lokalem Fatalismus, in denen die Überlegungen eines Handelnden eigentlich mit Sicherheit ohne Wirkung sind. Auf ähnliche Weise hält ein Gefängnis seine Gefangenen in einem derartigen Zustand, daß ihre Entscheidungen, die Früchte ihrer Überlegungen, dann oder dort nicht ausgeführt werden können (außer natürlich ihre trivialen Entscheidungen – wo in der Zelle sie sitzen sollen und so fort).

Aber angenommen, ein seltsamer Gefängniswärter hätte sich die Praxis angewöhnt, einmal im Monat bis spät in die Nacht zu warten, bis alle Gefangenen fest eingeschlafen sind, und dann alle Zellentüren aufzuschließen und das Tor zu öffnen. Er würde, so scheint es, ganz bewußt eine Gelegenheit zur Flucht für die Gefangenen schaffen. Das wäre sicherlich auch die Ansicht der Gefängnisbehörde, wenn sie dem Wärter die Stelle kündigt. „Aber", so könnte er protestieren, „sie hatten *in Wirklichkeit* keine Gelegenheit zu fliehen, weil ich immer wartete, bis sie fest eingeschlafen waren, bevor ich die Türen öffnete. Ich verheimlichte vor ihnen immer die Information, daß die sogenannte Gelegenheit existierte." Und das ist die andere Art und Weise, Menschen eine Gelegenheit streitig zu machen: sie im dunkeln darüber zu belassen. Wir könnten eine solche unerkannte und nicht in Betracht gezogene Gelegenheit eine *leere Gelegenheit* nennen. Wenn ich an einer Reihe von Mülleimern vorbeigehe und einer davon zufällig einen Beutel mit Diamanten enthält, dann lasse ich mir eine leere Gelegenheit entgehen, um reich zu werden. Es spielt keine Rolle, daß ich keinen Grund hatte anzunehmen, daß dort irgendwelche Juwelen sind, die man sich nehmen kann, oder daß in meinem normalen Verhaltensrepertoire niemals enthalten war, daß ich Mülleimer nach Wertgegenständen durchsuche.

Leere Gelegenheiten gibt es im Überfluß, aber sie sind uns nicht genug; wenn wir sagen, wir wollen Gelegenheiten oder Chancen, um unser Schicksal zu verbessern, wollen wir nicht bloß leere Gelegenheiten. Wir wollen unsere Gelegenheiten rechtzeitig entdecken oder über sie informiert werden, um zu handeln.[14] Wir beschweren uns also zu Recht, wenn ein „offener Wettkampf" nicht richtig angekündigt wird und nur diejenigen, die in

14 „Blickt man zurück auf eine Zeit und eine Kultur, die von unserer weit entfernt ist, dann läßt man zu, daß Möglichkeiten zum Handeln, die auf Einsichten beruhen, die damals nicht erkannt wurden, für diejenigen, die damals lebten, keine echten Möglichkeiten zum Handeln waren". (Hampshire 1959, S. 184).

die Lage versetzt wurden, von dem Wettkampf vor Anmeldeschluß zu erfahren, eine echte Gelegenheit hatten, sich daran zu beteiligen.

Es gibt eine wichtige Ähnlichkeit zwischen dem Fall der Schneidemaschine, die entsprechend gestaltet wurde, um eine bestimmte Gelegenheit systematisch zu *eliminieren*, und dem Gefängniswärter, der bei der Schaffung der Gelegenheit auf diabolische Weise systematisch ist. Der Fabrikarbeiter hat beim regulären Ablauf seiner Aufgaben oft das Bedürfnis, in die Maschine zu fassen – um ein Arbeitsteil hineinzulegen oder wegzunehmen. Aber es gibt Zeitpunkte, die im voraus bestimmt werden können, in denen er, *wenn* er gerade dieses Bedürfnis wirklich haben sollte, äußerst unglücklich wäre, wenn er danach handeln würde. Die Maschine wurde also so entworfen, daß sie seine Bedürfnisse nur dann übergeht, wenn sie unangemessen wären. Auf der anderen Seite kann man von den Gefangenen annehmen, daß sie ein praktisch konstantes Bedürfnis zu flüchten haben, und hier hat der Gefängniswärter es so arrangiert, daß die Gelegenheit zur Flucht nur gegeben wird, wenn sie nicht erkannt und daher nicht danach gehandelt werden kann. Wir können uns „Verbesserungen" in beiden Fällen vorstellen. Die Schneidemaschine könnte einen Gehirnüberwacher haben, der den aktuellen Zustand der Bedürfnisse des Arbeiters überprüft; die Maschine zieht nur dann die Ketten hoch, wenn sie ein Bedürfnis in dem Arbeiter entdeckt, das ernsthaft zur Unzeit kommt. Ähnlich könnte der Gefängniswärter ein weit sichereres System haben, um das Gefängnis nachts durchzulüften, wenn er die Schlösser durch elektronische Verbindungen mit den EEGs und REMs der Gefangenen im Schlaf kontrollierbar machte; beim ersten Anzeichen des Erwachens würden sich die Schlösser schließen.[15]

An diesen Fällen ist wichtig, daß es genau solche Fälle sind, wo ein Handelnder einen Aspekt der Welt eines anderen Handelnden kontrolliert, um

---

15 Diese Zukunftsgeschichte könnte leicht in eine Tatsache umgesetzt werden. Eine noch seltsamere Vorherseh-Einrichtung in realistischer Zeit arbeitet bereits an der Universität von Illinois. Ich nenne sie die Berkeley-Maschine (Dennett 1982 b). Eine Versuchsperson sitzt vor einem Computerbildschirm und liest den Text, der auf ihm erscheint. Eine außerordentlich sensible optische Apparatur verfolgt kontinuierlich die schnellen Augenbewegungen (REMs) oder *Saccaden* der Person. Eine Saccade ist eine „ballistische" Bewegung, und ihre Bahn kann kurz nach dem Start bestimmt werden, genau wie die Bahn einer Rakete. Die Maschine macht genau das, und in einer realistischen Zeit berechnet der Computer, wo auf dem Bildschirm sich das Auge niederläßt und löscht, schneller als ein Zauberer, das Wort, das dort erscheint, aus und ersetzt es durch das nächste! Der Leser sieht keine Veränderung. Die Seite könnte in Marmor gehauen sein, nach dem, was der Leser sagen kann, aber ein anderer Leser, der über seine Schulter schaut und nach einem anderen Rhythmus liest, sieht die Seite durch die Wortveränderungen ganz in Unruhe.

ihm eine Gelegenheit dadurch streitig zu machen, daß er die Bedingungen systematisch verknüpft, so daß alle Bedingungen, die dazu nötig sind, damit man aufgrund dieser Gelegenheit handeln kann (oder, wie man auch sagen könnte, ihr entsprechen kann), niemals alle zusammen erfüllt sind. Aber wenn es keine solchen bösen gegnerischen Handelnden gibt – die Umgebung versteckt auf ihre indifferente Weise nicht systematisch Gelegenheiten vor dem Handelnden. Die Natur spielt nicht Verstecken; sie ist, wie Einstein von Gott sagte, subtil, aber nicht böswillig.

Eine wirkliche Gelegenheit ist also eine, in der ein Selbstkontrolleur mit einer Situation konfrontiert – über sie informiert – wird, in der das Ergebnis seiner nachfolgenden „Überlegungen" ein entscheidender (wie wir sagen) Faktor sein wird. In einer solchen Situation ist mehr als eine Alternative „möglich", sofern der Handelnde oder Selbstkontrolleur betroffen ist; d. h., die kritische Verknüpfung geht durch seine Überlegung. Das ist es, was wir meinen, wenn wir sagen, daß das Ergebnis am Handelnden liegt. (Sobald der Roboter weit weg auf seinem unbewohnten Planeten ist und wir nicht länger intervenieren können, steht er auf eigenen Füßen. Was er dann tut, wenn er mit Problemen konfrontiert wird, liegt an ihm.)

Ich habe den Roboter so beschrieben, daß er sich im allgemeinen seiner Lage gewachsen zeigt und das Beste aus seinen Gelegenheiten macht. Er wird das so lange tun, wie keine böswilligen Roboter-Vorhersager damit beginnen, die Dinge so zu arrangieren, daß sie mit den Untersuchungsmustern des Roboters gleichphasig sind. Aber was soll man von solchen, vielleicht seltenen, Gelegenheiten halten, in denen der Roboter durch die Informationen, die er erhalten hat, in der richtigen Position zum Handeln ist, aber es einfach unterläßt? Selbst wenn er höchst zuverlässig ist, wird er nicht vollkommen sein, und wenn er Fehler macht, wird er dazu determiniert sein, Fehler zu machen; denn er ist ex hypothesi immer determiniert. Hat er in solchen Fällen eine Gelegenheit zum Handeln gehabt, eine *wirkliche* Gelegenheit? Wenn einer unserer Mitmenschen bei einer solchen Gelegenheit zufällig scheiterte, wären wir geneigt zu sagen, daß er sie vermasselte; er hatte die richtige Gelegenheit und scheiterte daran, sie umzusetzen. Es könnte für uns vielleicht unangemessen sein, voneinander in dieser Begrifflichkeit zu reden; aber liegt es nicht auf der Hand, daß unser Roboter, dank seiner deterministischen Lage, mit solchen Begriffen unangemessen beschrieben wird?

Wir wollen uns einen solchen Fall genauer ansehen, einen Fall, in dem der Roboter nicht zu der korrekten Lösung seines Problems gelangt, weil er es nicht schafft, auf die richtige Art und Weise über das Problem nachzudenken, oder weil er nicht in der Lage ist, manchen Informationen, die er besitzt, die richtige Gewichtung zu geben. Der Roboter ist endlich (wie wir), er kann also nicht der Taktik folgen, alles in Betracht zu ziehen, was für seine Interessen die ganze Zeit relevant sein könnte. Und er ist deterministisch. Aber als ein gut entworfener Selbstkontrolleur, der in realistischer Zeit reflektiert, macht er Gebrauch von heuristischen Methoden und ist folglich dazu bestimmt, „Chancen zu ergreifen", indem er sich auf eine gewisse „zufällige" Erzeugung von Betrachtungen verläßt. Der gewöhnliche Weg, dieses Merkmal in einem deterministischen System zu erreichen, besteht darin, es mit einem vollkommen deterministischen Unterprogramm auszustatten, das nach Wunsch eine so gut wie musterlose Folge von Ziffern erzeugt. Fast jeder Computer ist heute mit einem dieser „Zufallsgeneratoren" ausgestattet; aber die Folge, die ein solches Ding erzeugt, ist pseudozufällig, nicht zufällig. Sie ist nicht die Wirkung eines unbestimmten Prozesses auf der Quantenebene, und sie ist nicht mathematisch zufällig im Sinne der Nicht-Verdichtbarkeit des Informationsgehaltes (Chaitin 1976).

Wenn wir das Programm des Roboters mikroskopisch genau betrachten, wenn er gerade daran scheitert, zu einer richtigen Lösung zu kommen, sehen wir, daß, *wenn* das Programm, das auf pseudozufällige Weise Zahlen erzeugt, eine 5 oder 6 ausgespuckt hätte, das Programm dann eine Runde bei der Erzeugung von Überlegungen weiter gelaufen wäre und in seiner Erinnerung das Stück gefunden hätte, das seine Entscheidung auf genau die richtige Art und Weise geändert hätte. Aber bei der wirklichen Gelegenheit wurde vom Pseudo-Zufallsgenerator eine 3 geliefert – und natürlich war es (leider) determiniert, daß die erzeugte Zahl diese 3 sein würde. Der Roboter hatte also nie wirklich eine Chance!

Nun, was sagen Sie dazu? Scheint es Ihnen richtig zu sein? Welche Intuition wurde bei Ihnen hochgepumpt? Vielleicht sind Sie geneigt zu erklären, der Roboter hätte in Wirklichkeit nie eine Chance gehabt. Nehmen wir dann an, daß wir an unserer Intuitionenpumpe an einem Knopf drehen und eine Veränderung oder Mutation ausprobieren: im „Zufallsdeliberator Mark II" wird das pseudozufällige Zahlengeneratorprogramm durch einen echten Radium-Zufallsgenerator ersetzt, was leicht zu bewerkstelligen ist (im Grunde ist das ein eingebauter Geigerzähler, der auf den Zerfall von ein wenig Radium reagiert), so daß selbst Laplace' unendlicher Vorherseher vor dem jeweiligen Augenblick nicht gewußt haben könnte, ob der Roboter seiner Lage gewachsen sein wird oder nicht. Wäre das dem Roboter gegenüber fairer oder in einer bestimmten Hinsicht besser? In irgendeiner Hinsicht? Hätte der Roboter unter diesen geänderten Umständen „wirklich eine Chance gehabt"?

Wenn Ihre Intuitionen Ihnen sagen, daß dies in der Tat der Fall ist, dann haben wir einen schönen Fortschritt gemacht. Wir können nicht bloß die existentielle Lage des Roboters sehr verbessern, indem wir einen Radium-Zufallsgenerator oder einen anderen Verstärker von Quanteneffekten einbauen; wir können auch unsere Hoffnungen für den freien Willen in die zu „unausweichlich“. Allgemein wird geglaubt, daß an diesem Übergang nichts Unzulässiges sei. So sieht Ayers (1968, S. 5) nichts Falsches darin, wenn man davon spricht, was „notwendig oder unvermeidlich“ ist; Wiggins (1973, S. 42 f.) schlägt vor, den Ausdruck der „kausalen oder historischen zeitlichen Modalität“ abzukürzen als „unausweichlich zur Zeit *t*“, womit er sich selbst zu all den Konnotationen der Unausweichlichkeit um den Preis einer Ablenkung verhilft; und Chisholm (1961, S. 158) vertritt (als eine Seite des Dilemmas) die These, daß „Handlungen nicht vermeidbar sind, wenn sie ausreichende kausale Bedingungen haben“. Wir werden sehen, daß diese letzte Behauptung mit ihrem Anschein vollkommener Offensichtlichkeit – bestenfalls – eine harmlose Tautologie ist, die für unsere Belange irrelevant ist. Sie sieht jedoch gefährlich aus, denn sie impliziert anscheinend, daß,

wenn der Determinismus wahr ist, dann (da alle unsere Handlungen zureichende kausale Bedingungen haben) keine unserer Handlungen vermeidbar ist,

was für alle Welt so aussieht, als wenn es die Schlußfolgerung zuließe: Wenn der Determinismus wahr ist, kann kein Handelnder an irgendetwas etwas ändern. Aber da sind wir genau beim Fatalismus, und wir dürfen den Determinismus nicht mit dem Fatalismus verwechseln.

Es ist etwas überraschend, daß bei der intensiven und akuten Aufmerksamkeit, die die Modallogik der Notwendigkeit und der sogenannten historischen Unausweichlichkeit gewidmet hat, so wenig Aufmerksamkeit darauf verwendet wurde, was das Wort „unausweichlich“ wirklich bedeutet (Slote 1982). Es bedeutet natürlich *unvermeidbar,* und das legt nahe, – wenn man von etwas tout court als unausweichlich spricht –, daß man damit meint, es sei *für* einen Bestimmten unvermeidbar oder vielleicht, wenn es niemand Bestimmten gibt, *für* alle und jeden unvermeidbar. Aber wenn wir schon wissen sollen, was es heißt, daß etwas für jemanden unvermeidbar ist, dann hätten wir besser zuerst klären sollen, was es bedeutet zu sagen, etwas ist (oder war) vermeidbar. Und sich darüber klar zu werden, verlangt zu wissen, was es heißt, etwas zu vermeiden.

„Vermeiden“ gehört zu einer Familie von Verben, die wir verwenden, um Ziele und Ergebnisse von Überlegung zu erörtern: „vorhersehen“, „antizipieren“, „verhüten“, „vermeiden“, „abwenden“, „veranlassen“, „versichern“, „schützen“, „bewahren“, „fördern“, „verhindern“, „helfen“, „vereiteln“ ... Dies sind die herausragenden Handlungsverben, die Begriffe, die wir verwenden, um die Taten derjenigen Beweger und Erschütterer zu beschreiben, die „den Lauf der Geschichte ändern“ oder „das Universum aufstören“ oder „einen Unterschied machen“. Wir alle sehnen uns danach. Wir wollen, vielleicht mehr als alles andere im Leben, „einen Unterschied machen“.

Leute im allgemeinen glauben, Lotterien mit im voraus festgelegten Gewinnern seien fair, solange sie ehrlich durchgeführt werden. Aber vielleicht machen die Leute bei diesen Lotterien, ohne sich zu beschweren, nur deswegen mit, weil sie die Lose gratis bekommen. Würden viele Leute Lose einer Lotterie *kaufen,* von der man weiß, daß der Gewinnabschnitt, in einem besonderen Umschlag versiegelt, von Anfang an in einem Banksafe deponiert ist? Ich vermute, daß die meisten normalen Menschen durch ein solches Arrangement nicht beunruhigt sind und von sich selber sagen würden, daß sie eine wirkliche Gelegenheit zu gewinnen haben. Ich vermute, daß die meisten gewöhnlichen Menschen weniger abergläubisch sind als diejenigen Philosophen (zurückgehend auf Demokrit und Lukrez), die sich selbst überzeugt haben, daß ohne ein kontinuierliches Vorhandensein wirklich zufälliger *Entscheidungsstellen,* die das Geflecht der Verursachung aufbrechen, es keine echten Gelegenheiten oder Chancen geben kann.

Wenn unsere Welt determiniert ist, dann haben wir Pseudo-Zufallsgeneratoren in uns, nicht Geigerzähler. Das bedeutet: Wenn unsere Welt determiniert ist, wurden alle unsere Lose auf einmal gezogen, Jahrmillionen zuvor, dann für uns in einen Umschlag gesteckt, und sie werden uns nach und nach gegeben, wenn wir sie im Leben brauchen. „Aber das ist nicht fair!" sagen manche, „denn einige Leute werden mehr als Gewinner behandelt als andere!" Tatsächlich haben manche Leute bei jeder einzelnen Verteilung der Karten mehr hohe Karten als andere, aber man sollte sich daran erinnern, daß sich das Glück gleichmäßig verteilt. „Aber wenn alle Auslosungen stattfinden, bevor wir geboren werden, sind manche Menschen dazu *bestimmt,* mehr Glück zu haben als andere!" Aber das ist auch dann wahr, wenn die Auslosung nicht vor unserer Geburt geschieht, sondern auf Verlangen in regelmäßigen Abständen während unseres Lebens. Selbst bei einer vollkommen zufälligen und unvoreingenommenen, einer echt indeterministischen Ziehung, ist immer noch *determiniert,* daß manche Leute mehr Gewinnlose ziehen als andere. Man erinnere sich: Selbst in einem vollkommen fairen, vollkommen zufälligen Münzwurf-Turnier ist es bestimmt, daß der eine (oder der andere) gewinnen wird. Der Gewinner kann nicht mit gutem Recht behaupten, daß es sein „Schicksal" war zu gewinnen, aber welche Vorteile auch immer ihm aus seinem Gewinn erwachsen, es sind seine, und was könnte fairer sein? Fairneß bedeutet nicht, daß jeder gewinnt.

Der Begriff der *Gelegenheit* wurde hier mit Bezug auf die Taten der Handelnden (oder Selbstkontrolleure) erklärt, weil sie das heimatliche Territorium dieses Begriffs sind (in einem etwas dunklen Sinn, den ich nicht weiter ausführen kann). Aber in Wirklichkeit muß er in der Wissenschaft eine viel umfassendere Rolle spielen. Manche Philosophen haben anders darüber gedacht und das Thema der Willensfreiheit samt seiner begrifflichen Kernfamilie von diesen anderen Themen isoliert. Z. B.:

„*Gelegenheit* ist ein bemerkenswertes Beispiel für einen Begriff, der eng mit *Möglichkeit* verwandt ist, der aber keine andere als eine unsinnige metaphorische Verwendung außerhalb einer persönlichen Sphäre haben kann." (Ayers 1968, S. 9)

Aber dem ist nicht so. Betrachten wir z. B. Dawkins' gänzlich unmetaphorische Verwendung des Begriffs:

„Die Unterscheidung, die ich deutlich machen möchte, ist die zwischen keimorientierter Zellteilung (Reproduktion) und somatischer oder ‚Sackgassen'-Zellteilung (Wachstum). Eine keimorientierte Zellteilung ist eine, bei der die Gene, die verdoppelt werden, *eine Chance haben* [meine Hervorhebung], die Vorfahren einer unbestimmt langen Reihe von Nachkommen zu werden, wobei die Gene in Wirklichkeit die wahren keimorientierten Replikatoren sind..." (Dawkins 1982, S. 255)

Diese Verwendung kann nicht einfach zugunsten etwa der Rede über logische Möglichkeit oder quantenmechanische Möglichkeit ad acta gelegt werden. Gelegenheiten spielen eine Rolle, wie wir in Kapitel VI sehen werden, nicht nur in unserer Konzeption der biologischen, sondern auch in unserer Konzeption der leblosen Welt der Physik und Chemie. Aber unser Thema hier ist die speziell menschliche Sorte von Gelegenheiten gewesen, die Chancen, eine informierte Wahl zu treffen. Und unsere Schlußfolgerung ist, daß die Frage, ob einige unter uns irgendwelche wirklichen Gelegenheiten haben oder nicht, gänzlich unabhängig von der Frage ist, ob der Determinismus wahr ist oder nicht.

Die Vorstellung, daß die Gelegenheiten, die sich uns anbieten, nur scheinbare, keine wirklichen sein könnten (wenn der Determinismus wahr ist), steht nicht bloß metaphysisch auf unsicherem Boden; sie ist politisch rückschrittlich und auf eine Art und Weise moralisch zweifelhaft, die wir uns klarmachen sollten. Wenn es keine wirklichen Gelegenheiten gäbe, dann könnte es keinen wichtigen Unterschied zwischen der Person geben, die darüber nachgrübelt, ob sie die Zulassung zu Harvard, Stanford oder Swarthmore annehmen soll, und der Person, die *nicht* darüber nachgrübelt, ob sie heute in die Fabrik arbeiten gehen soll oder nicht. Manche mögen so tun, als fragten sie sich, ob überhaupt einer dieser Handelnden irgendwelche *wirklichen* Gelegenheiten besitze – aber mit welchem Handelnden würde eine vernünftige Person den Platz tauschen wollen? Wir dienen der Sache der Freiheit nicht, indem wir annehmen, daß die wahrhaft wichtige und letzte Frage eine weitgehend unlösbare ist, die von abstrusen Folgerungen aus Lehren und Entdeckungen der subatomaren Physik abhängt. Die Gelegenheiten, die für die Menschen von Bedeutung sind, hängen von den Merkmalen alltäglicher Größenordnung ihres manifesten Weltbildes ab, und manche Menschen haben mehr Gelegenheiten als andere.

Der Unterschied ist natürlich nicht bloß eine Angelegenheit der Position auf der sozioökonomischen Skala. Das Fehlen von Freiheit, die Tatsache, „seine Hände gebunden zu haben", ist nicht die exklusive Angelegenheit der Armen und Entrechteten. Nehmen wir den Bankpräsidenten, für den die Idee, seine Stellung aufzugeben (die ihn durch Magengeschwüre und Bluthochdruck zugrunderichtet) und Gärtner zu werden (was er gerne tun würde), beinahe undenkbar ist: Seine Frau würde über Nacht graue Haare bekommen (oder verrückt werden), seine Kinder müßten die Schule verlassen, seine Freunde wären entsetzt und verständnislos. Wir, die wir nicht mit tausend Fäden aus Zuneigung und Verpflichtung an seine Bekannten gebunden sind, mögen über seine mißliche Lage spotten, aber wer von uns könnte einen ähnlich radikalen Schritt aushalten? Es liegt mehr als ein Körnchen Wahrheit in Kris Kristoffersons Liedzeile „Freedom's just another word for nothing left to loose" („Me and Bobby McGee"). Wer im sozioökonomischen Spektrum irgendwo klug (und glücklich) ist, „hält sich seine Optionen offen". Die Freiheit des Landstreichers ist eine echte Art von Freiheit und eine, um die der Bankpräsident ihn aus ganz vernünftigen Gründen beneiden könnte; es ist etwas, was der Landstreicher hat und der Lohnsklave nicht, wenn auch beide keinerlei ökonomische oder politische Macht haben. Das ist natürlich alles allgemein bekannt. Es ist wert, im Auge behalten zu werden, wenn wir der Meinung sind, daß wir eine spannende Frage nach unserem Platz in der Ordnung der Dinge stellen.

4. „Vermeiden", „vermeidbar", „unausweichlich"

> Ich bin ein alter Mann
> und habe viel Arges gesehen,
> aber das meiste davon ist niemals passiert.
>
> Mark Twain

Der „Deterministische Deliberator Mark I" erteilt uns eine wichtige Lektion über die Natur der Gelegenheiten, aber seine Entscheidungen sind trotzdem – so lautet der Einwand – *unausweichlich*, selbst wenn dieser deterministische Roboter echte Gelegenheiten zum Handeln hat und ihnen wirklich auf eine Art und Weise gewachsen ist, die (im großen und ganzen) klug ist, da sie determiniert sind, – und das ist nicht gut. Wenn der Determinismus wahr ist, dann sind alle unsere Handlungen unausweichlich, weil sie die unausweichlichen Wirkungen von Ereignissen in der Vergangenheit sind, die selber ganz außerhalb jeder Revision liegen.

Dieser Gedankengang ist so vertraut wie inkohärent. Er enthält einen völlig unerlaubten Übergang von „determiniert" oder „kausal notwendig"

Entdeckung einer ähnlichen Hardware auf organischer Basis in unseren Gehirnen legen (Lucas 1970). Der „Zufallsdeliberator Mark II“ wird natürlich nicht nach höheren Standards verfahren, weder auf lange noch auf kurze Sicht. Er wird gegenüber seinem deterministischen Vetter, dem „Deterministischen Deliberator Mark I“, überhaupt keinen Vorteil haben, was den Überlebenswert betrifft, vorausgesetzt, es gibt keine bösen Laplaceschen Dämonen in der Umgebung. Aber nach Ihrer Sicht wird er wenigstens metaphysisch besser gestellt sein: Seine Gelegenheiten werden echte Gelegenheiten sein anders als die seines Vetters.

Aber wir wollen uns die Grundlage dieser Intuition näher anschauen. Warum genau wäre die „Chance“ in dem mit einem Geigerzähler ausgestatteten Roboter echter als in dem Roboter mit dem Pseudo-Zufallsgenerierenden Programm? Die Intuition, die dies suggeriert, ist, so behaupte ich, eine Illusion, und ihre falschen Zeugnisse können offengelegt werden, wenn wir sie in einem etwas anderen Kontext betrachten. Vergleichen wir die folgenden beiden Lotterien hinsichtlich ihrer Fairneß. In der Lotterie *A* werden, nachdem alle Lose verkauft wurden, ihre Abschnitte angemessen lange gemischt (wobei ein gewisses Maß an echtem – quantenmechanischem – zufälligen Mischen gegeben ist, wenn Sie wollen) und dann das Gewinnlos blind gezogen. In der Lotterie *B* findet dieses Mischen und Ziehen statt, *bevor* die Lose verkauft werden, aber ansonsten werden die beiden Lotterien genau gleich durchgeführt. Viele Leute glauben, die zweite Lotterie sei unfair. Es ist unfair, glauben sie, weil das Gewinnlos festgelegt ist, bevor die Leute überhaupt ihre Lose kaufen. Eines dieser Lose ist bereits das Gewinnlos; die anderen Lose sind bloß wertloses Papier, und sie unschuldigen Leuten zu verkaufen, ist eine Art Betrug. In Wirklichkeit aber sind beide Lotterien natürlich gleich fair. Jeder hat eine gleiche Gewinnchance; der Zeitpunkt für die Wahl des Gewinners ist ein äußerst unwesentliches Merkmal.

Der Grund dafür, daß die Ziehung einer Lotterie in der Regel verschoben wird, bis alle Lose verkauft sind, liegt darin, daß der Öffentlichkeit als Augenzeuge mit Beweisen aus erster Hand gezeigt werden soll, daß kein fauler Zauber im Spiel war. Kein heimtückischer Akteur mit Insider-Wissen hat die Verteilung der Lose manipuliert, denn das Wissen um das Gewinnlos existierte in keinem Akteur (und konnte nicht existieren), solange die Lose nicht verkauft waren. (In der Tat gilt diese Praxis dem Nachweis, daß sie gegenüber Butzemännern geschützt ist.) Es ist interessant, daß nicht alle Lotterien dieser Praxis folgen. *Publishers' Clearing House* und *Reader's Digest* versenden alljährlich Millionen von Umschlägen, auf denen in großen Buchstaben prangt: „SIE HABEN VIELLEICHT SCHON GEWONNEN“ – eine Million Dollar oder irgendeinen anderen Preis. Diese teuren Kampagnen beruhen sicherlich auf Marktforschungen, die zeigen, daß die

Aber wenn wir den Lauf der Geschichte ändern wollen, blüht uns eine große Enttäuschung. Denn niemand kann den Lauf der Geschichte ändern – aus Gründen, die nichts mit dem Derminismus zu tun haben. Am Beginn dieses Kapitels stellten wir uns vor, daß der ganze Raum und die ganze Zeit, Vergangenheit, Gegenwart und Zukunft vor uns ausgebreitet lagen („sub specie aeternitatis" im Jargon der Philosophen: unter dem Gesichtspunkt der Ewigkeit). Wenn die Szene, die wir uns dabei vorstellen, der *tatsächliche* Lauf der Geschichte durch die Ewigkeit sein soll, dann – man schaue es sich an- hat das Bild keine Verzweigungen. Nur *ein* Wirkliches kann geschehen[16], ob das, was geschieht, determiniert ist oder nicht; der Teil unseres Bildes, den wir mit „Zukunft" bezeichnen, besteht also aus Ereignissen, die tatsächlich geschehen – zufällig geschehen – in der Fülle der Zeit. Das Bild, das wir uns machen sollten, wenn wir uns dieses Universum als nicht-deterministisch vorstellen, sollte von dem Bild ununterscheidbar sein, das wir uns vorstellen, wenn wir ein durch die Zeit hindurch deterministisches Universum heraufbeschwören. Die Zukunft von heute ist Geschichte von morgen: die Folge von Ereignissen, die tatsächlich passieren (dies ist das „zeitlose" Präsens).

Was hieße es, den Lauf der Geschichte zu verändern? Von welchem Zustand in welchen? Hieße das, ein zukünftiges Ereignis durch ein anderes zu ersetzen? Die Vorstellung ist, in dieser unbehandelten Form, inkohärent. Es wird oft gesagt, daß niemand die Vergangenheit ändern kann. Das ist wahr genug, aber es wird selten hinzugefügt, daß auch niemand die Zukunft ändern kann. Wenn die Vergangenheit unveränderlich ist, dann ist die Zukunft unvermeidbar – nach jedermanns Ansicht. Die Zukunft besteht, zeitlos, aus der Folge von Ereignissen, die geschehen werden, ob sie determiniert sind zu geschehen oder nicht, und es macht mehr Sinn, davon zu reden, daß solche Ereignisse vermieden werden, als davon zu reden, die Ereignisse zu vermeiden, die schon passiert sind.

Was heißt es, etwas zu vermeiden? Wir sprechen davon, *Dinge* zu meiden – die Biene meidet den Baum, wenn sie um ihn herumfliegt – aber für unsere Zwecke sind Fälle wichtiger, in denen wir davon sprechen, Ereignisse zu vermeiden, besonders bedauerliche Ereignisse: Unheil, Unglücksfälle, Katastrophen. Bei den meisten Wörtern auf -bar oder -lich, wie etwa „löslich" oder „aufblasbar" oder „zerbrechlich", können wir uns damit zufriedengeben, daß etwas das Vermögen oder die fragliche dispositionale Eigenschaft hat oder hatte, indem wir auf wirkliche Fälle zeigen, in denen das

16 Außer wir akzeptieren die „Viele-Welten-Interpretation" der Quantenmechanik, die Hugh Everett vorgeschlagen hat. Siehe Hofstadter und Dennett 1981, S. 44 ff.

Ding – oder etwas Ähnliches – sich auflöst, aufgeblasen wird oder zerbricht. Aber wir können auf kein wirkliches Ereignis verweisen, das je vermieden wurde. Kein Ereignis, das tatsächlich geschehen ist, geschieht oder geschehen wird, ist ein Ereignis, das vermieden wurde, wird oder werden wird. Wenn aber Beispiele verlangt werden, hier sind ein paar Unglücksfälle, die vermieden wurden: das große Erdbeben von London 1981, die Tumulte und Massaker während der Parade zur Amtseinführung von Barry Goldwater 1964, das große Erdbeben von London 1982. „Aber diese imaginären Ereignisse hätten ja ohnehin nie stattgefunden!" Natürlich nicht, aber schließlich konnte kein Ereignis, das jemals wirklich bevorstand – kein Ereignis, determiniert oder nicht, das jemals zur Menge der zukünftigen Ereignisse gehörte – jemals vermieden werden.

Wir bemerkten in Kapitel III, daß die eigene Kontrolle einer Situation nicht durch „kausale Kräfte" außerhalb der eigenen Kontrolle in Gefahr gerät, sondern durch *unerwartete* kausale Kräfte und durch kausale Kräfte, die, selbst wenn sie erwartet wurden, unüberwindbar sind. Die letztere Art ist es, die uns unser Modell – unsere schauerliche Vision – der *Unerbittlichkeit* liefert. Angenommen, die Astronomen entdecken einen riesigen Kometen und berechnen seine Laufbahn: Er wird genau in einer Woche auf Nordamerika niedergehen, und *es gibt nichts, was man dagegen tun könnte.* Man kann sich vorstellen, daß die Menschen angesichts dieser schrecklichen Vision nach Strategien suchen: Gibt es denn *nichts,* was man tun kann? Die Menschen fangen an, um ein Wunder zu beten, und dann, am Vorabend der Zerstörung, erscheint ein anderer Komet genau an der richtigen Stelle, um den Kometen des Jüngsten Gerichts von seiner Bahn abzulenken und *verhütet* damit den Tod von Millionen. War es ein Wunder? Nein, wie sich dann herausstellt; der zweite Komet materialisierte sich nicht einfach durch ein Wunder. Er hatte sich auch auf seiner vorherbestimmten Bahn Jahrmillionen lang fortbewegt; die Astronomen hatten ihn vorher nur noch nicht bemerkt. Aber eine sorgfältige Untersuchung alter Fotos aus Observatorien zeigt, daß es ihn gab, genau auf der Bahn, um uns zu retten. Es bestand also niemals wirklich eine Notlage. Hätten die Astronomen bessere Daten gehabt – oder hätten sie die Daten, die sie schon hatten, besser genutzt – sie hätten uns nie alarmiert.

Hat der zweite Komet wirklich eine Katastrophe *verhütet?* Welche Katastrophe hat er verhütet? Es stand nie eine Katastrophe bevor. Man könnte genausogut sagen, daß eine Vielzahl astronomischer Kräfte sich einmal pro Tag (oder jede Millisekunde) zusammenfügt, um die schreckliche Kollision von Mars und Erde zu verhüten. Diese Kollision ist nicht wahrscheinlich, und trotz des ersten Anscheins war es auch der befürchtete Zusammenstoß mit dem Kometen nicht. Was uns den Anschein der drohenden Katastrophe gibt, die in der letzten Minute abgewendet wurde, ist die unzuverlässige

Projektion einer bestimmten Bahn in die Zukunft durch die Astronomen. Vor dem Hintergrund dieser antizipierten Zukunft (dieser falsch antizipierten Zukunft) sehen wir die Ereignisse, die geschehen, als einen Fall von Verhinderung.

Alle die Verben, die „einen Unterschied machen" ausdrücken, enthalten einen stillschweigenden Vergleich zwischen dem Weg, den der Lauf der Welt *anscheinend* zu nehmen hatte und dem Weg, den er letztendlich wirklich nahm.[17] „Den Lauf der Geschichte zu ändern" bedeutet, der Handelnde zu sein, dessen Handlungen (und davor: dessen Überlegungen) einen *herausragenden* (als Angelpunkt dienenden) Beitrag zum tatsächlichen Lauf der Welt darstellen – gemessen am Kontrast mit dem projizierten oder antizipierten (oder retrospektiv beurteilten) wahrscheinlichen Lauf der Welt. Die Verwendung des Begriffs appelliert an so etwas wie an das Prinzip der Trägheit des Normalen; sie verläßt sich auf die Existenz eines stillschweigend vorausgesetzten Hintergrunds von Erwartungen, wie sich die Dinge entwickeln: Wie man die Entwicklung der Dinge erwartet, sofern „alles andere gleichbleibt"; vor diesem Hintergrund „macht" dann die Handlung einer Person, da sie ein Fall von etwas anderem ist, das nicht gleichbleibt, „den entscheidenden Unterschied aus".

Unsere Erwartungsgewohnheiten sind so tief verwurzelt – unsere Humeschen Erwartungsgewohnheiten –, daß größere intellektuelle Sprünge wissenschaftlicher Vorstellungskraft nötig sind, um zu sehen, was erklärt werden muß und was nicht. Erst zu dem Zeitpunkt, als Newton daran denken konnte zu fragen, was den Apfel daran hinderte, in die Luft zu fliegen oder mitten in der Luft hängen zu bleiben, wurde die Notwendigkeit für eine Schwerkraft bemerkt. Nur manche Arten von Ereignissen verlangen in der Newtonschen Physik eine Erklärung: die Beschleunigungen. Der Rest gehört zum ganz gewöhnlichen Geschäft, ist geradlinige Bewegung. Und sobald die basalen Kräfte an Ort und Stelle sind, erhöhen wir die Standards dafür, was *weitere* Erklärung verlangt. Wir fragen, was einen scheinbar nicht gestützten Stein daran hindert, mit Gravitationsbeschleunigung zu fallen; wir fragen nicht, was ihn daran hindert, in Flammen aufzugehen oder sich in eine Teetasse zu verwandeln. So wie der Begriff der Gelegenheit wird der Begriff der Verhinderung (und ähnliche Begriffe) am besten erklärt, wenn man seine Rolle im Leben der Menschen (und anderer Selbstkontrolleure) betrachtet; das bedeutet aber nicht, daß er keine Anwendung außerhalb der engen Grenzen menschlicher Vorhaben besitzt. Betrachten wir folgenden bekannten fatalistischen Dialog:

---

17 Ein gutes Beispiel von jemandem, der beinahe die gleiche These erörtert (aber diesen epistemischen Knoten übersieht) ist von Wright 1974, S. 42 ff.

Warum machen Sie sich die Mühe, ein Schloß an Ihre Türe anzubringen?
Um unberechtigte Personen daran zu hindern hereinzukommen, natürlich.
Aber wenn es bereits determiniert ist, daß keine unberechtige Person jemals ihr Haus betreten wird, könnten Sie genausogut die Türe weit offen lassen; und wenn auf der anderen Seite bereits determiniert ist, daß eine nichtberechtigte Person Ihr Haus betreten wird, dann wird auch ein Schloß sie nicht daran hindern (kann es auch nicht, aus rein logischen Gründen!).

Wir sind ebenso klug, uns gegenüber diesem Argument taub zu stellen, wie Mutter Natur es war, als sie alle diese Verhinderungs- und Vermeidungsmechanismen in Organismen entwarf und installierte. Warum sollte man sich darum kümmern, daß man Antikörper oder Augenlider oder eine dicke Haut oder einen schweren Pelz hat? Man kann einfach keinem Aspekt der entfalteten, lebendigen Welt Sinn abgewinnen, ohne für sich in großem Ausmaß Verhinderung und Vermeidung in Anspruch zu nehmen. Wenn der Determinismus zeigte, daß *niemand* irgendetwas verhindern könnte, könnte er dies nur tun, indem er zeigte, daß es nirgends auch nur ein Quentchen Verhinderung gibt: *nichts* kann irgendetwas verhindern. Das Geräusch der Niagarafälle kann einen Vogel, der sich in der Nähe aufhält, nicht daran hindern, die Schritte einer näherkommenden Katze zu hören, und die Schwerkraft der Erde kann nicht verhindern, daß die Atome, die die Atmosphäre der Erde bilden, ins Weltall entflüchten.

Die erste, aber keinesfalls letzte Beobachtung über diese Begriffsfamilie besteht darin, daß sie irgendwie mit dem verknüpft ist, was normal oder zu erwarten ist – d. h., von solchen Wesen zu erwarten, die erwarten wie wir. Was ist der Unterschied zwischen dem Großen Erdbeben von London 1982 und dem Durchschmelzen im Atomkraftwerk Three Miles Island? Keines von beiden Ereignissen geschah, aber das letztere wurde ganz knapp *abgewendet*. Was ist der Unterschied zwischen den Tumulten bei der Goldwater-Amtseinführung und der Verurteilung von Lee Harvey Oswald? Keines von beiden Ereignissen geschah, aber das letztere wurde von Jack Rubys äußerst erfolgreichem Versuch, das Weltall aufzustören, *verhindert*. D. h. Oswalds Prozeß und Verurteilung wie auch das Durchschmelzen in Three Mile Island war projiziert, antizipiert, erwartet, vorsorglich in Rechnung gestellt als Teil des möglichen oder wirklichen Verlaufs der Dinge.

Roger Schank bemerkte einmal, daß unser Gebrauch des bestimmten Artikels ein überflüssiger Wink sein kann. Wir stutzen nicht bei: „Er setzte sich in das Restaurant, und die Kellnerin brachte ihm eine Speisekarte", aber wir stutzen bei: „Er setzte sich in das Restaurant, und der Bucklige bat ihn um Feuer". *Welcher* Bucklige? (Wir fühlen uns aber nicht verpflichtet zu fragen, *welche* Kellnerin?) Worauf das verräterisch hinweist, ist unsere *Festlegung* in Gedanken auf verschiedene bloß projizierte Entitäten – nicht in dem Sinne, in dem die Philosophen von „ontologischer Festlegung" sprechen, sondern in dem Sinne, in dem Basketballtrainer davon sprechen, daß man seinen Gegner dazu bringt, sich selbst festzulegen, bevor man sich seine eigene Strategie wählt.

Wir sehen die Welt, wenn wir überlegen und planen, immer im Lichte derjenigen Merkmale der Welt, die „normal" weitergehen, und derjenigen, die sich ändern könnten oder ändern werden oder die wir zu ändern beabsichtigten oder hoffen. (Diese Tatsache ist der Kern des „Rahmen-Problems" in der Künstlichen-Intelligenz-Forschung. Siehe Dennett im Erscheinen-a.) Wir kategorisieren einige dieser projizierten Dinge als solche, die geschehen werden, *es sei denn*, wir unternehmen bestimmte Schritte und andere als solche, die geschehen werden, *weil* wir bestimmte Dinge unternehmen werden, und einige von ihnen als solche, die geschehen werden, *gleichgültig, welche Schritte wir unternehmen werden.* Wir nennen die letzteren „unausweichlich", weil nichts, was *wir tun,* für sie irgendeinen Unterschied macht, und es deshalb witzlos ist, über sie nachzudenken.[18]

Das ist es also, was „unausweichlich" bedeutet. Es bedeutet nicht „kausal notwendig" oder „determiniert", und es wird von diesen Begriffen nicht impliziert. Man kann die dunkle Anerkennung dieser Kluft in dem seltsamen Schwanken der Perspektive erkennen, die die philosophische Behandlung dieses Themas oft durcheinanderbringt. Bei der Diskussion (und dem typischen Beklagen) der Konsequenzen des Determinismus scheinen die Autoren oft beides zugleich haben zu wollen. Bei manchen Gelegenheiten scheinen sie den Handelnden und sein ganzes überlegendes Tun als Teil des großen Systems der Kausalität, wie es die Vorstellung des Determinismus darlegt, begreifen zu wollen. Aber bei anderen Gelegenheiten scheinen sie dann diese deterministische Welt ohne den unglücklichen Handelnden betrachten zu wollen, um einen kleinen – vielleicht winzigen – Teil der Geschichte des Handelnden aus dem determinierenden Netz auszusondern (Greenspan 1976).

Diese zweifache Denkart ist in vielen Bereichen zu finden – auch außerhalb der Philosophie. Wenn die Wissenschaftler sich daran machen, über

18 Berlin (1954) unternimmt eine schöne Entlarvung der schädlichen Idee historischer Unausweichlichkeit, aber er erreicht keine völlige Klarheit über die Unterscheidung zwischen *unerbittlichen historischen Kräften* (wie unserem Kometen oder einer Flutwelle), Kräften, die alle Überlegungen und Pläne eines Handelnden in einem Angriff von lokalem Fatalismus wegwischen könnten und *Kräften, die historische Ereignisse determinieren, indem sie durch die Überlegungen der betroffenen Handelnden wirken.* Er scheint nicht zu sehen, daß er die letztgenannte Annahme nicht bestreiten muß, die mit seiner strengen Ablehnung der schädlichen Form des Determinismus konsistent ist: der historischen Unausweichlichkeit.

die Welt irgendein Experiment aufzustellen, dann nehmen sie sich von dieser Welt aus, stellen sich vor, als schwebten sie auf die Seite und als würden sie in die Welt völlig unabhängig eingreifen, um am Netz der Verursachung zu zerren. Dann fügen sie, mehr oder weniger in Klammern, hinzu: „Wir selber sind in Wirklichkeit natürlich bloß Teile dieses Netzes." Wie wir in Kapitel III gesehen haben, ist diese radikale Polarisierung der Perspektiven nicht notwendig. Die beiden Sichtweisen können mit der Erkenntnis vereinbart werden, daß sie, damit wissenschaftliche Untersuchungen der Natur im Sinne der Erkenntnistheorie aussagekräftig sind, nicht absolut und metaphysisch unabhängig von dem kausalen Strom, den sie erforschen, sein müssen; sie brauchen mit Merkmalen dieses kausalen Stroms bloß hochgradig unverbunden zu sein. Die Forderung nach dem Absoluten wird von Lucas deutlich formuliert:

„Wir müssen Handelnde sein, nicht bloß Zuschauer. Und der Grund dafür ist folgender: Wir glauben, daß wir als freie Handelnde eine willkürliche Unruhe in das Universum bringen und so jegliche vorher erreichte Harmonie zerstören können; unter den Veränderungen, die unsere willkürlichen Interventionen erzeugen, werden nur wirkliche Regelmäßigkeiten verschont, und zufällige und vorher erreichte werden zerstört." (1970, S. 63)

Aber das Ziel, „wirkliche Regelmäßigkeiten" in der Welt dazu zu zwingen, sich zu zeigen, kann erreicht werden (wie wir in der Diskussion vom Nutzen der Unordnung in Kapitel III gesehen haben), wenn unsere willentlichen Forschungsaktivitäten weder versehentlich mit irgendeiner Regelmäßigkeit gleichphasig sind noch durch irgendeinen Dämon gelenkt werden. Solange sie von chaotischen oder pseudozufälligen Prozessen abhängig sind, liefern sie denjenigen, die sie verwenden, einen Hebelpunkt für die Untersuchung – keinen absoluten Hebelpunkt, keinen Hebelpunkt, bei dem immer gesichert ist, daß er mit dem, was gerade untersucht wird, ungleichphasig ist, aber einen Hebelpunkt, der für menschliche Wissenschaft gut genug ist. Für absolute, cartesianische Gewißheit, zweifellos, sollten unsere Forschungsaktivitäten nicht nur nicht gelenkt sein, sondern sie sollten prinzipiell nicht lenkbar sein. Daher die Anziehungskraft – für Absolutisten – der vollkommenen Zufälligkeit. (Siehe auch Nozick 1981, S. 310 ff. und von Wright 1974, S. 39 ff.)

Wird das Vertrauen auf solche die Verknüpfung aufbrechenden Strategien zusammengebracht mit der gelernten Blindheit – die die Vernunft diktiert – den eigenen kausalen Prozessen gegenüber, ist bloß eine winzige Übertreibung nötig, um die Illusion „absoluten Handlungsvermögens" zu erzeugen. Und dann bringt das angebliche Ausgenommensein des Handelnden vom allgemeinen kausalen Strom die Gelegenheit für fatalistische Reflexionen hervor. Und das wiederum lädt zum falschen gegenseitigen Ausschluß von Determinismus und Unausweichlichkeit ein. Um irgendetwas von dem richtigen (deprimierenden) Geschmack der Unausweichlichkeit zu bekommen, muß man sich einen Augenblick – wie flüchtig auch immer – vorstellen, in dem man erkennt, daß Reflexion wirkungslos ist. In diesem Augenblick „sieht" man, daß man fällt, fällt, und man schaut zu, mit Schrecken; die eigene Reflexionsmaschinerie ist außer Kraft, Räder drehen sich leer, während sich das unbarmherzige, unvermeidliche Drama von selbst abspielt. In diesem imaginären Szenario sind die eigenen Denkprozesse zeitweilig *und* stillschweigend von der Natur losgelöst und ermöglichen dem Vorstellenden einen relativ festen Standpunkt, von dem aus er den vernunftlosen Fluß der Verursachung erleben kann – die Art von Distanziertheit, mit der man den lokalen Fatalismus von drohendem Niesen oder drohender Ejakulation beobachten kann.

Aber diese ganze Vorstellung von lokalem Fatalismus ist in einer solchen Diskussion fehl am Platze. Es geschieht nur bei solchen – relativ seltenen – Gelegenheiten von lokalem Fatalismus, daß die eigene Reflexionsmaschinerie wirklich von den Bahnen, die für uns von Wichtigkeit sind, losgelöst sind. In der Regel ist das gegenwärtige Denken-bis-zum-letzten-Augenblick das für das Endresultat entscheidende. Wie Hobart sagte: „... die Vergangenheit kann kein Ereignis determinieren, außer durch die Gegenwart. Und kein vergangener Augenblick determinierte es irgendwie eigentlicher, als es der gegenwärtige Augenblick tut." (Hobart 1934). Die deprimierende Vorstellung des lokalen Fatalismus gehört nicht zum Hintergrund der Gedanken von irgendjemandem darüber, *wie es wäre*, ein deterministischer Denker in einer deterministischen Welt zu sein. Und in dem Maße, in dem der eigene Widerwille gegen den Determinismus durch solche Vorstellungen gefärbt ist, denkt man einfach nicht gewissenhaft über diese Frage nach.

In diesem Kapitel wollten wir uns dem Verdacht entgegenstellen, daß unser manifestes Weltbild mit Gelegenheiten, die ergriffen werden, und Tragödien, die verhindert werden, bloß eine Illusion ist, wenn der Determinismus wahr ist. Die einzigen Illusionen, die wir fanden, waren allerdings solche, die durch philosophische Verwirrung, Unachtsamkeit im Detail und den Mißbrauch von Intuitionenpumpen herbeigeredet wurden. Die scheinbare Inkohärenz der Vorstellung eines deterministischen überlegenden Wesens löst sich bei näherer Betrachtung auf. Es sieht für alle Welt so aus, als wenn es keine wirklichen Gelegenheiten gäbe, wäre der Determinismus

19 „R. E. Hobart" war das Pseudonym von Dickinson S. Miller, 1868–1963.

wahr; aber auch das ist eine Illusion. Und trotz des ersten Anscheins kann etwas „kausal notwendig", aber nicht unausweichlich sein. Wir haben nicht alle Probleme gelöst oder alle Fragen beantwortet, die das Verhältnis zwischen unserem manifesten Weltbild und unserem wissenschaftlichen Weltbild betreffen, aber wir haben gesehen, daß die traditionellen Gründe für Bestürzung das Ergebnis hastiger Prüfung, nicht aber tiefer Einsicht sind.

Kapitel VI

„Hätte anders können"

1. Machen wir uns darüber Gedanken, ob wir anders gekonnt hätten?

Mitten in all der Zwietracht und Uneinigkeit unter Philosophen beim Problem der Willensfreiheit gibt es ein paar wenige, ruhige Inseln von fast vollständiger Einmütigkeit. Wie van Inwagen bemerkt:

> „Fast alle Philosophen stimmen darin überein, daß eine notwendige Bedingung dafür, daß ein Handelnder für eine Handlung verantwortlich gehalten wird, die Meinung ist, daß der Handelnde es hätte unterlassen können, die Handlung auszuführen." (van Inwagen 1975, S. 189)

Wenn das aber so ist, dann habe ich, gleichgültig, was ich sonst noch in den vorangegangenen Kapiteln gemacht habe, den zentralen Punkt der Willensfreiheit noch nicht berührt, denn ich habe zum Prinzip des „hätte anders können" noch nicht Stellung bezogen: zu dem Prinzip, das behauptet, daß man frei (und verantwortlich) nur gehandelt hat, wenn man auch anders gekonnt hätte. Es wird jetzt endlich Zeit, sich diesem zentralen, beständigen Gebiet in der logischen Geographie des Problems der Willensfreiheit zuzuwenden. Zunächst werde ich zeigen, daß dieses weithin akzeptierte Prinzip schlicht falsch ist. Dann werde ich zu einigen Restproblemen, die die Bedeutung von „können" betreffen, übergehen – dem Austinschen Frosch auf dem Boden des Bierkrugs (siehe Kapitel I, S. 33).

Das Prinzip des „hätte anders gekonnt" wurde Generationen lang erörtert, und die bevorzugte Strategie der Kompatibilisten – die zeigen mußten, daß freier Wille und Determinismus letztendlich zu vereinbaren sind – ist es zu behaupten, daß „hätte anders können" nicht das bedeutet, was es zunächst zu bedeuten scheint; der Sinn des Ausdrucks, der vom Determinismus abgelehnt wird, ist für den Sinn, der für Freiheit gefordert wird, irrelevant. Es ist so offensichtlich, daß es genau das ist, was die Kompatibilisten sagen *müssen*, daß viele Skeptiker die angebotenen kompatibilistischen „Analysen" der Bedeutung von „hätte anders können" als kaum etwas anderes als eine selbsttäuschende Rechtsverdrehung betrachtet haben. James (1921, S. 149) nannte dieses Thema „einen Morast von Ausflüchten", und Kant *(Kritik der praktischen Vernunft)* nannte es eine „elende Täuschung".

Anstatt mich um die Verteidigung irgendwelcher vorangegangener Analysen zu bemühen – viele von ihnen sind, soweit ich das sehen kann, durchaus zu verteidigen –, will ich in die Offensive gehen. Ich werde argumentieren, daß, *was immer* „hätte anders können" wirklich bedeutet, es nicht das ist, was uns interessiert, wenn wir uns Gedanken darüber machen, ob irgendeine Handlung als eine freie und verantwortliche ausgeführt wurde. Es gibt, wie van Inwagen bemerkt, so etwas wie eine Tradition, daß man einfach annimmt, die Intuitionen, die das „hätte anders können"-Prinzip stützen, seien zuverlässig. Aber Philosophen, die diese Annahme machen, tun dies trotz ziemlich offenkundiger und bekannter Zweifel.

Einer der wenigen Philosophen, der das Prinzip angreift, ist Frankfurt. Er hat eine äußerst produktive Intuitionenpumpe erfunden, die Gegenbeispiele in vielen Geschmacksrichtungen erzeugt: Fälle von Überdeterminiertheit, in denen sich ein Handelnder absichtlich und wissentlich entscheidet, etwas zu tun, in denen aber – typischerweise dank einiger herumlungernder Butzemänner –, wenn er sich nicht so entschieden hätte, sich die Butzemänner darum gekümmert hätten, daß er die Sache auf jeden Fall so macht (Frankfurt 1969, aber siehe auch van Inwagen 1978 und 1983 und Fischer 1982). Ohne alle Zierat (ohne die Glöckchen und Pfeifen der Varianten, die für uns irrelevant sind, allerdings nur deshalb, weil wir uns nicht auf sie stützen), auf ihren Kern gebracht, sieht diese Intuitionenpumpe so aus:

Jones haßt Smith und beschließt im Vollbesitz seiner Kräfte, ihn zu ermorden. Mittlerweile hat Black, der ruchlose Neurochirurg (erinnern Sie sich an ihn?), der ebenfalls will, daß Smith tot ist, etwas in Jones' Gehirn eingepflanzt, so daß Black, *gerade für den Fall, daß Jones seine Meinung ändert* (und die Nerven verliert), durch einen Knopfdruck Jones auf den mörderischen Pfad zurückbringen kann. Wie sich dann zeigt, muß Black nicht intervenieren, Jones tut die Tat von ganz alleine.

In einem solchen Fall, behauptet Frankfurt, war die Person für ihre Tat verantwortlich, denn sie entschied sich mit der ganzen notwendigen Überlegung und Ernsthaftigkeit dafür trotz der lauernden Gegenwart des „Überdeterminierers", dessen versteckte Anwesenheit dafür sorgte, daß Jones „nicht anders gekonnt hätte".

Ich akzeptiere Frankfurts Analyse dieser Fälle (d. h. ich glaube, sie können gegen die Einwände, die van Inwagen, Fischer und andere vorgebracht haben, verteidigt werden), und ich glaube, daß diese Gedankenexperimente trotz der Heraufbeschwörung imaginärer Butzemänner nützlich sind, denn sie lenken die Aufmerksamkeit auf die Wichtigkeit – für die Frage nach Verantwortlichkeit – der tatsächlichen Kausalkette im überlegenden und entscheidenden Handelnden – was auch immer anderswo passieren mag.

Aber Frankfurts Strategie scheint mir zu wenig ehrgeizig zu sein. Während *er* glaubt, seine Gegenbeispiele zeigten, daß das „hätte anders können"-Prinzip – das er das Prinzip alternativer Möglichkeiten nennt – unheilbar falsch sei, sind seine Gegenbeispiele ziemlich spezielle und unwahrscheinliche Fälle, und sie inspirieren die Verteidiger des Prinzips, nach Pflastern zu suchen: Das Prinzip wird etwas modifiziert, um Frankfurts problematische Fälle berücksichtigen zu können. Exotische Umstände tragen nichts oder wenig dazu bei, die Illusion zu zerstören, daß im normalen Lauf der Dinge, wo solche Überdetermination fehlt, das vorherrschende Prinzip in der Tat darin besteht, daß eine Person nicht für verantwortlich gehalten würde, wenn sie eine Handlung nicht unterlassen konnte (nicht anders gekonnt hätte). Aber in Wirklichkeit, werde ich argumentieren, ist es selten, daß wir uns auch nur *scheinbar* darum kümmern, ob eine Person auch anders gekonnt hätte oder nicht. Und wenn wir es tun, liegt es oft daran, daß wir beim Problem der Verantwortlichkeit eine Konklusion ziehen wollen, die der traditionellen Auffassung entgegensteht.

„Hier stehe ich", sagte Luther, „ich kann nicht anders". Luther behauptete, daß er nicht anders konnte, daß es ihm sein Gewissen *unmöglich* machte zu widerrufen. Er könnte natürlich falsch gedacht oder die Wahrheit mit Absicht übertrieben ausgedrückt haben. Aber auch wenn es so war – vielleicht gerade dann, wenn es so war –, ist seine Feststellung ein Beweis für die Tatsache, daß wir niemanden vom Vorwurf oder Lob für eine Handlung ausnehmen, weil wir glauben, daß er nicht anders konnte. Was immer Luther auch tat, er versuchte nicht, sich vor der Verantwortung zu drücken.

Es gibt Fälle, in denen die Behauptung „ich konnte nicht anders" ein Ausdruck von Schwäche ist: Angenommen, ich müßte jetzt in das Flugzeug steigen und mich in Sicherheit bringen, aber ich stehe wie angewurzelt am Boden und gestehe, daß ich nicht anders kann – wegen meiner irrationalen und mich selbst schwächenden Angst vorm Fliegen. In einem solchen Fall kann ich nicht anders, behaupte ich, weil meine rationale Kontrollfähigkeit beeinträchtigt ist. Aber in anderen Fällen, ähnlich dem Luthers, meine ich, wenn ich sage, ich kann nicht anders: Ich kann nicht anders, weil ich die Situation so deutlich vor Augen habe und meine rationale Kontrollfähigkeit *nicht* beeinträchtigt ist. Es ist zu offensichtlich, was zu tun ist; die Vernunft diktiert es; ich müßte verrückt sein, wenn ich anders handeln würde, und da ich glücklicherweise nicht verrückt bin, kann ich nicht anders. (Beachtenswert ist im übrigen, daß wir sagen, es sei Luthers „Sache", ob er widerruft oder nicht, und wir sind nicht versucht, dieses Urteil zurückzunehmen, wenn wir erfahren, daß er behauptete, er konnte nicht anders. Außerdem gilt zu beachten, daß wir oft Dinge sagen wie: „Wenn ich zu entscheiden hätte, ich wüßte ganz sicher, was ich tun würde.")

Ich hoffe, es ist wahr – und ich denke, es ist sehr wahrscheinlich wahr –, daß es unmöglich wäre, mich dazu zu bringen, eine unschuldige Person zu foltern, indem man mir tausend Dollar anbietet. „Aber" – kommt dann der Einwand, „was ist, wenn irgendwelche bösen Weltraumpiraten die ganze Welt gefangennehmen und versprechen, die Erde nur dann nicht zu zerstören, wenn Sie eine unschuldige Person foltern. Wäre das etwas, was Sie sich unmöglich vorstellen könnten zu tun?" Wahrscheinlich nicht, aber was folgt daraus? Das ist ein vollkommen anderer Fall. Wenn man daran interessiert ist zu erfahren, ob ich *unter diesen besonderen Umständen* anders gekonnt hätte, dann ist der andere Fall, der erwähnt wurde, völlig irrelevant. Ich behauptete, es wäre nicht möglich, mich dazu zu bringen, *für tausend Dollar* jemanden zu foltern. Diejenigen, denen das Prinzip des „hätte anders können" lieb und teuer ist, beharren immer darauf, daß man darauf achten solle, ob man unter *genau* den gleichen Umständen anders gekonnt hätte. Ich behaupte eine etwas stärkere These; ich behaupte, daß ich auch in einem annähernd ähnlichen Fall nicht anders könnte. Ich würde mich *niemals* einverstanden erklären, eine unschuldige Person für tausend Dollar zu foltern. Es würde nichts daran ändern, behaupte ich, welchen Ton der Bestecher seiner Stimme geben würde oder ob ich müde oder hungrig wäre oder nicht oder ob das vorgeschlagene Opfer gut beleuchtet oder teilweise im Schatten versteckt wäre. Ich bin, hoffe ich, gegenüber allen solchen Angeboten immun.

Warum würden nun jemandes Intuitionen diese Schlußfolgerung nahelegen: Wenn ich recht habe, dann würde, wenn und wann immer ich Gelegenheit habe, ein solches Angebot abzulehnen, meine Ablehnung nicht als verantwortliche Handlung zählen? Vielleicht glauben manche Leute folgendes: Wenn ich recht habe zu behaupten, ich könnte in solchen Fällen nicht anders, wäre ich eine Art Zombie, der darauf „programmiert" wäre, tausend-Dollar-Bestechungen immer abzulehnen. Ein wirklich frei Handelnder, glauben sie, müßte irgendwie wankelmütiger sein. Wenn ich auf die Vernunft hören können soll, wenn ich auf die richtige Art und Weise flexibel sein soll, glauben sie, darf ich nicht zu dogmatisch sein. Selbst in den widersinnigsten Fällen muß ich dann sehen, daß „es bei jeder Frage zwei Seiten gibt". Ich muß fähig sein, innezuhalten und die Pros und Contras dieser vorgeschlagenen Kleinigkeit von lukrativer Folter abzuwägen. Aber die einzige Möglichkeit, daß ich immer „beide Seiten sehen" kann – gleichgültig wie widersinnig die eine Seite sein mag – ist, daß ich so geschaffen bin, daß ich in *jedem einzelnen Fall* „anders gekonnt hätte".

Das wäre eine fehlerhafte Schlußfolgerung. Beide Seiten der Frage zu sehen, verlangt nicht, daß man letztlich nicht von der einen Seite vollkommen überzeugt ist. Die Flexibilität, die wir von einem verantwortlichen Handelnden verlangen, ist die, daß er den einen-Fall-von-zig-Millionen erkennt, in dem die Welt, dank der tausend Dollar, die anders nicht zu bekommen waren, gerettet werden kann (oder was auch immer). Aber das allgemeine Vermögen, in solchen Fällen flexibel zu reagieren, verlangt überhaupt nicht, daß man *in dem besonderen Fall* „anders gekonnt hätte', sondern nur, daß man unter ein paar veränderten Umständen – in denen die Veränderungen von Bedeutung sind – anders handeln würde.

Es wäre nützlich, die folgenden beiden Fälle zu vergleichen, welche auf den ersten Blick ziemlich verschieden zu sein scheinen, aber in kontinuierlichen Zusammenhang gehören.

I. Angenommen, ich weiß, daß ich bei Vollmond wahrscheinlich Amok laufen und den ersten Menschen, den ich sehe, ermorden werde. So treffe ich sorgfältige Vorkehrungen, um mich während mehrerer Nächte jeden Monat in einen fensterlosen Raum einzuschließen. Auf diese Weise werde ich *unfähig* gemacht, schreckliche Dinge zu tun, die ich ansonsten tun würde. Außerdem liegt es an meinen eigenen, verantwortlichen Anstrengungen, daß ich unfähig geworden bin, diese Dinge zu tun. Ein phantasievoller Fall zweifellos, aber betrachten wir den nächsten Fall, der etwas realistischer ist.

II. Angenommen, ich weiß, daß ich, wenn ich eine sinnliche Frau ohne Begleitung an einem verlassenen Ort sehe, wahrscheinlich von Lust überwältigt und sie vergewaltigen werde. Ich informiere mich also über die Schrecken von Vergewaltigungen aus der Sicht von Frauen und schärfe mein Gespür für die Brutalität dieses Verbrechens so dramatisch, daß ich *unfähig* bin, wenn ich eine solche Frau zufällig in solchen Straßen treffe, das schreckliche Verbrechen zu tun, das ich ansonsten getan hätte. (Was mich davon überzeugen kann, daß ich dieses Verbrechen ansonsten getan hätte, ist die Erfahrung eines starken inneren Kampfes, wenn sich eine solche Gelegenheit ergibt; ich merke, wie ich an den Stäben des Käfigs rüttle den ich für mich selbst errichtet habe.) Dank meiner früheren verantwortlichen Bemühungen bin ich gegenüber dieser etwas geläufigeren Art von Besessenheit ganz immun geworden; ich habe das getan, was getan werden mußte, um bestimmte Handlungen für mich *undenkbar* zu machen. Wie Luther kann ich *jetzt* nicht anders.

Angenommen – um wieder zurück zum Realismus zu kommen – unsere Eltern und Lehrer wissen, daß wir egoistische, unzuverlässige und möglicherweise gefährliche Leute werden, wenn wir ohne moralische Erziehung aufwachsen. Sie machen sich also daran, uns zu erziehen, und dank ihrer verantwortlichen Bemühungen schrecken wir vor den Gedanken an Diebstahl, Verrat und Gewalt zurück. Wir finden solche Alternativen unter den meisten normalen Umständen undenkbar, und es wurde uns außerdem beigebracht, daß wir für uns selbst weiterdenken und zu unserer eigenen moralischen Entwicklung beitragen müssen. Besteht nicht ein beachtlicher Teil dessen, was eine verantwortliche Person ausmacht, darin, daß man sich selbst unfähig macht, die Dinge zu tun, für die man getadelt werden würde, wenn man sie täte? Die Philosophen haben oft beunruhigt festgestellt, daß die schwierigen moralischen Problemfälle, die Entscheidungen, die „in beiden Richtungen offen sind", nicht die einzigen oder auch nur die häufigsten Arten von Entscheidungen sind, für die die Menschen verantwortlich gemacht werden. Sie haben sich diesen Wink jedoch selten zu Herzen genommen und sich gefragt, ob das Prinzip des „hätte anders können" einfach falsch ist.

Ich gebe zu, daß wir uns, wenn eine bedauernswerte Handlung vorgefallen ist, tatsächlich oft fragen, ob ein Handelnder auch anders gekonnt hätte, und besonders, ob wir selbst anders gekonnt hätten oder nicht. Aber wir zeigen nie ein Interesse daran zu versuchen, die Frage zu beantworten, die wir uns (wie wir annehmen) gerade gestellt haben. Die Verteidiger des Prinzips nehmen an, daß es einen Sinn von „hätte anders können" gibt, demzufolge niemand, wenn der Determinismus wahr ist, je anders gekonnt hätte als genauso, wie er in Wirklichkeit handelte. Angenommen, sie haben recht, und es gibt einen solchen Sinn. Ist es der Sinn, den wir meinen, wenn wir die Worte „Hätte er anders gekonnt?" verwenden, um eine Überprüfung der Verantwortlichkeit des Handelnden für eine Tat einzuleiten, die er begangen hat? Er ist es nicht. Wenn wir solche Prüfungen vornehmen, ignorieren wir offenkundig die Art von Nachforschungen, die man anstellen müßte, wenn man wirklich an der Antwort auf diese Frage interessiert wäre, auf die Frage der Metaphysiker, ob der Handelnde durch den Zustand des Universums zu diesem Zeitpunkt vollständig determiniert war, diese Handlung auszuführen.

Wenn unsere Verantwortlichkeit wirklich, wie diese bedeutende philosophische Tradition behauptet, an der Frage hängt, ob wir *in genau solchen Umständen* jemals anders gekonnt hätten, als wir in Wirklichkeit gehandelt haben, wären wir mit einem seltsamen Problem der Unkenntnis konfrontiert: Es wäre beim heutigen Stand der Physik äußerst unwahrscheinlich, daß jemand je wissen würde, ob jemand je verantwortlich gehandelt hat. Denn die orthodoxe Auffassung heutzutage ist, daß der Indeterminismus auf der subatomaren Ebene der Quantenmechanik herrscht, so daß es, solange irgendein allgemeines und akzeptiertes Argument für den universellen Determinismus fehlt, nach allem, was wir wissen, möglich ist, daß unsere Entscheidungen und Handlungen wirklich die vergrößerten, makroskopischen Wirkungen der Unbestimmtheiten auf der Quantenebene sind, die in unserem Gehirn auftreten. Aber nach allem, was wir wissen, ist es auch möglich, daß unsere makroskopischen Entscheidungen und Handlungen alle selbst determiniert sind, auch wenn in unseren Gehirnen auf der subatomaren quantenmechanischen Ebene der Indeterminismus vorherrscht; die

Quanteneffekte könnten sich genausogut gegenseitig aufheben und nicht verstärkt werden (sozusagen durch organische Geigerzähler in den Neuronen). Und es ist äußerst unwahrscheinlich – die Komplexität des Gehirns auch noch auf der molekularen Ebene vorausgesetzt (eine Komplexität, für die das Wort „astronomisch" eine grobe Untertreibung ist) –, daß wir jemals gute Belege dafür anführen könnten, daß irgendeine einzelne Handlung eine solche Wirkung auf der makroskopischen Ebene einer kritischen subatomaren Unbestimmtheit sein würde. Wenn also jemandes Verantwortlichkeit für eine Handlung davon abhinge, ob im Moment der Entscheidung diese Entscheidung (bereits) durch einen früheren Zustand der Welt determiniert war, dann ist es sehr wahrscheinlich, außer der allgemeine Determinismus in der Mikrophysik kehrt triumphierend zurück (was nach dieser Ansicht alle Verantwortlichkeit ausschließen würde), daß wir nie *irgendeinen* Grund haben, von irgendeiner einzelnen Handlung zu glauben, daß sie verantwortlich war oder nicht. Der kritische Unterschied wäre von jedem makroskopischen Standpunkt aus ganz und gar unerforschlich, und vom differenziertesten mikrophysikalischen Standpunkt aus, den man sich denken kann, praktisch unerforschlich.

Manche Philosophen mögen sich mit dieser Schlußfolgerung trösten, aber ich schätze, daß sich auch *nur* ein Philosoph damit trösten könnte. Um das mindeste dazu zu sagen: Es ist sehr schwer, die Vorstellung ernst zu nehmen, daß etwas von so großer Bedeutung so weit außerhalb unserer Kenntnis liegen könnte. (Oder, wenn man den Punkt von einer anderen Seite aus betrachtet: Diejenigen, die zu wissen behaupten, daß sie Handlungen ausgeführt haben und in genau denselben Situationen anders gekonnt hätten, müssen zugeben, daß sie diese vermutlich empirische Tatsache ohne Unterstützung der winzigsten Spur von Begründung behaupten und ohne die leiseste Hoffnung, eine solche Begründung je zu erhalten.)[1]

Wenn man davon ausgeht, daß es schlicht unmöglich ist, über die Frage, ob ein Handelnder anders gekonnt hätte oder nicht, irgendeine sinnvolle Untersuchung zu führen, was können die Menschen dann glauben, was sie tun, wenn sie diese Frage zu besonderen Anlässen stellen? Sie müssen von

---

1 Raab (1955) vertritt die These, daß die metaphysische Frage, ob „Kausalität nicht vorhanden" ist, „unüberprüfbar" ist, und vermerkt die Eigentümlichkeit, wenn man eine solche nicht zu beantwortende Frage ernst nimmt. Raabs Grund dafür, solche Fragen für unbeantwortbar zu erklären, beruht auf der – ohne Zweifel wahren – These, daß kein Handelnder irgendeinen privilegierten Zugang zu der Tatsache hat, ob seine Handlung verursacht war oder nicht. Alles, was damit gezeigt wird, ist, daß solche Fragen nicht ausschließlich dem Handelnden gestellt werden sollten. Meine Ansicht lautet: *Keine* Untersuchung kann dieses Problem jemals verläßlich aufklären.

sich selbst glauben, eine andere Frage zu stellen. Sie haben recht; sie stellen eine viel bessere Frage. (Wenn einige wenige Leute die unbeantwortbare metaphysische Frage gestellt haben, wurden sie dazu von der Philosophie verleitet.) Die Frage, an der die Leute wirklich interessiert sind, ist aus zweierlei Gründen eine bessere: Sie ist gewöhnlich empirisch zu beantworten, und ihre Antwort hat Gewicht. Denn die traditionelle metaphysische Frage ist nicht nur nicht zu beantworten; ihre Antwort, selbst wenn man sie wüßte, wäre nutzlos.

Was hätte es für einen Nutzen, von einem bestimmten Handelnden zu wissen, daß er bei irgendeiner Gelegenheit (oder bei jeder Gelegenheit) anders hätte handeln können, als er gehandelt hat? Oder daß er *nicht* anders hätte handeln können, als er gehandelt hat? Wir wollen den letzten Fall zuerst betrachten. Angenommen, man wüßte (weil Gott es einem gesagt hat, vermutlich), daß Jones, als er abdrückte und Smith zum Zeitpunkt *t* umbrachte, *nicht* anders konnte. D. h., Jones' Mikrozustand zum Zeitpunkt *t* und der vollständige Mikrozustand von Jones' Umgebung zum Zeitpunkt *t* (einschließlich der Auswirkungen der Schwerkraft weit entfernter Sterne u. s. f.) vorausgesetzt, war kein anderer Jones-Werdegang möglich als der, den er genommen hat. Wenn Jones jemals in genau diesem Zustand in genau diese Situation zurückversetzt werden würde, würde er wieder abdrücken. Und wenn er eine Million mal in diesen Zustand versetzt würde: Er würde eine Million mal abdrücken.

Hätte man das also erfahren, hätte man damit irgendetwas über Jones erfahren? Hätte man z. B. irgendetwas über seinen Charakter oder über sein wahrscheinliches Verhalten bei bloß ähnlichen Gelegenheiten erfahren? Nein. Obwohl Menschen physische Gegenstände sind, die genauso wie Atome, Kugellager oder Brücken den Gesetzen der Physik gehorchen, sind sie nicht nur komplizierter als alles andere, was wir im Universum kennen, sie sind auch so entworfen, daß sie gegenüber den an ihnen vorbeihuschenden Eindrücken so empfindlich sind, daß sie im selben Mikrozustand niemals zweimal sein können. Man muß nicht einmal auf die atomare Ebene gehen, um das festzustellen. Die Menschen lernen, erinnern sich, werden gelangweilt, ändern ihre Aufmerksamkeit und wechseln ihre Interessen ununterbrochen, so daß es so gut wie vollkommen unwahrscheinlich ist, daß eine Person je im selben *psychologischen* oder *kognitiven* (Gesamt-)Zustand bei zwei Gelegenheiten ist. Und das wäre auch dann wahr, wenn wir das umgebende Umfeld bei verschiedenen Gelegenheiten „völlig gleich" konstruieren würden – sei es auch nur deswegen, weil der Handelnde das zweitemal zweifellos etwas denken würde, was beim ersten Mal ungedacht blieb, etwa: „Oh je, das kommt mir alles so bekannt vor; was habe ich das letztemal denn eigentlich gemacht?" (Siehe Kapitel II, S. 50).

Es ist in gewisser Weise sinnvoll zu bestimmen, auf welche Weise eine

Brücke veranlaßt wird, auf einige sehr genau spezifizierte Umstände zu reagieren, denn das könnten Umstände sein, in die sie wirklich *in ihrem gegenwärtigen Zustand* bei einer zukünftigen Gelegenheit gerät. Aber es gäbe für das Verständnis überhaupt nichts zu gewinnen, wenn man die Mikro-Verursachung des Verhaltens bei einem Menschen zu einer bestimmten Gelegenheit herausfindet, denn er wird diesem Mikrozustand sicher nie wieder ausgesetzt sein, und selbst wenn er es wäre, wäre er zu dem Zeitpunkt sicher in einem wesentlich anderen reaktiven Zustand.

Wenn man (wieder von Gott) erfährt, daß ein bestimmter Handelnder *nicht* auf eine solche Weise determiniert war zu handeln, würde man, wenn man den Charakter einschätzen oder die Zukunft planen wollte, etwas genauso Nutzloses erfahren. Wie wir in Kapitel V gesehen haben, ist der nicht-determinierte Handelnde nicht flexibler, nicht gewandter, Nuancen gegenüber nicht empfindlicher, nicht leichter zu bessern als sein deterministischer Vetter.

Wenn also jemand überhaupt an der Frage interessiert ist, ob man in *genau* den gleichen Umständen (und in genau dem gleichen inneren Zustand) anders konnte oder nicht, muß das eine besonders reine metaphysische Neugier sein – d. h. eine Neugier, die so rein ist, daß ihr jegliches weitere Motiv fehlt, weil es undenkbar ist, daß die Antwort für den tatsächlichen Weltlauf auf eine bemerkenswerte Weise relevant sein könnte.[2]

Warum erscheint es aber trotzdem so, als ob es einen großen Unterschied geben sollte, der irgendwie auch vom Gesichtspunkt gewöhnlicher Menschen aus sichtbar ist, zwischen einer Welt, in der man nicht anders konnte, und einer Welt, in der man anders konnte? Warum sollte der Determinismus immer noch so entsetzlich erscheinen? Vielleicht werden wir vom Bild des gottgleichen Blickes „sub specie aeternitatis" irregeführt, in dem wir unsere eigenen Lebensbahnen erspähen, ausgebreitet in Raum und Zeit, von der Geburt bis zum Tod in einem einzigen starren, sich nicht verzweigenden, vierdimensionalen „Raum-Zeit-Wurm", der an das kausale Netz geknüpft und unfähig ist, sich zu bewegen. (Verursachung ist, nach Humes

---

2 Nozick (1981, S. 313) behauptet, daß wir alle „ursprünglichen Wert" [originative value] wollen, aber die einzigen Bedingungen, unter denen wir dies haben würden, sind (nach seiner Analyse) Bedingungen, die anscheinend die metaphysische Lesart des „hätte anders können" verlangen: „Wir wollen, daß es wahr ist, daß wir in genau dieser Situation (in bedeutender Hinsicht) anders gekonnt hätten, so daß unsere Handlungen ursprünglichen Wert haben". Noch einmal: Ist es überhaupt plausibel, daß etwas, um das wir uns solche Gedanken machen (wenn Nozick recht hat), etwas ist, von dem wir nie wissen können, daß es der Fall ist? Anders ausgedrückt: Wenn das der ursprüngliche Wert verlangt, warum würde sich irgendjemand darüber Gedanken machen, ursprünglichen Wert zu haben?

schöner Metapher, „der Zement des Universums“ (Mackie 1974). Wir sehen also unser ganzes Leben vielleicht *in Beton gegossen*, wie ein Fossil gefangen in der unveränderlichen Steinplatte aus Raum und Zeit.)

Was wir gerne hätten, so scheint es, ist, daß jemand uns zeigt, daß wir uns in diesem Medium *bewegen* können. Aber das ist eine Verwechslung; wenn wir dieses Verlangen verspüren, liegt es daran, daß wir vergessen haben, daß die Zeit eine der Dimensionen ist, die wir in unserem Bild verräumlicht haben. Wenn man es von links nach rechts betrachtet, betrachtet man es von der Vergangenheit in die Zukunft, und ein vertikaler Schnitt unseres Bildes fängt einen einzigen Augenblick in der Zeit ein. In diesem Medium Ellenbogenfreiheit zu besitzen – in der Lage zu sein, sich z. B. zwischen den festen Punkten der Geburt und des Todes zu winden und zu schlängeln – hieße nicht, die Möglichkeit zu haben, auf eine nicht-deterministische Weise zu wählen, sondern das Vermögen zu haben, einen oder mehrere Wege *zur selben Zeit* zu wählen.

Ist es das, was wir haben wollen – unseren Kuchen behalten *und* ihn essen? *Beides* gewählt zu haben, zu heiraten und unverheiratet zu bleiben, *beides*, abzudrücken und das Gewehr fallen zu lassen? Wenn das die Form von freiem Willen ist, die wir uns wünschen, dann können wir ziemlich sicher sein – ob sie wünschenswert wäre oder nicht – daß sie uns entgehen muß – außer vielleicht, wir übernehmen Everetts Viele-Welten-Interpretation der Quantenmechanik; in diesem Fall könnte gerade folgen, daß wir zig-Millionen Leben führen (obwohl unsere vielen Alter Egos sich – leider – niemals zusammenfinden und Aufzeichnungen vergleichen könnten)!

Wenn wir diese Phantasie aufgeben und uns fragen, was wir wirklich ernsthaft wollen, finden wir eine bescheidenere Hoffnung: Obwohl wir zu Zeiten alles darum geben würden, zurückzukehren und etwas Vergangenes ungeschehen machen zu können, erkennen wir doch an, daß die Vergangenheit uns verschlossen bleibt, und wir würden uns freudig mit einer „offenen Zukunft“ begnügen. Aber was wäre eine offene Zukunft? Eine Zukunft, in der unsere Überlegung Wirkungen hat, eine Zukunft, in der ich, wenn ich mich entscheide, *A* zu tun, *A* tun werde, und wenn ich mich entscheide, *B* zu tun, *B* tun werde; eine Zukunft, in der – da nur eine Zukunft möglich ist, – die einzige mögliche Sache, die passieren kann, die Sache ist, für die ich mich am Ende entscheide.

2. Worüber wir uns Gedanken machen

Wenn es also unwahrscheinlich ist, daß es irgendeine Bedeutung hat, ob eine Person anders gekonnt hätte (sobald wir die entsprechende Verursachung mikroskopisch nahe betrachten), worin besteht dann die andere Frage, an der wir wirklich interessiert sind, wenn wir fragen: „Aber hätte er denn anders handeln können?"?

Einmal mehr mache ich Gebrauch von der Taktik, zuerst eine leichtere Frage, die einfachere Entitäten betrifft, zu beantworten. Betrachten wir eine ähnliche Frage, die mit Bezug auf unseren deterministischen Roboter „Deterministischer Deliberator Mark I" gestellt werden könnte. Ex hypothesi lebt er sein ganzes Leben als eine deterministische Maschine auf einem deterministischen Planeten; was immer er also tut, er hätte nicht anders gekonnt, wenn wir das in dem strengen und metaphysischen Sinn jener Worte meinen, auf den sich die Philosophen konzentriert haben. Angenommen dann, er macht an einem schönen Marstag einen bedauerlichen Fehler; er denkt sich einen Plan aus und verwirklicht ihn auch, durch den etwas Wertvolles zerstört wird – ein anderer Roboter vielleicht. Ich nehme im Augenblick nicht an, daß er irgendetwas bereuen kann[3], sondern nur, daß seine Konstrukteure, hier auf der Erde, bedauern, was er getan hat und sich die verwunderte Frage stellen, die man natürlich so ausdrücken könnte: *Hätte er anders gekonnt?*

Sie wissen natürlich, daß er ein deterministisches System ist, können also etwas Besseres tun, als die metaphysische Frage zu stellen. Ihre Frage betrifft die Konstruktion des Roboters; denn nach diesem bedauerlichen Ereignis wollen sie ihn vielleicht etwas anders konstruieren, um diese *Art* Ereignis in Zukunft unwahrscheinlicher zu machen.[4] Was sie wissen wollen, ist natürlich, auf welche Informationen der Roboter sich verließ, welche Überlegung oder welche Planung er unternahm, und ob er „genug" Überlegung und Planung der richtigen Art unternahm. Natürlich wissen sie, daß in einem bestimmten Sinn von „genug" der Roboter nicht genug der richtigen Art unternahm; wenn er es getan hätte, hätte er das Richtige gemacht. Aber vielleicht kann die Konstruktion des Roboters in diesem Fall wirklich nicht verbessert werden. Denn vielleicht hat er optimalen Gebrauch von optimal entworfenen heuristischen Prozeduren gemacht – aber dieses Mal haben sich die heuristischen Chancen, die er ergriffen hat, nicht

---

3 Nur deshalb, weil ich für *diesen* Zweck hier einen relativ einfachen Roboter betrachten kann. Ein Roboter, der auf eine Weise selbstgemacht wäre wie das selbstgemachte Selbst aus Kapitel IV, wäre (würde ich behaupten) in der Lage zu bedauern.

4 „Wir sind kaum je an der Leistung einer kommunikationsfähigen Maschine nur für eine einzige Eingabe interessiert. Um angemessen zu reagieren, muß sie eine befriedigende Leistung für eine ganze Klasse von Eingaben liefern, und dies bedeutet, eine statistisch befriedigende Leistung für die Klasse von Eingaben, die sie erwartungsgemäß statistisch erhalten wird". (Wiener 1948, S. 55).

ausgezahlt. Versetzen wir den Roboter in Zukunft in eine *ähnliche* Situation, so wird er allein dank der Tatsache, daß sein pseudozufälliger Zahlengenerator in einem anderen Zustand ist, etwas anderes tun; tatsächlich wird er gewöhnlich das Richtige tun. Man ist versucht hinzuzufügen: Er *hätte* bei dieser Gelegenheit das Richtige tun können – womit man meint, daß er gut genug konstruiert war, um zu diesem Zeitpunkt das Richtige zu tun (sein „Charakter" ist nicht verdorben). Sein Scheitern hing bloß von der Tatsache ab, daß etwas *Nicht-Geplantes* (und nicht Vorhersehbares) passierte und auf eine Weise in den Prozeß eingriff, die einen unglücklichen Ausschlag gab.

Man kann bei einem heuristischen Programm nicht garantieren, daß das richtige oder gesuchte Resultat erreicht wird. Manche heuristischen Programme sind besser als andere; wenn eines scheitert, kann man vielleicht diagnostizieren, daß das Scheitern irgendeiner charakteristischen Schwäche in seinem Entwurf zugeschrieben werden kann. Aber auch die allerbesten sind nicht narrensicher, und wenn sie, wie es manchmal der Fall sein muß, scheitern, muß es überhaupt keinen Grund für das Scheitern geben wie Cole Porter sagen würde: „it was just one of those things" (wörtlich: „Das war bloß eine dieser Sachen"; etwa: „Das ist uns halt passiert").

Solche Irrtümer sind nicht die einzigen, die für die Konstrukteure zu den Fällen „zählen", in denen das System „anders gekonnt hätte". Wenn sie entdecken, daß das Fehlverhalten eines Roboters bei dieser Gelegenheit von einem „launischen" Staubkorn abhängt, das irgendwie auf eine Stelle schwebte, wo es das System unterbrechen konnte, dann entscheiden sie vielleicht, daß es sich um ein so unwahrscheinliches Ereignis handelt, daß es nicht notwendig ist, das System neu zu entwerfen, um es gegen eine solche Wiederholung zu schützen.[5] Sie werden feststellen, daß im Fall der Mikropartikelstörung ihr Roboter nicht anders gekonnt hätte; außerdem, wenn er sich (nimmt man diese entfernteste Möglichkeit einmal an) nochmal in *genau* der gleichen Situation wiederfände, würde er den Irrtum wieder begehen. Aber die Konstrukteure werden sich darüber im klaren sein, daß sie kein rationales Interesse daran haben, irgendetwas zu unternehmen, um die Konstruktion des Roboters zu verbessern. Er scheiterte bei dieser Gelegenheit, aber seiner Konstruktion ist trotzdem nichts vorzuwerfen. Es gibt einen Unterschied zwischen optimal konstruiert und unfehlbar. (Siehe Kapitel VII)

---

5 Genau genommen: die Wiederholung eines Ereignisses *dieses allgemeinen Typs;* es ist nicht nötig, es gegen die Wiederholung dieses Einzelereignisses zu schützen (etwas logisch Unmögliches) oder gegen die Wiederholung eines Ereignisses von *genau* demselben Typ (etwas nomologisch Unmögliches).

Betrachten wir noch einen anderen Fall. Der Roboter hat eine Strahlenpistole, die er mit 99,9 prozentiger Genauigkeit abfeuert. D. h., manchmal, über weite Entfernungen, trifft er das Ziel nicht, das er anvisiert. Wann immer er scheitert, wollen die Ingenieure etwas über diesen Fehlschuß wissen: War irgendein *systematischer* Irrtum in den Kontrollen daran schuld, irgendeine Schwäche oder irgendein Fehler, der immer wieder auftreten wird, oder ist es halt passiert – eine dieser „Taten Gottes", durch die der Roboter trotz einer untadeligen Ausführung eines optimal entworfenen Zielverfahrens, das Ziel knapp verfehlte? Solche Fälle wird es immer geben; die Absicht ist, sie gering zu halten – natürlich im Einklang mit dem Kosten-Nutzen-Verhältnis. Über einen bestimmten Punkt hinaus ist es witzlos, sich über Fehler Gedanken zu machen. Quine (1960, S. 316 und S. 446) merkt an, daß Ingenieure einen Begriff haben, der von mehr als bloß beiläufigem philosophischen Interesse ist: der Begriff der „don't cares" – nämlich Fälle, die man vernünftigerweise ignoriert. Wenn sie dann zufrieden sind, daß ein einzelner Fehlschuß ein „don't care" war, zucken sie vielleicht mit den Achseln und sagen: „Na ja, es hätte auch ein Treffer sein können".

Wenn die Ingenieure auf eine Fehlleistung in ihrem Roboter stoßen, fragen sie sich, ob die Fehlleistung eine relevante ist oder nicht: Zeigt sie etwas über eine regelmäßige systematische Schwäche, die wahrscheinlich immer wieder auftritt, oder über eine unangemessene und ungünstige Verknüpfung zwischen bestimmten Umständen und bestimmten Reaktionen? Ist es wahrscheinlich, daß diese *Art* von Ereignis wieder passiert, oder lag es bloß an dem zufälligen Zusammentreffen grundsätzlich unabhängiger Faktoren, von dem äußerst unwahrscheinlich ist, daß es nochmals eintritt? Um darüber Aufschluß zu erhalten, ignorieren sie die Mikro-Details, die in keinem Fall wieder dieselben sein werden, und überschlagen sie einfach und zerlegen den Roboter in eine endliche Anzahl von *makro*skopisch definierten Zuständen, die so organisiert sind, daß es zwischen den verschiedenen Graden von Freiheit in dem System Verbindungen gibt. Die Frage, die sie dann stellen, ist folgende: Sind die Verknüpfungen die richtigen für diese Aufgabe?[6]

---

6 Shaler Stidham hat mir erklärt, daß es in der „Warteschlangentheorie", einem Zweig der Verfahrensforschung, eine Methode gibt mit dem Namen „gewöhnliche Zufallszahlentechnik", die gelegentlich dazu verwendet wird, Simulationen von Warteschlangen ablaufen zu lassen, um zu sehen, wie gut sie auf „zufällige" Veränderungen in ihren Verfahrensbedingungen reagieren. Bei dieser Technik testet man verschiedene Anordnungen der Konstruktionsparameter bei *genau derselben Folge von pseudo-zufälligen Zahlen.* Das ist in Wahrheit eine experimentelle Untersuchung über „mögliche Welten", wo

Dieses Grundprinzip, den Mikrodeterminismus zu ignorieren (wo er auch immer „im Prinzip“ existieren mag) und die Augen gerade soweit zu verschließen, um solche feinen Unterschiede in probabilistisch verwandte Zustände und Regionen zu verwischen, die *als* homogen behandelt werden können, ist in der Naturwissenschaft, insbesondere in den Ingenieurwissenschaften und der Biologie, klar, sicher und unproblematisch, wie wir gesehen haben. (Siehe Wiener 1948 und Wimsatt 1980). Es bedeutet natürlich nicht, daß diese Art und Weise auch genau die richtige ist, über Menschen zu reflektieren, wenn wir uns fragen, ob sie verantwortlich gehandelt haben. Aber es gibt eine Menge Argumente zugunsten dieser Auffassung.

Warum fragen wir: „Hätte er anders handeln können?“ Wir fragen es, weil etwas passiert ist, was wir interpretieren wollen. Eine Handlung wurde ausgeführt, und wir wollen verstehen, wie sie zustande kam, warum sie zustande kam und welche Bedeutung wir ihr beimessen sollten. D. h., wir wollen wissen, welche Schlußfolgerungen wir daraus bezüglich der Zukunft ziehen sollen. Sagt sie z. B. irgendetwas über den Charakter des Handelnden? Legt sie eine Kritik am Handelnden nahe, die den Handelnden, wenn sie angemessen vorgebracht wird, dazu bringt, seine Vorgehensweisen in einer bestimmten Hinsicht zu verbessern? Können wir diesem Vorfall entnehmen, daß dies ein Handelnder ist (oder nicht ist), dem zugetraut werden kann, daß er sich bei ähnlichen Gelegenheiten in der Zukunft ähnlich verhalten wird? Wenn man seinen Charakter konstant hielte, aber die Umstände minimal – oder sogar in größerem Umfang – änderte, würde er die gleiche bedauernswerte Sache fast immer wieder tun? War das, was wir gerade beobachtet haben, ein „Glückstreffer“, oder war es das Symptom einer „robusten“ Neigung – einer Neigung, die andauert oder konstant ist über ein in interessanter Hinsicht breites Feld von Bedingungen?

---

ein Test nur gering verschiedene Systeme in *genau* denselben Welten laufen läßt und ihre Leistungen vergleicht. Für manche Zwecke ist das ein nachweislich empfindlicherer Test der relativen Stärken und Schwächen als die realistischere Simulation, durch die die verschiedenen Modelle getestet werden, indem man „mikroskopisch“ verschiedene, aber „praktisch“ ununterscheidbare Sätze von Zufalls- oder Pseudozufallszahlen verwendet. In der theoretischen Arbeit der Warteschlangenprobleme ist die Annahme solcher übereinstimmenden Zufallswelten als die Annahme der stochastischen Kopplung bekannt. Eine einführende Erklärung liefert Fishman 1973.

7 Wir sind an Neigungen und Zufällen in beiden Richtungen interessiert (lobenswerte und bedauernswerte). Wenn wir Belege dafür hätten, daß sich Luther nur selbst etwas vormachte, daß seine anscheinende Festigkeit so etwas wie ein Zufall in einer komischen Oper war, wäre unsere Anerkennung seiner moralischen Stärke ernsthaft geringschätziger; „Er ist nicht so unerschütterlich“, könnten wir sagen, „er hätte gut anders gekonnt“.

Für den Handelnden selbst ist dieses Grundprinzip noch deutlicher erkennbar. Angenommen, ich finde, ich habe etwas Schreckliches getan. *Wer macht sich Gedanken darüber,* ob ich in genau den Umständen und in genau dem Geisteszustand, in dem ich mich befand, etwas anderes hätte tun können? Ich habe nichts anderes getan, und es ist zu spät, ungeschehen zu machen, was ich getan habe.[8] Aber wenn ich mich daran mache zu interpretieren, was ich tat, was erfahre ich dann über mich selbst? Soll ich das Manöver üben, das ich verpfuscht habe, in der Hoffnung, es verläßlicher, weniger anfällig für Störungen zu machen, oder wäre das vergeudete Mühe? Wäre es, soweit ich sagen kann, eine gute Sache für mich, in Zukunft zu versuchen, meine Denkgewohnheiten in solchen Fällen richtig einzustellen?

Wohl wissend, daß ich immer irgendwie auf Betrachtungen angewiesen bin, die in mir, während die Zeit weiterrast, bloß zufällig entstehen, wissend, daß ich diesen Reflexionsprozeß nicht vollkommen kontrollieren kann, unternehme ich vielleicht Schritte, um die Wahrscheinlichkeit bestimmter Überlegungen, die mir in bestimmten kritischen Situationen regelmäßig in den Sinn kommen, zu erhöhen. Z. B. könnte ich die Gewohnheit kultivieren, im stillen bis zehn zu zählen, bevor ich über Ronald Reagan überhaupt etwas sage, da ich erfahren habe, daß sich die dadurch gewonnene Bedenkzeit sehr gut bezahlt macht, weil sie bedauerliche Ausbrüche unbeherrschten Kommentierens unterdrückt. Oder ich könnte mich dafür entscheiden, daß ich lernen muß, mich zu fragen, gleichgültig wie engagiert in der Konversation ich gerade bin, wie viele Gläser Wein ich schon getrunken habe, wenn sich jemand meinem Glas gastfreundlich mit einer Flasche nähert. Dieses Mal habe ich mich zum Idioten gemacht; wenn die Situation eine ganz andere gewesen wäre, hätte ich sicher etwas anderes getan; wenn die Situation im Grunde die gleiche gewesen wäre, hätte ich vielleicht etwas anderes getan und vielleicht nicht. Entscheidend ist, darauf zu achten, daß

8 Ich frage mich manchmal, ob ein Teil der unterschwelligen Anziehungskraft der „radikalen Freiheit" oder der „kontrakausalen" Freiheit der Entscheidung folgendes ist: „Ich kann die Vergangenheit nicht ändern (verflucht nochmal), aber ich wäre zufriedener mit mir, wenn ich dächte, ich könnte sie *beinahe* ändern, *oder* ich wäre zufriedener mit mir, wenn ich erfahren würde, daß es eine Art kosmischer Ausrutscher war, für den ich *nicht* verantwortlich war". Es wurde oft behauptet, Verantwortlichkeit und Indeterminismus seien unvereinbar (z. B. Hobart 1934 und Ayer 1954). Das Argument, das in der Regel vorgebracht wird, ist falsch, wie ich in Dennett 1978 a, Kapitel 15, zeige. Aber könnte es sein, daß diese angebliche Unvereinbarkeit von Verantwortlichkeit und „kontra-kausaler Freiheit" insgeheim genau das ist, was manche Leute zur kontra-kausalen Freiheit lockt?

ich bei ähnlichen Situationen in der Zukunft sehr wohl anders handeln werde.

Das ist mit Sicherheit die gesunde Einstellung, die man gegenüber den bedauernswerten Abschnitten seiner jüngsten Vergangenheit einnehmen sollte. Es ist die auf sich selbst angewendete Version der Einstellung der Ingenieure gegenüber den beharrlichen Schwächen in der Konstruktion des Roboters. Natürlich könnte ich, wenn ich lieber Entschuldigungen finden wollte, als mich selbst zu verbessern, auf der Tatsache beharren, daß ich keine Verantwortung für meine Handlung „übernehmen" *muß*, denn ich kann mir immer einen feinkörnigeren Standpunkt vorstellen, von dem aus meine mißliche Lage mächtiger erscheint als ich. (Wenn man sich wirklich klein macht, kann man im Grunde alles fremden Mächten zuschreiben.)

In Kapitel VII werde ich mehr über das Grundprinzip sagen, demzufolge man mit seinen Selbstzuschreibungen von Verantwortung großzügig sein sollte. Aber für den Augenblick will ich die Aufmerksamkeit nur auf vertraute Fälle richten, bei denen wir uns zögernd der Frage nähern, ob wir wirklich anders gekonnt hätten, und uns dann (klugerweise) wieder davon entfernen. Wenn man etwas Schreckliches getan hat, sagt man oft: „Es tut mir wahnsinnig leid; ich habe einfach nicht an die Folgen gedacht; es kam mir einfach nicht in den Sinn, was ich für einen Schaden anrichte!" Das sieht beinahe wie der Anfang einer Entschuldigung aus – „Kann ich etwas dafür, was mir in den Sinn kommt und was nicht?" – Aber gesunde Selbstkontrolleure vermeiden diesen Weg. Sie *übernehmen* Verantwortung für etwas, was bloß ein „Zufall" sein könnte und sehr wahrscheinlich ist, halt eine dieser Sachen. Auf diese Weise machen sie weniger wahrscheinlich, daß sie in Zukunft Opfer des „Zufalls" sind.

3. „Kann" – der Frosch in Austins Bierkrug

> Der Zufall des Quantentheoretikers
> ist nicht die ethische Freiheit des
> Augustinianers, und Tyche ist eine
> ebenso unerbittliche Herrin wie Ananke.
> Norbert Wiener (1948, S. 49)

Diese erbaulichen Überlegungen laden zu einem letzten skeptischen Angriff ein: „Sie malen ein rosiges Bild von den Selbstkontrolleuren, die ihr Bestes geben, um ihren Charakter zu verbessern, aber welchen Sinn kann dieses Streben haben? Wenn der Determinismus wahr ist, dann ist, was immer *wirklich* geschieht, das einzige, was geschehen *kann.*" Wie van Inwagen (1975, S. 49 f.) sagt: „Zu bestreiten, daß die Menschen einen freien Willen haben, läuft auf die Behauptung hinaus, daß das, was ein Mensch tatsächlich tut, mit dem, was er tun *kann*, in eins fällt." Was für einen Sinn können wir in einer deterministischen Welt in der Ermahnung finden, wir sollten unser Bestmögliches tun? Es kommt uns so vor, als ob die Menschen manchmal im Handeln hinter ihren Möglichkeiten zurückblieben. Welchen Sinn können wir damit verbinden? Wenn der Determinismus wahr ist und *wenn* das bedeutet, daß das einzige, was man tun kann, das ist, was man tut, dann tut jeder, ohne es auch nur zu versuchen, immer sein Allerbestes – und ebenso sein Allerschlechtestes. Wenn es zwischen dem Wirklichen und dem Möglichen keinen Raum gibt, keine Ellenbogenfreiheit, mit der man sich bewegen kann, können wir in Ermahnungen keinen Sinn ausmachen. Nicht bloß das: retrospektive Beurteilung und Bewertung werden scheinbar sinnlos gemacht. Es ist nicht bloß wahr, daß dann jedermann immer sein Bestes tut, sondern alles wird so gut, wie es sein kann. Und so schlecht. Dr. Pan-gloss, der berühmte Optimist, hat dann recht: Es ist die beste aller möglichen Welten. Aber sein rächender Gegenspieler, Dr. Pang-loss, der Pessimist, wird seufzen und zustimmen: Es ist die beste aller möglichen Welten – und sie könnte nicht schlechter sein![9] Wie die Philosophen es ausdrücken: „Soll" impliziert „kann", selbst auf Gebieten, die nicht das geringste mit Willensfreiheit und moralischer Verantwortlichkeit zu tun haben.

Selbst wenn wir recht haben, unser Festhalten am Prinzip des „hätte anders können" als eine Vorbedingung für verantwortliches Handeln aufzugeben, bleibt das Problem (den Inkompatibilisten zufolge) übrig, daß wir unter dem Determinismus niemals etwas anderes tun können als das, was wir wirklich tun. Wie Slote beobachtet, „scheint dies selbst schon eine zureichende Herausforderung an tief verwurzelte und liebgewonnene Überzeugungen zu sein, um es lohnend zu machen nachzusehen, ob die in jüngster Zeit gegebenen Argumente an einem bestimmten Punkt angegriffen werden können, *bevor* die Schlußfolgerung, daß alle Handlungen notwendig sind, gezogen wird." (Slote 1982, S. 9) Aber die Herausforderung ist sogar noch unangenehmer, als Slote behauptet.

Wenn die Inkompatibilisten recht hätten, uns so einzuschätzen, läge das nur daran, daß sie bei allem recht hätten: unter dem Determinismus kann *nichts* anders handeln, als es in Wirklichkeit handelt. Die Schlußfolgerung muß lauten: da ein Sauerstoffatom, das sich nie mit irgendwelchen Wasser-

---

9 Dr. Pan-gloss findet alles (pan) toll (gloss) und Dr. Pangloss leidet am Verlust (loss) von Kummer (pang) (Anm. d. Übers.) Auf das wandernde „g" in Pangloss hat mich Hofstadter aufmerksam gemacht (der ebenfalls bemerkte, daß „elbow room" [Ellenbogenfreiheit] rückwärts gelesen fast „more wobble" [mehr Schwanken] ergibt.)

stoffatomen verbindet, determiniert ist, sich nie mit irgendwelchen Wasserstoffatomen zu verbinden,ist es in einer deterministischen Welt physikalisch *unmöglich*, daß sich ein Sauerstoffatom mit einem Wasserstoffatom verbindet. In welchem Sinn könnte es dann wahr sein, daß es sich, wie jedes Sauerstoffatom, mit zwei Wasserstoffatomen verbinden *kann?*

Ayers nennt diese angedrohte Folgerung aus dem Determinismus „Aktualismus" – nur das Wirkliche ist möglich (Ayers 1968, S. 6). Gewiß ist etwas falsch am Aktualismus, doch der Aktualismus ist sogar so falsch, daß es äußerst unwahrscheinlich ist, daß seine Falschheit zu einer Reductio ad adsurdum des Determinismus ausgebaut werden kann. Das Argument wäre verwirrend kurz: Dieses Sauerstoffatom hat die Wertigkeit zwei; es kann sich folglich mit zwei Wasserstoffatomen verbinden und ein Wassermolekül bilden (es *kann* sich genau in diesem Augenblick verbinden, ob es das tut oder nicht); deshalb ist der Determinismus falsch. Es gibt beeindruckende Argumente aus der Physik, die zu der Schlußfolgerung führen, daß der Determinismus falsch ist – aber das ist keines davon.

Hume spricht von „einer gewissen Ungebundenheit", die wir uns in unserer Welt wünschen. (*Traktat über die menschliche Natur*, II, iii, 2, S. 145) Das ist die Ungebundenheit, die das Mögliche daran hindert, ganz auf das Wirkliche zusammenzuschrumpfen; die Ungebundenheit, die mit unserem Gebrauch des Wortes „kann" vorausgesetzt wird. Wir brauchen diese Ungebundenheit für viele Dinge, wir müssen also wissen, was „kann" bedeutet, nicht bloß für eine Erklärung menschlicher Freiheit und für die Sozialwissenschaften, sondern für unsere Erklärung der Biologie, der Ingenieurwissenschaften (siehe Kapitel III) und in der Tat für jedes Gebiet, das in wichtiger Hinsicht auf Statistik und Wahrscheinlichkeitstheorie beruht.

Was könnte der Biologe damit meinen, wenn er z. B. davon spricht, daß ein Merkmal einer Art *besser* ist als irgendein anderes „mögliches" Merkmal? Wenn der Trend der natürlichen Auslese zur allgemeinen Anpassung kohärent beschrieben – um nicht zu sagen, erklärt – werden soll, müssen wir oft eine selegierte Anlage gegenüber anderen „möglichen" Anlagen, die die Auslese verschmäht hat, als besser (oder als *nicht* besser) charakterisieren.[10] Die Biologen versichern uns, daß Einhörner nicht bloß nicht wirklich sind; sie sind unmöglich – so unmöglich wie Seejungfrauen. (Es hat etwas mit der Verletzung der Zweiseitigkeit zu tun, die ein Horn in der Mitte mit

10 Siehe z. B. Sobers interessanten Artikel „The Evolution of Rationality" (Sober 1981, S. 110), wo er von „einem Selektionsprozeß spricht, in dem viele mögliche Begabungen einfach nicht vorkamen". Zu beachten ist, daß die *Ablehnung* der Anpassungsthese, genauso wie ihre Bejahung die Kohärenz von Annahmen über Möglichkeit voraussetzt. (Zu den Risiken und Nutzen der Anpassungsthese siehe Dennett 1983 b.)

sich bringen müßte, schätze ich.) Aber die Biologen versichern uns, daß es viele mögliche Arten gibt, die noch nicht existiert haben und wahrscheinlich nie existieren werden – kurzbeinige, dicke Pferde, die, sagen wir, nur gut sind zum Essen, oder fleckenlose Giraffen. Nur ein kleiner Teil der möglichen Variationen taucht jemals auf.

In der Wahrscheinlichkeitstheorie gehen wir davon aus, daß der Wurf einer Münze zwei mögliche Ergebnisse hat: Kopf oder Zahl.

„Wenn *X* den Wurf einer Münze verfolgt, wird er gewöhnlich die Hypothese als möglicherweise wahr in Betracht ziehen, daß die Münze mit dem Kopf bzw. mit der Zahl nach oben fällt. Er kann auch noch andere Möglichkeiten in Betracht ziehen, z. B., daß sie auf ihre Kante fällt. Jedenfalls – wenn er auch bloß die gröbste Folklore aus der modernen Physik voraussetzt, wird er es als unmöglich ausschließen, daß die Münze nach oben in den freien Raum in Richtung auf Alpha Zentaurus weiterfliegt." (Levi 1980, S. 3)

Wohin man auch sieht, man findet Vertrauen auf Behauptungen darüber, in welchen Zuständen welche Dinge sein können, welche Ergebnisse möglich sind und was unmöglich ist, aber nicht *logisch* unmöglich (selbst-widersprüchlich) ist.

Wenn dieser schwer faßbare Sinn von „kann" nichts Besonderes mit *Handeln* zu tun hat, so taucht er dennoch in diesem Gebiet häufig auf. In seinem Aufsatz „Falls und Können" (1961) bringt Austin eine berühmte Serie von kritischen Argumenten gegen den Versuch vor, das „hätte anders können" als „würde anders gehandelt haben, wenn ..." zu definieren, für eine Reihe verschiedener Vorschläge, wie die Lücke zu füllen ist. Austins Einwände gegen diese Strategie wurden von verschiedenen Philosophen geschickt kritisiert (siehe besonders Chisholm 1964a). Aber wichtiger als diese Einwände und kritischen Bemerkungen, die von philosophischer Seite ziemlich viel Aufmerksamkeit erfahren haben, ist Austins abrupte, unbegründete und allzu einflußreiche Ablehnung (in einer Fußnote und in einer Nebenbemerkung) des vielversprechenden Ansatzes zur Lösung des übriggebliebenen (Frosch-)Problems.

Austin bemerkt nebenbei, daß „es nicht unplausibel [sei] zu meinen, daß z. B. ‚Ich kann *X* tun', ‚*X* tun wird mir gelingen, falls ich es versuche', und ‚Ich hätte *X* tun können', ‚*X* tun wäre mir gelungen, falls ich es versucht hätte' bedeutet." (S. 228) Aber in einer berühmten langen Fußnote läßt er diesen Vorschlag fallen:

„Nicht unplausibel, aber auch nicht mehr. Betrachten wir den Fall, wo ich beim Golf einen sehr einfachen Schlag nicht ins Loch schieße und mich deshalb ohrfeigen könnte, weil ich ihn ins Loch hätte schlagen können. Es liegt nicht daran, daß ich getroffen hätte, falls ich's versucht hätte – ich habe es ja versucht und es nicht geschafft. Es kommt auch nicht darauf an, daß ich getroffen hätte, wenn die Umstände anders gewesen wären. Das hätte natürlich der Fall sein können, aber ich spreche über die Verhältnisse, wie sie nun einmal waren, und behaupte, daß ich hätte treffen können. Da liegt der Hase im Pfeffer. ,Diesmal kann ich ihn ins Loch schlagen', bedeutet auch nicht, daß ich diesmal treffen werde, falls ich es versuche oder falls etwas anderes der Fall ist. Es kann nämlich sein, daß ich es versuche und wieder nicht treffe, und trotzdem brauche ich nicht davon überzeugt zu sein, daß ich es nicht hätte schaffen können. Tatsächlich können weitere Experimente meine Ansicht bestätigen, daß ich es hätte schaffen können, obgleich es mir nicht gelungen ist.

Aber wenn ich mich etwa besonders angestrengt und nicht getroffen hätte, dann *muß* es doch gewiß *etwas* gegeben haben, das mein Versagen bewirkt und es mir unmöglich gemacht hat zu treffen. Also so, daß ich *nicht* hätte treffen *können*. Nun ja, vielleicht stimmen wir diesem Argument aufgrund eines modernen Wissenschaftsglaubens, wonach es für alles eine Erklärung gibt, zu, aber ein solcher Glaube steht nicht in Einklang mit den traditionellen Überzeugungen, die im Wort *können* verkörpert sind. *Ihnen* zufolge ist menschliches Vermögen oder Macht oder Können wesentlich der Möglichkeit ausgesetzt, gelegentlich und ohne besonderen Grund erfolglos zu bleiben (oder sind Pech und schlechte Form manchmal Gründe?)." (Anm. 10, S. 383 f.)

Aber was sollte dann Austin zufolge aufgegeben werden – „ein moderner Wissenschaftsglaube" oder die „traditionellen Überzeugungen, die im Wort *können* verkörpert sind"? Austin sagt es nicht und läßt diese Aporie ungelöst. Die Aporie ist eine Illusion; die moderne Wissenschaft gebraucht dasselbe „kann", das die traditionellen Überzeugungen vom menschlichen Handeln brauchen. Und was aufgegeben werden muß, ist Austins Beharren darauf, daß er „über die Verhältnisse, wie sie nun einmal waren", gesprochen hat [„conditions as they precisely were"]. Und wie wir gesehen haben, gibt es niemals etwas zu gewinnen, wenn man über mikro-präzise Verhältnisse redet; wenn wir davon reden, was jemand – oder etwas – *tun kann*, interessieren wir uns immer für etwas Allgemeines.

Dieser Punkt wurde von Honoré (1964) in einem selten erwähnten kritischen Kommentar zu Austins Aufsatz gut vorgebracht. Honoré schlägt vor, daß wir zwischen zwei Bedeutungen von „kann" unterscheiden sollen: „kann" (im besonderen Sinn) und „kann" (im allgemeinen Sinn) –, und er stellt fest, daß der besondere Sinn fast schon ein degenerierter ist: Er „ist fast äquivalent zu ,wird' und hat vorhersagende Kraft" (S. 464). Im Imperfekt ist das besondere „kann" einzig angemessen, um einen Erfolg zu beschreiben: „So wird ,Ich konnte dich im Gebüsch erkennen' nur dann korrekt gesagt, wenn ich erfolgreich war und dich gesehen habe."

„Erfolg oder Mißerfolg ist, unter der Annahme, daß eine Anstrengung unternommen wurde oder wird, der Faktor, der die Verwendung des Begriffs leitet: Wenn der Handelnde die Handlung versuchte und scheiterte, konnte er sie nicht tun: Wenn er sie versuchte und Erfolg hatte, war er in der Lage, sie zu tun." (Honoré 1964, S. 464)

Der nützlichere Begriff ist „kann“ (im allgemeinen Sinn), womit im Fall eines Handelnden Fertigkeit oder Vermögen zugeschrieben wird und im Fall eines unbelebten Dinges die Art von Potentialität, die in Kapitel V diskutiert wurde (z. B. die verschiedenen Zustände, in denen etwas sein kann). Aber wie wir dabei gesehen haben, ist dieser Sinn von „kann“ ein offenkundig epistemischer Begriff; d. h. er wird durch die Notwendigkeit erzeugt, daß jeder selbst-kontrollierende Planer die Welt in solche Dinge und deren „Zustände “ einteilt, die möglich-sind-*nach-allem-was-er-weiß*.
Die philosophische Tradition unterscheidet verschiedene Arten von Möglichkeit. Unter ihnen sind:

(a) die *logische* oder „alethische“ Möglichkeit: das Komplement der logischen Unmöglichkeit; etwas ist logisch möglich, wenn es konsistent beschreibbar ist; es ist logisch möglich, daß ein Einhorn im Garten ist, aber es ist biologisch oder physikalisch nicht möglich (wenn die Biologen recht haben).

(b) die *physikalische* oder „nomologische“ Möglichkeit: etwas ist physikalisch möglich, wenn es die Gesetze der Physik oder die Naturgesetze nicht verletzt (*nomos* = Gesetz im Griechischen). Es ist physikalisch unmöglich, sich schneller als mit Lichtgeschwindigkeit zu bewegen, auch wenn man so ein Meisterstück beschreiben kann, ohne sich selbst zu widersprechen.

(c) die *epistemische* Möglichkeit: etwas ist *für Jones* epistemisch möglich, wenn es mit allem konsistent ist, was Jones schon *weiß*. Die epistemische Möglichkeit wird also im allgemeinen als subjektiv und relativ aufgefaßt im Gegensatz zur logischen und physikalischen Möglichkeit, die ganz und gar objektiv verstanden werden.[11]

Es ist in philosophischen Diskussionen über den freien Willen gang und gäbe, daß man die epistemische Möglichkeit von ihrer Verwandtschaft trennt und sie dann als in diesem Kontext nicht weiter interessant beiseitelegt.[12] Austins Ablehnung ist eine der kürzesten. Nachdem er zwei andere Sinne von „hätte können“ betrachtet hat, erwähnt er einen dritten Sinn,

---

11 Siehe Hacking 1975, der wichtige Komplikationen und Einschränkungen diskutiert.

12 Siehe z. B. van Inwagens kurzen Abschnitt (van Inwagen 1983, S. 9 f.), und Ayers' sehr viel vorsichtigeren Ansatz, der folgendermaßen beginnt: „Diskussionen über Fähigkeit und Möglichkeit werden, besonders wenn sie in Kontroversen über Willensfreiheit auftauchen, von dem Begriff der epistemischen Möglichkeit und den verwand-

„in [dem] ‚Ich hätte etwas anderes tun können' ‚Ich hätte vielleicht, soweit man dies im voraus wissen kann, etwas anderes getan' bedeutet. Diese dritte Art von ‚hätte tun können' könnte man möglicherweise als vulgärsprachliche Verwendung von ‚können' anstelle von ‚hätte vielleicht' auffassen, jedenfalls werden wir uns hier nicht mehr damit befassen." (Austin 1961, S. 215 f.)

Es ist eine Schande, daß sich die Philosophen nicht damit befaßt haben, denn es ist der Schlüssel für die Lösung des Rätsels über „kann". Der nützliche Begriff von „kann", der Begriff, auf den man sich nicht bloß bei der persönlichen Planung und Überlegung, sondern auch in der Wissenschaft verläßt, ist ein Begriff der Möglichkeit – und damit natürlich der dadurch mitdefinierten Begriffe der Unmöglichkeit und Notwendigkeit – die, im Gegensatz zum ersten Anschein, auf grundlegende Weise „epistemisch" sind.

Wie Slote in seinem bahnbrechenden Artikel „Selective Necessity and Free Will" (Slote 1982) darlegt, gehorchen die Begriffe der Notwendigkeit und Möglichkeit, auf die man sich in diesen Kontexten stützt, anderen modalen Prinzipien als der Begriff der „klassischen" alethischen Notwendigkeit. Insbesondere ist diese Notwendigkeit nicht „agglomerativ", womit Slote meint, abgeschlossen hinsichtlich der Konjunktionseinführung.[13] Slote illustriert diesen Begriff durch das Beispiel eines „zufälligen" Zusammentreffens: Jules trifft zufällig seinen Freund Jim in der Bank; er glaubt, es sei ein glücklicher Zufall, und so ist es auch. Aber daß Jules in der Bank ist, ist kein Zufall, denn er geht immer Mittwoch vormittags dienstlich dorthin; und daß Jim dort ist, ist auch kein Zufall, denn er wurde von seinem Vorgesetzten dorthin geschickt. Daß Jules am Ort *L* zur Zeit *t* ist, ist kein Zufall; daß Jim am Ort *L* zur Zeit *t* ist, ist kein Zufall. Aber daß Jules am Ort *L* zur Zeit *t und* Jim am Ort *L* zur Zeit *t* sind – *das* ist ein Zufall. (Slote 1982, vor allem S. 15 ff.)

Dies ist anscheinend Zufälligkeit und Koinzidenz von-einem-eingeschränkten-Gesichtspunkt-aus. Wir stellen uns vor, daß wir in der Lage gewesen wären, wenn wir viel wüßten, viel mehr als Jules und Jim, ihr

---

ten Begriffen der Gewißheit und Ungewißheit, Vorhersagbarkeit und Nicht-Vorhersagbarkeit ziemlich erschwert. Das ist nicht bloße Verwirrung..." (Ayers 1968, S. 13 ff.)

13 Slote übersieht die Möglichkeit, daß die Form „selektiver Notwendigkeit", die er beschreibt, in der Tat versteckt epistemisch ist. Aber er bringt eine Reihe von Beobachtungen vor, die in diese Richtung führen. Schotch und Jennings (1980) bieten verschiedene philosophische Gründe an, um an der allgemeinen Anziehungskraft vollständiger Aggregations- oder Agglomerationsprinzipien in der Modallogik zu zweifeln, aber sie treffen die zwingendsten Fälle nicht, die Slote darlegt.

Zusammentreffen in der Bank vorherzusagen; *für uns* wäre ihr Treffen „kein Zufall“ gewesen. Aber das ist trotzdem genau der Begriff der Zufälligkeit, den wir brauchen, um die „Unabhängigkeit“ der Kräfte oder Fähigkeiten eines Dinges von den Anfangsbedingungen oder Hintergrundbedingungen zu beschreiben, in denen diese Kräfte ausgeübt werden. Z. B. ist es kein Zufall, daß dieses einzelne Insekt genau dieses Muster an ausweichendem Fluchtverhalten hat, das es hat (denn es wurde von der Evolution so entworfen, daß es dieses Muster hat). Und es ist kein Zufall, daß der räuberische Vogel, der das Insekt fängt, die Gene hat, die er hat (denn auch er wurde so entworfen, daß er diese Gene hat). Aber es ist ein Zufall – glücklich für den Vogel und seine Nachkommen, unglücklich für das Insekt –, daß ein Vogel mit genau den Genen genau das so ausweichende Insekt gefangen hat. Und aus Tausenden solcher glücklichen Zufälle werden bessere Vögel und bessere Insekten entworfen. Aus einer Verschwörung von – Millionen von – Zufälligkeiten entsteht der Raum der „Möglichkeit“, innerhalb dessen die Selektion geschehen kann.

Der hervorragende Biologe Jacques Monod beschreibt die Wichtigkeit des Zufalls für die Evolution, wie er es nennt, die „absolute Koinzidenz“ (Monod 1971, S. 143 ff.), und er illustriert die absolute Koinzidenz mit einem Beispiel, das dem von Slote auffallend ähnelt:

„Nehmen wir zum Beispiel an, Dr. Müller sei zu einem dringenden Besuch bei einem Neuerkrankten gerufen worden, während der Klempner Krause mit der dringenden Reparatur am Dach eines Nachbargebäudes beschäftigt ist. Während Dr. Müller unten am Haus vorbeigeht, läßt der Klempner durch Unachtsamkeit seinen Hammer fallen; die (deterministisch bestimmte) Bahn des Hammers kreuzt die des Arztes, der mit zertrümmertem Schädel stirbt. Wir sagen er habe kein Glück gehabt [‚he was a victim of chance‘].“ (S. 143)

Aber wenn Monod weitergeht und die Bedingungen definiert, unter denen solche Koinzidenzen passieren können, gerät er offenbar in die aktualistische Falle. Zufälle müssen geschehen, wenn die Evolution stattfinden soll, sagt Monod, und Zufälle können geschehen – „ausgenommen selbstverständlich, daß wir zu dem Universum von Laplace zurückkehren, aus dem der Zufall durch Definition ausgeschlossen ist und wo der Doktor schon von jeher unter dem Hammer des Klempners sterben sollte.“ (S. 144 f.)

Wenn das „Universum von Laplace“ bloß eine deterministische Welt bedeutet, dann hat Monod unrecht. Die natürliche Auslese braucht keine „absolute Koinzidenz“. Sie braucht keine „wesentliche“ Zufälligkeit oder vollkommene Unabhängigkeit; sie braucht *praktische* Unabhängigkeit – von der Art, wie sie Müller und Krause und Jules und Jim an den Tag gelegt haben, wo jeder seinen eigenen Wegen nachgeht, die sich aber „ganz zufällig" kreuzen, wie Karten, die in einem Spiel deterministisch gemischt wurden, sich aber ganz zufällig in einer bestimmten Reihenfolge anordnen. Würde die Evolution in einer deterministischen Welt auftreten, in einem Laplaceschen Universum, in der die Mutation durch einen nicht-zufälligen Prozeß verursacht wird? Ja, denn was die Evolution verlangt, ist ein musterloser Erzeuger von Rohmaterial, nicht ein ursachenloser Erzeuger von Rohmaterial. Wirkungen auf der Quantenebene mögen bei der Erzeugung von Mutationen tatsächlich eine Rolle spielen, aber eine solche Rolle wird von der Theorie nicht verlangt.[14]

Es ist nicht eindeutig klar, daß „echte" oder „objektive" Zufälligkeit entweder der quantenmechanischen oder der mathematischen, bezüglich des Informationsgehaltes nicht verdichtbaren Art je von einem Prozeß verlangt wird, oder durch einen Prozeß je entdeckbar ist. (Chaitin 1976 bringt einen Gödelschen Beweis vor, daß es keine Entscheidungsverfahren gibt zu bestimmen, ob eine Reihe mathematisch zufällig ist.) Selbst in der Mathematik, wo der Begriff der objektiven Zufälligkeit bei Beweisen kritische Anwendung finden kann, gibt es Beispiele für das, was man praktische Ununterscheidbarkeit nennen könnte.

Das Fermat-Lagrange-Theorem in der Zahlentheorie behauptet, daß jede natürliche Zahl die Summe von vier ganzen Quadratzahlen ist:

$$n = x^2 + y^2 + z^2 + w^2.$$

Das Theorem ist ziemlich leicht zu beweisen, vermute ich, aber die Werte für x, y, z, w für ein gegebenes n herauszufinden, ist eine langwierige Angelegenheit. Es gibt einen direkten Algorithmus „roher Gewalt", der die Werte durch die simple, erschöpfende Methode von Versuch und Irrtum immer finden wird, der aber die besorgniserregende Eigenschaft hat, im Durchschnitt 2^n Schritte zu benötigen, um ans Ende zu kommen. Für eine so kleine Zahl wie, sagen wir, 203, kann von dem Algorithmus also nicht erwartet werden, daß er die Antwort vor dem Hitzetod des Universums herausfindet. Der Algorithmus ist also keiner, der im Jargon als *machbar* [feasible] bezeichnet wird, auch wenn er *im Prinzip* (wie ein Philosoph anmerken würde) immer die richtige Antwort gibt.

Aber noch ist nicht alles verloren. Rabin und andere haben sogenannte Zufallsalgorithmen entwickelt, die auf äußerst konterintuitive Weise auf zufälliger Verteilung beruhen. Ein solcher Algorithmus wurde von Rabin ent-

14 Monods sehr interessante Diskussion (siehe v. a. S. 105 ff. und 140 ff.) ist, was diesen Punkt betrifft, zweideutig und widersprüchlich. Siehe auch die nützliche Diskussion dieser Frage in Wimsatt 1980, besonders Abschnitt 3, „Periodic, Almost-Periodic, and Chaotic Behavior in Simple Models of Population Growth and Regulation."

deckt, der Werte für das Fermat-Lagrange-Theorem findet. Es ist nicht logisch garantiert, daß er die richtige Antwort schneller findet als der Algorithmus der rohen Gewalt, aber seine *erwartete* Berechnungszeit (mit der richtigen Antwort) liegt nur bei $(\log n)^3$ Schritten, eine zu überblickende kleine Zahl auch für große Werte von *n*. Die Wahrscheinlichkeit einer viel längeren oder viel kürzeren Berechnungszeit nimmt so plötzlich ab, daß sie ganz vernachlässigt werden kann. Der formale Beweis, daß das seine erwartete Berechnungszeit ist, macht wesentlichen Gebrauch von Zufallsfolgen in dem Algorithmus.

Es stellt sich folgende Frage: Macht es in der wirklichen Welt der Hardware-Computer irgendeinen Unterschied, ob der Computer eine echte Zufallsfolge oder eine Pseudo-Zufallsfolge verwendet? D. h., wenn man Rabins Programm so schriebe, daß es auf einem Computer läuft, der keinen Radiumgenerator hat, sondern stattdessen auf einem Algorithmus beruht, der pseudozufällig Zahlen erzeugt, würde dieser billige Kurzschluß funktionieren? Oder würden Versuche, die Werte für ein einzelnes *n* zu finden, länger dauern als die erwartete Anzahl von Schritten, dank der versteckten, mit menschlichem Wissen nicht zu entdeckenden Nicht-Zufälligkeit der Folge? Würde das Zahlensystem in seiner Arroganz den Mathematiker dafür strafen, daß der versucht, seine Geheimnisse mit bloß pseudo-zufälliger Untersuchung zu erforschen? Wie sich herausgestellt hat, hat man bisher die Erfahrung gemacht, daß man in der Tat mit pseudo-zufälligen Folgen auskommen kann.[15]

Aber sicherlich ist bloße praktische Ununterscheidbarkeit auch im Grenzfall nicht das Eigentliche – wirkliche, objektive Möglichkeit. Das ist die Intuition, die wir jetzt untersuchen müssen, Sie steht im Mittelpunkt der schroffen Ablehnung, welche die epistemische Möglichkeit als ein wichtiger Baustein zur Willensfreiheit von Philosophen erfährt. Die sogenannte „klassische“ oder Newtonsche Physik ist deterministisch, aber wie verschiedene Physiker jüngst bemerkt haben, wären viele der meisten irdischen makroskopischen Phänomene in einer Newtonschen Welt *nach Newtonschen Prinzipien* für jedes Wesen unvorhersagbar, das kein *unendlicher* Laplacescher Dämon ist, denn sie würden unendliche Präzision der anfänglichen Beobachtungen verlangen. D. h. die Fehler in der Beobachtung, wie winzig auch immer, würden sich vergrößern und exponentiell wachsen (Berry 1983 und Ford 1983).

---

15 Rabin in persönlichem Gespräch während des Treffens der „New York Academy of Sciences“ im April 1983. Siehe auch Rabin 1980 und Jauch 1973. (Diskutiert in Hofstadter 1979, S. 408 f.)

In der Newtonschen Physik gibt es stabile Systeme (reichlich wenige davon) und instabile oder chaotische Systeme. „In nicht-chaotischen Systemen vermehren sich Fehler weniger schnell, und ... selbst eine grobkörnige Vergangenheit reicht aus, um eine grobkörnige Zukunft genau zu beschreiben." Verfinsterungen können z. B. Jahrhunderte im voraus vorhergesagt werden. Aber „eine chaotische Umlaufbahn ist zufällig und unberechenbar; ihr Informationsgehalt ist sowohl unendlich als auch nicht verdichtbar" (Ford 1983, S. 7). Die Bahn einer Kugel im Flipperautomaten (das Beispiel stammt von Berry) ist, nachdem sie, sagen wir, zwanzigmal (in wenigen Sekunden) angestoßen wird, *im Grenzfall* unvorhersagbar, da sie die Grenzen der Genauigkeit aller vorstellbaren Beobachtungsmittel überschreitet. Nun ist dieses Ergebnis sicher „bloß epistemisch". Was könnte es mit der Willensfreiheit zu tun haben?

Einfach folgendes, glaube ich: Solche chaotischen Systeme sind die Quelle der „praktischen" (aber man könnte auch sagen: der unendlich praktischen) Unabhängigkeit der Dinge, die die Welt durcheinanderbringt und sie zu einem Ort macht, an dem sich unablässig unvorhergesehene Gelegenheiten bieten. Die erzeugten Gelegenheiten sind nicht bloß *unsere* Gelegenheiten, sondern auch solche von *Mutter Natur* – und von Sauerstoffatomen, die sich bei Gelegenheit mit Wasserstoffatomen verbinden können. Es ist nicht irgendeine beschränkte Tatsache über *unsere* epistemischen Grenzen, die die Welt in stabile, vorhersagbare und instabile, chaotische Systeme aufteilt; es ist eine Tatsache über die Welt selber – weil es eine Tatsache über die Vorhersagbarkeit der Welt durch irgendein vorhersagbares System überhaupt ist, gleichgültig wie mächtig. Es gibt keinen höheren Standpunkt, (außer wir zählen den Standpunkt eines unendlichen Wesens mit), von dem aus die „zufälligen" Kollisionen der lokal vorhersagbaren Bahnen selbst vorhersagbar und daher schließlich „kein Zufall" sind.

Dieser Kontrast zwischen dem Stabilen und dem Chaotischen ist es, auf den sich unsere Einteilung in die beständigen und herausragenden Merkmale der Welt und in solche Merkmale begründet, die wir statistisch oder probabilistisch behandeln *müssen* (in der Tat entweder so, indem wir sie bloß überschlagen und nebulös verwischen oder indem wir sie als gleich mögliche Mitglieder irgendeiner Gruppe von Alternativen behandeln). Und diese Einteilung der Welt ist nicht bloß unsere; sie ist z. B. auch die von Mutter Natur. Denn nach allem, was Mutter Natur weiß (oder wissen könnte), ist es möglich, daß sich der Weg dieser Insekten mit dem Weg insektenfressender Vögel kreuzen wird (irgendwann, irgendwo), jene also besser mit irgendeinem Ausweichsystem ausgestattet werden sollten. Das verleiht ihnen eine gewisse Macht (ein bißchen „can do", wie es im Slang heißt), die (im allgemeinen) gute Dienste tun wird.

(Diese allzu skizzenhaften Bemerkungen über „können" sind bestenfalls eine Geste, die auf die endgültige, fertig bearbeitete Oberfläche dieses Abschnittes meines gemeißelten Porträts des freien Handelnden verweisen. Es ist ein weiteres Gebiet, auf dem noch viel gearbeitet werden muß, und ein Teil der Arbeit übersteigt gewiß meine Fähigkeiten. Aber wenn ich bei dem ersten groben Gang über das Gebiet auch nur annähernd recht habe, wird die Arbeit, die noch zu tun ist, die Untersuchung wenigstens weg von den abgegriffenen, überstrapazierten Oberflächen zu neuen Bereichen führen.)

Kapitel VII

Warum wollen wir freien Willen?

In *dieser* Sphäre, im Obligationen-Rechte also, hat die moralische Begriffswelt „Schuld", „Gewissen", „Pflicht", „Heiligkeit der Pflicht" ihren Entstehungsherd – ihr Anfang ist, wie der Anfang alles Großen auf Erden, gründlich und lange mit Blut begossen worden.

Nietzsche, *Zur Genealogie der Moral* (2. Abh., § 6, S. 316)

1. Der vernachlässigte Nihilismus

Die Formen von freiem Willen, die wir für wünschenswert erachten, sind diejenigen – falls es überhaupt welche gibt –, die uns unsere Würde und Verantwortlichkeit sichern. Wenn wir – durch irgendeine philosophische Analyse inspiriert – ein Streben nach „kontra-kausaler Freiheit" oder nach „Akteurskausalität" aufweisen können, so liegt dies daran, daß wir durch diese Analyse zu Recht oder zu Unrecht davon überzeugt worden sind, daß solch ein metaphysischer Segen eine notwendige Bedingung für die Form von freiem Willen ist, die jeder verantwortliche, würdige, moralische Handelnde haben muß. Wenn es sich herausstellt, daß es diese Art von freiem Willen nicht gibt, wird die ganze Idee der Verantwortlichkeit ihre Grundlage verlieren.

Es ist interessant, daß die Leute, wenn sie auf diesen Vorschlag stoßen, ihn in der Regel nicht als Aussicht auf einen willkommenen Feiertag betrachten, als eine Chance, das zu tun, was immer man will, ohne Gefahr zu laufen, sich schuldig zu fühlen – oder zu sein. Man könnte annehmen, daß Verantwortlichkeit ein Begriff ohne Grundlage ist, befreiend, erheiternd, ein Hauch frischer Luft, der die finstren alten Dogmen von Schuld und Sünde wegbläst. Aber seltsam genug, es scheint so, als ob wir für verantwortlich gehalten werden wollten. Warum?

Vielleicht deshalb, weil unsere Würde durch die Aussicht bedroht ist, daß wir selbst keine verantwortlichen Handelnden sein könnten. Aber könnten wir unrecht haben, wenn wir uns so fühlen? Was ist diese so besondere Würde? Und warum sollten wir uns Gedanken darüber machen? Sind wir vielleicht von einer veralteten Weltsicht verhext, einer Moral, die in diesem klarsehenden Zeitalter der Wissenschaft nicht länger zu verteidigen ist? (Skinner 1971)

Gibt es noch dunklere Gründe für unsere Treue? Wie sollten wir die Tatsache interpretieren, daß wir *andere* für verantwortlich halten wollen? Wir wollen Hitler oder Nixon oder das Kind, das unsere Radkappen stiehlt, nicht davonkommen lassen. Vielleicht glauben wir folgendes: Wenn der Preis, den wir dafür zahlen müssen, daß wir andere für verantwortlich halten, der ist, daß wir uns selbst für verantwortlich halten, dann ist das ein Handel, den es einzugehen lohnt. Aber warum wollen wir so sehr andere für verantwortlich halten? Könnte es eine Spur von bloßem Rachedurst oder bloßer Rachsucht in uns sein, die rationalisiert wurde und in einem zivilisierten Umgang durch einen Anschein moralischer Lehre vertretbar gemacht wurde?

Zweifellos gibt es in unserer gegenwärtigen Vision von Verantwortlichkeit, Würde und Schuld einige atavistische und blutrünstige Elemente. In Nietzsches brillanter Und-das-war-so-Geschichte in der „Genealogie der Moral" wird uns erzählt, daß die moralischen Begriffe von Schuld und Strafe aus früheren *juristischen* Begriffen von Schuld und Kredit hervorgegangen sind, denen zufolge „der Gläubiger dem Leibe des Schuldners alle Arten Schmach und Folter antun" konnte (Nietzsche 1887, 2. Abh., § 5, S. 63). Unter den Schulden, die unsere Vorfahren anerkannten, waren die Dankesschulden, die sie ihren eigenen Ahnen schuldeten. Und da das Gefühl der Verschuldung gegenüber diesen Ahnen wuchs (und natürlich konnten diese Schulden nicht zurückgezahlt werden), wurden diese Gläubiger-Ahnen zu einem Gläubiger-Gott umgewandelt, und die Schuld gegenüber ihm wurde eine unerträgliche Belastung. Das bildet den Rahmen für Nietzsches kühne Spekulation: Er beschreibt das (zweifellos frei schwebende) Grundprinzip hinter der unbewußten Erfindung des schuldigen Gewissens durch die Priester des Ressentiments:

> „– bis wir mit einem Male vor dem paradoxen und entsetzlichen Auskunftsmittel stehen, an dem die gemarterte Menschheit eine zeitweilige Erleichterung gefunden hat, jenem Geniestreich des *Christentums:* Gott selbst sich für die Schuld des Menschen opfernd, Gott selbst sich an sich selbst bezahlt machend, Gott als der einzige, der vom Menschen ablösen kann, was für den Menschen selbst unablösbar geworden ist – der Gläubiger sich für seinen Schuldner opfernd, aus *Liebe* (sollte man's glauben?), aus Liebe zu seinem Schuldner!" (2. Abh., § 21, S. 347)

Diese Geschichte ist zu zwingend, um ganz und gar falsch zu sein. Aber selbst wenn Nietzsches Geschichte – oder eine andere mit ähnlichen Thesen – gänzlich wahr wäre, würde dies nicht zeigen, daß es nicht auch eine Rechtfertigung unseres Begriffsschemas – oder wichtiger Teile daraus – geben könnte. Wahre Schlußfolgerungen können aus fälschlicher Überlegung entstehen, und manch eine gute Idee stammt aus unbewußten Aktivitäten.[1]

Ich glaube, es gibt eine gänzlich annehmbare Verteidigung unseres Wunsches, unsere „moralische Begriffswelt“ zu bewahren. Die Differenz zwischen verantwortlichen, moralischen Handelnden und Wesen mit verminderter oder gar keiner Verantwortlichkeit ist kohärent, real und wichtig. Sie ist kohärent, selbst wenn sie in vielen Fällen schwer anzuwenden ist; sie zieht eine empirisch reale Grenzlinie, bei der wir nicht alle auf eine Seite fallen; und, was das Wichtigste ist, diese Differenz ist von Bedeutung: der Gebrauch, den wir von ihr machen, spielt für die Qualität und Bedeutung unseres Lebens eine entscheidende Rolle.

Das Argument, das ich für diese Ansicht geben werde, ist notwendigerweise ein Argument mit dem Beweisziel, daß *es rational* für uns *ist*, Willensfreiheit zu schätzen und Verantwortlichkeit anzustreben. Kein anderes Argument könnte eine *Verteidigung* dieser Begriffe sein; trotzdem muß ein solches Argument unweigerlich als Petitio principii aufgefaßt werden, wenn es sich auf das vernünftige Urteil einer Zuhörerschaft von Mit-Handelnden beruft. Mache ich nicht die Annahme, daß wir – die Leser und der Autor – genau die Art von freien, verantwortlichen Handelnden sind, deren Existenz mein Argument erst abstützen soll? Außerdem wird mein Argument annehmen, daß *etwas von Bedeutung* ist – daß manche Dinge besser und manche Dinge schlechter sind. (Ohne diese Annahme hätte unsere vorausgesetzte Rationalität nichts, wofür sie etwas einhandeln könnte.) Ist diese anti-nihilistische Annahme nicht eine noch offensichtlichere Petitio principii?

Das ganze Buch hindurch habe ich meine eigene Rationalität, genauso wie Ihre, als selbstverständlich angenommen und habe nicht in Frage gestellt, daß das Vorhaben, an dem wir hier teilnehmen, sinnvoll ist. Gerade die Entscheidung, ein Buch zu schreiben – ein traditionelles Buch wie dieses, das aus Sätzen besteht und nicht, sagen wir, eine Sammlung gebundener Seiten ist, vollgeschmiert mit verschiedenen Marmeladen und Gelees, mag als eine Petitio principii zugunsten des freien Willens erscheinen. Wenn das so ist, dann sind diejenigen, die Bücher und Artikel geschrieben haben, die die Realität des freien Willens bestreiten, in einer noch verzwickteren Lage:

---

1 Nietzsche selbst lenkt die Aufmerksamkeit auf dieses nun vertraute Thema der Evolutionstheorie: die raison d'être eines Organs, eines Verhaltens oder einer Praxis kann sich unter dem Druck der Umstände verändern. „... die Ursache der Entstehung eines Dings und dessen schließliche Nützlichkeit, dessen tatsächliche Verwendung und Einordnung in ein System von Zwecken [liegen] toto coelo auseinander...“ (Nietzsche 1887, 2. Abh., § 12, S. 73).

Sie können den Leser nur in Kenntnis davon setzen (so tun, als setzten sie ihn in Kenntnis? scheinbar in Kenntnis setzen?), daß in Kenntnis setzen sinnlos ist. Aber es gibt andere Alternativen, wie etwa Schweigen oder Selbstmord, und in manchen Ecken mag der Verdacht noch stark sein, daß wir unseren Blick vor den tiefsten, schrecklichsten Visionen verschlossen haben.

Diesen Verdacht wollen wir untersuchen. Ich habe vorausgesetzt, daß mein Unternehmen sinnvoll ist. Ich könnte mich natürlich darin täuschen, denn mein besonderes Unternehmen könnte so fehlerhaft sein, daß es sinnlos ist. Aber die Ansicht, daß *kein* Unternehmen sinnvoll sein könnte, ist *Nihilismus*: ihm zufolge ist *nichts* von Bedeutung. Manche argwöhnen, daß auch der Nihilismus wahr ist, wenn der Determinismus wahr ist. Jeder, der diesen Verdacht hegt, muß mein Vorhaben für bestenfalls zweifelhaft halten, denn ich habe noch keinen Versuch unternommen, den Nihilismus ernst zu nehmen. Was kann ich, außer daß ich diese Vernachlässigung anerkenne, Weitergehendes zum Nihilismus sagen?

Ich kann nicht sagen, daß es ein großer Jammer, eine schreiende Schande, ein Fall „kosmischer Ungerechtigkeit" wäre, wenn sich der Nihilismus als wahr herausstellte. Denn wenn der Nihilismus wahr wäre, wären *alle* Werturteile illusorisch; die bloße Tatsache, daß jemand Sorge oder Schmerz empfindet, würde nichts bedeuten, und unsere mißliche Lage zu bejammern, wäre so verfehlt wie zu bedauern, daß die Quadratwurzel aus zwei nicht eineinhalb ergibt. Der Nihilismus könnte, nehme ich an, wahr sein; er könnte sogar aus dem Determinismus folgen, wie manche argwöhnen (obwohl ich keinen Grund sehe, dies zu glauben). Trotzdem können wir annehmen, daß der Nihilismus falsch ist. Wie kann ich diese erfreuliche (oder lässige) Behauptung aufstellen? Sollten wir nicht sogar haltmachen und sorgfältig die Aussicht betrachten, daß er wahr ist? Wenn es denn wahr wäre, daß wir die Möglichkeit des Nihilismus so ernst nehmen sollten, dann wäre der Nihilismus falsch, denn schon wenn wir *irgendetwas* tun *sollten,* ist der Nihilismus falsch. Aber dann könnten wir genausogut annehmen, daß er falsch ist, denn entweder ist er falsch oder, wenn er es nicht ist, ist nichts von Bedeutung, und wir können tun, was wir wollen. Der Nihilismus ist, ziemlich wörtlich genommen, eine zu *vernachlässigende* Position.

Da es nichts Besseres zu tun gibt, könnten wir genausogut unser Vertrauen in unseren Ausgangspunkt bekräftigen. Wir können annehmen, daß etwas von Bedeutung ist und daß wir rational genug sind, so daß unsere Versuche, die Welt zu verstehen, Sinn machen. Ich sehe nicht, wie solche Annahmen kohärent kritisiert werden könnten – was nicht heißen soll, daß sie wahr sein müssen. Aber das läßt die noch etwas weniger radikalen Möglichkeiten übrig, die es wert sind, betrachtet zu werden. Es ist *eine* Sache anzunehmen, daß es einen besseren und schlechteren, guten und schlechten

Spielraum für Hoffen und Bedauern gibt; es ist eine andere Sache anzunehmen, daß unsere traditionellen moralischen Begriffe in bester Ordnung sind. Es könnte z. B. sein, daß der Begriff der persönlichen Verantwortung, der in der traditionellen (westlichen) Moral verankert ist, auf subtile Weise inkohärent ist und daß wir diesen Begriff und die Familie von Vorstellungen, die ihn umgibt, ändern oder sogar über Bord werfen sollten: Schuld, Verdienst, moralisches Lob und Bestrafung, um die wichtigsten zu erwähnen. Wir müßten z. B. etwas von unserem traditionell erhabenen Status als moralisch Handelnde heruntersteigen, um eine vertretbare Moralität zu sichern.

2. Verminderte Zurechnungsfähigkeit und das Gespenst der schleichenden Exkulpation

Wir sahen bereits in Kapitel II, daß es in unserem Universum keine moralisch Handelnde geben könnte, wenn es notwendig ist, um ein wirklich moralisch Handelnder zu sein, einen vollkommenen Kantischen Willen zu besitzen, der gegenüber der süßen Stimme der Vernunft unendlich sensibel ist. Und in Kapitel IV sahen wir, daß ein vollkommen selbstgemachtes Selbst, das für seinen Charakter hundertprozentig verantwortlich ist, eine Unmöglichkeit ist. Aber die Aussicht, daß wir endlichen und unvollkommenen Wesen würdige Annäherungen an diese imaginären absoluten Wesen sind, wurde für gut befunden. Wir sollten nach einem ähnlichen Ruheplatz für unseren Begriff der moralischen Verantwortlichkeit Ausschau halten.

Wir wollen uns und andere für verantwortlich halten, aber wir erkennen, daß unsere Intuitionen oft das Urteil stützen, ein einzelnes Individuum habe aufgrund seiner Schwächen oder aufgrund von besonders furchtbaren Umständen zur Zeit seiner Erziehung oder während der Handlung „verminderte Zurechnungsfähigkeit". Wir finden es ebenfalls plausibel zu urteilen, daß nicht-menschliche Lebewesen, Kinder und diejenigen, die geistig schwer geschädigt sind, überhaupt nicht zurechnungsfähig sind. Aber da wir alle mehr oder weniger unvollkommen sind, bleibt dann überhaupt jemand übrig, der verantwortlich ist, nachdem wir alle jene mit guten Ausreden entschuldigt haben?

2 Skinners Versuche (1971), seine Leser davon zu überzeugen, daß sie keine freien, würdigen Handelnden sind, wurden oft als systematisch selbstzerstörerisch betrachtet. Eine Weiterführung der Diskussion findet man in Wolf 1981, siehe bes. S. 399.

Im Vollbesitz unserer Kräfte verhalten wir uns „verantwortlich" – d. h. moralisch. Aber wie sollten wir solche Fälle behandeln, in denen Menschen hinter dieser Art von vernünftiger Wohl-Entworfenheit zurückbleiben, die sie im Vollbesitz ihrer Kräfte an den Tag legen? Sind wir gleich verantwortlich für die guten und für die schlechten Dinge, die wir tun? Für Kant scheint es eine Asymmetrie gegeben zu haben: Wir sind nur *wirklich* verantwortlich für die richtigen Dinge, die wir tun. (Eine zeitgenössische Version einer ähnlichen Asymmetrie findet sich bei Wolf 1980.) Dieses Thema tauchte zuerst in Sokrates' „paradoxer" These auf, daß niemand jemals wissentlich etwas Böses tun will. Seitdem war es ein ständiges Thema philosophischer Diskussionen, aber das Thema wurde nichtsdestoweniger nur indirekt und sprunghaft angegangen. Wovor haben wir Angst? Eine Sache, die wir sicherlich fürchten, ist, daß niemand jemals wirklich die Strafe verdient, die die Gesellschaft ihm zumißt – da alle Schurken ipso facto auf die eine oder andere Weise getäuscht, verwirrt oder gänzlich unwissend sind.

Uns stellt sich dann die Aufgabe, eine Grenzlinie zwischen exkulpierender Pathologie (die in der bekannten Verteidigung mit dem Argument der Unzurechnungsfähigkeit behauptet wird) und den verschiedenen Arten des Versagens zu ziehen, die den Handelnden noch wirklich schuldfähig lassen. Wir suchen also nach einer gewissen Ellenbogenfreiheit für uns Sünder zwischen den Heiligen und den Monstern.[3] Das ist nicht bloß ein Problem in der Rechtsprechung. Unsere stärksten moralischen Meinungen hängen von genau solchen Fragen ab, und es kann kaum ein Zweifel daran bestehen, daß unsere alltäglichen Intuitionen äußerst widersprüchlich sind. Wir überhäufen Nixon mit Verachtung, z. B., und im selben Atemzug wundern wir uns, auf welche durchsichtige und groteske Weise er selbstbetrügerisch war. Aber ist er dann, korrekter gesprochen, das Opfer (der arme Kerl) dieses Betrugs oder doppelt schuldig, weil er zusätzlich zu seinen anderen Verbrechen auch noch der Täter des (Selbst-)Betrugs ist? Selbstbetrug (ob das ein guter Name für dieses Leiden ist oder nicht) ist allgegenwärtig. Wenn er exkulpiert, exkulpiert er uns alle? Immer?

Wir mögen versucht sein, nach einer Art kosmischer Verantwortlichkeit als einem metaphysischen Bollwerk gegen die schleichende Exkulpation Ausschau zu halten, doch einmal mehr erweist sich philosophischer Absolutismus dieser Art als fast immer vergeblich. Wenn wir überhaupt für verantwortlich gehalten werden sollen, wird es sich um eine bescheidene, natu-

---

3 Slote hat mich auf die mittelalterliche Lehre aufmerksam gemacht, daß die Heiligsten und Gesegnetsten diejenigen sind, die unfähig sind zu sündigen („non posse peccare"). Siehe z. B. Augustinus (*De libero arbitrio*, Kap. I, col. 489–491) und Thomas von Aquin (*De veritate*, q. 23, a. 4.)

ralisierte, etwas verminderte Zurechnungsfähigkeit handeln müssen, denn wir sind keine Engel. Wie Williams in einem Kommentar zum Scheitern des Kantischen Absolutismus bemerkt: „Kein menschliches Charaktermerkmal, das für die graduelle moralische Wertschätzung wichtig ist, kann dem entgehen, ein empirisches Charakteristikum zu sein, empirischen Bedingungen, psychologischer Geschichte und individueller Veränderung ausgeliefert zu sein." (Williams 1973, S. 228)

Wann sind die Menschen für die schlechten Dinge, die sie tun, verantwortlich? Um diese Frage zu beantworten, müssen wir innehalten und betrachten, was es bringt, Menschen für verantwortlich zu halten. Wenn wir jemanden als verantwortlich ansehen, entweder vor Gericht oder als Privatperson gegenüber einer anderen, dann legt diese Tatsache den Rahmen für eine Entscheidung über Sanktionen fest: Was sollen wir tun? Wie sollten wir gegenüber diesem Handelnden reagieren?

> „Moralische Einschätzung von Personen ist von Bedeutung wegen der Auswirkung, die sie darauf hat, wie man sich vis-à-vis der eingeschätzten Personen verhalten soll. Es sind Übeltäter, nicht ihre Verhaltensweisen, die wir einsperren oder behandeln oder tadeln müssen, und unser Vorgehen ist nur insofern vernünftig, als es mit dem zusammenpaßt, was wir über die Übeltäter aus ihrem Verhalten entdecken können." (Cummins 1980, S. 212)

Wir können uns entscheiden, dem Beschuldigten zu vergeben, ihm Vorwürfe zu machen, ihn zu verraten, zu tadeln oder sogar zu bestrafen. Jede dieser Alternativen hat einen besonderen Ort in unserer zwischenmenschlichen Ökonomie und trägt zur Vertiefung unserer Institution bei, Menschen für zurechnungsfähig zu halten. Aber um der Einfachheit willen werde ich mich auf die expliziteste (öffentliche, kodifizierte, institutionalisierte) Reaktion konzentrieren: Bestrafung. Es gibt eine in das Grundprinzip eingebettete Idee – man könnte sie eine strategische Idee nennen –, die ich für den Schlüssel zum Verständnis unseres Status' als verantwortlich Handelnde halte. Ich werde sie in den Brennpunkt stellen, indem ich eine vereinfachte „rationale Rekonstruktion" dessen anbiete, was ich für die traditionelle Rechtfertigung (man könnte sagen, es sei das etwas freischwebende Grundprinzip) der Institution des Strafrechts halte mit seinem ausgearbeiteten System von Vollstreckung und Strafe. Da es mein Ziel ist, eine Idee darzulegen und nicht eine unbezwingbare Verteidigung der Institution des Strafrechts, werde ich die Feinheiten nicht berücksichtigen.[4]

4 Die klassische Untersuchung dieser Themen stammt von Hart 1968. Siehe besonders seine Aufsätze „Prolegomenon to the Principles of Punishment", S. 1–27; „Negligence,

Warum wollen wir Menschen bestrafen, die „Verbrechen begehen"? Man könnte mit Nietzsche über dunkle, gewalttätige, verborgene Strömungen in unseren Seelen spekulieren, aber worin auch immer die Verdienste solcher Hypothesen liegen, es gibt auch einige gute Gründe für diese eigentümlich menschliche Institution. Wir können ohne weiteres verschiedene Arten von Schädigungen nennen, die wir in unserer Gesellschaft gering halten wollen, und wir haben Grund dafür anzunehmen, daß wir die Häufigkeit dieser Schädigungen verringern, wenn wir ihre Verursachung verbieten und dem Verbot durch drohende Sanktionen Nachdruck verleihen. Wir meinen, diese Institution sei in gewissem Maße wirksam, und wir meinen dies aus guten Gründen. Erstens: Es folgt aus unserer Konzeption von Rationalität, daß die Mitglieder der Gesellschaft, wenn sie nur annäherungsweise rational sind, einsehen werden, daß es überhaupt nicht in ihrem Interesse ist, erwischt zu werden, nachdem sie die verbotenen Taten begangen haben; folglich werden sie im allgemeinen abgeschreckt. Und wir haben sehr viele empirische Belege dafür, daß die Gemeinschaft als ganzes genommen für solche Institutionen angemessen empfänglich ist.[5] Gesetze (durch Sanktionen gestützt) machen einen Unterschied, und zwar in der erwünschten Richtung. Aber wir erkennen, daß diese wünschenswerten Wirkungen dem Ideal hinterherhinken.

In einer idealen Welt würde, so scheint es, jeder sehen, was das Richtige ist, und es genau aus diesem Grunde tun, so daß keine Gesetze und kein System drohender Strafen nötig wäre. Alle würden sich wie Engel benehmen. Der Himmel auf Erden, kurz gesagt. Es könnte so scheinen, daß wir in einer weniger idealen Welt („einen Schritt darunter") das System der Gesetze bräuchten, da die Leute (wenn sie so sind wie wir) egoistisch und aggressiv wären. Aber dieses System von Gesetzen würde vollkommen abschrecken, weil jeder (anders als wir) so rational wäre. Die Menschen – alle Menschen – würden so deutlich, wie sie ihre Nasen im Gesicht sehen, erkennen, daß Verbrechen sich nicht auszahlen, und würden sich daher nicht darauf einlassen. Richter, Polizisten und Gefängniswärter würden eingestellt und ausgebildet und müßten – wie die Schweizer Armee – herumsitzen und warten, daß sie zum Eingreifen gerufen würden, doch eher im Zweifel darüber, daß es zu ihren Lebzeiten je noch geschähe.

Mens Rea, and Criminal Responsibility", und „Punishment and the Elimination of Responsibility", S. 136–186. Siehe auch Gross 1979.

5 Die Schwierigkeit, (im Rahmen der Wissenschaft) einzelne Hypothesen über die abschreckenden Wirkungen von bestimmten Gesetzen aufzustellen, sollte nicht unterschätzt werden. Siehe Gibbs 1975.

Warum ist dies nicht die Situation, in der wir uns befinden? Wenn wir *wirklich* der homo sapiens, das „rationale Lebewesen" sind, weshalb sind unsere Gefängnisse überfüllt und unsere Richter überarbeitet? Ein Grund scheint zu sein, daß unsere Institutionen des Vollzugs schludrig sind und die Leute folglich sehen, da sie rational sind, daß sich Verbrechen unter bestimmten Umständen *wirklich auszahlen* oder es auf jeden Fall wahrscheinlich ist, daß sie sich genügend auszahlen, um das Risiko wert zu sein. Die abschreckende Macht der Gesetze hängt (idealerweise) davon ab, wie die Menschen die Wahrscheinlichkeit sehen, gefaßt zu werden, und von der Härte der Strafe, die verhängt werden könnte. Einen dieser Faktoren zu verstärken, verstärkt die Abschreckung. Die Häufigkeit, mit der bei Rot über die Ampel gefahren wird, könnte gewaltig reduziert werden, entweder dadurch, daß man an jeder Kreuzung 24 Stunden pro Tag einen Mannschaftswagen aufstellt (womit die Festnahme sehr wahrscheinlich gemacht wird), oder dadurch, daß man eine lebenslängliche Strafe verhängt. Aber die Gesellschaft bestimmt wieder, da sie rational ist, daß beide Optionen – oder auch jede Kombination dieser Optionen in gemilderter Form - wahrscheinlich ihren Preis für die Gesellschaft nicht wert wären. Lieber sollen ein paar rote Ampeln ignoriert werden, als daß wir so viel unseres Wohlergehens der Strafvollstreckung opfern oder den Übeltätern solche brutalen (und verwildernden) Strafen auferlegen. Unsere Nachlässigkeit ist also scheinbar selber rational.[6]

Da schnell sinkende Gewinne das Ergebnis jeder weiteren Investition in die Verschärfung unserer Strafvollstreckung währen, wird die optimale Institution die sein, in der ein gewisses Maß an Gesetzesbruch, Festnahme und Überführung „toleriert" wird. Das soll nicht heißen, daß unser gegenwärtiges System keine ernsthafte Reform bräuchte, aber – so lautet dieses Argument – es wäre irrational, die Hoffnung länger zu hegen, man könnte ein System *vollkommener* Abschreckung erfinden. Gesetzesbrecher werden also immer unter uns sein; der Gefängniswärter wird nie – sollte nie – eine gänzliche zeremonielle Stellung innehaben.

Aber wenn wir den Wert erkennen, den es mit sich bringt, die Zahl der Gesetzesübertretungen gering zu halten (während man auch versucht, die

6 Aber einen Augenblick – wenn wir die Strafen hart genug machen und glaubwürdig genug, so daß sie jeden abschrecken, wäre das am Ende so kostspielig? Ja. Zum einen müßte die Polizei immer noch riesig sein, während die Gefängnisse fast ganz leer wären, denn bei so schweren Strafen würde die Anziehungskraft der Flucht und des Widerstands gegen die Festnahme steigen. Und natürlich gibt es andere gute Einwände gegen einen solchen Vorschlag, obwohl diese Reform dauernd wieder vorgebracht wird.

Kosten des Vollzugs und der Bestrafung gering zu halten), sehen wir, daß Verbesserungen (Feineinstellung) der Gesetze nötig sind. Die Abschreckung hängt von verschiedenen Faktoren ab, und einer davon ist „Publizität": Abschreckung hat nur eine Chance, Erfolg zu zeitigen, bei Leuten, die das Gesetz *kennen* und die Umstände und Sanktionen *verstehen*. Es mag Einzelpersonen geben, so stellen wir fest, die diese Bedingungen nicht erfüllen und die folglich die verbotene Tat begehen, weil die abschreckende Wirkung des Gesetzes sie nie erreicht. Das ist der Grund, weshalb ein Teil der Kosten für das Aufstellen von Gesetzen in öffentlicher Erziehung besteht; geheime Gesetze sind als Abschreckung nutzlos. Die ökonomische Art und Weise, einen angemessen hohen Wissensstand zu erreichen, besteht darin, ein ausreichend energisches öffentliches Informationsprogramm mit einem ziemlich diktatorischen (und deshalb stärkenden) Trick zu kombinieren: Unkenntnis des Gesetzes ist keine Entschuldigung.

Diese letztere Bedingung schafft für alle eine Motivation, einen Zustand gemäßigter Wißbegierde bezüglich des Gesetzes und seiner Änderungen aufrechtzuerhalten, und diese Bedingung wäre unverschämt und rational nicht zu akzeptieren, wenn es kein „ausreichend" energisches öffentliches Informationsprogramm gäbe. Deshalb müssen die beiden Elemente zusammenarbeiten; vorausgesetzt, daß der Staat das Seine tut, um die Informationen zugänglich zu machen, ist es nicht zuviel verlangt, wenn die Bürger dafür verantwortlich gemacht werden, sie zu kennen. Es ist wichtig festzuhalten, daß das Prinzip: Unkenntnis schützt vor Strafe nicht, eine Portion Willkür enthält. Es geht nicht davon aus, daß es keine intuitiv gültigen Gründe dafür *geben könnte*, Unkenntnis als Entschuldigung vorzubringen; es erklärt einfach, daß solche Verteidigungen *(normalerweise) nicht einmal in Erwägung gezogen werden*. Das Leben ist zu kurz; das Gesetz muß wirkungsvoll sein, und wir müssen irgendwo eine Grenze ziehen.[7] (Das ist die an diesem Beispiel einfach dargestellte, strategische Idee, die wir als Grundlage unserer Auffassung von persönlicher, moralischer Verantwortlichkeit finden werden.)

Wenn das alles in Ordnung ist, erkennen wir immer noch, daß es Menschen gibt, die die Gesetze nicht auf sich anwenden können. Es ist eine stillschweigende Forderung, daß Gesetze so klar und verständlich gemacht

7 Nachdem die Grenze einmal gezogen ist, erwarten wir von den Richtern, daß sie eine gewisse Diskretion an den Tag legen. Entscheidend ist, daß dadurch, daß die Grenze gezogen ist, die Verantwortung weitergeschoben wurde: Ein Richter *kann* in Betracht ziehen, daß an der Unkenntnis des Angeklagten mildernde Umstände schuld sind – „zu rechtfertigende Unkenntnis des Gesetzes" (Gross 1979, S. 155), aber er ist im allgemeinen nicht dazu verpflichtet, diese Frage in Betracht zu ziehen.

werden wie nur möglich, so daß es nicht zuviel verlangt ist, wenn man davon ausgeht, daß die Menschen sie bei der Rechtsprechung verstehen können; aber von manchen Leuten *ist* das zuviel verlangt. Das sind, im paradigmatischen Fall, die geistig Behinderten und Irren. Wir nehmen sie von der Haftung für Verbrechen aus, weil sie offensichtlich die minimalsten Bedingungen dafür, abgeschreckt werden zu können, nicht erfüllen, und der Versuch, sie zu erziehen, sie auf eine entsprechende Stufe des Wissens und Verständnisses zu bringen, fruchtlos – oder wenigstens zu kostspielig wäre. Sie zu bestrafen, als wären sie verantwortliche Bürger, bedeutete, die ganze Institution der Bestrafung (die von ihrer Glaubwürdigkeit abhängt) zu unterminieren dadurch, daß man ihr Grundprinzip unterminiert. Es wäre ebenso unverschämt – ebenso beleidigend für die Rationalität der Bürger im ganzen –, wenn der Gesetzgeber sich weigern würde, diese Menschen als nicht verantwortlich anzuerkennen, wie es sein würde, wenn er das Prinzip des „Unkenntnis ist keine Entschuldigung" aufrechterhielte und dabei geheime Gesetze erlassen und durchführen würde. Um also die Glaubwürdigkeit und Vertretbarkeit des System zu bewahren, fügen wir explizite Bestimmungen hinzu, die verschiedene Personengruppen von der gesetzlichen Verantwortung ausnehmen.

Dies hat die Wirkung, die Zahl der in Frage kommenden Bestraften, der wirklich Verantwortlichen und der für schuldig befundenen Angeklagten zu verringern. Aber wir erkennen, daß die Prinzipien, die verwendet werden, um diese Gruppe einzugrenzen, vielleicht zu grob sind, und es fragt sich, ob die Glaubwürdigkeit und Annehmbarkeit der Gesetzgebung (ihre Gerechtigkeit, kurz gesagt) nicht weiter verbessert werden könnten, wenn man feinkörnigere Unterscheidungen träfe. Aber dann wird der subversive Vorschlag vorgebracht: Warum soll man nicht *alle*, die Verbrechen begehen, entschuldigen, da das Gesetz sie (offensichtlich) bei dieser Gelegenheit nicht abgeschreckt hat, sie – wenigstens in diesem Falle – eben nicht abzuschrecken waren. (Zum Vergleich: „Wie können sie wagen, dieses Hemd als maschinenwaschbar anzupreisen! Ich habe es gewaschen, und sehen Sie es sich jetzt mal an!")

Aber wenn wir diesen Schritt mitmachen würden, bräche unser ganzes System der Abschreckung zusammen. Der verstärkende Effekt der Gesetze und ihrer Sanktionen auf die Reflexionen (bis zu einem gewissen Grad) rationaler Bürger, würde unterlaufen werden und die unerwünschten Übel des Naturzustandes würden wiederkehren. Wir müssen also wieder willkürlich werden und Grenzlinien ziehen – wo genau, ist in diesem Fall nicht wichtiger als in dem Fall einer juristischen Altersgrenze für den Alkoholgenuß oder für das Autofahren. Wir müssen irgendeine wirkungsvolle Schwelle für legale Kompetenz festlegen und dürfen dabei nicht einen Augenblick annehmen, daß es nicht intuitiv überzeugende „Gegenbeispiele“ zu irgendeiner möglichen Grenzziehung geben könnte, sondern wir müssen im voraus erklären, daß auf solche Verteidigungen nicht eingegangen wird. Wir dürfen nicht zu genau auf die einzelnen Mikro-Details der Umstände des Angeklagten schauen, sondern nur durchzusetzen versuchen (auf ungefähre und rasche Weise), daß dieser Handelnde *im allgemeinen* abgeschreckt werden kann, auch wenn es bei dieser Gelegenheit nicht gelang. (Das ist in der Gesetzgebung und Moralität die Heimat der Ellenbogenfreiheit, nach der wir in Kapitel VI suchten, um den Aktualismus abzuwehren.)[8]

Unsere Ablehnung, jenseits eines beliebigen Punktes weiter in den Ursachen und Umständen zu forschen, mag bei manchen einen leisen Verdacht aufkommen lassen. Kann diese Verfahrensweise fair sein? Sie kann es in der Tat. Erinnern wir uns, daß sich die Gelegenheiten gleichmäßig verteilen; man könnte Basketball nicht dadurch besser machen, daß man Zufallstreffer und unglückliche *Zufälle* verbietet. (Meine These ist hier in Wirklichkeit: *Menschen für verantwortlich zu halten* ist das allerbeste Spiel, das wir haben.) Man muß bedenken, daß eine gewisse Toleranzschwelle für risikofreudige Gesetzesbrecher in das Prinzip eingebaut ist, daß man bei der Durchsetzung von Gesetzen lässig ist. Es ist nicht einmal prima facie ein Zeichen von Irrationalität, wenn unser Übeltäter einfach seine Chance ausgerechnet und sich dann dafür entschieden hat, daß bei dieser Gelegenheit ein Gesetzesbruch einen Versuch wert ist und er dann verloren hat. Wir können nicht aus der Tatsache schließen, daß jemand eine Wette verloren hat, sie sei auf irrationale Weise zustandegekommen. Solange der Handelnde das Risiko bei voller Kenntnis der Konsequenzen im Fall des Scheiterns auf sich genommen hat, kann er sich kaum darüber beklagen, daß die Sanktionen, die ihm jetzt auferlegt werden, unfair auf ihn angewandt werden.

Der Effekt einer solchen Institution mit einem solchen Grundprinzip ist es, eine Klasse legal schuldfähiger Handelnder zu schaffen – zu *konstitu-*

---

8 Fingarette (1972, S. 203) definiert Geisteskrankheit als „Unvermögen, auf das, was wesentlich relevant ist, relevant zu reagieren ... aufgrund einer schweren Schädigung der *Fähigkeit,* so zu handeln, die wenigstens für die betreffende Zeit in der mentalen Verfassung des Menschen verankert ist“. Diese Person muß als jemand begriffen werden, in Honorés Begrifflichkeit (siehe Kapitel VI), der nicht mehr relevant reagieren „kann“ (im allgemeinen Sinn); wenn wir stattdessen dieses „kann“als „kann“ (im besonderen Sinn) interpretieren, wäre jeder richtig zugeschriebene Fall einer einzelnen Verrücktheit (z. B. den Vollzugsbeamten boxen) ein *beweiskräftiger* Beleg (zeitweiliger) Geisteskrankheit. Zweifellos verdankt sich ein Großteil des Verdachtes und der Mißbilligung, in der sich die Vorstellung zeitweiliger Geisteskrankheit befindet, einer dunklen Ahnung, daß dies die dünne Schneide eines äußerst subversiven Keils sein könnte.

ieren – deren nachfolgende Strafbarkeit die Glaubwürdigkeit der gesetzlichen Sanktionen aufrechterhält. Die Institution muß, wenn sie sich selbst aufrechterhalten soll, für die Feineinstellung ihrer willkürlichen Schwellen sorgen, sobald sich neue (oder falsche) Informationen zeigen, die ihre Glaubwürdigkeit untergraben könnten. Man kann vermuten, daß es eine optimale Festlegung der Kompetenzschwelle gibt (für jede einzelne Kombination sozialer Umstände, für jedes Maß an öffentlicher Differenziertheit u. s. f.), die den verstärkenden Effekt des Gesetzes maximiert. Eine höhere Schwelle als die optimale würde auf der Seite der Angeklagten eine Art Simulation unterstützen, die, wenn sie von der großen Masse erkannt wird, ihren Respekt vor dem Gesetz und folglich seine abschreckende Wirkung verringern würde. Und eine niedrigere Schwelle als die optimale würde einen geringer werdenden Ertrag der Abschreckung mit sich bringen und zur Bestrafung von Individuen führen, die in den Augen der Gesellschaft „wirklich nichts dazu konnten". Die öffentliche Anerkennung der Fairneß des Gesetzes ist ein kritischer Faktor seiner Wirksamkeit.

Ich sehe in der vorangegangenen Skizze eine Version der üblichen, wahrscheinlichen Verteidigung unserer Institutionen von Gesetz, Prozeß und Bestrafung als Institutionen der Abschreckung. (Es gibt andere Verteidigungen, bei denen ich mich aber entschieden habe, sie hier außer acht zu lassen.) Sie zeigt im hellen Licht einer vertrauten Umgebung das Grundprinzip, von dem ich annehme, daß es für unsere fundamentalere (aber wahrscheinlich historisch spätere) „Institution" auch existiert: für die „moralische Begriffswelt" persönlicher Verantwortung.

Warum halten wir uns und andere für *moralisch* verantwortlich? Zunächst mag es so scheinen, als ob diese Untersuchung parasitär wäre bezüglich einer metaphysischen Frage nach den Bedingungen, unter denen jemand wirklich verantwortlich *ist.* (Bei der Kritik einer besonderen Festlegung der Schwellen für *legale* Verantwortlichkeit könnten wir dafür argumentieren, daß das Gesetz einige Menschen als verantwortlich behandelt, die in Wirklichkeit für ihr Verhalten nicht moralisch verantwortlich sind oder vice versa.) Wir können sicherlich, so scheint es, eine Differenz sehen zwischen der Frage, warum wir Menschen für verantwortlich *halten* oder für verschiedene Dinge selbst die Verantwortung *übernehmen,* und der Frage, warum oder ob wir tatsächlich verantwortlich *sind.* Wir wissen, daß manchmal Fehler gemacht werden; Leute werden für verantwortlich gehalten, die nicht verantwortlich waren – sei es für die fragliche Tat oder für ihre Handlungen im allgemeinen. Und bisweilen weigert sich jemand, der (durchaus) verantwortlich ist, die Verantwortung zu übernehmen.

Aber was immer auch Verantwortung sein mag, als metaphysischer Zustand betrachtet, wird sie, solange wir sie nicht mit einem erkennbaren sozialen Desideratum verknüpfen können, keinen rationalen Anspruch auf unsere Wertschätzung besitzen. Warum würde sich jemand Gedanken darüber machen, ob er die Eigenschaft der Verantwortlichkeit (für eine einzelne Handlung oder im allgemeinen) hat oder nicht? Natürlich können die Menschen einfach alles wollen – und eine Sehnsucht nach Verantwortlichkeit könnte aufkommen, wenn man sich in der Stimmung befindet, ein rein metaphysisches Verlangen zu befriedigen. (Stellen Sie sich jemanden vor, der es erreicht hat, sich in den Zustand hineinzuversetzen, in dem er zu dem Wunsch gelangt, ein Brot essen zu wollen, das aus Molekülen zusammengesetzt ist, die alle einmal Teile eines Stückes Brot waren, das Alexander der Große gegessen hat. Jetzt stellen Sie sich jemanden vor, der es geschafft hat, eine Sehnsucht nach metaphysischer Verantwortlichkeit – was immer das ist – zu verspüren.)

Warum also wollen wir die Menschen – uns eingeschlossen – für verantwortlich halten? „Indem wir jemanden für verantwortlich halten und entsprechend handeln, können wir ihn dazu veranlassen, einen unerwünschten Charakterzug abzulegen, und das ist nützlich, gleichgültig ob der Charakterzug sein eigenes Werk ist oder nicht." (Gomberg 1978, S. 208) Noch einmal wird hier die Nützlichkeit eines gewissen Maßes an Willkür sichtbar. Anstatt *endlos nachzuforschen,* ob ein bestimmter Charakterzug jemandes Werk ist oder nicht, anstatt zu versuchen, *genau festzulegen,* bis zu welchem Grad ein einzelnes Selbst selbstgemacht ist oder nicht – *halten* wir Menschen für ihr Verhalten einfach für verantwortlich (innerhalb von Grenzen, die wir mit Bedacht nicht zu genau untersuchen). Und wir werden dafür belohnt, daß wir diese Strategie einnehmen, durch den höheren Anteil „verantwortlichen" Verhaltens, den wir dadurch erzielen.

Betrachten wir die Konsequenzen dieser Sicht für die Frage, die wir uns so oft hinsichtlich unserer persönlichen Schuld oder Unschuld stellen. Wenn wir Verantwortung für Untaten *akzeptieren,* betrügen wir uns dann selbst? Wenn man annähme, daß es eine Art kosmische, absolute Verantwortlichkeit gibt, die man entweder hat oder von der man ausgeschlossen ist, dann wäre die Aussicht, daß man Verantwortung fälschlicherweise akzeptiert oder fälschlicherweise ablehnt, ein verwickeltes und anscheinend unlösbares Problem. Wie könnte man das je erfahren? Noch schlimmer: Kant zufolge müßten wir offenbar zustimmen, daß nur vollkommen moralisches Verhalten verantwortliches Verhalten sein könnte; wirkliche Schuldfähigkeit wäre so unmöglich wie ein rundes Viereck. Wolf gibt eine aktuelle Formulierung:

„Wie die Kompatibilisten behaupte ich also, daß, ob ein Handelnder moralisch verantwortlich ist, nicht davon abhängt, ob dieser Handelnde determiniert ist, sondern wie er determiniert ist... Da jedoch meiner Ansicht nach die zufriedenstellende Art von Determination die Determination durch Gründe ist, die ein Handelnder haben sollte, wird daraus jedoch folgen, daß ein Handelnder beides, determiniert und verantwortlich, nur insofern sein kann, als er Handlungen ausführt, die er ausführen sollte. Wenn auf der anderen Seite ein Handelnder eine moralisch schlechte Handlung ausführt, dann kann seine Handlung nicht auf die richtige Weise determiniert sein." (Wolf 1980, S. 163)

Es scheint nach dieser Auffassung etwas an dem Entwurf und der Durchführung der kausalen Kette von Überlegungen, die zu einer moralisch schlechten Handlung führen, unausweichlich falsch und zu kritisieren sein.

Wir haben aber gesehen, daß dies nicht so sein muß. Auf jeder Organisationsebene, von der vermutlich materiell verankerten Ebene der Organisierung von Erinnerungen bis zur Ebene des Entwurfs sozialer Institutionen, müßten die *bestmöglichen* Konstruktionen, die Einschränkungen von Endlichkeit und Zeitdruck vorausgesetzt, ein gewisses Maß von Willkür und klugem Riskieren einschließen. Die (gänzlich unbewußte) Organisation der Erinnerung garantiert, daß einem nur eine annäherungsweise richtige Unterklasse relevanter Punkte in der verfügbaren Zeit in den Sinn kommt (Cherniak 1983). Jeder Stil von Selbstkontrolle, den ein Individuum persönlich entwickelt hat, muß einen Teil der Leistungsfähigkeit auf Kosten von Wetten, was wahrscheinlich eintreffen wird, erkaufen. Einzelfälle bewußter Lösung von Problemen und bewußten Treffens von Entscheidungen müssen die etwas willkürliche Entscheidung (bewußt oder nicht) enthalten, die Erwägungen hinsichtlich der Hauptentscheidung zu beenden, obwohl man genau weiß, daß es immer noch nicht berücksichtigte relevante Betrachtungen gibt. Und auf der Ebene von sozialen Institutionen gibt es nicht nur die Willkür (bei strategischen Festlegungen) des Strafrechts, sondern auch andere Willkür wie z. B. den Gebrauch von Lotterien, um ansonsten schwer entscheidbare Probleme (etwa, wer in die Armee eingezogen wird) auf eine faire und zeitsparende Art einer Lösung nahezubringen.

Jedes endliche Kontrollsystem (so wie das menschliche Gehirn) wird immer dazu neigen, Fehler zu begehen oder zu Entscheidungen zu gelangen, die eine gemächlichere Analyse verdammen würde; dies ist ein unvermeidliches Merkmal des menschlichen Charakters, auch wenn er bis zum äußersten perfektioniert ist. Die naturalisierte Erbsünde. Es ist jedoch klug, sich Strategien anzueignen, die die schlechten Auswirkungen dieser unvermeidlichen Charakterschwächen gering halten. Und die korrigierenden Kräfte der Rückkopplung, die man braucht, um dies zu erfüllen, sind denen analog, die wir gerade bei unserem Grundprinzip der gesetzlichen Strafe skizziert haben. Wenn wir die Menschen etwas willkürlich für ihre Handlungen für verantwortlich halten und sicherstellen, daß sie merken, daß sie für verantwortlich gehalten werden, engen wir ihre Risikobereitschaft beim Entwurf (und Neu-Entwurf) ihres Charakters in tolerierbare Grenzen ein. Wenn Menschen trotz dieser besten Maßnahmen bei falschen Taten ertappt werden, haben sie einfach ihre Wetten (kluge oder törichte) verloren, und sie sollten keinen Einspruch dagegen erheben, daß sie die ihnen auferlegte Strafe annehmen müssen.

In Wirklichkeit, das gebe ich zu, haben wir genau diese Haltung gegenüber unseren eigenen Übertretungen (wenigstens den kleineren gegenüber), wenn wir mit ihnen konfrontiert werden. Ich habe jüngst *einfach vergessen*, die entsprechende Erlaubnis zu besorgen, um mein Auto in einer eingeschränkten Haltezone parken zu können, und habe mir dadurch eine beträchtliche Geldbuße eingehandelt. Habe ich mich dabei auf eine leidige Schwäche in meinem Gedächtnis berufen oder auf die berühmte Zerstreutheit, die mein Metier begleitet, oder auf den mildernden Umstand „einer zeitweiligen Ablenkung außerhalb meiner Kontrolle"? Natürlich nicht. Irgendeine solche Erklärung meines unangemessenen Verhaltens bei dieser Gelegenheit muß wahr gewesen sein, aber ein klarerer Fall einer eindeutig schuldhaften – wenn auch verzeihlichen – Unterlassungssünde wäre schwer zu finden.

Wenn die Einsätze höher sind, wenn schwerere Verbrechen zur Diskussion stehen, ist diese schnelle Einwilligung in Schuldhaftigkeit nicht so einmütig. Aber sicherlich ist sie allgemein üblich. Viele Mörder haben keinen Zweifel an ihrer eigenen Schuldhaftigkeit, und wenn dies auch manchmal eine sozial geförderte Selbsttäuschung ist, muß es nicht so sein. Der Skeptizismus hinsichtlich der Möglichkeit von Schuldhaftigkeit selber stammt von einer unangebrachten Verehrung für ein absolutistisches Ideal: für den Begriff der totalen Schuld vor-den-Augen-Gottes. Die Tatsache, daß *diese* Bedingung in dieser Welt nie erfüllt werden kann, sollte uns nicht zum Skeptizismus bezüglich der Integrität unserer Institution von moralischer Verantwortlichkeit verführen.

3. Das schreckliche Geheimnis wird bestritten

Es ist schwer, in den kalten Morgenstunden optimistisch zu sein, wenn man über die eigene erschreckende Schwäche und Dummheit nachdenkt, angesichts der weiten Kluft zwischen der eigenen öffentlichen Selbstdarstellung und dem nicht darstellbaren privaten Denken, das anscheinend die eigenen Handlungen determiniert. Aber worin besteht die richtige oder auch nur kohärente Reaktion darauf, daß man solche beklagenswerten Charakterschwächen bemerkt? In Selbstvorwürfen?

„Wie werfen wir uns etwas vor? Wir sagen zu uns: ‚Wie nachlässig von mir!' ‚Wie gedankenlos!' ‚Wie egoistisch!' ‚Wie hastig und hemmungslos!' ‚Daß ich auch bloß einen Augenblick so eine engstirnige, gereizte Ansicht haben konnte!' etc. Mit anderen Worten: Wir schreiben uns für die Zeit der Handlung in bestimmter Hinsicht und in einem gewissen Grad einen schlechten Charakter zu und bedauern dies. Und das ist der ganze Punkt unserer Selbstvorwürfe. Wir richten uns auf uns selbst mit Mißbilligung und womöglich mit Ekel; wir möchten ungeschehen machen, was wir in der Vergangenheit getan haben und fühlen, da wir das nicht tun können, einen eigentümlichen unterdrückten brennenden Ärger bzw. Scham über uns selber, daß *wir es in uns hatten,* diese Sache zu begehen, die wir jetzt verdammen." (Hobart 1934, S. 4)

Aber sind unser Bedauern, unser schlechtes Gewissen und unsere Selbstverurteilung irgendwie weniger inkohärent als der vereitelte Wunsch, das Getane ungetan zu machen? Nun, da wir die soziale Nützlichkeit des Mythos vom freien Willen sehen, können wir uns durchaus fragen, ob wir durch irgendwelche anderen Gründe verpflichtet sind, diese Institution zu akzeptieren und uns in der privaten Sphäre unserer eigenen Herzen, für verantwortlich zu halten. Welche Einstellung könnten wir als Alternative einnehmen? Die Einstellung, die ein verlegenes Achselzucken mit sich bringt? Oder vielleicht die Ungerührtheit eines distanzierten Betrachters? Oder Wut über die Ungerechtigkeit, dazu bestimmt worden zu sein, ein so schlimmes und nichtswürdiges Mitglied der menschlichen Rasse zu sein?

Wie sollte man auf die Vorstellung reagieren, daß man schuldig ist? Wenn der Begriff der Schuld, den man im Auge hat, um ihn auf sich selbst anzuwenden, der traditionelle, absolute Begriff von schuldig-sein-vor-den-Augen-Gottes ist, dann hat man ebenso gute Gründe, ihn abzulehnen, wie man Gründe hat, die anderen absolutistischen Begriffe, die mit ihm verwandt sind, abzulehnen: den vollkommenen Kantischen Willen, das Sartresche selbstgeschaffene Selbst, den idealen Sokratischen Handelnden, der niemals wissentlich etwas Falsches tun kann, den Chisholmschen Handelnden, der ein unbewegter Beweger ist. Niemand, keine Monster wie Hitler oder Eichmann, keine gewöhnlichen, normalen Kriminellen wir Agnew oder Vasco und auch nicht Sie, wenn Sie kürzlich ein Gesetz gebrochen haben, sind oder könnten in diesem Sinn schuldig sein. Denn dieser Sinn von Schuld wurde von der philosophischen und theologischen Tradition so festgeschraubt, daß die Grundbedingung, die er vorgibt zu benennen, sich der Beschreibung widersetzt.

Genau aus diesem Grund wird man natürlich wenig getröstet, wenn man anerkennt, daß man in diesem Sinne nicht schuldig ist. Man kann immer noch einer Anklage für schuldig befunden werden – entweder im strengen gesetzlichen oder in dem verwandten Sinn, der unserer Praxis entstammt, Einzelpersonen für persönlich, moralisch verantwortlich zu halten. Gibt es bei einem der beiden Begriffe einen Platz für Bedauern oder Gewissensbisse? Das ist eine umfassende Frage, die selbst eine sorgfältige Untersuchung verdient (siehe Strawson 1962 und Bennett 1980), aber ich werde mich an ein paar ziemlich offensichtliche Punkte wagen. Das Bewußtsein, das sich nur retrospektiv im Kampf der Gewissensbisse und niemals nach vorne gerichtet in der Überwindung eines Grundtriebs manifestiert, ist ein besonders unattraktiver Charakterzug und einer, auf den man in einer moralischen Welt gut verzichten könnte. Die Art von Reue, in der sich (auf der anderen Seite) eine wichtige, projektierbare, nicht-augenblickliche Änderung in den Prioritäten für Entscheidungen manifestiert, ist genau die Einstellung, die die Institution, Menschen für verantwortlich zu halten, hervorbringen soll. Diese Art Reue hat also einen vollkommen angemessenen Platz in unserer naturalisierten Institution der Schuld.

Aber angenommen, das, was Sie sehen, wenn Sie Ihren eigenen Lebensweg betrachten, ist, was immer sonst noch wahr sein mag, daß Sie ein Bösewicht waren, sind und zweifellos bleiben werden. Für den Rest Ihres Lebens werden Sie Ärger haben – verachtet, verdammt, bestraft, gemieden sein. Solche Leute gibt es, sie gelten als verantwortlich Handelnde, aber sie sind so durch und durch armselig, von menschlicher Wärme so unberührt, daß wir sie, in einem Wort, verachten. Ist es nicht unfair, sie so zu behandeln? Die Antwort kommt von selber: Wer verdient es mehr, verachtet zu werden, als derjenige, der äußerst verachtenswürdig ist? Können sie etwas dafür, so verachtenswert zu sein? Sie *können jetzt* vielleicht nichts mehr dafür, denn sie mögen zu weit gegangen sein (wie der Betrunkene, der dafür verantwortlich ist, daß er sich selbst betrunken gemacht hat), aber in Kapitel IV sahen wir, daß man für seinen Charakter genauso verantwortlich sein kann wie für jedes andere Produkt, das von seinen eigenen vergangenen Bemühungen stammt. Wenn die Person es geschafft hat, sich in ein Monster zu verwandeln, mag niemand übrigbleiben, der für verantwortlich gehalten werden kann, aber das ist der Extremfall.

Welchen Rat oder welchen Trost könnte man jemandem geben, der eingesteht, ein verachtenswürdiger Bösewicht zu sein? Die Antwort liegt auf der Hand: Wenn man daran interessiert ist, „seine Seele zu retten", könnte man ihn drängen, daß er auf die Art und Weise, die am wahrscheinlichsten erfolgreich zu sein scheint, seine Lebensweise umkrempelt und danach strebt, seine verdientermaßen schlechte Reputation zu überwinden. Wenn man auf der anderen Seite daran interessiert ist, ihm seine elende Lage erträglich zu machen (zu welchem Preis auch immer für die Gesellschaft), könnte man ihm eine Vision seiner eigenen äußersten Degradierung und Hilflosigkeit aufdrängen und in ihm eine Haltung von Apathie und Fatalismus fördern und damit (vielleicht) eine fast vollständige Ablösung seiner Reflexion von seinen Taten und Plänen erreichen und ihm eine zynische Toleranz gegenüber seinen eigenen schlechtesten Seite hervorrufen.

Wir alle kennen von Zeit zu Zeit dieses Gefühl: den schrecklichen existentiellen Angstzustand, in dem wir erkennen, daß wir auf selbstvernichtende Art in die Haltung eines passiven Zuschauers geschlittert sind, wo wir uns kraftlos fragen, was wir als nächstes tun oder denken werden. Anstatt nach vorne gerichtet zu denken, zu planen, zu hoffen und zu versuchen, die Welt zu antizipieren, drehen wir uns in einem Regreß von Selbstbeschäftigung, der unsere Zeit vergeudet und uns eigentlich versichert, daß unser Selbstbild aus Nichtigkeit und Unentschiedenheit wahr werden wird. Zum Glück für die meisten von uns vergehen diese Depressionen ziemlich schnell, und wir kehren wieder zu einer konstruktiveren Beschäftiung mit der Welt zurück. Wir brechen aus unserem Tiefpunkt auf, wie der Golfspieler, der schließlich die Klugheit in dem seltsamen Rat des Profis erkennt: Halten Sie den Kopf unten und schwingen Sie durch (siehe S. 29).

Da wir dieses Gefühl alle kennen, können wir das Ominöse all dessen abschätzen, was behauptet, die Entdeckung oder der Beweis dafür zu sein, daß Willensfreiheit für uns unmöglich ist. Gute Gründe dafür zu haben, einen freien Willen zu wollen, heißt natürlich nicht, gute Gründe dafür zu haben zu glauben, daß man einen freien Willen hat. Es scheint jedoch so zu sein, daß die Tatsache, daß man gute Gründe dafür hat, einen freien Willen zu wollen, dasselbe *ist*, wie gute Gründe dafür zu haben, daß man versucht, sich selbst dazu zu bringen zu glauben, daß man ihn hat. Denn es ist sehr wahrscheinlich, wie wir gesehen haben, daß der Glaube, man habe Willensfreiheit, selber eine der notwendigen Bedingungen dafür ist, Willensfreiheit zu haben: Ein Handelnder, der die anderen notwendigen Bedingungen für Willensfreiheit genießt – Rationalität und das Vermögen zu Selbstkontrolle und Selbstreflexion auf höherer Stufe –, der aber so getäuscht wurde, daß er glaubt, keine Willensfreiheit zu besitzen, wäre durch diese Überzeugung ebenso ungeeignet für freie, verantwortliche Wahl wie durch das Fehlen irgendeiner der anderen notwendigen Bedingungen.

Das läßt eine heikle Position für den Agnostiker aufkommen, der immer noch unsicher ist, ob alle anderen Bedingungen für Willensfreiheit (haben wir sie alle identifiziert?) erfüllt sind. Wenn er seine Zweifel überwinden oder ignorieren kann und den Geisteszustand von jemandem erreichen kann, der offen an Willensfreiheit glaubt, kann er dadurch einen der beiden Zustände erreichen: (a) wirkliche Willensfreiheit (wenn Willensfreiheit für ihn ansonsten möglich ist) oder (b) wenigstens die Illusion von Willensfreiheit.

Der erstere Zustand ist klarerweise wünschenswert, aber der letztere *könnte*, wenn er das Beste ist, worauf wir hoffen können, wünschenswert sein. Es scheint, als ob er zu der vertrauten Klasse von Illusionen gehört, die das Leben ermöglichen oder bereichern: Die Illusion, daß man von denen, die man liebt, immer noch geliebt wird; die Illusion, daß man noch einige Jahre zu leben hat, obwohl es nicht so ist; die Illusion, daß trotz der physischen Häßlichkeit die eigene innere Schönheit den anderen ganz klar ist.

Wenn der Agnostiker stattdessen in Zweifel versinkt oder, noch schlimmer, zu der Überzeugung gelangt, daß er keinen freien Willen besitzt, hat er sicher recht: Seine Einstellung, den eigenen Gelegenheiten von Wahl und Handlung gegenüber, wird so sein, daß er als jemand, der wählen soll, im Grunde disqualifiziert ist. Er hört auf, unter der Idee der Freiheit zu handeln. Wir scheinen von unserer Veranlagung her nicht in der Lage zu sein, diese Überzeugung mehr als ein paar schlimme Augenblicke lang aufrechterhalten zu können; Hunger, Langeweile oder Neugier kommen bald auf und locken uns wieder zum Handeln – ein bißchen Sphexhaftigkeit, wofür wir vielleicht dankbar sein können. Die Erfahrung – wie kurz auch immer – ist dennoch schrecklich. Und ihre Konsequenzen, wenn wir die Erfahrung ernst nehmen, sind fast zu schlimm, um betrachtet zu werden. Es ist also kein Wunder, daß wir äußerst motiviert sind, die schönen Seiten zu sehen, und die Entscheidung für den freien Willen so zwingend finden, wie wir nur können. Die Umstände sind reif für Selbsttäuschung; und jede Verteidigung des freien Willens gegen die Skeptiker legt – im besten Fall – den Verdacht auf Wunschdenken nahe, im schlimmsten Fall auf Heuchelei.

Trotzdem – das, von dem man so sehr hofft, daß es wahr ist, kann ja wahr sein. Und es gibt nichts Besseres zu tun, unsere nicht zu unterdrükkende Neugier und Skepsis und unser Verlangen nach Rationalität vorausgesetzt, als eine geduldige Untersuchung der Probleme durchzuführen, um nachzusehen, ob unsere erhoffte Schlußfolgerung gestützt werden kann. Das habe ich versucht zu tun, und meine Schlußfolgerung ist optimistisch: Willensfreiheit ist keine Illusion, auch keine ununterdrückbare und lebensfördernde Illusion. Wenn wir die Ursprünge unserer Verdächtigung und Furcht genau betrachten, finden wir immer wieder, daß sie keine unbezweifelbaren Axiome oder überwältigend gut gestützte empirische Entdeckungen sind, sondern unscharfe Bilder, auf die man nur flüchtig gesehen hat – wie die Schatten an der Wand des Schlafzimmers, die nur deshalb eine scheinbare Macht und Bedrohung annehmen, weil wir sie nicht genau ansehen.

Was wir wollen, wenn wir Willensfreiheit wollen, ist das Vermögen, unsere Handlungsabläufe zu entscheiden und sie im Lichte unserer Erfahrungen und Wünsche klug zu entscheiden. Wir wollen unter unserer eigenen Kontrolle sein und nicht unter der Kontrolle von anderen. Wir wollen Handelnde sein, die fähig sind, Pläne und Handlungen in Angriff zu nehmen und die Verantwortung dafür zu übernehmen. All das gehört zu uns, wie ich zu zeigen versuchte, insofern wir ein natürliches Produkt unserer biologischen Ausstattung sind, die durch unsere Einbindung in die Gesellschaft erweitert und verstärkt wurde.

Wir wollen überdies genug Ellenbogenfreiheit in der Welt besitzen, damit wir, wenn wir diese Fähigkeiten einsetzen, uns dabei nicht immer auf den einzigen verzweifelten Handlungsablauf einlassen müssen, der eine Chance bietet, unsere Wünsche zu erfüllen. Diese Ellenbogenfreiheit können wir auch haben, und sie ist es durchaus wert, daß man sich um sie bemüht, aber sie ist nicht garantiert. Es gibt für die menschliche Freiheit reale Bedrohungen, aber sie sind nicht metaphysischer Natur. Es gibt politische Knechtschaft, es gibt Zwang und Manipulation, die sich von der Verbreitung falscher Informationen herleitet, und die „aufgenötigte Verzweiflung" von Hunger und Armut. Zweifellos könnten wir mehr tun, um diese Beeinträchtigungen unserer Freiheit zu bekämpfen, gäbe es nicht eine andere Zwangsjacke, die wir oft tragen: die seltsame Art selbstauferlegter Knechtschaft, die wir gerade bei der Ausübung unserer Freiheit und bei der Anerkennung unserer Verantwortlichkeit erzeugen; die Ketten, Seile, Bänder und Fäden von Verpflichtungen (expliziter und stillschweigender), die uns an unsere Familie und unsere Freunde binden, die uns an unsere Lebenspläne knüpfen und die uns in zunehmendem Maße, wenn wir zu radikalem Handeln aufgerufen werden, unbeweglich machen.

Unsere Erfahrungen mit diesen wirklichen und veränderlichen Bedrohungen unserer Freiheit erzeugen die Ängste und liefern die Metaphern, die die Argumente und Analysen, die im Zentrum der Aufmerksamkeit von Philosophen stehen, motivieren und (oft unbemerkt) lenken. Meine Strategie bestand darin, innezuhalten und diese Metaphern zu untersuchen, sowie ihre Rolle in den Gedankenexperimenten – den Intuitionenpumpen –, die unsere Vorstellungen beherrschten, darzulegen.

Wir haben Angst davor, daß die Wissenschaft gezeigt hat oder bald zeigen wird oder zu zeigen droht, daß wir nicht diejenigen sein können, die wir sein wollen. Die Bedrohung ist nicht der Determinismus – wenn er es wäre, könnten wir alle aufatmen, denn die Physiker scheinen sich darin einig zu sein, daß unsere Welt grundsätzlich indeterministisch ist –, sondern die Bedrohung ist die Wissenschaft selbst oder der Naturalismus – die sie ermöglichende Weltsicht.

Diese Furcht überlebt, wie fast immer, aus Unwissenheit. Sie wird gefördert durch übervereinfachte Ansichten darüber, was die Wissenschaft uns über uns selber und den Rest des Universums, über Verursachung, über Zeit, über Möglichkeit zu sagen hat. Solange wir uns weigern, die Details dessen, was das wissenschaftliche Bild des Menschseins sein könnte, genau zu betrachten – aus Furcht vor dem, was wir finden könnten –, wird der Verdacht immer weiter bestehen, daß abstrakte philosophische Argumente, die die Vereinbarkeit von Freiheit und Wissenschaft zu beweisen vorgeben, soviel wert sind, wie im Dunkeln laut zu pfeifen. Die Bedrohungen nehmen schließlich so viele verschiedene Formen an.

Ich habe versucht, jedes Schreckgespenst der Reihe nach zu vertreiben – einige von ihnen kommen in neuer Verkleidung immer wieder –, indem ich zeigte, wie die äußerst zwingenden Argumente, die sie ins Leben rufen, so gut wie in jedem Fall durch Mißbrauch von Intuitionenpumpen ermöglicht wurden, insbesondere dadurch, daß man sich auf einfache Modelle konzentrierte, bei denen es die Einfachheit des Modells und nichts anderes ist, was die illusorischen Intuitionen erzeugt.

Ein unausrottbarer Teil philosophischer und in der Tat wissenschaftlicher Methode ist die Taktik, daß man beurteilt, was möglich und unmöglich ist, indem man darüber nachdenkt, was man begreifen oder sich vorstellen kann und nicht kann. Man sagt: „Es ist mir unbegreiflich, daß *p*" und kürzt dann ab zu „Es ist unbegreiflich, daß *p*" – oder, mit anderen Worten, „Wie jedermann sehen kann: *p* ist unmöglich". Sie sagen, Sie können sich *p* nicht vorstellen und erklären deshalb, daß *p* unmöglich ist? Ist das nicht vielleicht Hybris? Eine meiner Strategien, traditionellen philosophischen Behauptungen darüber, was unvorstellbar ist, zu begegnen, bestand darin, daß ich drängte: Versuch's nochmal.

Meine eigenen Intuitionenpumpen sollten dabei helfen. Ja, wenn wir es wirklich versuchen, dann können wir uns ein Wesen vorstellen, das auf die Stimme der Vernunft hört und dennoch von dem kausalen Zusammenhang nicht ausgenommen ist. Ja, wir können uns ein Wesen vorstellen, dessen Entscheidungen alle durch die Interaktion von Merkmalen seines gegenwärtigen Zustandes mit den Merkmalen seiner Umgebung, über die es keine Kontrolle hat, verursacht werden – und das dennoch selbst *kontrolliert* und nicht durch diese allgegenwärtige und alles verursachende Umgebung kontrolliert wird. Ja, wir können uns einen Prozeß der Selbsterschaffung vorstellen, der mit einem nicht-verantwortlichen Handelnden beginnt und nach und nach einen Handelnden schafft, der für seinen eigenen Charakter verantwortlich ist. Ja, wir können uns ein rationales *und deterministisches* Wesen denken, das nicht getäuscht wird, wenn es die Zukunft als offen und „für es" offen betrachtet. Ja, wir können uns einen verantwortlichen, freien Handelnden vorstellen, von dem wahr ist, daß, wann immer er in der Vergangenheit gehandelt hat, er nicht anders gekonnt hat.

Nicht nur, daß wir uns diese Dinge vorstellen können, von denen wir vermuteten, daß wir sie uns nicht vorstellen könnten, und daß wir damit die Unmöglichkeits-Argumente unterlaufen; das Vorhaben, sie uns mit einiger Genauigkeit vorzustellen, zahlt Dividenden. Wir bekommen eine klarere Sicht gerade von den Vorstellungen, die wir als bedroht empfanden: Rationalität, Selbstkontrolle, Selbstschaffung, Gelegenheit, Vermeiden und Verhindern, moralische Verantwortlichkeit und Selbstverbesserung, beispielsweise. Wenn wir sehen, wie stark eine naturalisierte Sicht unserer selbst sein kann, sind wir weniger anfällig dafür, von absolutistischen und perfektionistischen Lehren angezogen zu werden, die sich der Annäherung an die Wissenschaft oder ihren Abkömmling, den Common Sense, widersetzen. Wir sehen, daß eine realistischere Sicht der menschlichen Rationalität – eine, die unsere endliche Lage ernst nimmt – tatsächlich anpassungsfähiger und stärker ist als die widersinnig idealisierten „Theorien", die die ganzen traditionellen Paradoxa erzeugen.

Ich weiß, daß die naturalisierte Einstellung, die ich eingenommen habe, die Einstellung, welche uns nahelegt, uns phantasievoll als organische Roboter, als entworfene Teile des materiellen Universums zu denken, vielen Humanisten verhaßt ist. Ich habe versucht, ihnen zu zeigen, daß sie, wenn sie dem ausweichen wollen, sich von einer fruchtbaren Quelle *philosophischer* Ideen abwenden. Dieses Thema ist natürlich implizit in meinen Zitaten und Fußnoten enthalten, die solchen Werken gelten, welche Felder bearbeiten, die Philosophen, insbesondere solche, die über den freien Willen schreiben, tendenziell ignoriert haben. Meine eigene Überlegung läuft darauf hinaus, daß eine verständnisvolle Betrachtung der Früchte dieser anderen Disziplinen einem eine Perspektive eröffnet, die jemandem, der bloß die traditionelle philosophische Literatur kennt, nicht zugänglich ist. Und meine eigene philosophische Neugier wurde von Zeit zu Zeit frustriert wegen meiner Unfähigkeit, mich in diese fremden und oft abschreckend technischen Disziplinen so tief, wie ich es für nötig befunden habe, einzudringen. Hier ist noch viel mehr ans Licht zu bringen für Philosophen mit dem richtigen Training und den richtigen Talenten.

Es gibt natürlich über den freien Willen noch viel mehr zu sagen. Ich habe keine Beute mehr, wenigstens im Augenblick nicht, aber sicherlich gibt es Ideen, die andere für entscheidend halten, welche ich nicht ernst genommen habe. Manche müssen z. B. sicher von meiner schnellen parenthetischen Abweisung des „Problems" abgeschreckt sein (in Kapitel VI), den freien Willen mit der Hypothese von der Existenz eines unendlichen allwissenden Wesens zu vereinbaren. Diese zentrale und traditionelle Darstellung des Problems der Willensfreiheit war jahrhundertelang der primäre Streitpunkt in der Debatte, aber ihr Interesse hängt von einer sehr wörtlichen und anthropomorphistischen Sicht von Gott als Wissendem ab. Das ist nicht die Art und Weise, wie man die Vorstellung Gottes heute ernst nehmen sollte, glaube ich. Schließlich entschied ich mich dafür, daß ich diese Version des Problems einfach nicht ernst genug nehmen konnte, um glauben zu können, es verdiente eine ernsthafte Diskussion. In meinen Augen ist es bloß ein historisches Rätsel oder ein intellektuelles Vergnügen, und ich wollte nicht den Eindruck vermitteln, daß ich (bei allem Spaß, den ich hatte) bloß Spielchen trieb.

Andere Anfechtungen unserer Überzeugung, daß wir Willensfreiheit haben, kann man natürlich erwarten und willkommen heißen, denn schließlich wollen wir die Wahrheit wissen. Es ist eigentlich sicher, daß die Inkompatibilisten und die „strengen Deterministen" und andere Skeptiker sich geniale neue Argumente ausdenken werden, um zu zeigen, daß in Wirklichkeit niemand einen freien Willen hat oder haben würde, wenn der Determinismus oder Mechanismus oder irgendein anderer „-ismus" wahr wäre. Ich schließe mit einer Empfehlung, wie man diesen Anfechtungen begegnen kann.

Es gilt sorgfältig zu untersuchen, welche spezifische Art von freiem Willen angeblich durch dieses Argument gefährdet wird. Ist es tatsächlich eine Art, um die man sich Sorgen machen muß? Man muß sich selbst fragen, ob man einen klar formulierten Grund hat zu hoffen, daß man diese Art von freiem Willen hat, oder ob man einen Grund hat zu fürchten, daß man sie nicht hat. Diese Freiheit nicht zu haben, wäre das wirklich so, als wäre man im Gefängnis oder wie eine Puppe? Denn vielleicht ist die Schlußfolgerung dieses neuen Argumentes bloß die, daß niemand irgendeine metaphysische Eigenschaft haben könnte, die bestenfalls von akademischem Interesse ist. Oder schlimmer: die fragliche ersehnte Freiheit stellt sich vielleicht bei genauerer Betrachtung als eine widersprüchlich gedachte Gnade heraus. Man frage sich: Kann ich mir überlegende Wesen vorstellen, deren Willen freier ist als unserer? Welches bedauernswerte Merkmal unseres Loses als physikalische Organismen ist nicht gleichzeitig ein Merkmal ihres Loses? Wenn das Ideal von Freiheit, nach dem wir Ausschau halten, einfach selbstwidersprüchlich ist, sollten wir uns kaum betrogen fühlen, wenn wir erfahren, daß wir es nicht haben können. Es hat keinen Sinn, die Hände zu ringen, weil wir die Vergangenheit nicht ungeschehen machen und kein Ereignis verhindern können, das tatsächlich geschieht, und uns nicht ex nihilo erschaffen und bei einer Entscheidung nicht beide Alternativen wählen und nicht vollkommen sein können. Wenn das vorgebrachte Argument alle diese Tests besteht, so daß eine furchtbare Schlußfolgerung in Sicht zu sein scheint, dann – und nur dann – müssen wir es sehr ernst nehmen und genau prüfen, worin das Argument besteht.

Literaturverzeichnis

Anscombe, G. E. M. (1957). *Intention.* Oxford.

Austin, J. L. (1961), „‚Falls' und ‚Können'", in: ders., *Wort und Bedeutung.* München 1975, S. 213–244. (Die angegebenen Seitenzahlen beziehen sich auf die deutsche Übersetzung. – Anm. d. Übers.)

Ayer, A. J. (1954). „Freedom and Necessity", in: ders., *Philosophical Essays.* New York, S. 271–284.

Ayer, A. J. (1980). „Free-will and Rationality", in: van Straaten 1980.

Ayers, M. (1968). *The Refutation of Determinism: an Essay in Philosophical Logic.* London.

Bennett, J. (1980). „Accountability", in: van Straaten 1980.

Berlin, I. (1954). *Historical Inevitability.* Oxford.

Berofsky, B. (Hrsg.) (1966). *Free Will and Determinism.* New York.

Berry, M. (1983). „Breaking the Paradigms of Classical Physics From Within", in: J. Petitot (Hrsg.), *Proceedings of the Cerisy Symposium („Logos et Theorie des Catastrophes").*

Boër, S. und W. Lycan (1980). „Who Me?" *The Philosophical Review,* 89, S. 427–466.

Brewer, W. F. (1974). „There ist No Convincing Evidence for Operant or Classical Conditioning in Adult Humans", in: W. B. Weimer (Hrsg.), *Cognition and the Symbolic Processes.* Hillsdale, New Jersey.

Brown, N. (1959). *Life Against Death.* New York.

Campbell, D. (1975). „On the Conflicts Between Biological and Social Evolution and Between Psychology and Moral Tradition", *American Psychologist,* 30, S. 1103–1126.

Cartwright, H. (1970). „Quantities", *The Philosophical Review,* 79, S. 25–42.

Chaitin, G. (1976). „Randomness and Mathematical Proof", *Scientific American,* 232, S. 47–52.

Chappell, V. (1962). *The Philosophy of Mind.* Englewood Cliffs, N. J.

Cherniak, C. (1983). „Rationality and the Structure of Human Memory", *Synthese,* 57, S. 163–186.

Chisholm, R. (1961). „Responsibility and Avoidability", in: Hook 1961.

Chisholm, R. (1964 a). „J. L. Austin's Philosophical Papers", *Mind,* 73, S. 1–26. (Teile dieses Artikels sind wiederabgedruckt in Berofsky 1966)

Chisholm, R. (1964 b). „Human Freedom and the Self", the Lindley Lecture, 1964. University of Kansas. (Wiederabgedruckt in: Watson 1982).

Chisholm, R. (1976). *Person and Object: A Metaphysical Study,* the Paul Carus Lectures, Lasalle, Ill.

Cohen, L. J. (1981), „Can Human Irrationality be Experimentally Demonstrated?", *Behavioral and Brain Sciences,* 4, S. 317–331.

Cummins, R. (1980), „Culpability and Mental Disorder", *Canadian Journal of Philosophy,,* S. 207–232.

Danto, A. (1965). „Basic Actions", *American Philosophical Quarterly,* 2, S. 141–148.

Davidson, D. (1970). „How is Weakness of the Will Possible?", in: J. Feinberg (Hrsg.), *Moral Concepts,* Oxford, S. 93–113.

Davidson, D. (1973). „On the Very Idea of a Conceptual Scheme", *Proceedings and Addresses of the American Philosophical Association*, 1973–1974, 67, S. 5–20.
Dawkins, R. (1976). *Das egoistische Gen.* Berlin, Heidelberg, New York 1978.
Dawkins, R. (1980). „Good Strategy or Evolutionary Stable Strategy?", in: G. W. Barlow und J. Silverberg (Hrsg.), *Sociobiology: Beyond Nature/Nurture?*, AAAS Selected Symposium. Boulder, Colorado.
Dawkins, R. (1982). *The Extended Phenotype.* New York.
Dennett, D. (1969). *Content and Consciousness.* London, New York
Dennett, D. (1971). „Intentional Systems", *J. Phil.*, 68, S. 87 –106. (In deutscher Übersetzung erschienen in P. Bieri (Hrsg.), *Analytische Philosophie des Geistes*, Königstein 1981, S. 162–183.
Dennett, D. (1972). „Review of J. R. Lucas, *The Freedom of the Will*", in: *J. Phil.*, 67, S. 91–97.
Dennett, D. (1973). „Mechanism and Responsibility", in: Honderich 1973. (Wiederabgedruckt in Dennett 1978 a).
Dennett, D. (1975). „Why the Law of Effect Will Not Go Away", *Journal of the Theory of Social Behaviour*, 5, S. 169–187. (Wiederabgedruckt in Dennett 1972 a.).
Dennett, D. (1976). „Conditions of Personhood", in: A. Rorty 1976. (Wiederabgedruckt in Dennett 1978 a; auf deutsch („Bedingungen der Personalität") erschienen in P. Bieri (Hrsg.), *Analytische Philosophie des Geistes*, Königstein 1981, S. 303–324.
Dennett, D. (1978 a). *Brainstorms: Philosophical Essays on Mind and Psychology.* Montgomery, Vt., Hassocks, Sussex.
Dennett, D. (1978 b). „Current Issues in the Philosophy of Mind", *American Philosophical Quarterly*, 15, S. 249–261.
Dennett, D. (1980). „ The Milk of Human Intentionality", (Kommentar zur Searle 1980), *Behavioral and Brain Sciences*, 3, S. 428–430.
Dennett, D. (1981 a). „Three Kinds of Intentional Psychology", in: R. Healey (Hrsg.), *Reduction, Time and Reality*. Cambridge, S. 37–61.
Dennett, D. (1981 b). „True Believers: the Intentional Strategy and Why it Works", in: A. F. Heath (Hrsg.), *Scientific Explanation.* Oxford.
Dennett, D. (1982 a). „Beyond Belief", in: A. Woodfield (Hrsg.). *Thought and Object*, Oxford.
Dennett, D. (1982 b). „Notes on Prosthetic Imagination", *New Boston Review*, Juni, S. 3–7. (In revidierter Form wiederabgedruckt als „The Imagination Extenders", in: *Psychology Today*, Dezember 1982, S. 32–39.
Dennett, D. (1982 c). „Why do we think what we do about why we think what we do?" (ein Kommentar zu Goodman 1982), *Cognition*, 12, S. 219–237.
Dennett, D. (1982 d). „How to Study Consciousness Empirically: or Nothing Comes to Mind", *Synthese*, 53, S. 159–180.
Dennett, D. (1982 e). „Comments on Rorty", *Synthese*, 53, S. 349–356.
Dennett, D. (1983 a). „Styles of Mental Representation", *Proc. Aristotelian Soc.*, New Series 83, 1982–1983, S. 213–226.
Dennett, D. (1983 b). „Intentional Systems in Cognitive Ethology: the ‚Panglossian Paradigm' Defended", *Behavioral and Brain Sciences*, Vol. 6, S. 343–390.
Dennett, D. (im Erscheinen a). „Cognitive Wheels: the Frame Problem of Artificial Intelligence", in: C. Hookway (Hrsg.). *Minds, Machines and Evolution.* Cambridge.
Dennett, D. (im Erscheinen b). „The Self as a Center of Narrative Gravity", in: P. M. Cole, D. L. Johnson und F. S. Kessel (Hrsg.), Self and Consciousness, New York.

Descartes, R. (1641). *Œuvres de Descartes,* hrsg. von C. Adam und P. Tannery. Paris 1897–1913.
de Sousa, R. (1970). „Self-Deception", *Inquiry,* 13, S. 308–321.
Dewey, J. (1922). *Human Nature and Conduct.* New York.
Doan, B. und J. MacNamara. *Free Will and Scientific Insight,* in Vorbereitung.
Dretske, F. (1981). *Knowledge and the Flow of Information.* Cambridge, Mass.
Dyson, F. (1979). *Disturbing the Universe.* New York.

Eccles, J. C. (1953). *The Neurophysiological Basis of Mind.* Oxford.
Edwards, P. (1961). „Hard and Soft Determinism", in: Hook 1961.
Eells, E. (1982). *Rational Decision and Causalitiy.* Cambridge.
Everett, H. (1973). *The Many-Worlds Interpretation of Quantum Mechanics,* B. S. Dewitt und N. Graham (Hrsg.) 1973, Princeton.

Farrell, B. A. (1950). „Experience", *Mind,* 1950. (Wiederabgedruckt in Chappell 1962).
Fingarette, H. (1972). *The Meaning of Criminal Insanity.* Berkeley.
Fischer, J. (1982). „Responsibility and Control". *J. Phil.,* Jan. 1982, S. 24–40.
Fishman, G. S. (1973). *Concepts and Methods in Discrete Event Stimulation.* New York.
Flew, A. (1955). „Divine Omniscience and Human Freedom", in: A. Flew und A. MacIntyre (Hrsg.), *New Essays in Philosophical Theology.* London, S. 141–169.
Fodor, J. (1980). „Methodological Solipsism Considered as a Research Strategy in Cognitive Psychology", *Behavioral and Brain Sciences,* 1980, Vol. 3. (Wiederabgedruckt in Haugeland 1981 und in Fodor, J. (1981), *Representations.* Cambridge, Mass.
Fodor, J. (1983). *The Modularity of Mind.* Cambridge, Mass.
Foot, P. (1973). „Nietzsche: the Revaluation of Values", in: R. Solomon (Hrsg.), *Nietzsche: a Collection of Critical Essays.* New York, S. 156–168.
Ford, J. (1983). „How Random is a Coin Toss?", *Physics Today.* April 1983, S. 1–8.
Frankfurt, H. (1969). „Alternate Possibilities and Moral Responsibility", *J. Phil.,* 65, S. 829–833.
Frankfurt, H. (1971). „Freedom of the Will and the Concept of a Person", *J. Phil.,* 68, S. 5–20. (Wiederabgedruckt in Watson 1982).
Frankfurt, H. (1973). „Coercion and Moral Responsibility", in: Honderich 1973.
Frankfurt, H. (1976). „Identification and Externality", in: A. Rorty 1976.

Gale, G. (1981). „The Anthropic Principle", *Scientific American,* 254, Dezember, S. 154–171.
Gallup, G. (1977). „Self-recognition in Primates: A Comparative Approach to Bidirection Properties of Consciousness", *American Psychologist,* 32, S. 329–338.
Gallwey, T. (1979). *The Inner Game of Tennis.* New York.
Gazzaniga, M. und J. Ledoux (1978). *The Integrated Mind.* New York.
Gibbs, J. P. (1975). *Crime, Punishment, and Deterrence.* New York, Oxford, Amsterdam.
Gibson, J. J. (1966). *The Senses Considered as Perceptual Systems.* Boston.
Gibson, J. J. (1979). *The Ecological Approach to Visual Perception.* Boston.
Gomberg, P. (1978). „Free Will as Ultimate Responsibility", *American Philosophical Quarterly,* 15, S. 208.
Goodman, N. (1965). *Fact, Fiction, and Forecast.* New York.
Goodman, N. (1982). „Thoughts Without Words", *Cognition,* 12, S. 205–218.

Greenspan, P. (1976). „Wiggins on Historical Inevitability and Incompatibilism“, *Philosophical Studies,* 29, S. 235–247.
Greenspan, P. (1978). „Behavior Control and Freedom of Action“, *Phil. Review,* 87, S. 25–40.
Gross, H. (1979). *A Theory of Criminal Justice.* New York.

Hacking, I. (1975). „All Kinds of Possibility“, *Phil. Review,* 84, S. 321–337.
Hampshire, S. (1959). *Thought and Action.* London.
Hart, H. L. A. (1968). *Punishment and Responsibility.* Oxford.
Haugeland, J. (1981). „Semantic Engines: an Introduction to Mind Design“, in: Haugeland (Hrsg.), *Mind Design.* Cambridge, Mass.
Hintikka, K. J. J. (1973). *Logic, Language-Games and Information.* Oxford.
Hintikka, K. J. J. (1976). *The Semantics of Questions and the Questions of Semantics.* (Acta Philosophica Fennica), Vol. 28, Nr. 4. Amsterdam.
Hobart, R. E. (1934). „Free Will as Involving Determinism and as Inconceivable Without It“, *Mind,* 43, S. 1–27.
Hobbes, T. (1841). *The Questions Concerning Liberty, Necessity, and Chance,* in: The English Works of Thomas Hobbes, Vol. V, hrsg. von Sir W. Molesworth. London. (Zitiert nach Morgenbesser und Walsh 1962).
Hofstadter, D. R. (1979). *Gödel, Escher, Bach: an Eternal Golden Braid.* New York.
Hofstadter, D. R. (1981). „Reflections“ (on Searle), in: Hofstadter und Dennett 1981, S. 373–382.
Hofstadter, D. R. (1982 a). „Undercut, Flaunt, Hruska, behavioral evolution and other games of strategy“, *Scientific American,* 247, August 1982, S. 16–24.
Hofstadter, D. R. (1982 b). „Can Creativity Be Mechanized?“, *Scientific American,* 247, September 1982, S. 18–34.
Hofstadter, D. R. (1982 c). „Variations on a Theme as the Essence of Imagination“, *Scientific American,* 247, October 1982, S. 20–29.
Hofstadter, D. R. (1983). „The Calculus of Cooperation is Tested Through a Lottery“, *Scientific American,* 248, Juni 1983, S. 14–28. (Siehe auch M. Gardner, „The Topology of Knots and the Results of Douglas Hofstadter's Luring Lottery“, *Scientific American,* 249, September 1983, S. 25–28.
Hofstadter, D. R. und Dennett, D. (1981). *The Mind's I: Fantasies and Reflections on Mind and Soul.* New York.
Holmstrom, N. (1977). „Firming up Soft Determinism“, *The Personalist,* 58, S. 39–51.
Honderich, T. (1973). *Essays on Freedom of Action.* London.
Honoré, A. M. (1964). „Can and Can't“, *Mind,* 73, S. 463–479.
Hook, S. (Hrsg.) (1961 a). *Determinism and Freedom in the Age of Modern Science.* New York.
Hook, S. (1961 b). „Necessity, Indeterminism and Sentimentalism“, in: Hook 1961 a.
Hospers, J. (1961), „What Means this Freedom?“, in: Hook 1961.
Hume, D. (1739). *Traktat über die menschliche Natur.* Hamburg 1978.
Humphrey, N. (1982). „Consciousness: a Just So Story“, *New Scientist,* 95, S. 475.
Hutchings, E. (1983). „The Autonomous Viking“, *Science,* 219, Februar 1983, S. 803–808.

Jacob, F. (1982). *The Possible and the Actual.* Seattle.
James, W. (1921). „The Dilemma of Determinism“, in: W. James, *The Will to Believe.* New York.

Jauch, J. M. (1973). *Are Quanta Real?* Bloomington, Indiana.
Jaynes, J. (1976). *The Origins of Consciousness in the Breakdown of the Bicameral Mind.* Boston.
Jennings, P. (1963). The Jenuin Pennings, Harmandsworth.

Kahneman, D., P. Slovic und A. Tversky (Hrsg.) (1982). *Judgment Under Uncertainty: Heuristics and Biases.* Cambridge.
Kant, I. (1788). *Kritik der reinen Vernunft.* Akademieausgabe, Bde. III und IV.
Krebs, J. R., A. Kacelnik und P. Taylor (1978). „Test of Optimal Sampling by Foraging Great Tits", *Nature,* 275, S. 27–31.
Kyburg, H. (1983). „Rational Belief", *Behavioral and Brain Sciences,* 6, S. 231–274.

Laplace, P. S. (1820). *Philosophischer Versuch über Wahrscheinlichkeiten.* Leipzig 1886.
Lem, S. (1983). „Die siebente Reise oder wie Trurls Vollkommenheit zum Bösen führte", in: *Kyberiade,* Frankfurt/Main, S. 175–185.
Levi, I. (1980). *The Enterprise of Knowledge.* Cambridge, Mass.
Locke, J. (1690). *Über den menschlichen Verstand.* Hamburg 1962.
Lucas, J. R. (1961). „Minds, Machines, and Gödel", *Philosophy,* 36, S 36, S. 112–127. (Wiederabgedruckt in R. A. Anderson (Hrsg.), *Minds and Machines.* Englewood Cliffs, N. J.)
Lucas, J. R. (1970). *The Freedom of the Will.* Oxford.
Lukrez, *Über die Natur der Dinge.* Berlin 1972.

MacIntyre, A. (1957). „Determinism", *Mind,* 66, S. 28–41.
MacKay, D. M. (1960). „On the Logical Indeterminacy of a Free Choice", *Mind,* 69, S. 31–40.
Mackie, J. L. (1974). *The Cement of the Universe.* Oxford.
McDermott, D. (1982). „A Temporal Logic for Reasoning about Processes and Plans", *Cognitive Science,* 6, S. 101–155.
Milgram, S. (1974). *Obedience to Authority: an Experimental View.* New York.
Mill, J. S. (1867). *An Examination of Sir William Hamilton's Philosophy.* London. (Kapitel XXVI, „On the Freedom of the Will" ist wiederabgedruckt in Morgenbesser und Walsh 1962.)
Monod, J. (1971). *Zufall und Notwendigkeit.* München 1971.
Morgenbesser, S. und Walsh, J. (Hrsg.) (1962). *Free Will.* Englewood Cliffs, N. J.

Nagel, T. (1979). Über das Leben, die Seele und den Tod. Königstein 1984.
Nagel, T. (1981). „Freedom and Objectivity", unveröffentlichtes Manuskript vom 6. Juli 1981.
Neisser, U. (1976). *Cognition and Reality.* San Francisco.
Nietzsche, F. (1883). *Also sprach Zarathustra.* Berlin 1968.
Nietzsche, F. (1887). *Zur Genealogie der Moral.* Berlin 1968.
Nozick, R. (1979). „Coercion", in: S. Morgenbesser, P. Suppes und M. White (Hrsg.), *Philosophy, Science and Method: Essays in Honor of Ernest Nagel.* New York, S. 440–472.
Nozick, R. (1981). *Philosophical Explanations.* Cambridge, Mass.

Pears, D. (1964). „Predicting and Deciding", *Proc. of the British Academy,* 50, 1964,

S. 193–227. (Wiederabgedruckt in P. F. Strawson (Hrsg.), *Studies in the Philosophy of Thought and Action.* Oxford 1968, S. 97–134.
Popper, K. (1951). „Indeterminism in Quantum Physics and Classical Physics", *British Journal for the Philosophy of Science,* 1, S. 179–188.
Popper, K. und J. Eccles (1977). *The Self and Its Brain.* New York.
Powers, L. (1978). „Knowledge by Deduction", *Phil. Review,* 87, S. 337–371.
Putnam, H. (1975). *Die Bedeutung der Bedeutung.* Frankfurt/Main 1975.
Pynchon, T. (1973). *Gravity's Rainbow.* New York.

Quine, W. V. O. (1960). *Wort und Gegenstand.* Stuttgart 1980.

Raab, F. V. (1955). „Free Will and the Ambiguity of ‚Could'", *Phil. Review,* 64, S. 60–77.
Rabin, M. (1980). „Probabilistic Algorithms in Finite Fields", SIAM *Journal of Computing,* 9, S. 273–280.
Rawls, J. (1971). *Eine Theorie der Gerechtigkeit.* Frankfurt/Main 1975.
Rawls, J. (1980). „Representation of Freedom and Equality", Dewey Lectures, III, *J. Phil.,* 77, S. 535–559.
Reid, T. (1788). *Essays on the Active Power of the Human Mind.* Cambridge, Mass.
Robbins, T. (1976). *Even Cowgirls Get the Blues.* New York.
Rorty, A. (1972). „Belief and Self-Deception", *Inquiry,* 15, S. 387–410.
Rorty, A. (1976). *The Identities of Persons.* Berkeley.
Rorty, R. (1979). *Der Spiegel der Natur. Eine Kritik der Philosophie.* Frankfurt/Main 1981.
Rorty, R. (1982). „Contemporary Philosophy of Mind", *Synthese,* 53, S. 323–348.
Ryle, G. (1949). *Der Begriff des Geistes.* Stuttgart 1969.
Ryle, G. (1954). *Dilemmas.* Cambridge.
Ryle, G. (1970). „Autobiographical", in: O. P. Wood und G. Pitcher (Hrsg.), *Ryle: a Collection of Critical Essays.* Garden City, New York.
Ryle, G. (1979). *On Thinking.* Hrsg. von K. Kolenda. Oxford.

Saarinen, E. (Hrsg.) (1979). *Game-Theoretical Semantics.* Dordrecht.
Sanford, D. (1975). „Infinity and Vagueness", *Phil. Review,* 84, S. 520–535.
Sartre, J. P. (1946). *Ist der Existentialismus ein Humanismus?* Zürich 1947.
Sartre, J. P. (1943). *Das Sein und das Nichts.* Frankfurt/ Main 1966.
Schiffer, S. (1976). „A Paradox of Desire", *American Philosophical Quarterly,* 13, S. 195–212.
Schneewind, J. (1981). Review of John Stuart Mill, in: *Autobiography and Literary Essays,* hrsg. von J. M. Robson und J. Stillinger (Collected Works of John Stuart Mill, Vol. I) in M L N, Vol 96, Dez. 1981, S. 1231–1235.
Schotch, P. K. und R. E. Jennings (1980). „Modal Logic and the Theroy of Modal Aggregation", *Philosophia,* 9, S. 265–278.
Searle, J. (1980). „Minds, Brains, and Programs", *Behavioral and Brain Sciences,* 3, S. 417–457.
Seidenfeld, T. (1981). „Levi on the Dogma of Randomization in Experiments", in: R. J. Bogdan (Hrsg.), *Henry E. Kyburg, Jr. and Isaac Levi.* Dordrecht, S. 263–291.
Sellars, W. (1963). *Science, Perception and Reality.* London.
Sher, G. (1979). „Effort, Ability and Personal Desert", *Philosophy and Public Affairs,* 8, S. 361–376.

Simon, H. (1957). *Models of Man.* New York.
Simon, H. (1969). *The Sciences of the Artificial.* Cambridge, Mass.
Skinner, B. F. (1953). *Science and Human Behavior.* New York.
Skinner, B. F. (1971). *Beyond Freedom and Dignity.* New York.
Slote, M. (1982). „Selective Necessity and Free Will", *J. Phil.*, 74, S. 5–24.
Sober, E. (1981). „The Evolution of Rationality", *Synthese*, 46, S. 95–120.
Spinoza, B. (1677). *Ethik* (lateinisch–deutsch). Stuttgart 1977.
Straight, S. (1977). „Consciousness as a Workspace", SISTM *Quarterly*, 1, S. 11–14.
Strawson, P. E. (1959). *Einzelding und logisches Subjekt (Individuals).* Stuttgart 1972.
Strawson, P. F. (1962). „Freedom and Resentment", *Proc. of the British Academy*, 1962. (Wiederabgedruckt in Strawson 1968.)
Strawson, P. F. (Hrsg.) (1968). *Studies in the Philosophy of Thought and Action.* Oxford.

Taylor, C. (1976). „Responsibility for Self", in: Rorty 1976. (wiederabgedruckt in Watson 1982).
Taylor, R. (1964). „Deliberation and Foreknowledge", *American Philosophical Quarterly*, 1, S. 73–80. (Wiederabgedruckt in Berofsky 1966).
Thorp, J. (1980). *Free Will: a Defense Against Neurophysiological Determinism.* London und Boston.

Ullman, S. (1979). *The Interpretation of Visual Motion.* Cambridge, Mass.

van Inwagen, P. (1979). „The Incompatibility of Free Will and Determinism", *Phil. Studies*, 27, S. 185–199. (Wiederabgedruckt in Watson 1982).
van Inwagen, P. (1978). „Ability and Responsibility", *Phil. Review*, 87, S. 201–224.
van Inwagen, P. (1983). *An Essay on Free Will.* Oxford.
van Straaten, Z. (Hrsg.) (1980). *Philosophical Subjects: Essays presented to P. F. Strawson.* Oxford.
von Neumann, J. und O. Morgenstern (1947). *Theory of Games and Economic Behavior.* (2. Auflage) Princeton.
von Wright, G. H. (1974). *Causality and Determinism.* New York.

Watson, G. (Hrsg.) (1982). *Free Will.* Oxford.
Whitaker, H. (1976). „A Case of the Isolation of Language Function", in: H. Whitaker und H. A. Whitaker (Hrsg.), *Studies in Neurolinguistics*, Vol. II, New York.
Wiener, N. (1948). *Cybernetics: or Control and Communication in the Animal and the Machine.* Cambridge, Mass., New York.
Wiggins, D. (1973). „Towards a Reasonable Libertarianism", in: Honderich 1973.
Williams, B. (1973). *Problems of the Self.* Cambridge.
Williams, B. (1981). *Moralischer Zufall.* Königstein 1984.
Wimsatt, W. (1980). „Randomness and Perceived-Randomness in Evolutionary Biology", *Synthese*, 43, S. 287–329.
Wittgenstein, L. (1953). *Philosophische Untersuchungen.* Frankfurt/Main 1971.
Wittgenstein, L. (1967). *Zettel*, hrsg. von G. E. M. Anscombe und G. von Wright. Oxford.
Wolf, S. (1980). „Asymmetrical Freedom", *J. Phil.*, 77, S. 151–165.
Wolf, S. (1981). „The Importance of Free Will", *Mind*, 190, S. 386–378.

Wolff, R. P. (1973). *The Autonomy of Reason: a Commentary on Kant's Groundwork of the Metaphysics of Morals.* New York.
Wooldridge, D. (1963). *The Machinery of the Brain.* New York.
Wooldridge, D. (1968). *Mechanical Man: The Physical Basis of Intelligent Life.* New York.

Zaitchik, A. (1977). „On Deserving to Deserve", *Philosophy and Public Affairs,* 6, S. 370–388.

Register